KB113510

김형석 교수의 삶과 철학

영원과 사랑

송촌문화모임 편

철학과현실사

목차

제2부 송촌을 논하다

간행사

송촌 김형석 선생님께서 금년에 백수(百壽)를 맞으셨다. 아직도 건강하시고, 정정하셔서 글 쓰시고 강연하시는 데 별다른 어려움이 없으시다. 2018년 한 해에만 100회 이상의 강연을 실행하셨다고 하니, 젊은이보다 더 건강하신 것이고, 2시간 동안 진행되는 강연도 자세나 주제의 흐름에 흔들림이 없이 감당해 내신다. 그분만 아니라 매년 한두 권의 새 책도 펴내고 계신다. 100세가 되어가는 연세에 쉬지 않고 활동하시는 송촌 선생님에 대한 이야기는 이제 전설이 되어가고 있다.

1

2017년 한 해에 송촌 선생님께서는 두 개의 큰 상을 받으셨다. 2017년 1월에 유한양행에서 수여하는 제12회 '유일한상'을 수상하셨는데, 심사위원회는 "김형석 교수는 평생 학자와 교육자적 투철한 사명을 바탕으로 철학을 통해 한국의 교육과 문화 발전에 헌신해 온

선각자이자 철학계의 아버지"라며, "그 정신은 이 시대의 등불처럼 많은 이들에게 사표가 됐다."고 밝혔다.

그해 10월에는 제31회 인촌상을 받으셨다. "수상자 김형석 교수는 타계한 안병욱, 김태길 교수와 함께 '3대 철학자이자 수필가'로 불렸고, 6·25 전쟁으로 상처받은 국민과 젊은이들의 실존적 상처를 어루만지고 위로했다."는 평가를 받았다. 또한 중앙중고교 교사 시절, 설립자인 인촌 선생의 애민정신에 감명을 받아 인촌의 교육 헌신을 현장에서 실천했으며, 대학에서도 직책을 사양하고 후학 양성과 연구에 전념해 왔다. '사람이 많이 모인 곳에서 앉아 있으면 학생이 되고, 서 있으면 선생님이 된다'는 신념으로 대학 강단을 떠난 뒤에도 사회의 강단에서 왕성한 강연 활동을 펼치고 있다는 이유로 상을 받으신 것이다.

2

2017년 11월에 송촌 선생님의 철학적 업적을 기리고, 그의 사회적인 역할을 이어가야 한다는 취지에서 '송촌문화모임'이 발족되었다. 그 계기는 송촌 선생님이 그 해에 받으신 상금을 뜻있는 일을 위해서 사용하라고 내놓으셨기 때문이다. 우선, 해야 할 일은 이 일을 위해서 수고하실 분들을 모시는 일이었다. 송촌 선생님이 몇 분 추천해 주셨는데, 그중 한 분은 미국에 초빙교수로 나가 계시고, 또 한 분은 연구소 일로 바쁘셔서 모시지 못했지만, 철학계의 원로 세 분과 연세대 제자 중에서 두 사람을 정하게 되었다. 가장 적합한 분으로 김광수 교수, 엄정식 교수가, 김성진 교수와 제자들 중에서는 김용복 교수와 박순영 교수가 일을 맡게 되었다.

　처음에는 주어진 기금으로 장학금이나 어려운 환자의 수술비를 지원하는 일을 생각해 보기도 했지만, 그 일을 위해서는 더 많은 기금이 모아져야 한다고 판단되었다. 가장 긴박한 일은 송촌 선생님께서 늘 마음에 두고 있었던 청소년들에게 책을 읽히는 일이었다. 우선 이 사업을 진행하자고 합의했다. 선생님은 자주 말씀하신다. "육체의 성장은 30세에 이르러 다시 쇠퇴해지나, 정신적인 성숙은 60, 70세까지도 지속된다." 정신적인 영양은 독서에 있다고 말하는 송촌 선생님은 우리 사회의 발전 동력이 국민들의 교양과 독서에 있다는 데 확신을 가지고 있었다. 그래서 그 일을 위해서는 독서르네상스운동(전 한우리 독서운동본부)의 박철원 이사장의 자문을 받기로 했다. 그분은 송촌 선생님과 함께 오랜 시간 동안 독서운동을 해 오신 분이다.

　이렇게 송촌 선생님의 소망에 따른 일을 시작하게 되었는데, 앞으로 이 모임을 사단법인의 형태로 끌고 갈 것인지, 아니면 특별히 등록하지 않고 일하는 단체로 만들 것인지를 두고 고민하다가, 정식으로 등록해야 할 필요성이 생길 때까지 당분간은 문화 사업을 수행하는 작은 모임으로 만들어가자고 합의했다. 이 모임의 이름 짓기에 생각을 모아보다가, 그때까지도 아호를 갖지 않으신 송촌 선생님께 아호를 하나 지으시라고 부탁드렸다. 선생님의 출생지인 평안남도 대동군 송산리(1947년 이후 행정구역이 평양시로 편입되었음)의 송(松)자와 자신의 제2의 고향이라고 할 수 있는 서울 서대문구 신촌동의 촌(村)자를 합쳐서 송촌(松村)이라 지으셨다. 그 이후로 이 모임이 송촌문화모임으로 불리게 된 것이다.

3

송촌문화모임은 2018년의 사업으로 두 가지를 정했다. 하나는 독서운동의 일환으로 책 읽기와 독후감 대회를 개최하는 것이고, 또 하나는 송촌 선생님의 백수(白壽)기념 모임을 갖는 일이다. 독서운동과 관련해서는 박철원 이사장이 기본 계획을 만들고, 송촌모임에서 논의하는 방식으로 진행하기로 했다. 송촌 선생님의 백수기념 모임은 날이 따뜻해지는 5월 중순에, 철학계의 원로 교수님들을 송촌 선생님이 만찬에 초대하는 형식을 취하면서, 먼저 기념식을 갖고 만찬 후 오후 시간에는 철학자 간담회를 개최하는 일을 추진하기로 했다. 우선 송촌문화모임은 백수기념 모임의 준비에 주력하기로 했다.

2018년 2월에 송촌 선생님의 백수를 기념하는 모임의 윤곽이 나왔다. 모임 장소를 강원도 양구의 '김형석·안병욱 철학의 집'으로 정하였고, 간담회의 주제로 '우리 사회의 정신적-사회적-문화적 상황(소위 한국병과 그 치유)과 우리 시대의 철학적 과제(인문학으로서의 철학이 나아갈 길)' 등이 제안되었다. 초청장은 김광수 교수가 맡았다. 그러나 날짜가 임박해 왔을 때에는 상황이 많이 달라졌다. 장소가 너무 멀어서 교통이 불편하다고 생각되어 모임 장소를 서울 시내로 바꾸었다. 그래서 모임을 5월 30일 정오, 간담회 장소는 서울 명동의 웨스틴조선호텔 라일락(Lilac) 룸으로 정하고 5월 4일에 초청장을 발송하였다. 그리고 간담회 주제를 "한국적 상황을 생각한다."로 확정했다. 초청장을 발송할 때까지 참석하시겠다고 회신을 주신 분들은 모두 32분이었다.

기념모임과 간담회의 플래카드에는 "松村 金亨錫 선생님의 白壽를 축하하는 원로 철학 교수들의 간담회. - 주제: 한국적 상황을 생각한 다 -"라고 적었다. 초청장에는 한국의 대표적 철학자이며 동갑 철학자들이신 고 김태길 선생님과 고 안병욱 선생님을 함께 추억하는 이 간담회 자리에서, "송촌 선생님과 원로 교수님들의 농익은 삶의 지혜가 세월을 뛰어넘는 우정과 어울려 즐겁고 의미 있는 만남이 될 것을 확신합니다. … 김형석 선생님의 백수를 축하해주시고, 뜻 깊은 시간을 함께 나누시게 되길 삼가 앙망합니다."라고 청했다.

이런 행사는 한국 철학계에서는 전무후무한 일이 될 것이다. 전무란 우리가 전에 백세 되고서도 그렇게 건강하시고, 왕성하게 활동하고 계신 철학 교수님을 한 번도 뵌 적이 없었고, 후무란 앞으로 또 그 어떤 분이 외길 철학자의 길을 걸으시고, 백수의 연세에도 활동에 불편이 없는 건강을 유지하면서, 서른 분의 칠순을 넘긴 원로 철학 교수들을 간담회 자리에 초대하는 일이 또 한 번 더 일어날 수 있을까 하는 생각에서였다. 그래서 이날의 모임은 다시 반복될 것 같지 않은 일회적인 역사적 사건이 되지 않을까.

이날 백수기념식에는 송촌 선생님이 인사말을 통해서 감사 인사를 드렸고, 당부 말씀을 전해주셨다. "학교 일이나 이런저런 일로 철학계의 교수님들과 소통을 이루지 못하고 또 책임을 못다 한 것에 대해서 송구하게 생각하여, 언제 한번 교수님들을 모시고 용서받고 싶기도 했으나, 이제 이렇게 너무 늦게 여러분을 모신 것에 대해서 미안하게 생각합니다. 고 김태길 교수, 고 안병욱 교수와는 50여 년간 이 분야에서 일하는 동안 서로 간의 우정이 두터웠습니다. 그분들이 떠나고 나니 더욱 그립습니다. 김태길 교수 생존 시에 전화를 걸어서 '우리 셋이 1년에 한 번이라도 서로 만나자'고 했더니, '좋긴 좋은데, 김 선생은 한 가지만 생각하느냐'고 말하더군요. '지금 우리가 많이 늙은 줄 모르는가'고 핀잔을 주면서, '세상에서 사랑하는 사람을 먼저 보내는 것이 얼마나 힘든 줄 아느냐'고, '그냥 가게 보내주라'고 유언처럼 말하더군요. 그러고서 떠나신 지 9년이 지났습니다. 언젠가 한번 안병욱 선생이 전화해서 하고 싶은 이야기가 있다고 하더군요. '아무래도 김 선생 혼자 남을 것 같다'고 하면서, 세 가지를 이야기 했습니다. '먼저 가서 미안해, 혼자 남아도 힘들어하지 마, 김 선생이 아무래도 정신력이 강하니 우리가 못다 한 것을 잘 마쳐주어야 할 거야'라고 했습니다. 우리는 일제강점기를 살면서 많은 것을 경험했습니다. 그래서 우리끼리만 즐기는 철학을 해서는 안 될 것이라고 다짐했습니다. 우리는 첫째로, 철학과 사회를 연결 짓는 일을 해야 할 것이며, 둘째로, 저는 김태길 선생과 함께 한국병을 치료하기 위해서 윤리학을 택했는데, 우리 사회가 무엇을 버리고 무엇을 택할 것인가를 생각해야 할 것입니다. 오늘 간담회에서도 거기에 대해 모색해주시고, 교수님들의 공통적인 의견을 모아주시기를 바랍니다. 그것이 우리가 끝내지 못한 일에 대한 당부라고 생각합니다. 여러분을 초청한 간담회 자리에서 백수기념이라는 일로 제가 먼저 대접을 받는 것 같아서 죄송하게 생각합니다. 남은 시간 동안 우리 사회에 도움이 될 수 있는 많은 이야기로 채워주시고, 즐거운 시간 그리고 기억에 남는 시간이 되었으면 좋겠습니다. 감사합니다."

이렇게 시작한 이날의 모임은 오후 3시 30분에 간담회를 마치면서 모두 끝났다. 송촌문화모임의 첫 번째 일이 무난하게 치러졌다. 다음

의 일로 간담회에서 논의된 이야기를 정리해서 묶어내는 일과 청소년
독서운동을 시작하는 일이 남아 있다.

4

기념행사와 간담회가 끝나고 나서 6월에 송촌문화모임이 모였다.
거기에서는 지난번 간담회의 내용을 다시 정리하는 문제가 안건으로
나왔다. 여러 교수님늘이 간담회의 정해진 시간에 쫓겨서 충분한 논
의를 할 수 없었기 때문에 그것으로 책을 묶어내는 일은 어렵다는 의
견을 모았다. 새로운 사업으로 내년 송촌 선생님의 백수(百壽)에 맞추
어서 송촌 선생님의 철학적인 위상을 세우는 『김형석론』(가제)을 출
판하는 일을 엄정식 교수가 제안하였다. 모두가 거기에 동의했다. 그
리고 7월 중에 독서운동에 대해서 독서르네상스의 박철원 이사장의
보고를 듣기로 했다.

독서르네상스의 실무자는 오늘의 청소년 세대가 '텍스트 세대'에서
'영상 세대'로 진화 중이기 때문에 지식습득도 네이버보다는 유튜브
(YouTube)에서 얻는다고 말한다. 그래서 종이책보다는 영상매체를
통해서 책을 읽기를 선호하고 있다고 한다. 영상을 통한 북튜버
(Booktuber)에서 책 읽기로 넘어가고 있다는 것이다. 박 이사장은
'독서 후 영화 만들기'라는 새로운 책 읽기 프로그램을 소개해 주었
다. 4차 산업혁명 시대에 디지털 미디어의 발달로 종이 활자에서 이
탈해 가는 현상이 심화되고 있는 현실을 감안하여 새로운 방식의 독
서운동을 제안하였다. 송촌 선생님은 아무래도 종이책의 독서운동에

관심을 두고 계신다. 그래서 '작은' 독서운동으로부터 시작하자고 하시고, 두세 개의 학교를 선정해서 독서운동을 시작하기를 원하셨다. 독서운동이 확대되어 가면 박철원 이사장이 그 일을 맡기로 결정했다. 그리고 독서운동의 일을 꾸준히 진행해 나가기로 하면서, 내년의 『김형석론』의 원고청탁과 원고 수합에 힘쓰기로 했다.

5

『김형석론』의 출판준비가 본격화되었다. 11월 초의 모임에서는 출판사, 필자선정, 책의 성격과 집필수준 등에 대해서 의논했다. 필자는 철학계뿐만 아니라 송촌 선생님의 활동영역 전체로 확대하기로 했다. 가능하면 기념 헌정논문집 형식을 지양하고, 청소년층(중 3학년 정도의 수준)이 이해할 수 있을 뿐만 아니라, 대중적인 철학 및 인문학의 저서가 될 수 있도록 집필하자는 것에 합의했다. 그리고 원고는 2018년 말까지 마감하기로 하고, 책의 출판은 2019년 5월 송촌 선생님의 생신을 전후해서 완결하기로 했다. 11월 28일에 송촌문화모임이 다시 한 번 더 모이게 되었다. 이날은 송촌문화모임이 일을 시작한 지 1년이 되기도 했지만, 이날 KBS에서 송촌 선생님을 〈인간극장〉의 인물로 선정하여 촬영하는 날이기도 했다. 우리는 촬영을 병행하면서 『김형석론』의 집필자들의 원고청탁 상황과 논문 제목(가제)들을 확인하였다. 지금까지 열두 분의 집필자가 예약되었고, 앞으로 몇 분을 더 선정하기로 하였다. 송촌 선생님은 그 자리에서 우리가 보고하는 내용을 들으셨다. 책에 담길 주제에 대해서 몇 말씀을 해주셨다. 대략 주제는 송촌 선생의 생애와 사상, 송촌 선생의 철학사상 체계, 역사철학, 윤리학, 종교철학, 기독교의 이해, 한국 수필문학에서의 송촌 선생의 위상을 다루는 글들을 쓰기로 했다. 송촌 선생님은 가능하면 대학 교양서적 수준의 가독성을 가진 이해하기 쉬운 글로 집필해 주기를 당부하셨다. 이날 우리가 회의하는 모습이 〈인간극장〉(5회, 2019년 1월 4일 방영)에 잠시 담겼다.

우리는 12월 초순에 공식적으로 원고청탁서를 발송하였다. "2019년 4월에 송촌 김형석 교수께서 100세(百壽)를 맞이하십니다. … 이에 송촌문화모임에서는 송촌 선생님의 생애를 기리고 업적을 계승하기 위하여 『송촌 김형석론』(가제)을 출간하여 증정하기로 하였습니다. 집필자로 선정된 선생님들께 원고를 다음과 같이 청탁하오니 기꺼이 허락해주시기 바랍니다. 감사합니다."라고 적었다. 집필영역을 송촌 선생의 생애와 사상, 종교의 이해와 기독교, 역사의 전개와 문화, 수필문학과 교양철학, 윤리와 인간으로 정하고, 청소년 독자 수준의 평이한 서술을 부탁드렸다. 이렇게 해서 원고가 모두 수합된 것이 2019년 4월 초순이었고, 모두 열여덟 분이 참여하였다.

6

편집회의에서 그 내용에 따라서 분류하고 또 원고를 싣는 순서를 정하는 일을 김광수 교수와 엄정식 교수가 담당했다. 송촌문화모임이라는 마차는 처음부터 이 두 분이 끌고 나갔다. 아이디어를 내는 일에서나 그것을 다듬고 문제점을 지적하는 일에서 두 분의 역할이 모든 일을 감당해 나간 것이다. 원고들을 내용에 따라서, 송촌 선생을 만나고, 기리고, 논하는 것으로 나누어서 3부로 편집하자고 엄 교수가 제안했지만, 원고들을 자세히 살펴보면서 기리고, 논하는 것으로 나누어 2부로 하는 게 더 좋겠다고 말하고, 또 논문을 싣는 순서를 정하는 것까지 제안한 것은 김광수 교수였다. 그 제안대로 확정되고, 일이 진행되었다. 그리고 이렇게 많은 일들을 묵묵히 감당해 낸 일꾼들이 또 있다. 김성진 교수는 우리 모임의 방향과 송촌 선생님과의 소통이 원활하게 이루어지도록 이끌어 주었고, 김용복 교수는 송촌문화모임의 크고 작은 일들, 즉 문화모임의 행사를 기획 총괄하고 서기와 회계업무까지 도맡아서 수고했다. 이분들의 수고가 없었더라면 이 모든 일이 매끄럽게 진행되지 못했을 것이다.

수합된 원고들이 정돈되어서 아름다운 모양을 갖추게 되었으나, 원래 기획하였던 청소년의 가독성을 고려하려고 했던 멋진 소망은 이루어지지 못한 것 같다. 결국 기념헌정 논문집이 되어버린 것이 아닌가 하는 걱정을 하고 있다. 부분적으로는 난해한 철학논문의 냄새를 풍기는 글이 되었다. 그러나 열여덟 편의 글들은 모두 각자의 특색을 가지고 있다. 원래 송촌문화모임에서 기획하였던 송촌 선생님의 다양한 관심 주제에 대한 세밀한 배분이 이루어지지 않아서 기독교와 신앙에 치우친 느낌이 들지만, 송촌 선생님의 철학이 전체적으로 신앙을 토대로 삼고 있기 때문에 불가피한 일이라 하겠다. 그래도 송촌 선생님을 바라보는 필자들의 시각이 서로 다르기 때문에 흥미로운 글이 되었다고 생각한다.

강학순 교수와 김영한 교수의 글이 송촌 선생님의 신앙적이고 철학적인 지평을 잘 정리해주고 있다. 그리고 깊은 신앙심을 가진 철학자 송촌 선생님을 부각시켜주고 있다. 손봉호 교수와 피세진 교수의 글은 송촌 선생님의 기독교 이해를 선명하게 보여주었는데, 손봉호 교수는 송촌 선생님의 철학과 신앙 사이의 연관성을 파스칼이나 키르케고르의 경향으로 파악했고, 또 다른 경향의 기독교 철학자를 대칭적으로 비교하였다. 그러면서 송촌 선생님은 신실한 크리스천으로서의 철학자임을 확인시켜 주었다. 피세진 교수는 송촌 선생님의 기독교 이해에서 비판받을 수 있는 여지가 있을 수 있다는 몇 개의 문제 상황을 설정하고 거기에 대한 변호를 송촌 선생님의 저작에서 스스로 대납하게 하고 있다.

송촌 선생님과의 각별한 인연으로 자신의 삶에 새겨진 추억을 시작으로 그의 철학이나 기독교 신앙에 영향을 받은 분들의 이야기들이 있다. 중학교 시절에 이미 송촌 선생님을 알고 있었다가 40년이 지나서 처음으로 뵙고 지금까지 따르고 있다는 박만지 선생의 글이나, 박철원 독서르네상스 이사장의 송촌 선생님과 함께한 독서운동, 성경모임과의 오랜 인연이나, 이명현 교수, 이초식 교수, 김하진 교수의 글들 속에는 아주 다양한 모습으로 필자 자신이 송촌 선생님을 만나게 된 소중한 기억들을 담고 있다. 그 기억의 모습들은 모두 송촌 선생님이 품어내는 인격적인 삶의 각 면모들임에 틀림없다.

아주 특이한 관점에서 송촌 선생님의 업적을 조명한 글들이 있다. 황종환 교수의 글에서는 송촌 선생님과 키르케고르 사이의 기독교 철학사상적 연관성에 대한 깊은 통찰이 있었고, 김용환 교수의 글은 오늘의 시점에서 『영원과 사랑의 대화』를 다시 읽어보는 새로운 철학적 감각을 보여주었다. 그리고 김영진 교수의 철학상담치료적인 입장에서 다룬 글과 정대현 교수의 일상언어철학적 관점에서 다룬 글이 있다. 이 주제들은 송촌 선생님의 철학적인 업적이 다시 후대에도 이어져서 연구될 수 있는 주제들에 속한다. 완전하지는 못하지만 그 시작이 될 만한 단초를 이 논문들이 마련해 주었다고 볼 수 있다. 송촌 선생님의 제자들인 김용복 교수와 박순영 교수의 글은 송촌 선생님의 철학적인 체계와 그 철학적 주제를 밝혀보려고 애쓰고 있다. 자유와 휴머니즘을 중심으로, 또는 고독에서 사랑과 영원이 도출되는 계기들을 찾아보려고 했다. 그것은 다만 시작일 뿐이다. 특히 엄정식 교수의 송촌 선생님의 철학체계를 '영원에의 의지'로 규정한 글에서는 철학 수필의 대가로 알려진 철학자들을 대립구도로 정리해서, 한편으로 몽테뉴와 니체를, 다른 한편 파스칼과 키르케고르를 흥미롭게 대비시키고, 거기서 송촌 선생님의 철학적인 계보를 추적했다. '신의 죽음'보다는 '인간의 죽음'을 더 심각한 것으로 받아들이는 변화된 이 시대에 영원에의 의지는 어떻게 작동될 것인지를 되묻는다.

7

　김성진 교수의 글 지혜사랑(철학)과 인간사랑(휴머니즘)은 송촌 선생님의 사상을 특이한 방식으로 접근하는 논문이다. 송촌 선생님의 저작의 출판시기에 따라서 그의 생각이 발전해 가는 과정을 그려내었다. 그리고 그 밑바닥에 흐르는 휴머니즘을 밝혀냈다. 송촌 선생님의 기독교 이해는 이런 휴머니즘을 토대로 전개되고 있기 때문에 종교는 인간학을 기초로 삼아야 한다고 말씀하셨는지도 모른다.

　마지막으로 언급되어야 할 김광수 교수의 글은 가히 도발적이라

할 만하다. 송촌 선생님을 강단철학자와 실천철학자로 대비시키더니, 마지막에는 미국 철학자 몰겐버그의 철학자 구분 방식에 따라서 소크라테스와 같은 성인급 철학자, 칸트나 비트겐슈타인 같은 천재 철학자, 철학이론을 분석하고 해석하는 분석가, 철학의 지식을 가르치는 교육가, 무늬만 철학자인 사이비 철학자로 나눈다. 그리고 다음과 같이 자신의 글을 마감한다. 이 간행사도 김 교수의 이 의미심장한 생각에 기대어 마감하고자 한다.

"강단철학자들은 선생님을 사이비로 분류할지 모른다. 그러나 그건 터무니없는 모욕이다. 선생님은 어떤 범주에도 속하지 않기 때문이다. 그럼에도 불구하고 누군가 굳이 선생님을 성인 급에 가까운 철학자로 분류하고 싶어 할 경우 이에 반대하기는 쉽지 않을 것이다."

2019년 5월 3일

어지러운 세상에
어김없이 찾아온 봄날을 감사해하며

송촌문화모임 편집위원 일동

제1부 송촌을 기리다

1. 송촌 김형석 교수와 기독교

피세진

1. 송촌 선생과의 만남

처음 내가 송촌 김형석 선생님을 뵌 것은 연세대학교 철학과 입학 면접시험에서였다. 연세대학교는 1956년부터 입학시험 없이 고등학교 성적만으로 일차 서류전형을 거쳤고, 거기에 통과한 학생들을 대상으로 면접시험을 실시하고서, 최종적으로 학생을 선발하였다. 그때 나는 고등학교 성적이 괜찮았기 때문에 면접대상이 되었다. 면접에서 떨어지는 경우도 있어서, 약간의 불안감을 안고 시험장에 들어갔다. 지금 내 기억으로는 두 분 선생님(정석해 교수와 김형석 교수)께서 여러 가지 질문을 하셨는데, 그때 우리 수험생들은 인물이 훤하시고 인자하신 모습의 김형석 교수가 더 높은 분인 줄 알았다. 아직까지도 생생하게 기억나는 일은 김형석 교수께서 두꺼운 독일어 원서를 내놓으시면서 나보고 읽어보라고 하신 것이었다. 내가 큰소리로 읽고 나자,

또 뜻을 해석해 보라고 하셨다. 가만히 김형석 선생님의 표정을 살펴보니 내가 괜찮게 했구나 하는 생각이 들었다. 그 순간이 바로 송촌 선생님과의 긴 인연의 시발점이었다.

학부를 졸업하고 군복무를 마친 뒤 대학원에 입학을 하니, 그때 송촌 선생님께서 철학과 학과장직을 맡고 계셨다. 나는 학과 조교가 되었고, 매일 선생님을 만나는 특권을 누리게 되었다. 선생님을 모시다 보면 여러 가지 일이 있다. 선생님이 안 계시는 시간에 선생님의 글을 읽고 학교로 찾아오는 사람들이 있다. 이따금 교도소에서 출감한 사람들이 선생님의 강연을 듣고서 감동하여, 교도소 문을 나오자마자 선생님께 인사드린다고 학교로 찾아오기도 했다. 그중에서도 일부는 차비를 보태어 달라고 부탁하는 사람도 있었다. 철학과장실 조교로 일하면서, 수많은 사건과 복잡한 일들을 겪고 이것을 해결하기도 했다.

송촌 선생님은 참 검소하셨다. 30년 이상 된 빛바랜 가죽가방이나, 오래된 양복저고리는 의류박물관에서나 찾아볼 뿐인데, 가끔 옛날의 시대극에 필요하다고 하면서 송촌 선생님의 양복을 빌려달라고 청하는 경우도 있었단다. 선생님은 가까워지면 농담도 잘하시고 소탈하신 분이기도 했다. 언젠가 선생님이 얼마나 자신이 건강한지 보여주신다고 단단한 다리를 보여주신 적도 있다. 가끔 선생님은 어떤 영웅도 그 하녀에게는 영웅이 아니라고 하시면서, 학과 조교인 나에게뿐만 아니라, 가깝게 대면하는 사람들 모두에게 더욱 조심스레 대하시는 분이셨다. 그래서 송촌 선생님은 대학원생인 조교에게도 한결같이 선생이란 호칭을 붙여주셨을 뿐만 아니라, 무슨 부탁이나 심부름도 예의 바르게 시키셨다. 광화문까지 가야만 하는 심부름을 시키면서, 언제나 차비를 챙겨주셨다. 그 당시에 그런 대우는 흔하지 않은 일이었다.

조교를 맡으면, 선생님 강의에 출석하는 학생들의 출결사항을 체크하는 것은 물론이고, 강의 시간이 시작되기 전에 언제나 강의실 상황을 둘러보아야 한다. 300명 이상이 모여드는 강의는 모두 대강당에서 실시되기 때문에, 강의 시작 전에 나가서 마이크를 체크하고, 칠판과 분필과 지우개를 챙겨야 한다. 그리고 강의가 끝나면 학생들이 사무적인 일을 조교에게 묻기 때문에 잠시 강의실 밖에 서 있거나, 조교실에서 대기하기도 했다. 송촌 선생님은 하버드 대학에서 객원교수로 계신 경험으로, 대학 강의의 시작과 함께 담당교수와 조교가 함께 강의실에 들어오는 모습에 감동을 받으셨는지, 자주 교수와 조교의 긴밀한 관계를 강조하시기도 했다. 대학의 강의는 단순한 지식전달이 아니라, 따뜻한 인간관계에서 더 깊은 배움이 있다는 것을 강조하시려 한 것 같았다.

나는 대학원 석사논문을 「윌리엄 제임스의 종교관」으로 썼다. 송촌 선생님이 기독교인이시라는 것을 알게 되면서 부담 없이 결정한 연구 제목이었다. 나는 송촌 선생님의 인품이 기독교 정신에서 나온 것이라는 것을 알고서는, 기독교는 교리적 지식을 아는 것에서가 아니라 삶에서 드러나야 하는 것임을 깨닫게 되었다. 송촌 선생님의 생애와 사상을 논한다면 기독교를 떼어 놓고는 생각할 수 없다. 그의 예수사랑은 지극하다. 그는 14살, 평양 숭실중학교 1학년 때 일생을 하나님께 맡기겠다고 결심했다. 그로부터 오늘까지 70년이 넘는 세월 동안 그는 일상생활에서 하루도 하나님과 떨어져 있는 순간이 없었다.(『예수』, 4쪽) 우리 모두가 아는 대로 송촌 선생님은 수많은 강연에서, 특히 교회 강연에서 "기독교인들이 어떻게 살아야 하는가"에 대해서 말씀해 주신다. 기독교인의 삶은 기본적으로 예수의 사랑과 봉사의 삶이다. 그분은 그 사명을 멀리하신 적이 없다.

2. 송촌 선생의 기독교 이해

한국에 1세기 전에 기독교가 전래되면서, 우리나라의 근대화가 시작된 시점이었고, 이 시기에 한국 기독교는 사회발전에 큰 역할을 수행했다. 송촌 선생님은 말하기를, "생명력이 충일한 기독교 정신이 민족계몽과 근대적 정신을 계발하는 데 큰 역할을 담당했다. 초창기의 기독교는 신앙적 전도에 그치지 않았다. 근대 산업에 영향을 줄수 있는 과학적 기술의 도입과 민족의 장래를 위한 새로운 교육의 보급은 기독교의 대단한 공헌이었다."고 평가했다.(김형석, 「기독교 사상의 현대적 역할」, 『한국논단』 9월호, 41쪽) 기독교회가 대학과 고등학교를 세우고, 병원을 세우고, 사회시설기관을 세우는 등 한국 근대화의 추진력이 되었다. 3·1 운동 이후에도 상당한 기간 동안 기독교의 사회적 공헌은 누구도 부정할 수 없었다. 송촌 선생님의 판단으로는 해방이 되기까지 기독교는 사회의 생동적인 정신의 상징이었으며, 심지어 일제시대에도 그러했다고 한다. 기독교가 우리 사회의 근대화를 위해서 공헌한 업적이 많다. 봉건적인 사고의 탈피, 미신적 사고방식의 불식, 국가의 발전을 저해하는 인습적인 가치관의 혁신 등 많은 기여를 했다. 국민의 20% 정도가 되는 기독교인들이 나머지 80%의 한국 국민들보다 앞서 있었고, 더 높은 가치의식과 사회의식을 가지고 사회를 선도하고 있었다는 것이다.

해방 이후, 특히 북한에서 이주한 그리스도인들의 열정적인 선교와 전도 사업을 통해서 기독교가 확장되어 갔으나, 6·25 동란 이후 기독교는 갈등을 겪기 시작했다. 교리와 교권싸움으로 기독교가 발전하기 시작했고, 산업화의 분위기를 타고 교회는 확장되어 갔지만, 교세의 확장과는 달리 교회의 질적인 상태는 퇴보해 갔다. 타협과 협력이 없는 파벌과 분쟁이 교회의 신앙적인 성장을 멈추게 해 버렸다. 송촌 선생님은 말하기를 이제 교회 바깥에 있는 사회인들이 오히려 기독교인들보다 가치관에 있어서 더 앞서게 되었다는 것이다.(「기독교 사상의 현대적 역할」, 43쪽) 그 당시 1990년대의 여론 조사에 의하면 우리 국민들 가운데 누구를 더 신뢰하는가 하는 질문에, 교수나 학자를 신뢰한다는 것이 50%인데, 종교지도자를 신뢰한다는 것에는 16%, 오히려 언론인을 신뢰하는 경우가 17%에 달한다고 나와 있다.(「기독교 사상의 현대적 역할」, 43쪽)

이제 기독교에 신뢰를 보내거나 교회를 찾는 사람이 감소하고 있다. 초창기의 기독교는 우리 사회의 민주주의를 선도해 왔는데, 지금은 기독교적 사고방식이 민주주의를 병들게 한다고 우려한다고 송촌 선생님은 지적한다.(「기독교 사상의 현대적 역할」, 44쪽) 그래서 송촌 선생님은 개신교 지도자들은 아직도 사회가 교회를 위해 있어야 하는 듯이 교회주의에 빠지고 있다는 것이다. "예수는 좋은 교회를 만들라든지 교회를 위해 노력하라는 교훈은 남긴 바가 없다. 더욱이 훌륭한 성당이나 예배당을 지으라는 생각은 가져본 일도 없었다. 예수의 뜻은 하늘나라를 민족과 국가 속에 건설하는 데 있었다. 하느님의 뜻이 이 땅 위에 이루어지는 하늘나라가 최후의 목표였던 것이다. 그렇다면 그리스도인들은, 우리는 어떻게 교회를 통하여 이 역사 위에 하늘나라를 건설하는가에 뜻을 모아야 할 것이다."(「기독교 사상의 현대적 역할」, 44쪽)

인간의 사회를 위한 가치관이란 말은 기독교의 말씀과 진리라는 말로 이해해야 하겠지만, 그 말씀과 진리가 현대인들의 가치관이 되고 인생관이 되어야 진리의 구실을 하게 된다. 그리고 이 말씀과 진리가 구원의 소식이 될 수 있기 위해서는 예수의 교훈과 말씀이 교리로 국한되거나 신학자들의 학설에 맡겨져서는 안 된다는 것이다. 왜냐하면 예수는 교리나 교조주의를 원하지 않으셨기 때문이다. 이것은 예수 생존 당시에 바리새인이나 제사장이나 서기관들이 교리와 교권주의에 매달려 있었던 것과 같은 것이다. 이것이 바로 교회 역사에서의 역사적인 사실이었고, 한국 교회의 현실이기도 하다. 송촌 선생님은 말한다. "일부의 기독교를 위하기 때문에 걱정하는 사람들은 천주교는 교회주의와 교리주의에 빠져 기독교 정신을 소외시켰고, 개신교는 신학주의에 치우친 나머지 분열과 혼란을 초래했다."(「기독교 사상의 현대적 역할」, 45쪽)

앞으로 기독교는 사회를 위해서 어떤 책임과 의무를 감당해야 하는가를 송촌 선생님은 다음과 같이 제시한다. 첫째로 그리스도의 정신에 입각한 인간 목적의 이념을 확신시켜 주어야 한다. 기독교는 세상 사람들이 인간답게 살 수 있도록 도와주어야 한다. 그리고 기독교는 사람들이 교회라는 제도나 인습 때문에 인간의 존엄성과 고귀한 권리를 포기하거나 연기시키는 일을 용인해서는 안 된다. 다시 말하면, 송촌 선생님은 기독교는 인간의 존엄성을 최고의 가치로 삼고 그것을 실현하는 일에 게을리해서는 안 된다고 경고한다. 말하자면 기독교가 휴머니즘 이하라면 기독교는 필요 없다는 입장이다.

둘째로 중요한 기독교의 사회적 과제는 인격적인 사랑이 넘치는 사회를 만들어 주는 데 있다. 우리 사회는 정의의 질서 위에 사랑의 질서가 있어야 한다는 것이다. 그런 의미에서 송촌 선생님은 기독교 정신의 본질에 대해서 언급한다. "예수는 사회악에 대하여 대단한 분노와 항거를 가했다. 그러나 그의 사랑의 뜻은 더 높은 데서 그것을 감쌀 수 있었기 때문에 우리는 기독교를 사랑의 종교라고 부른다. 정의의 질서도 지키지 못하는 교회는 존재할 필요가 없다. 그러나 정의에 머무는 것도 기독교의 종교적 자격을 다하지 못한다."(「기독교 사상의 현대적 역할」, 46쪽) 기독교는 사랑의 질서와 희망을 사회에 안겨 주면서 세상의 모든 문제를 사랑의 지혜와 희생으로 해결 지으며 완성시킬 수 있는 능력을 갖추는 기독교가 되어야 한다는 것이다.

마지막으로 기독교는 우리 사회의 모든 분야에서 선도적인 역할을 감당하며, 그 정신과 능력을 갖고 사회에 이바지하려는 의무와 자세를 가져야 한다는 것이다. 기독교인들의 사랑을 통한 희생정신이 요구된다. "예수는 한 알의 밀이 땅에 떨어져 열매를 맺는다고 가르쳤다. 그러나 쭉정이는 썩어도 열매를 맺지 못한다. 지금은 대부분의 그리스도인들이 희생을 통해 열매를 맺기보다는 결실이 없는 쭉정이가 되어 있는 것 같은 실정이다. 인간적인 노력을 다한 뒤에 신앙인으로 봉사하는 그리스도인들이 되어야 하겠다."(「기독교 사상의 현대적 역할」, 46쪽)

송촌 선생님의 기독교에 대한 이해는 위에 제시된 세 가지의 책임과 의무에서 분명해진다. 기독교 진리에 근거한 휴머니즘(인간애)의 정신, 사랑의 질서, 희생정신이 우리 사회를 위한 힘이며 능력이 된다는 것이다. 이제 우리는 여기서 설정된 송촌 선생님의 기독교 이해를 기본으로 삼아서, 송촌 선생님에게 제기될 수 있는 가능한 반박들에 대해서 대답해 보고자 한다.

3. 송촌 선생의 기독교 변호론

　송촌 선생님은 많은 저술과 강연을 통해서 기독교 진리에 대해서 진술했지만, 기억할 만한 어떤 논쟁에 엮인 경우는 없었다. 그럼에도 불구하고 그의 저술들 여기저기에 진정한 기독교를 다른 종교와 문화와의 관련성에서 비교하거나 구별하는 일을 진지하게 수행하였다. 다음의 몇 항목들은 송촌 선생님의 저술 속에서 펼쳐지고 있는 가상의 논쟁점 4가지를 수합하여 정리해 본 것이다.

무교회주의의 신학

　송촌 선생님 자신이 『나의 인생, 나의 신앙』에서 스스로 제기한 질문이 있다. 사람들이 자신을 '무교회주의자'라고 비난한 것에 대한 대답이다. 1956년 남대문 장로교회의 요청으로 송촌 선생님은 교회의 청년 대학생을 중심으로 성경공부를 시작했다. 그것이 시작이 되어서 새문안교회의 성경공부, 종로YMCA 친교실에서의 성경공부, 종로의 시사영어학원 강의실에서의 성경공부로 장소가 바뀌어가면서 이어진 성경모임을 교회를 떠나 집회를 갖는 것이라는 오해가 시작되었다. 송촌 선생님 자신도 그것이 바람직하지 않다고 생각되었지만, 거기에 참여하는 분들 중 다수가 교회에 출석하지 않는 분들이었다. 그렇다고 이 성경모임에 나오는 분들이 결코 교회 자체를 싫어하기 때문에 이 모임에 나오는 것은 아니었다. "교회에 열심히 봉사하는 신도들은 교회에서 부족했던 부분을 성경공부에서 충당할 뿐이었다. 그들은 교회를 비판하거나 부정적인 입장에서 보지는 않았다. 오히려 기성교회의 단점과 부정적인 면을 얘기해 오던 사람들도 성경공부를 하는 동안에 긍정적이며 건설적인 방향으로 교회를 섬기는 노력으로 이어져 갔다."(『나의 인생, 나의 신앙』, 138쪽)

작은 수의 성경모임은 가장 이상적인 모습의 교회가 된다고 생각했다. 조직이 없고, 적은 사람들이 모여서 말씀을 나누고 기도하고 서로 교제하는 것인데, 송촌 선생님은 무교회주의자라는 비판을 견디기 힘들었다는 것이다. 송촌 선생님 자신도 무교회주의자들이 성서에만 치중하여 고립적인 진리관에 치우치는 면이 없지 않다고 문제를 지적하기도 한다.(『영원과 사랑의 대화』, 220쪽) 그러나 송촌 선생님의 성경모임은 성서에만 갇혀 있지 않는 작은 신앙공동체로 시작했다. 교회라는 큰 조직에 환멸을 느낀 사람들도 있었지만, 교회에 불만을 품고 나왔던 사람들이 다시 교회로 돌아가기도 하고, 이 모임에서 말씀을 나누다가 목회자나 신학자가 된 사람도 있고, 겸손히 교회를 섬기는 사람도 많아졌다. 송촌 선생님은 결코 무교회주의를 표방한 적이 없었다.

송촌 선생님은 1985년경에 사모님이 편찮으시게 되어 33년 동안 이어왔던 성경모임을 중단하였다. 그러다가 1994년 6월 12일 주일에 한우리 독서운동본부의 박철원 목사와 함께 성경모임을 다시 시작하게 되어서 2018년 연말에는 모두 1천 회의 성경모임을 갖게 되었다. 무교회주의라는 오해와는 전혀 다른 작은 성경공부모임이 알차게 유지되어 왔던 것이다. 교회가 반드시 커야 하는 것은 아니다. 교회가 반드시 거대한 조직을 가져야 하는 것도 아니다. 교회에 이름이 붙어야 하거나, 어떤 교단에 속해야 하는 것도 아니다. 신앙운동은 양적인 것이 아니라, 질적인 것이라는 사실을 알게 되었다. 많은 수가 모이고 큰 행사를 치르는 것도 중요할지 모르나 진리의 탐구와 전달이 더 중요하며, 말씀의 열매를 위해서는 행사와 조직을 줄이는 것이 좋았다는 뜻이다. 일주일에 한 번 모이는 장소는 얼마든지 구할 수 있으며, 헌금은 그리스도의 이름으로 하기로 했다. 말씀공동체는 조직을 꼭 필요로 하는 것이 아니다. 말씀을 나누고 깨닫고 각자가 실천하면 되는 것이다. 그 노력이 헛되지 않았다는 것이 "우리 모임을 다녀간 이들이 모두 진실한 그리스도인이 되었다는 사실로 입증되곤 했다."(『영원과 사랑의 대화』, 142쪽)고 송촌 선생님은 회고한다.

그러나 한국 교회가 지금처럼 외형적, 물량적 성장주의와 진리와 복음의 본질에서 벗어나고 한다면 송촌 선생님이 추구한 성경모임은 한국 교회의 한 모형이며, 교회주의에 비판적인 무교회주의라고 해도 좋을 것이다. 송촌 선생님은 이렇게 말한다. "예수는 신앙공동체인 교회를 부인하지는 않았다. 그러나 현재와 같이 기독교가 교회로 시작해서 교회로 끝나는 교회주의나 교회목적관에 빠지면 우리는 도리어 큰 과오를 범하게 된다. 교회는 하늘나라를 위한 과정과 수단이다. 사실은 예수의 교훈을 진리가 아닌 교리로 바꾼 책임이 교회에 있다. 또 교회가 유지되기 위해서는 교권이 필요하다. 그러나 교권은 인권을 위해 존재한다. 교권이 인권을 구속한다면 예수의 뜻이 아니다. 신앙은 권위의식과 공존한다. 그러나 그 권위가 신부나 목사에게 있는 것이 아니다. 성직자나 교직자는 신도들이 예수님에게로 가는 길을 안내하기 위해 스스로 비켜설 위치에 있는 것이다."(김형석, 「기독교 철학은 어떤 의미에서 가능한가?」, 19쪽)

현세주의의 신앙

송촌 선생님의 기독교 신앙엔 확실한 내세에 대한 입장이 없다는 주장이 있다. 내세에 대한 소망을 거론하지 않고, 다만 도덕적 행위와 선행만으로 구원이 이루어진다는 현세주의적인 생각을 한다는 비판이다. 그의 기독교 내세관에 대한 입장이 그의 글이나 강연 중 여기저기에 많이 등장하는 것은 아니지만, 내세에 대한 확실한 태도는 견지하고 있다. 송촌 선생님은 내세에 관한 논의를 초기의 수필집 『영원과 사랑의 대화』의 "천당과 지옥의 이야기"에서 분명히 해명한다. 사건의 발단은 천당과 지옥의 존재에 대한 함석헌 선생과 윤형중 신부 간의 논쟁에서 시작되었다. 송촌 선생님은 만약 영생 및 내세를 완전히 없는 것으로 단정해 버린다면 종교는 불필요할지도 모를 일이라고 말한다. "철학과 도덕이면 족하지 구태여 종교가 있어야 한다는 이유는 무엇일까? 문화, 예술, 도덕, 철학 이외에 종교가 필요하다는 것은, 그것들이 취급할 수 없는 어떤 문제를 종교가 가지고 있기 때문이 아닐까?"고 의문을 제기한다.(『영원과 사랑의 대화』, 221쪽)

송촌 선생님 자신의 내세에 대한 고백을 들으면, 이 비판에 대한 전혀 다른 측면을 확인할 수 있다. 그것은 어떤 청년과의 대화이다. 이 짧은 대화의 한 토막으로 송촌 선생님의 내세관이 확인되었다고 말할 수 있지 않을까? 강연을 끝내고 나오는 송촌 선생님에게 한 학생이 다가와서 질문한다.

학생: 천당이나 지옥이 있나요?
선생: 그런 문제는 개인의 신앙이나 신념의 문제지 객관적인 증명은 불가능하지 않을까요. 내가 있다고 말한다 해서 군이 믿을 것도 아니며, 없다고 말한다 해서 군이 일생 동안 안 믿을 수가 있겠어요? 나에게 개인적으로 묻는다면 모르지만….
학생: 신부도 목사도 아닌 철학하시는 분으로서의 내세관을 듣고 싶습니다.

선생: 그 질문도 잘못 설정된 질문이네요. 그것은 철학의 문제가 아닙니다. 그것은 어디까지나 종교, 신앙, 그것도 나 자신의 신앙문제가 되겠지요. 그런 문제는 신부님이나 목사님들께 묻지.

학생: 사실은 제가 지금 신학교 3학년입니다. 그것을 물으면 친구들이 이상하게 생각하고, 신학자들은 자꾸 핵심을 피하는 것 같아요. 예를 들면 성서에는 천당이라는 말은 없고 천국이라는 말은 있는데, 천국은 마음의 문제이니까 결국 정신적인 상태가 아닐까요? 이런 식의 대답만 해주세요.

선생: 그야 군이 신학생이니까 신학적인 설명을 요청했던 게 아닙니까?

학생: 선생님의 의견을 들었으면 좋겠어요.

선생: 나는 신자가 되기 전에는 내세를 믿을 수가 없었습니다. 신자가 되고 나니 나도 모르게 내세를 믿는 사람이 되었고 지금은 어린애와 같이 내세, 즉 천당과 지옥을 믿고 있지요. 명칭은 무엇이라 부르든 간에 선과 구원의 세계, 악과 징계의 세계를 믿고 있습니다. 그 이유는 내가 이전에 크리스천이 되기 전에는 아무리 인생을 생각해도 허무한 것뿐이며, 영원과 무한의 입장에서 삶을 반성할 때는 암흑과 저주밖에는 없었습니다. 무엇으로도 삶을 긍정할 길이 없으며 인생, 즉 나의 값을 근거 지을 곳이 없었습니다. 허무와 암흑밖에는 아무것도 없었습니다. 그렇던 것이, 신자가 되고 신앙을 가지게 된 뒤에는 어둡던 내 마음에 빛이 찾아 들고 암흑과 절망 속에 희망과 영원이 약속되기 시작했습니다. 모든 존재는 새로운 의의를 가지고 나타났으며, 온갖 삶의 내용은 천부께서 기약해 주시는 뜻으로 바뀌었습니다. 누가 무엇이라고 말하든지 나는 내 마음속에 하늘나라의 그림자를 발견했고, 천부께서 주시는 은총의 사실을 부정할 수가 없었습니다. 그리고 그것이 성경을 읽고 기도를 드리며 말씀대로 살아보려고 노력하는 도중에 점점 굳어졌습니다.… 그러나 아직도 나에게는 많은 문제, 고민이 남아 있습니다. 그것은 내 육체, 내 본능적인 욕망에서 오는 세속적이며 인간적인 번뇌, 타락과 범죄의 가능성과 사실입니다. 그런데 성서에는 우리들의 육체가 죽으면 육체적인 모든 번뇌와 악의 조건 및 가

능성을 벗어버리는 내세가 있다고 가르쳐 주고 있습니다. 그러니까 나는 그 내세를 믿는 것이지요. 과거에 입신(入神)의 체험이 없었다면, 누가 믿으라고 강요해도 못 믿었을 것인데, 그 체험이 계속되고 있는 한은 누가 믿지 말래도 안 믿을 수가 없을 줄 압니다. 그 체험을 부정할 수는 없지 않아요!

(『영원과 사랑의 대화』, 223쪽)

송촌 선생님은 내세의 문제를 증명의 문제가 아니라 개인적인 확신, 즉 믿음의 문제라는 것을 더욱더 분명하게 확인해 주었다.

도덕주의적 구원론

송촌 선생님의 기독교 이해가 선하고 아름다운 삶을 위한 도덕적 권고에 머무르는 것이 아닌가, 선하고 아름다운 삶으로 구원이 대체되는 게 아닌가고 의심하는 분들이 있다. 실제로 철학자로서 송촌 선생님은 신학자와 목회자가 할 수 있는 일을 남겨놓고 모든 일을 하고 있다. 철학자로서 인간학적인 출발점에서 기독교 이해를 시작하지만, 그 끝은 구원에 대한 관심에 서 있다. 쉽게 말해서 송촌 선생님은 목사나 신부, 또는 다른 종교의 지도자가 할 수 있는 일을 위한 정지작업으로서, 도덕적인 마음의 자세를 준비시키고 있다고 봐야 한다. 그러나 오늘 교회의 설교들이 자기개발을 위한 충고, 교양교육을 위한 참고자료 제시, 자기최면을 위한 위안, 교회주의를 위한 헌금강요를 벗어나지 못하고 있는 것에 비하면, 송촌 선생님의 도덕적 기독교 복음은 더욱더 복음적이다. 그는 기독교 신앙이 무엇에 근거해 있어야 하는지를 확실히 알고 있기 때문이다. 그는 누차 말하고 있다. 기독교는 도덕적인 삶의 태도나 휴머니즘보다 더 높아야 한다고 말이다.

그리고 우리가 말하고 있는 도덕적 양심이 우리들의 인간성과 영혼을 구원해 주지는 못한다는 사실이다. 즉, 양심은 도덕과 윤리 문제에 있어 최고, 최후의 심판이기는 하나, 그 인간의 구원과 영원한 문제의 해결을 줄 수는 없다는 것이다.(『영원과 사랑의 대화』, 226쪽) 그렇다. 양심은 무엇보다도 귀하다. 그러나 양심이 죄를 씻어 주고, 무거운 죄책에 허덕이고 있는 인생의 짐을 풀어 주는 것은 아니다.

영원에의 기대, 구원에의 가능성은 양심의 문제를 넘어서 있는 보다 높은 과제인 것이다. 그 때문에 모든 종교가들은 양심보다 귀한 신앙을 말하는 것이 아닐까. 인간이 도덕적인 문제로 끝난다면 양심은 무엇보다도 귀하다. 그러나 인간이 종교적인 기대를 가진다면 신앙은 양심보다 더 귀한 것이 될 것이다. 양심을 버리는 것이 아니라, 양심에 빛을 주며 구원을 약속하는 것이 신앙인 때문이다.(『영원과 사랑의 대화』, 229쪽) 그것은 그가 기독교 신앙의 핵심을 어디에 두고 있는가를 말하는 부분에서 자세하게 나타내고 있다.(『영원과 사랑의 대화』, 228쪽)

송촌 선생님은 기독교인의 신앙은 삶의 실존적 체험에서 비롯한다고 말한다. "사람들은 그것을 종말론적인 체험, 새로 태어남의 경험 또는 은총의 사실이라고 말한다. 나와 세상적인 것이 종말을 맞는다. 그 대신에 그리스도와 더불어 내가 새로 태어나는 삶이다. 나를 향한 하나님 아버지의 사랑의 뜻에 힘입어 이루어지기 때문에 은총의 사실이라고 부른다."(김형석, 「기독교철학은 어떤 의미에서 가능한가?」, 24쪽) 도덕적인 훈련은 자기수양이며, 자기근원적이다. 모든 것이 자기에게서 시작하며 자기에게로 돌아온다. 그러나 신앙은 결코 자기근원, 즉 자기원인(causa sui)에서 비롯하는 것이 아니다. 예수님의 부르심을 받은 사람은 자기원인에서가 아니라, 전적으로 초월적인 힘에 의존하는 삶을 살아간다. 베드로와 바울은 바로 이런 체험을 했다. "지금도 그렇다. 기독교의 역사를 이어온 그 이후의 모든 지도자들도 같은 생명의 연결망을 이어왔다. 그들의 신앙적 표현을 빌린다면, 그들은 모두 은총의 선택을 받은 사람들이다. 그래서 신앙인들은 무엇을 위해 어떻게 살아야 하는가에 대한 공통된 해답을 얻는다."(『영원과 사랑의 대화』, 228쪽)

도덕적인 자기수양에서 결코 구원이 이루어지지 않는다. 구원은 초월적인 존재의 진입에 의해서 이루어진다. 송촌 선생님은 기독교 장로교의 김재준 목사에 대한 이야기를 들려준다. 그는 유교전통을 계승한 평범한 지성인이었다. 그런데 본인도 예상치 못하게 그리스도인이 되었다. 자신의 의지와는 아무 상관없이 갑작스런 변화가 자신에게 생긴 것이다. 그 변화가 얼마나 충격적이었는지 입신한 지 처음 두 주 동안은 몸의 열은 없는데도 전 신체가 열병을 앓는 듯한 상태가 계속되었다고 서술하고 있다. 80이 넘는 삶을 마감할 때까지 꾸준한 신앙인의 자세를 지켰다. 그는 어떤 철학자 못지않은 지성적 사유와 자세를 갖추었던 분이라고 소개한다.(「기독교철학은 어떤 의미에서 가능한가?」, 24쪽) 바로 이것이 은총의 체험이다. 그런 변화가 철학도에게도 주어지는 것이 기독교의 신앙의 본질이다. 내가 품고 있었던 회의와 불안에서 환희와 감사의 삶으로 옮겨지는 것은 은총의 차원이 아니라면 이해할 수 없는 것이라고 송촌 선생님은 말하고 있다. 그리고 자주 자신의 책에서 자신의 은총체험에 대해서 언급하고 있다.

종교다원주의에 대한 비판적 견해

송촌 선생님은 기독교적인 입장에서 종교를 바라보고 있다. 하지만 자주 불교와 유교를 기독교와 대등한 종교의 수준으로 인정하고 있다. 그런 의미에서 그가 모든 종교를 같은 기능에서 이해할 수 있다는 종교다원주의자는 아닌가고 의심하게도 한다. 그러나 송촌 선생님은 그 부분에서는 아주 단호하다. 자신이 그토록 존경해 마지않았던 마하트마 간디나 레오 톨스토이의 종교관에 대해서 냉정한 비판에 서 있다. "간디나 톨스토이는 왜 하필 기독교만이 진리일 조건이 무엇이냐, 꼭 그리스도교만이 참 종교이며, 그분만이 유일한 분이라고 고집할 것이 무엇이냐, 불교, 유교, 이슬람교, 기독교, 배화교 등등 종교적 진리에 도달하는 길은 얼마든지 있지 않은가, 이런 옹졸하고 편협한 사고방식은 현대의 종교를 위하여서는 금물이라고 말한다. 석가, 공자, 마호메트, 소크라테스, 노자도 있지 않느냐고 말한다. 마치 서울로 가는 길은 경부선, 호남선, 중앙선, 경인선이 있는데, 어째서 하나만을 고집하여 종교적 대립과 불행을 일으키느냐고 반문하는 것 같다."(『영원과 사랑의 대화』, 224쪽)

그러나 송촌 선생님은 그렇게 생각하지 않는다. 영혼과 영혼의 구원의 문제를 위하여서는 반드시 이것도 저것도 아니라고 생각한다. 종교는 역시 체험의 문제다. 영원과의 대결에서 얻은 신념, 영혼을 위하여 체험한 확증, 그것이 종교의 핵심이기 때문에 그 사실의 유무가 문제일 것이다. 종교를 생각, 비판만 하는 사람은 어느 종교를 택할 수도 있다. 그러나 신앙을 체험하는 사람은 하나의 종교를 택하게 마련인 것이다. 그러므로 파스칼은 아브라함의 하나님, 이삭의 하나님, 야곱의 하나님은 철학자의 하나님이 아니라고 말한 것이다.(『영원과 사랑의 대화』, 224쪽) 만약 송촌 선생님이 지시하는 기독교 신앙의 본질과 연관시켜서 본다면 그에게서 다른 생각을 가진 이들에게 대한 관용을 허락하겠지만, 신앙적인 체험의 중요성은 결코 포기하지 않았을 것이다. 그런 의미에서 그가 여러 종교의 유의미성에 대해서 언급할 수는 있겠지만, 아주 개인적인 자신의 고백은 신앙체험이 지시하는 바를 따를 것이다.

4. 진정한 기독교의 힘: 참 사랑의 실천

송촌 선생님은 자신의 신앙이 보수적인 편이라고 말한다. 친구 목사들이나 신학자들이 의아해 할 정도로 자신이 보수적이라고 말한다. 그가 말하는 보수적 신앙의 중심은 언제나 성경이었다. 자신은 "교리보다는 진리를 추구했고, 교회주의와 더불어 성경주의를 택했고, 교회보다는 하늘나라에 대한 역사적 관심이 더 컸기 때문에 개방된 보수신앙을 택했다."고 말한다.(『나의 인생, 나의 신앙』, 168쪽) 송촌 선생님은 자신의 생애 전체를 통해서 성경에서 가르치는 진리를 자신의 삶 속에서 실현하려는 관심 외의 어떤 것에도 마음이 없었다. 그래서 자신의 삶을 되돌아보면서 자신은 주님의 종이고, 지게꾼이라고 표현한다.

물론 학자다운 업적도 남기지 못했고 더 깊은 내용의 저서도 이루어 놓지 못한 것을 후회한다. 지금 같은 여건이라면 좀 더 학문적인 길을 택했을 듯하다. 그러나 주어진 여건 속에서 노력을 아끼지 않았다는 것으로 용서를 빌고 싶다. 그리고 한 가지 확실한 것은 학문적 책임과 신앙적 책임을 혼미스럽게 처리하지는 않았다는 점이다. 대학에 있을 때는 강의의 객관성을 잃지 않으려고 노력했고, 교회 일이나 설교를 할 때는 나 자신의 중심을 흩뜨리지 않았다고 생각한다. 최선의 길은 택하지 못했으나, 가능한 차선의 길은 택하면서 살아왔기를 바라는 마음이다. 누가 어떻게 평하든지 나는 주님 앞에서 종으로 살아왔다. 6·25 이후부터는 종이라기보다는 주의 지게꾼으

로 살기를 원했고, 또 그럴 수밖에 없었던 것이다.(『나의 인생, 나의 신앙』, 201쪽)

성경에 이런 대화가 있다. 어떤 사람이 예수 앞에 와서 선생님 내가 무슨 선한 일을 하여야 영생을 얻겠느냐고 묻는다. 예수는 네가 생명에 들어가려면 계명들을 지키라고 하였다. 그 청년은 그게 어떤 계명인가고 물었다. 예수는 살인하지 말라, 간음하지 말라, 도둑질하지 말라, 거짓 증언 하지 말라, 네 부모를 공경하라, 네 이웃을 네 자신과 같이 사랑하라는 계명이라고 말했다. 다시 그 청년은 이 모든 것을 이미 지키고 있다고 대답한다. 그리고 그 외 무엇이 더 필요한가고 물었다. 예수는 그렇다면 가서 네 소유를 팔아 가난한 사람들에게 주고 나서 따르라고 하신다. 이것이 바로 기독교의 사랑의 계명이다. 그런데 그 청년은 재물이 많으므로 이 말을 듣고 근심하며 갔다고 되어 있다.

송촌 선생님은 기독교를 정신적 개혁의 종교로 보고 있다. 왜냐하면, 예수는 역사상 유례가 없는 정신적 혁명을 일으킨 분이기 때문이라고 말한다. 그런데 이런 개혁은 두 가지 선제조건이 있었다고 한다. "그 첫째는 인간 및 인간의 가치관의 변화로부터 출발했다는 점이다. 그리고 둘째, 그 방법은 사랑이었다는 사실이다. 인간의 영구한 목표를 제시해 줌으로써 역사와 사회의 방향을 이끌어주었다. 그리고 친히 십자가를 지심으로써 사랑의 길과 승리를 입증해 주셨다. 우리가 개혁의 이념성보다 도덕성을 강조하는 것은 그것이 인간 목적관과 일치하는 까닭이며, 투쟁이 아닌 대화의 방법을 앞세우는 것은 그 길이 사랑으로 가는 정도이기 때문이다."(『나의 인생, 나의 신앙』, 266쪽) 기독교와 함께 태어나고, 기독교와 함께 살아왔고, 또 기독교와 함께 걸어가야 한다는 결심으로 사신 송촌 선생님의 신앙적인 삶은 우리에게는 하나의 예시가 되었으며, 우리가 혼란스러워 갈팡질팡할 때 인도하는 등불이 되어 주었다.

피세진(皮世鎭)
연세대학교 철학과 학사, 석사 및 철학박사, 영국 헐대학교 교환교수 역임, 현 건국대학교 명예교수, 주요 논문: 「제레미 벤담의 공리주의」, 「벤담과 밀」, 「프로이트의 도덕론」, "A Pragmatic Concept of Good," 「인식의 한계와 가능」 등

2. 송촌 선생의 '나의 인생, 나의 신앙'

강학순

지혜 있는 자는 궁창의 빛과 같이 빛날 것이요,
많은 사람을 옳은 데로 돌아오게 한 자는
별과 같이 영원토록 빛나리라
(다니엘서 12:3)

1. '신앙적 삶'의 이야기

송촌(松村) 김형석 선생은 향년 백 세인데도 불구하고 몸과 정신이 건강하다. 많은 사람들이 그가 지금도 여전히 사회적 활동을 계속 이어가는 모습을 보고 놀라움을 금치 못한다. 그는 '육칠십대 황금기' 발언으로 인해 노년층의 '희망의 아이콘'이 되고 있다. 그는 상실감과 우울감에 빠진 시니어들에게 건강하고 보람된 노후를 다시 꿈꿀 수 있도록 생기와 활력을 불어넣은 셈이다.

선생의 탁월한 건강과 지칠 줄 모르는 생의 활력은 과연 어디서 오는 것일까? 물론 유전적인 요인과 본인의 철저한 건강관리와 부단한 지적 노력이 그 요인으로 간주될 수 있을 것이다. 하지만 모두가 흠모하는 저러한 건강과 샘솟는 열정의 비결은 다른 것이 아니라, 그의 삶을 일관되게 지탱해 준 신앙심이다. 특히 신앙적 사명감은 그의 삶 전체를 이끌어 온 궁극적 추동력이다.

송촌의 삶은 결코 신앙과 분리시켜 생각할 수가 없다. 그의 사상과 삶의 본령을 제대로 파악하기를 원한다면, 이야기 형식으로 진술된 그의 종교관과 신앙관을 먼저 살펴보아야만 한다. 그가 행한 일체의 교육, 강의, 저술, 강연, 인터뷰 등은 신앙적 사명감에 초점이 맞추어져 있다. 언제 어디서나 신의 부르심에 순종함을 그의 삶의 '제일의 원칙'으로 삼고 있음을 엿볼 수 있다.

송촌은 학자들의 전유물인 논증적 글쓰기나 강단철학적 강의를 선호하지 않는다. 그 이유는 각자의 삶과 신앙은 이야기(narrative)를 통해 더 생생하고 진실 되게 전달될 수 있다고 믿기 때문이다. 일반적으로 "그 사람이 누구인가?" 하는 정체성에 관한 물음은 그의 '인생 이야기(life story)'에서 드러난다. 나아가 자신의 학문적 성찰과 신앙적 깨달음을 동일한 문제의식을 가진 일반인들과 함께 공유하고자 한다. 그리하여 그의 각종 저술 및 강연과 인터뷰는 생생한 이야기 형식을 띠고 있다.

그의 인생 이야기는 가족 이야기, 고향 이야기, 학창 시절 이야기, 유학 시절 이야기, 탈북 이야기, 교육현장 이야기, 방문교수 시절 이야기, 교회생활 이야기, 친구와 동료 및 지인 이야기, 해외여행 이야기, 강연 이야기, 고전 이야기, 역사 이야기, 성경 이야기, 예수 이야기, 신앙 이야기, 성경공부와 설교 이야기 등으로 점철되어 있다. 특히 그는 종교적 경전을 시간 속에 존재해 온 인간 행위에 관한 이야기로 이해한다. 그러므로 신앙 행위와 실천적 규범으로 근거 짓는 경전이라는 텍스트는 교리나 신조의 규정적 체계로만 이해되어서는 안 된다. 오히려 그것은 역사 속에 살아온 신의 섭리를 체험한 신앙인들의 축적된 이야기로 읽혀야만 한다는 것이 송촌 선생의 지론(持論)이다.

여기서는 송촌 선생의 삶의 이야기 중에서 '종교와 신앙에 대한 이야기'를 중심으로 그의 종교관과 신앙관을 서술해 보고자 한다. 왜냐하면 삶의 여정 속에서 생생하게 체험한 신앙 이야기를 통해 신앙인으로서의 그의 진정한 내면적 자아 및 얼굴을 만날 수 있기 때문이다.

2. '현실의 벽'과 '신앙의 문'

송촌 선생은 격동의 한국 현대사를 1세기 동안 살아오면서 수많은 절망의 벽들을 맞닥뜨리게 된다. 삶의 시작부터 그를 실의와 낙담으로 내몰았던 벽들은 개인적으로는 원인을 알 수 없는 질병이었다. 또한 민족사적으로는 일제의 식민지배로부터 생긴 청소년기를 암울하게 만들었던 주권과 자유의 상실이었다. 해방 후 바로 북한에서 2년 동안 공산 치하에서 겪었던 청년 시절의 반인권적 기독교 박해의 경험, 그것을 피하여 탈북한 경험, 민족상잔의 6·25 전쟁의 참화와 모진 가난의 경험, 독재정권에 맞선 4·19 혁명의 경험, 군부독재 및 유신체제의 암울한 현대사를 온몸으로 겪어 왔다. 송촌은 병약한 몸으로 태어나 어릴 적부터 자주 혼절하면서 죽음의 그림자를 느끼며 우울한 청소년기를 보냈다. 스무 살을 넘기지 못할 것이라고 부모님이

늘 걱정하였다. 그리하여 건강상 이유로 부모님과 의사 선생님이 중학교 입학을 말리기에 이르렀다. 어떠한 희망도 남아 있지 않은 출구 없는 현실의 절망의 벽 앞에서 무너진 마음을 붙들고 소년은 절규할 수밖에 없었다.

이제 그 누구의 도움도 없이 혼자서 그 어두움의 벽을 통과할 수 있는 문을 찾고자 몸부림쳤다. 그 문은 바로 '신앙의 문'이었다. 건강상의 이유로 14세에 중학교 입학이 좌절된 그 시점에서 혼자 뒷산 바위에 올라가 엎드려 울부짖으며 하나님께 간절한 기도를 드렸다. "하나님께서 나에게 건강을 주신다면 건강이 허락되는 동안 나를 위해서 일하지 않고, 하나님을 위해서 일하고자 하오니 저를 살려주시기 원하옵니다."

이제부터는 내 삶이 나를 위한 것이 아니라, 세상과 역사를 주관하시는 하나님의 뜻과 주님의 이끄심을 따라 살겠다는 사생결단의 눈물겨운 간청과 절규였다. 이런 기도를 통해 얻은 응답은 "그가 그리스도를 택한 것이 아니라 그리스도께서 그를 택하셨다."는 확신이었다. 저러한 청소년 시절의 하나님 앞에서 체험하고 결단한 신앙적 약속과 확신은 백 세인 지금까지 내면적으로 그를 이끌어 가고 있다.

송촌은 십대에 기독교에 입문하여 평생 기독교 신앙인으로서 한길만을 걸어왔다. 그는 이런 청소년기의 종교적 각성과 결단 이후로, "무엇을 위해 어떻게 살 것인가?"를 발견하게 되었던 것이다. 말하자면 병약한 신체적 한계를 넘어서서 삶의 새로운 의미와 가치를 찾게 되었다. 저러한 신앙을 통해 '자연적 존재'로부터 그는 이른바 '새로운 존재(New Being)'로 거듭 태어난 것이다. 그 이후로 지금까지 "내 인생은 운명이 아니었고 섭리였다."는 사실을 마음 깊숙이 받아들인다. 그는 언제나 성경 말씀에서 진리의 길을 찾고 있으며, 영혼의 호흡인 기도 생활을 하루도 거르지 않고 있으며, 아직도 순간순간 하나님의 섭리를 느끼며 살아가고 있음을 고백한다.

무엇보다 그의 신앙적 결단에 앞서 '은총의 선택'이 있었음을 믿는다. 이는 무슨 일이든지 자신의 노력만으로 되지 않고, 하나님의 뜻이 그를 이끌어 주셨다는 믿음을 가지고 살아간다. 신앙적 자서전인 『나의 인생, 나의 신앙』에서 분명한 어조로 고백한다. "지금 돌이켜 보면 내가 주님의 부르심을 받은 이후 그동안 나는 단 하루도 주님을 떠나서는 살 수가 없었습니다. 내가 주님을 택한 것이 아니라 주님께서 나를 택하신 것을 잘 알고 있습니다." 이런 신앙적 확신이야말로 그의 삶을 이끌어 가는 추동력임이 분명하다고 여겨진다. 이로써 송촌 선생은 '현실의 벽'을 통과할 수 있는 '신앙의 문'을 발견하였던 것이다.

3. '신앙적 사명'이 이끄는 삶

송촌 선생은 신앙적 삶의 중요성을 다음과 같이 피력한다. 즉 신앙은 생활이며, 생활은 실천을 동반한 인격의 현실적 결과물이다. 신앙이 줄 수 있는 가장 중요한 결실은 조용한 인격의 변화와 새로운 사명을 지닌 삶이다. 누구에게나 가치관과 인생관의 변화가 중요하다. 거기에는 반드시 신앙적 생활이 수반되어야 함을 역설한다. 말하자면, 우리가 진리를 깨닫고 그 진리 안에서 참 자유의 생활을 영위하면서 진리를 따르는 삶이 열매로서 드러나야 한다는 것이다. 송촌에 의하면, 삶은 체험의 연속이다. 신앙적 체험은 전인적인 것이며, 인격

자체를 통한 자기극복과 자기초월의 체험인 것이다. 삶을 성실히 이끌어 가는 사람은 신앙에 접근할 수 있다고 본다. 그 성실이 신앙에 가까워지게 되면 대개 경건(敬虔)으로 표현된다. 경건은 종교적 인생의 필수조건이다. 삶과 인격에 있어 경건치 못한 사람은 신앙을 가진 일이 별로 없다는 것이 송촌의 생각이다. 경건이란 스스로를 겸허하게 만들고 항상 참되고 영원한 것을 받아들이려는 심성이다. 위로부터 주어지는 신의 뜻을 받아들이기 위해 지극히 고요해진 경건의 자세가 없다면 신앙적 작용은 나타나지 않는다. 그러므로 경건은 자기에게 있어서는 차원 높은 성실이며, 대외적으로는 자기완성과 구원을 위한 겸허한 영혼의 자세인 것이다. 성실은 진리 탐구에의 길이며, 경건은 진리에의 참여와 수용인 것이다.

결국 송촌은 신앙을 우리들의 지성, 의지, 감정을 모두 묶은 고요하고도 엄숙한 전인적이고 인격적인 과제라고 생각한다. 그것은 경건하고도 엄숙한 인격을 가지고 그리스도에게 나아가 그의 인격과 삶을 나의 것으로 받아들인다. 이로써 역사 속에서 하나님의 뜻을 따라 그리스도의 사명에 동참하는 일이다. 무엇보다 신앙은 언제나 새로운 출발이다. 신앙은 항상 새로운 사명을 느끼며 사는 삶이다. 그리스도께서 그 모범을 보였거니와 수많은 사도들과 후계자들이 그 정신을 계승하였다. 이와 마찬가지로 송촌에게 있어서도 '신앙적 사명'이 그의 전 생애를 이끌어 가고 있음을 확인할 수 있다.

4. '영원을 향한 그리움'으로서의 종교

오늘날 '영혼 없는 삶'을 살아가는 현대인들이 많다. 소위 합리적인 제도적 시스템에 복속되어 한갓 기능인으로 살아가는 것을 운명처럼 받아들이면서 인간소외 및 존재감 상실을 절절하게 경험한다. 누구나 영혼을 상실하거나 영혼 없이 사는 것을 원치 않는다. 인간은 본래 영혼을 지닌 자로 유한한 지상적인 것에 만족하지 않고, 무한한 천상적인 것을 동경한다. 철학에서도 일찍이 영혼의 고향은 지상적인 가상(假像)의 그림자의 세계가 아니고, 천상적인 영원한 참된 실재(實在)인 이데아의 세계라고 말한다. 말하자면, 철학함이란 '영원한 것에 대한 동경'에서 시작되며, 영원한 고향에로의 정신적 귀향의 여정이다. 이런 동경은 종교에서 말하는 '영원을 사모하는 마음'과 연결된다.

송촌도 종교의 시원을 '영원을 향한 그리움'에서 찾고 있다. 즉 삶에 대한 깊은 정열과 성실한 관심이 있는 곳에는 언제나 종교가 존재한다고 본다. 종교에의 관심이란 '영원에의 그리움'에서 나온 인간의 요청 이외의 다른 것이 아니다. 자기 스스로를 초월하려는 기대와 욕구가 종교에서는 일반적으로 구원을 갈망하며 영원에 동참하려는 소망으로 드러난다.

송촌에 의하면 적어도 종교가 필요하다는 것, 또 종교적 신앙을 가진다는 것은 궁극적인 실재에 도달하려는 정열과 관심에서 얻어진 것이다. 그리고 이러한 관심의 해결과 인간학적 과제의 해결은 신을 통해 가능하다는 체험적 믿음에서 종교가 성립한다. 이러한 체험과 생활의 확증이 다름 아닌 종교의 내용이며, 그 내용을 이론적으로 체계화하여 회고해 본 것이 종교, 철학, 또는 신학이 된다는 것이다.

중요한 것은 어떤 종교도 비양심적인 것이나 반도덕적인 행위를 용납해서는 안 된다는 사실이다. 종교는 반드시 양심과 도덕을 내포하면서도 초월할 수 있을 때 그 본래의 의미를 갖는다. 신앙은 도덕을 완성시키면서 더 높은 것을 줄 수 있어야 한다는 뜻을 내포한다. 그러므로 신앙인은 자아의 세계에만 머무르지 않고, 역사와 사회 속에 살면서 이루어져야 할 정당한 가치를 발견하여 그것에 따르려는 의지와 신념을 지녀야만 한다. 모든 일에 있어 인간은 무엇을 위한 수단이 아니라, 언제나 목적 자체가 되어야 한다는 사실이다. 이 사실은 종교와 도덕이 상통할 수 있는 근본원리임을 송촌은 여러 곳에서 강조하고 있다.

5. '영원한 멘토'인 예수와 동행하는 삶

사람은 살아오면서 누구를 만나느냐가 매우 중요하다. 특히 젊은 날에 존경하고 본받을 수 있는 역사적 인물이나 훌륭한 정신적 멘토와의 만남은 미래의 삶을 결정지을 수 있는 나침판 역할을 한다. 특히 젊은이는 생존해 있는 인물이나 가까이 있는 사람들 중에서 그런 정신적 사표를 찾지 못한다면 역사 속에서 만나도록 애써야 한다. 송촌 선생도 십대에 '예수'를 인격적으로 만나 평생 그를 신앙의 대상으로 삼고 있다. 그의 교훈을 자기 것으로 삼아 그를 닮고 따르는 삶을 살아오고 있다.

어떤 인물을 존경하고 사랑하면 자연히 그를 더 깊이 알고 싶어 한다. 그래서 그는 예수가 인간을 넘어서 신앙적 구원을 가능케 하는 그리스도인지를 진지하게 알고자 하였다. 이런 성찰의 결과물이 그의 최근 저서 『예수』(2015)에 담겨 있다. 누군가는 자신의 자유와 가능성을 믿으면서 살고 있으면서도 그것의 한계와 무력함을 느끼게 된다. 그와 같은 경우에도 성실한 구도자는 예수 그리스도의 은총과 구원의 사실을 접하게 된다. 그 구원에 대한 신앙을 통해 자아와 더불어 있던 과거는 모두 무(無)로 돌아가며, 새로운 자아는 예수와 더불어 재탄생됨을 체험하게 된다. 그것은 차원 높은 새로운 삶의 출발점이 된다. 이 지점에서 새로운 삶이란 시간적인 것과 더불어 소멸되는 것이 아니고, 오히려 어떤 영원한 의미를 가지게 됨을 의미한다. 우리는 그것을 신앙적인 경험인 동시에 거듭남의 체험이라고 한다.

무엇보다 송촌은 예수가 나를 근원적으로 거듭나게 할 수 있는 구원의 그리스도임을 믿는 것이 신앙임을 여러 곳에서 역설한다. 나아가 예수의 말씀이 나의 인생관과 가치관이 되면, 그것이 참된 행복이라고 확신한다. 예수가 그리스도이기 때문에 받아들여야 한다는 것은 우리의 삶과 인격이 그리스도의 삶과 하나가 됨을 의미한다. 이는 우리의 인격이 그리스도의 인격과 공존한다는 뜻이다. 송촌은 인간 문제의 근본적인 해결을 예수에게서 찾기에 평생 '영원한 멘토'인 예수와 동행하는 삶을 시종일관 이어가고 있다.

6. 지성을 포용하는 영성

송촌에게 있어서 지성은 영성의 동반자이다. 지성을 품을 수 있는 영성적 신앙을 중시한다. 영성은 지성을 품으면서 동시에 그것을 초월한다. 지성과 영성의 차이를 인정하면서도, 둘을 배타적으로 분리시키지 않는다. 말하자면 그는 지성의 논리와 경험을 중시하면서도 그것들을 초월하는 영성의 직관을 수용한다. 지성을 하나님이 우리에게 주신 선물로 받아들인다. 그러기에 지성의 유용성과 가치를 인정한다. 역사상 아우구스티누스, 파스칼, 도스토예프스키, 키르케고르

같은 기독교 사상가들이야말로 지성을 포용하면서 초월하는 영성적 신앙을 지닌 인물들로 평가하면서 송촌은 그들을 사상적 모범으로 삼고 있다.

파스칼은 기독교 신앙을 지키기 위해 논리적인 사고를 포기하라고 말하지 않는다. 오히려 그는 신앙을 이해시키기 위해서는 논리적이어야 한다고 생각한다. 이성은 논리적 규칙에 따라 사고하는 활동이다. 또한 그것은 어떤 주장을 전제된 공리에 따라 증명하는 능력이다. 그는 이성의 한계를 인정하는 이성주의자이다. 이성으로 알 수 없는 것이라고 해서 존재하지 않는 것은 아니며, 가령 무한수와 무한의 한 공간 같은 것은 우리의 논리를 초월하기에 논리적으로 모순인 것으로 보이지만, 그 존재를 인정할 수 있다는 것이다. 파스칼은 이성 외에 심정 또는 영감이라는 차원을 인정한다. 인간은 하나님의 영감으로 주어진 심정(coeur)의 직관력, 즉 이성주의를 넘어서는 '심정의 논리'를 통해서만이 초월적 세계를 이해하게 된다고 본다.

인간의 언어와 논리가 불완전하다고 해서 그것을 부정해서는 안 된다. 논리를 무시하고 신앙만 강조하는 배타적 신앙주의를 경계해야 한다. 또한 신앙을 인정하지 않고 논리만 내세우는 이성주의도 위험하다. 신앙과 논리는 조화로워야 한다. 하나님께서 인간에게 언어를 주셨으며, 인간에게 말씀할 때에도 언어의 규칙을 존중하면서 말씀하신다. 기본적으로 문자로 기록된 경전인 성경 말씀을 통해 하나님의 뜻을 알려면 지성의 논리를 존중해야 한다.

송촌에 의하면, 진정한 종교와 참다운 신앙을 위하여 무엇보다도 필요한 것은 건전한 인격과 무게 있는 이성이라는 사실이다. 먼저 신념 있는 도덕적 주체성을 지닌 이성인이 되어야 한다는 것이다. 지성을 지닌 인간이 스스로의 인격과 삶의 과제를 가지고 종교의 문을 두드리며 신과의 관계를 맺을 수 있어야 한다. 신은 우리의 인격적 호소와 관심에 응해 주는 실재(實在)로 나타난다. 이성은 타당성을 지니고 신앙은 인격성을 지닌다. 이때 비로소 신앙이 정립되는 것이다.

송촌의 지성과 영성의 관계에 대한 입장은 다음과 같이 요약된다. 지식과 이론만으로는 하나님의 존재를 인식할 수 없다. 오만한 이성의 소유자들은 유신론자가 된 일이 없거니와 오로지 겸손한 이성의 소유자들은 대개가 유신론자가 될 수 있다. 이성은 사고에 있어서는 중요하지만, 그것이 우리를 새사람으로 만들어주지는 못한다. 그러나 영성을 통한 신앙은 우리를 새로운 삶의 인격으로 탄생시켜 준다. 영성은 지성을 넘어서는 길이다. 그러나 그것은 비이성이나 반이성이 아니다. 신앙은 이성을 포함하면서도 초월하는 길이다. 그리하여 종교적 인식은 지성적인 공통성을 가지면서도 영성적인 특수성을 지니게 된다.

7. 인간을 위한 '기독교적 휴머니즘'을 가르치다

평신도 지성인인 송촌 선생은 기독교 신앙을 교리나 신학적인 면에서 받아들이지 않는다. 오히려 인간적인 문제의 해결을 위한 근본적인 해답으로 받아들인다. 그는 인권을 교권보다 우선하면서 교리 중심의 교회주의를 뛰어넘는 인간애의 종교를 지향한다.

송촌에 의하면, 예수야말로 인간의 존엄성을 회복시키고, 종교적 율법과 교리가 인간을 위해 존재함을 가르친 모범으로 간주된다. 인간의 생명과 인격은 언제나 목적은 될 수 있어도 수단이 될 수는 없음을 기독교가 앞서 가르치고 있음을 강조한다. 무엇보다 인간은 '하나님의 형상(imago dei)'으로서 본래 창조주의 최고의 피조물이다. 인간은 무의미하게 지상에 던져진 존재가 아니라, 신의 최고의 걸작품인 '신적인 존재'이다. 이런 신적 유래를 지닌 기독교적 인간관은 휴머니즘과 무관한 것이 아니라, 오히려 진정한 휴머니즘의 완성이다.

이런 점에서 송촌은 신을 부정하는 '인본주의적 휴머니즘'을 표방하지 않고, 오히려 '기독교적 휴머니즘'을 주장한다. 세계의 인본주의적 휴머니즘 단체는 유신론적 종교인을 회원으로 받아들이지 않는다. 그러나 기독교 휴머니즘의 나무에는 진정한 인간의 자유와 평등의 열매가 맺힌다고 확신한다. 만일 그리스도인들이 인간의 존엄성과 인권의 가치를 위해 고뇌하며 노력하는 일에서 휴머니스트들보다도 뒤진다면, 그러한 태도는 신앙인으로서 책임을 다하지 못하는 우를 범하게 된다는 것이다.

기독교는 모름지기 더 많은 사람들의 인간다운 삶을 약속해 주며, 자유와 평화를 증대시켜 줄 해법을 추구하며, 제시해 줄 수 있어야 한다. 기독교는 처음부터 주체와 목적으로서의 인간성 회복을 최고의 목표로 삼고 있다고 본다. 인간이 목적 자체라는 입장은 어떤 추상적인 관념도 아니며, 더구나 사회 중심의 개인도 아니다. 이것은 인간의 생명과 인격이 가장 소중한 가치임을 뜻한다. 따라서 송촌은 반이성적이고 반윤리적이거나, 그리고 비이성적이거나 비윤리적인 신앙을 비판한다. 이로써 송촌은 인간의 자유와 존엄성을 보장할 수 있는 '기독교적 휴머니즘'의 입장을 견지하고 있다.

8. 정의의 완성을 위한 사랑의 실천

그러면 신앙인은 어떻게 살아야 하는가? 기독교의 가르침은 '하나님 사랑'과 '이웃 사랑'으로 압축된다. 그것은 나와 내 가족사랑(근인애)의 협곡에 갇혀 있지 않고, 그것을 넘어 타자를 형제자매로 받아들이는 넓은 사랑(원인애)을 뜻한다. 나 자신의 것과 자신을 양보하거나 희생시키더라도 아가페의 정신으로 이웃과 인류를 위해 봉사하고 책임을 다할 수 있어야 한다.

이런 점에서 송촌은 민족과 나라의 현실과 미래에 대해 무관심하거나 사회적 책임을 다하지 않는 신앙인이나 교회에 대해서도 비판을 주저하지 않는다. 인간이 하나님을 위하거나 사랑한다는 것은 우리가 하나님의 뜻을 따라 진정으로 이웃을 사랑하며, 그들에게 봉사하는 것이다. 사랑은 모든 도덕과 윤리 질서의 뿌리라고 믿는다. 따라서 기독교적 정의는 더 많은 사람이 사람답게 살도록 도와주는 데 있다. 예수는 정의를 사랑의 정신으로 완성하는 분으로 이해한다. 따라서 기독교적 정의는 평등과 자유를 위한 수단만이 아니고, 오직 사랑을 통해서만이 구현될 수 있다고 본다. 이 사명을 위해 송촌은 일생 동안 분투하며, 신앙인의 사표로서의 삶을 이어가고 있다.

강학순(姜學淳)
독일 마인츠대학교 철학박사, 한국기독교철학회 한국하이데거학회 회장 역임, 열암학술상 수상, 현 안양대학교 명예교수, 주요 저서:『존재와 공간』,『시간의 지평에서 존재를 논하다』,『근본주의의 유혹과 야만성』등

3. 내가 아는 김형석 선생

이명현

1

내가 김형석 선생님을 처음 알게 된 것은 대학에 들어가기 전 『사상계』라는 당시 지식인들이 애독하던 월간잡지에 실린 그의 글을 통해서다. 그 당시 김 선생님은 『사상계』에 서양의 유명한 철학자들에 관한 글을 썼는데, 나는 김 선생님의 글을 통해서 서양철학에 관해 눈을 뜨게 되었다. 그 당시 『사상계』에 철학에 관한 글을 쓰신 대학 교수는 숭실대에서 가르치고 계셨던 안병욱 교수님이었다. 나는 김형석 교수님과 안병욱 교수님을 통해서 철학의 세계에 입문했다 해도 과언이 아니다.

그 이후 김형석 교수님이 새문안교회에서 집회를 하시곤 했는데, 나는 그 모임에도 자주 참석했다. 그리고 김 교수님께서 당시에 출판하신 책들도 함께 탐독했다. 그 가운데 아직도 기억에 남은 책은 『영원과 사랑의 대화』라는 책이었다. 당시에 김 교수님은 이화대학 뒤편에 있는 산 밑의 개인주택에 사시면서 염소를 기르고 계셨는데, 나는 친구들과 함께 김 교수님 댁을 방문하여 좋은 말씀을 듣기도 했다.

2

김형석 교수님과 안병욱 교수님, 그리고 서울대학교의 김태길 교수님 세 분은 모두 1920년생이시며, 모두 철학 교수이면서, 수필 책을 많이 내신 선생님들이다. 그리고 세 분 선생님들은 서로가 서로를 아끼고 존중하는 친구들이다.

그 세 분 가운데 제일 먼저 세상을 떠나신 분은 김태길 교수님(2009년)이요, 그 다음으로 안병욱 교수님이 4년 후(2013년)에 세상을 떠나셨다. 그리고 그 세 분 가운데 가장 오래 장수하셔서 금년으로 100세를 맞이한 분이 김형석 교수님이다. 탄생연도는 같지만, 달수로 따지면 김형석 교수님이 세 분 가운데 제일 맏형인 셈인데, 가장 오래 사시고 계시다.

세 분 모두 일제 식민지 치하에서 일본에서 대학을 졸업했다. 김형석 교수님은 일본 상지대학교에서 철학을, 안병욱 교수님은 일본 와세다대학교에서 철학을 공부하셨다. 김태길 교수님은 일본 동경대학교에서 철학이 아니라 법학공부를 했다. 김태길 교수님은 해방 이후 서울대학교에 편입학하여 철학과 1회 졸업생이 되었다. 내가 김태길 교수님을 만난 것은 그가 1962년에 서울대학교 철학과 교수로 부임한 후부터였다.

3

　김형석 교수님과 김태길 교수님은 1960년 초에 연세대학교 철학과에서 동료 교수로 함께 일한 적이 있었다. 두 분 모두 수필을 사랑한 철학과 교수로 친분이 두텁게 지냈다. 그러나 두 분 사이에는 건널 수 없는 간극이 있었던 것도 사실이다.

　김형석 교수님은 매우 독실한 개신교 신자로 대중강연의 주제를 주로 기독교사상과 예수의 가르침을 그 핵심으로 삼고 있었으나, 김태길 교수님은 종교와는 무관한 합리성에 토대를 둔 윤리사상이 그의 대중강연의 핵심을 이루고 있었다. 그리고 김태길 교수님은 당시에는 멋진 신사들의 스포츠라 할 수 있는 테니스를 즐기는 분이었으나, 김형석 교수님은 노년에 이르기까지 수영을 통해 건강을 유지해 왔다. 물론 두 분 모두 그 당시의 교수답게 골프장에 드나들지는 않으셨다. 두 분이 젊었을 시절에는 교수가 골프장에 드나들면 세상의 빈축을 샀을 뿐만 아니라, 경제적으로도 감당키 어려운 일이었다.

　두 분 교수님의 차이점을 하나 더 든다면, 김형석 교수님은 후손의 반이 미국 시민으로 미국에서 살고 있다는 점이다. 김형석 교수님은 미국에서 유학한 적은 없으나, 딸 세 분이 모두 결혼하여 미국 시민으로 살고 있다. 그에 반해, 김태길 교수님 자신은 미국 존스홉킨스대학교에서 박사학위를 받았으며, 막내아들도 미국에서 철학전공으로 박사학위를 받았으나, 자식들 모두 한국에서 살고 있다. 김형석 교수님은 아들 한 분이 독일에서 철학으로 학위를 받고 귀국하여 한림대학교 철학과 교수로 정년퇴직하였다.

　김형석 교수님과 김태길 교수님의 차이점을 하나 더 지적한다면, 김형석 교수님은 일반대중에 널리 알려진 철학자인 데 반해, 김태길 교수님은 학계에서 더 알려진 철학 교수일 뿐 아니라, 한국 철학계를 위해서도 여러 가지 업적을 남긴 분이고 학술원회장을 역임하기도 했다.

　김태길 교수님은 일생을 기독교와 무관하게 살았으나, 일생을 마치기 한 달 전쯤에 개신교 세례를 받고 기독교인이 되었다. 서울대학교 철학과 교수 제1세대의 맏형격인 박종홍 교수님도 별세하기 1년 전쯤에 감리교 목사님의 세례를 받고 기독교인이 되었다. 한국 철학계의 특이한 두 개의 사건으로 기록될 만하다.

4

　김형석 교수님과 안병욱 교수님은 두 분 모두 평양 근처에서 살다가 젊었을 때 월남하신 분들이다. 두 분을 위해서 강원도 양구군에서 철학의 집을 마련했을 뿐 아니라, 철학의 집 근처에 두 분의 묘지까지 마련했다. 오늘날 대한민국의 지방정부들이 자기 지방 출신의 시인과 소설가들의 생가를 지어 문학의 집을 마련하는 일이 종종 있다. 그러나 철학자나 과학자를 기리는 집을 축조하는 일은 없었다. 그런데 양구군은 이북 출신의 두 분 철학자를 기리는 철학의 집을 축조했다. 김태길 교수님도 함께 고려하자는 이야기가 있긴 하였으나, 김태길 교수님은 충청북도 충주 태생이어서 강원도 양구에는 적합지 않아 제외되었다.

　김형석 교수님은 김태길 교수님이 사재를 기부하여 만든 심경문화재단이 발행하는 계간지 『철학과현실』에 자신의 자전적 에세이를 2015년 겨울호부터 2018년 가을호까지 12회에 걸쳐 연재했다. 그리고 김형석 교수님은 김태길 교수님이 주동이 되어 만든 '성숙한사회가꾸기모임'이 주최한 「웃음을 찾습니다」라는 연극에서 디오게네스 배역을 맡아 98세의 노 철학자의 연기를 열연하기도 했다. 이때 김태길 교수님은 출연할 수가 없었다. 그는 이미 딴 세상 사람이 되었기 때문이다.

두 분 모두 아들을 철학공부를 시켜 철학자로 자신의 대를 잇게 한 것은 너무나 닮은꼴이다. 나는 김형석 교수님이 가르쳤던 연세대학교 철학과를 다니지 못하고, 김태길 교수님이 계셨던 서울대학교 철학과를 다녀 김태길 교수님의 제자가 되었다. 김형석 교수님은 나의 학교의 스승은 아니었으나, 그는 그의 책과 강연을 통해 나의 스승이 되었고, 나는 그의 제자가 된 셈이다. 김형석 교수님은 그의 학교 제자들을 부를 때마다 나를 함께 불러 주셨다. 그래서 나는 김형석 교수님의 제자 취급을 받곤 한다. 자신의 친구 김태길의 제자인 까닭일까?

5

김형석 교수님은 90세가 넘은 노년에 두 가지의 큰 상을 받았다. 한국에 있어서 기업경영의 모델이 되는 유한양행의 창업주 유일한상을 받은 것이 그 첫째요, 다른 하나는 인촌 김성수를 기리는 인촌상을 수상한 것이다. 나는 김형석 교수님이 받은 두 가지 수상식에 모두 참석했다. 김형석 교수님은 인촌 선생이 만든 중앙중고등학교의 교사로 근무한 적이 있다. 그리고 김 교수님은 『유일한의 생애와 사상』이라는 책을 저술하기도 했다.

김형석 교수님은 삼총사 친구의 한 분인 김태길 교수가 사재를 털어 시작한 철학문화연구소가 발행하는 계간『철학과현실』창간 30주년 행사에서 격려사를 해주셨다. 이날 참석자 가운데 가장 연로하신 분이었다. 100세가 되신 노철학자의 연설이라 참석자들의 각별한 이목을 끌었을 뿐 아니라, 조선일보에 기사화되기도 했다. 계간『철학과현실』의 발행인인 나에게는 참으로 소중한 격려의 말씀이었다. 옆자리에는 이홍구 전 총리, 서광선 이화여자대학교 명예교수, 그리고 손봉호 서울대학교 명예교수가 자리를 함께했다.

지금 내가 추정컨대, 김형석 교수님은 앞으로도 20년은 더 사실 것 같다. 무엇보다도 생물학적 유전자를 고려하지 않을 수 없으니 말이다. 김 교수님의 모친은 옛 사람인데 백 세까지 사셨기 때문이다. 말하자면 장수 혈통의 후손이다. 아마도 김형석 교수님은 21세기 최고의 장수 철학자의 한 사람으로 역사에 기록될 것이다. 나는 이런 특별한 분과 오랜 인연을 가진 동시대의 한 사람으로 살았다는 것을 참으로 영광스럽게 생각한다.

이명현(李明賢)
서울대학교 철학과 학사 및 석사, 미국 브라운대학교 철학박사, 교육부장관 역임, 현 심경문화재단 이사장, 서울대학교 명예교수, 주요 저서:『열린사회와 그 적들』,『신문법 서설』,『열린마음 열린세상』등

4. 『영원과 사랑의 대화』다시 읽기

김용환

1. 인연

송촌 김형석 선생님께서 1920년생이시니, 우리가 세는 나이로 올해 100세를 맞이하셨다. 그것도 그냥 물리적으로 노쇠한 몸을 겨우 지탱하면서 한 세기를 사신 것이 아니라, 평생 해 오신 독서와 글쓰기, 그리고 대중 강연을 지금까지도 왕성하게 하시면서 맞이하는 100세시기에 더욱 특별하고 놀랍다. 세계 76억 명 인구 중에서 그 예를 찾아보기 힘들 뿐만 아니라, 역사적으로도 드문 경우가 될 것 같다. '팩트 체크'한 일은 아니지만, 아마 살아 있는 사람 중에서는 송촌 선생님이 거의 유일무이한 사례가 아닌가 싶다.

영국 철학자 토머스 홉스는 1588년에서 1679년까지 92년을 살았고, 죽기 2, 3년 전까지 책을 출판했으니, 17세기의 의료 수준을 감안하면 요즘 나이로는 100세를 넘었으리라 가늠이 된다. 20세기에 장수한 철학자로 잘 알려진 버트런드 러셀이 1872년에 태어나 1970년 홍콩 A형 독감으로 사망할 때까지 살았으니, 우리 나이로는 99세를 살았다. 러셀이 언제까지 사회활동과 저술활동을 했는지 알 수는 없다. 내 기억으로는 80대까지 활동한 것 같으나 송촌 선생님처럼 현역으로 100세를 맞이하지는 못했다.

송촌 선생님의 이런 긴 생애와 더불어 왕성하고 생산적인 사회 활동을 보면, 그 자체로 하나의 경이로운 사건이라 할 수 있다. 훗날 한국 철학사를 누군가 기술한다면 송촌 선생님은 어떻게 기록될 것인가? 척박했던 20세기 중반(1950-70년대)에서 21세기를 걸쳐 한국 철학계뿐만 아니라 한국 사회에 철학적 글쓰기를 통한 철학의 대중화에 기여한 분으로 기록되지 않을까 짐작해 본다. 그런 점에서 송촌 선생님은 대중들의 멘토이자 롤 모델이 되고 있으며, 아무도 흉내 내거나 닮을 수 없는 독보적 영역에 계신 분이라는 생각이 먼저 든다. 따라서 100세를 기념하는 문집에 실릴 글을 쓴다는 것은 너무도 큰 부담이 될 수밖에 없는 일이다. 이 글이 혹시라도 송촌 선생님께 누를 끼치는 일이 되지나 않을까 하는 걱정에 망설인 것도 사실이나. 이런 부담을 안고, 먼저 그분과의 인연을 밝히는 것으로 이야기를 시작해 보고자 한다.

내가 송촌 선생님을 처음 뵌 것은 1970년 말이나 1971년 초이다. 연세대학교 철학과 입학을 위한 면접 시험장에서였는데, 그 면접시험이 정확하게 언제였는지는 기억할 수가 없다. 그러나 지금도 그 날의 면접장소 분위기는 비교적 정확하게 기억이 난다. 철학과 교수 4-5분이 앉아 계시고, 면접자인 나는 가운데 앉아서 질문에 대답을 하고 있었다. 내게 던져진 질문은 "왜 연세대학교 철학과에 지원했느냐"는 것이었다. 지금 생각해 보면 참으로 진부한 것 같지만, 한편으로는 가장 근본적인 질문이다. 물론 예상된 질문이고 답도 이미 준비된 상태였기에 내가 무엇이라 답했는지도 기억이 난다. "김형석 교수님의 『영원과 사랑의 대화』를 읽었는데 궁금한 게 많아서 질문하고 싶어서입니다."라고 대답했다. "그럼 여기에 계신 교수님들 중에서 어느 분이 김형석 교수인지 알아맞혀 보게!" 이 질문에는 답을 할 수가 없었다. 요즘처럼 검색하면 다 나오는 인터넷도 없던 시대에 어찌 송촌 선생님의 얼굴을 알 수가 있을 것인가. 송촌 선생님의 사진 한 장도 본 적이 없는 나는 당연히 알아맞힐 수 없었다. 그래도 합격했으니 다행이 아닐 수 없다.

나는 고등학교 2학년 때에 이미 대학의 무슨 과를 갈 것인지가 마음속으로 정해져 있었다. 철학을 공부하기로 마음먹으니 입시 공부는 별로 부담이 없었다. 그래서 수업 시간에 선생님 몰래 소설책을 많이 읽었다. 그 무렵 누가 권유했는지는 모르나 송촌 선생님의 작품 『영원과 사랑의 대화』를 친구들과 돌려가며 읽었던 기억이 있다. 그 해 내가 졸업한 학교에서 연세대학교 철학과에 4명이나 입학을 했다.

송촌 선생님과의 인연은 『영원과 사랑의 대화』라는 책을 통해서 시작되었지만, 대학 입학 후 더 가까워질 수 있는 인연의 끈은 마음대로 되지 않았다. 면접 때 말한 것을 실행에 옮기지 못했고, 윤리학 강의를 들으면서도 질문을 하지는 못했다. 그 후 송촌 선생님의 말씀은 여러 차례 들을 수 있었지만 『영원과 사랑의 대화』를 읽고 던지고 싶었던 물음은 오늘까지 미루어진 채 남아 있다. 거의 반세기가 지난 지금에 와서 어릴 적 가졌던 물음을 선생님께 드린다는 것은 어리석어 보일 것 같아 주저된다. 그럼에도 불구하고 선생님과 처음 인연의 끈이 되었던 『영원과 사랑의 대화』를 다시 읽고 몇 마디 사족을 붙이는 일은 선생님의 100세를 기념하는 내 나름의 방식이라고 할 수 있겠다.

2. 행복이란 무엇인가?

이 물음은 50년 전에 송촌 선생님께 묻고 싶었던 첫 번째 질문이었다. 그때 이 질문을 했더라면 청년기에 이른 내게 송촌 선생님은 근면한 생활 습관을 가지고, 정열을 다해 전문 지식을 배우고 익히라고 하셨을 것 같다. 그리고 나는 그 대답에 감동했을 것 같다. 내가 20대일 때는 근면, 성실, 확고한 신념 같은 것은 금과옥조와 같은 가치들이었다. "소년은 쉽게 늙고 학문은 이루기 어려우니 일 분 일 초라도 가볍게 여기지 말고 학문에 정진하라(少年易老, 學難成, 一寸光陰不可輕)"는 『명심보감』의 글이 가슴을 울리던 때였다. 그런데 요즘의 젊은이들에게도 이 말이 가슴에 와 닿을까? 홍상수 감독의 영화 제목처럼 '그때는 맞고 지금은 틀린' 이야기일 수도 있다. 차라리 여러 개의 소확행(작지만 확실한 행복감을 주는 일)을 찾아보라고 권하는 것이 더 맞지 않을까? 평생을 철학 공부한 나도 행복이 무엇이냐고 자문해 보지만, 뾰족한 답을 얻지 못하고 있으니 말이다.

청년기의 젊은이들에게 주는 '행복을 위한 송촌 선생님의 가벼운 충언'은 두 가지가 있다. 하나는 시간이 해결해 주는 문제가 많으니 조급하게 해결하려고 하지 말고 기다리는 지혜가 필요하다는 것이고 다른 하나는 자기를 돌아볼 줄 알아야 한다는 것이다. 이 두 가지 충고는 결코 가볍지 않아 보인다. 송촌 선생님 말대로 젊은 시절이란

"닻을 내릴 수 없는 배"와 같기 때문이다. 질풍노도의 시기를 지나는 청년들에게 조급하지 말고 기다리는 지혜를 요구하는 것은 어쩌면 무리한 요구처럼 보인다. 경쟁이 심하고 조금만 방심하면 뒤처지는 오늘의 한국 청년들에게 기다림의 지혜는 받아들이기 쉽지 않을 것 같다. 그러나 자기를 돌아볼 줄 알아야 한다는 충언은 그때도 맞고 지금도 맞는 충고라고 생각된다.

　오늘의 한국 청년들은 까치발을 서서라도 남보다 더 커지고 성공해야 하며, 가랑이가 찢어지는 한이 있더라도 더 빨리 가고 더 많이 가지려는 조급증에 시달리고 있다. 이렇게 된 것은 그들의 잘못이라기보다는 경쟁을 부추기고 승자독식의 논리로 교육 시킨 우리 기성세대의 책임이 더 크지 않을까 반성해 본다. 지금의 한국 상황을 '헬조선'이라고 말하는 청년들에게 '소확행' 이상의 행복을 위해서는 노자(老子)의 말을 제안해 보고 싶다. 『도덕경』 24장의 말이다. "기자불입(企者不立), 과자불행(跨者不行)"이다. 까치발로는 오래 서 있을 수 없고, 가랑이를 넓게 벌리고는 오래 걷지 못한다는 뜻이다. 자기에게 맞는 보폭과 걸음걸이로 꾸준히 걷다 보면 자기가 가고자 하는 목적지에 닿을 수 있지 않을까? 자기를 돌아볼 줄 알아야 자기 페이스(pace)도 알게 되고, 그래야 마라톤 같은 삶을 잘 경주해 갈 수 있을 것이다.

　장년기나 노년기에 접어든 사람들에게 전하는 송촌 선생님의 행복론은 여전히 유효하다는 생각이 든다. '그때도 맞고 지금도 맞는' 그런 지혜들이 드러나 있는 노년기 행복론이다. 몸과 마음의 건강과 어느 정도의 경제력은 노년기 행복의 두 가지 필수조건이다. 여기에다 몇 가지 충분조건들을 덧붙인다면, '여생을 한국에서 살기,' '좋은 이성과 참다운 우정을 나눌 친구 갖기,' 그리고 중산층으로 살면서 '스스로 만족할 수 있는 신앙생활하기' 정도가 될 것 같다. 이런 조건에 맞는 사람은 분명 노년의 행복을 충분히 누릴 수 있을 것이다. 그런데 그럴 만한 사람이 우리 주위에 얼마나 있을까를 생각해 보니 그리 많지 않은 것 같다. 노인 빈곤율이 21%이고 33%의 노인이 일하고 있는 현실에서 노인 세대의 행복의 조건들을 말하는 것이 사치스러운 느낌조차 든다. 노년기에 접어든 세대들에게 적합한 행복은 무엇이며, 어떻게 얻을 것인가 하는 물음은 경제적 측면 밖에서 달리 찾아져야 할 것 같다. 『영원과 사랑의 대화』나 『백년을 살아보니』와 같은 선생님의 책 여러 곳에서 언급되어 있는 노년기 행복론을 다시 곱씹어 보면 길을 찾을 수 있을 것이다.

3. 효(孝)란 무엇인가?

지금 40대 이상의 사람들은 충효사상 교육을 초등학교 시절부터 받은 세대다. 국가가 반 강제적으로 세뇌시킨 충효사상 이데올로기 교육이 이들 세대들에게는 익숙하다. 그러나 지금 젊은 세대들에게는 다소 낯설 수 있다. 효에 한정해서 이야기해 보자. 효는 부모와 자식 사이에서 요구되는 기본질서이자 오륜(五倫)에서 말하는 부자유친(父子有親)의 구체적인 행위방식이다. 부모는 자식에게 신체를 주고 사랑과 헌신으로 양육하니 이보다 더 친한 사이가 천하에 있을 수 있겠는가. 그 보답으로 자식은 효를 실천하는 것이 부자간의 친밀함을 표현하는 궁극의 실천방식일 것이다.

나는 효를 실천하는 일이 이제는 개인이나 가족 윤리의 범위를 벗어나 사회 윤리의 덕목으로 변하고 있다고 믿는다. 불효를 하면 온전히 자식이 도덕적 비난을 받았던 것은 적어도 과거의 농경문화 공동체 안에서는 맞는 말이었으나, 이제는 꼭 그렇지 않다. 지금처럼 핵가족 시대에다 마을 공동체가 와해된 도시 문화 안에 살면서 부모를 봉양하고 돌아가실 때까지 효를 다해야 하는 일은 개인의 역량을 넘어서고 있다. 한국 사회는 이미 노인복지 서비스를 확대하고 있으며, 개인이 감당할 수 없는 효도의 무거운 짐을 함께 나누는 시대로 가고 있다. 경제적 빈곤으로 부모를 길거리에 버리거나 자살로 몰아가는 비극은 적어도 피할 수 있는 장치가 마련되어야 하고, 그런 방향으로 가고 있다고 본다. 부모 봉양의 부담을 사회가 어느 정도 덜어주는 일과는 별도로 여전히 부모에게 효도를 해야 하는 의무는 무겁게 남아 있다.

송촌 선생님의 글에는 부모님 이야기가 여기저기에 많이 언급되어 있다. 특히 아버지에 대한 추억은 남다르다. 북한에 홀로 남겨진 아버지에 대한 그리움과 미안함이 얼마나 깊었을까를 가늠해 보려고 해도 내게는 불가능한 일이다. 송촌 선생님은 해방 2년 뒤인 1947년에 월남하셨으니, 스무 살에 아버지와 헤어진 셈이다. 6·25 전쟁 중 잠시 부자상봉은 있었으나, 그 후 영영 헤어졌으니 아버지와 같이 보낸 시간이 참으로 짧았다 할 수 있다. 그러나 나는 송촌 선생님이 소개한 아버지와의 추억 몇 가지를 보면서 부러운 생각이 들었다. 나는 내 나이 60이 될 때까지 아버지와 같이 지냈지만 추억이 없기 때문이다. 나의 아버지가 돌아가셨을 때 들었던 솔직한 감정은 효도를 다하지 못한 미안함이 먼저였다. 그리고 그 미안함을 조금이라도 덜어낼 수 있는 아버지와의 좋은 추억을 떠올려 보려고 했다. 그러나 불행히도 그런 추억이 거의 없다는 사실을 확인하고 아버지를 잃은 슬픔과 미안함이 더 커지는 경험을 했다. '내 자식 키우는 일에 기울인 시간과 노력을 10분의 1이라도 떼어내어 부모님께 드렸더라면….' 하는 후회가 이제야 든다. 치사랑보다는 내리사랑이라는 말로 변명 아닌 변명을 해본다.

송촌 선생님의 아버지처럼 지게에 아들을 태우고 산에 오르고, 재미있는 옛이야기를 들려준 그런 아버지를 나는 갖지 못했다. "좋은 책을 쓰는 일이 무엇보다도 귀한 일"이라고 말씀해 주고, "철학과에 적을 두었다고 보고 드렸을 때 무척 기뻐하신" 아버지를 가진 송촌 선생님이 부럽다. 나는 부모님께 철학과에 지원한다고도 말씀 못 드렸다. 넉넉지 못한 집안의 장남이 돈 버는 일과는 무관해 보이는 철학과에 간다는 것은 내 생각에도 너무 이기적이라 미안했기 때문이었다. 대학에 합격한 후에도 말씀은 안 하셨지만 속으로는 자식의 장래가 무척 걱정되셨을 것 같다. 나는 가능하면 자식들과 좋은 추억을 많이 만들어 보려고 애쓰면서 살아왔다. 부모에게 다 하지 못한 효를 철이 들어 후회할 때는 이미 계시지 않았기에 내 자식들이 나 같은 후회를 하지 않았으면 해서 그리한다.

"나무는 고요히 있고자 하나 바람이 그치질 않고(樹欲靜而風不止), 자식이 부모를 봉양하고자 하나 부모는 기다려 주지 않는다(子欲養而親不待)." 이 말은 예나 지금이나 여전히 맞는 말인 것 같다.

4. 진리란 무엇인가?

"τι είναι αλήθεια;(ti eínai alítheia?)" 진리가 무엇이냐? 로마

총독 빌라도가 예수에게 던진 이 질문은 아마도 인류가 가장 많이 물어본 물음 중의 하나일 것이다. 이 질문에 예수는 답을 하지 않은 것처럼 보이지만, 사실은 답을 이미 하고 있다. 빌라도 앞에 서 있는 예수 자신이 진리이고, 진리에 속한 사람은 "누구나 내가 하는 말을 듣는데," 빌라도는 진리에 속한 사람이 아니기 때문에 모를 뿐이다.

나는 대학 때 흰 고무신을 즐겨 신고 다녔는데, 고무신의 앞코빼기에는 작은 여백이 있다. 그 여백에다 영어로 "what is truth?"라는 글씨를 써서 신고 다녔다. 오른쪽 고무신 위에는 독일어로 "Freiheit! Wo bist du?(자유! 너는 어디에 있느냐?)"라고 써 놓았다. 유신 독재시대를 살아 내면서 나름대로 해본 저항의 표시였다. 이건 한때의 객기에 불과한 일이었지만, 사실 이 질문은 그때나 지금이나 누구라도 할 수 있는 물음이다. 대신에 그 해답도 무한하게 다양하며 달라질 수 있다. 따라서 여기서는 진리에 관한 복잡한 이론을 말하는 대신 송촌 선생님이 이야기하고 있는 진리관에 관해 요약하고, 몇 마디 사족을 붙이는 것에 만족하려고 한다.

첫째, 영원한 진리란 '영원불변의 진리가 아니라 영원히 새로워지는 진리'라고 송촌 선생님은 이해하고 있다. 마치 진리라 하면 영원하고 불변하는 그런 것이어야 하는 것처럼 사람들은 오해하기 쉽다. 엄밀하고 정확하다고 하는 과학적 진리들도 시간에 따라 달라지고 변하는데, 하물며 해석이나 관점에 따라 달라지는 역사적 진리나 철학적 진리는 더 말할 나위가 없다. 앞선 사람이 말한 진리는 다음에 나오는 새로운 진리에 의해 대체되는 것이 학문의 역사가 보여준 진리의 모습이다. "장강의 뒷 물결이 앞 물결을 밀어내고, 새 사람이 옛 사람을 대신하는 것이 세상의 이치이다." 변하지 않는 진리를 고집하는 것은 자연의 이치를 거스르는 독단이며 편협한 이데올로기이다. 진리란 늘 새로운 것을 찾아가려는 인간의 지적인 탐험에서 찾아지는 한시적 열매일 뿐이다.

둘째, 송촌 선생님은 진리의 특징을 불변성에서 찾기보다는 근원성에서 찾고 있다. 여기서 말하는 근원성이란 '좀 더 많은 사람들이 인간답게 살 수 있는 길'을 찾아 전진하는 것으로 이해된다. 진리의 근원성이란 보편성과 맞닿아 있는 것으로 보인다. 예를 들면, 한 특정한 종교가 지지하는 종교적 진리(교리)가 그 종교를 신봉하지 않는 사람을 억압하거나 인간다운 삶을 부정하는 것이라면, 그 진리는 근원성 또는 보편성에서 벗어난다. 언필칭 진리라 할 수 있으려면, 그 진리의 빛이 가능한 한 모든 사람을 비추는 것이어야 한다. 백인의 자유가 흑인의 자유를 제약하지 않을 때 비로소 자유라는 보편적 가치는 그 빛을 발휘하는 것과 같다.

셋째, 진리를 판단하는 가장 분명한 기준은 '거짓과 폭력을 언제 어디서나 죄악'으로 판단하는 일이다. 이는 진실과 거짓이 공존할 수 없으며, 평화와 폭력이 양립할 수 없다는 고백과 같은 말이다. 연구자들에게 요구되는 연구윤리의 핵심 가치도 한마디로 말하면 '거짓은 결코 진리가 될 수 없다'는 사실에 바탕을 두고 있다. 진품보다 더 진품처럼 보이는 짝퉁은 아무리 진짜처럼 보여도 가짜일 뿐이다. 가짜 뉴스가 진실을 덮는 세상이 되었다고 하더라도 그것이 진실이 될 수는 결코 없다. 마찬가지로 목적이 옳다고 해도 폭력을 부추기거나 정당화하거나 실행하는 이론과 실천은 진리일 수 없다. 서양 속담에 "성경을 읽기 위해 촛불을 훔치지 말라"는 말이 있다. 목적이 아무리 선하다고 하더라도 수단과 방법이 정당하지 못하면 그것은 진리라 할 수 없다. 목적이 선한 만큼 수단과 방법도 정당하고 선해야 참이라할 수 있는데, 요즘 세상은 그렇지 않은 것 같아 씁쓸한 생각이 든다. 결과지상주의가 낳은 정신적 폐해의 일종이라 하지 않을 수 없다.

넷째, 진리의 또 다른 모습은 이상과 현실, 이론과 실천의 균형에서 찾아져야 할 것 같다는 것이 송촌 선생님의 진리관이라고 생각한다. 흔히들 진리는 플라톤이 말하는 이데아의 세계처럼 현실과는 다른 세계에 속해 있는 이상적인 모습으로 상상하기 쉽다. 그러나 현실과 유리된 진리라면 그것이 무슨 의미가 있을 것이며, 또 현실의 한계 안에만 머무는 진리라면 그것에 무슨 희망이 있을 것인가? 칸트의 말을 패러디해서 말한다면, "이상이 없는 현실은 맹목적이고, 현실이 없는 이상은 공허하다."고 할 수 있다. 이상은 현실을 이끌어 가는 목표가 되어야 하며, 현실은 이상을 실현하는 실험실이어야 한다. 진리는 바로 이런 이상과 현실의 균형 안에서 검증될 수 있는 것이어야한다.

마찬가지로 진리는 이론과 실천의 균형이라는 조건이 충족될 때인정될 수 있다. 이를 송촌 선생님은 동시공존(同時共存)의 원리라고이름 붙이고 있는데, 이상과 현실의 동시공존도 여기에 해당된다. 이론과 실천의 균형 문제는 단지 "진리가 무엇인가?" 하는 문제에만 국한되지 않고, 지식을 탐구하는 모든 지식인들에게 던져지는 물음이다. 아는 것과 실천하는 것의 일치 또는 균형은 어디까지 가능한가? 지행합일론(知行合一論)에 의문을 제기하는 사람들의 반론도 만만치않다. 최고 수준의 이론 물리학자에게 최고 수준의 도덕적 실천을 요구하는 것은 무리라는 주장이다. 그러나 여기서 말하는 이론과 실천의 균형, 지식과 행동의 합일의 수준은 그런 정도의 극단적 상황을 말하는 것이 아니다. 적어도 진리가 진리로서 작동하기 위해서는 이론(이상)이 실천의 장(현실)에서 검증되어야 하고, 실천의 장은 이론에 의해 규정되고 정당화될 수 있어야 한다. "이론이 없는 실천은 맹목적이고, 실천이 없는 이론은 공허하다."

5. 종교란 무엇인가?

『영원과 사랑의 대화』는 제목에서 종교적 색채가 잘 드러나고 있다. 그것도 기독교의 향기가 물씬 풍기는 제목이다. 종교만큼 영원을 말할 수 있는 곳이 어디에 있을 것이며, 최고의 사랑을 말하면서 인간에 대한 신의 사랑을 빼고서 어떻게 말할 수 있을 것인가. 그리고 영원과 사랑의 대화 상대는 궁극적으로 신이 될 것이다. 종교는 신과의 대화를 위한 통로라고 나는 생각한다. 영어로 종교를 'religion'이라 하는데, 이 말은 다시(re) 잇는다(ligere)라는 말에서 유래했다고 한다. 다시 잇는다는 말은 앞서 무엇인가 끊어진 것이 있다는 것을 전제로 한다. 흔히들 기독교의 십자가는 좌우로 인간과 인간, 그리고 위와 아래로는 신과 인간의 단절된 관계를 그리스도가 잇는 모습으로 해석하기도 한다.

유한한 존재이면서도 영원을 생각하는 것을 보면 인간 본성에는 종교성이 있지 않을까라는 생각도 든다. 또 죽음과 그 이후를 조금만 생각해 보면 곧바로 영혼이니 구원이니 하는 문제들과도 직면하게 된다. 젊을 때보다는 노년기에 이르러서야 종교생활에 더 심취하는 것도 이렇게 보면 자연스럽다. 젊은이들에게 종교의 세계는 아직 절실하게 다가오지 않을 수도 있다. 그래서 전도서의 저자는 덧없이 지나

가는 청춘들에게 "젊을 때에 너는 너희의 창조주를 기억하여라"라고 강조했는지도 모른다.

　요즘 젊은이들에게 종교란 무슨 의미가 있을까? 교회는 젊은이들이 종교생활을 멀리하고, 그 결과로 신도들이 고령화되는 것을 걱정하고 있다. 종교가 젊은이들에게 위로와 희망을 주지 못하고 있기 때문만은 아니라고 본다. 우리 시대를 지배하는 가장 강력한 이념들인 유물론과 물질주의와 무신론이 종교와 신의 자리를 대신하고 있기 때문이다. 송촌 선생님은 이 책에서 종교에 관한 단상을 몇 가지 언급하고 있지만, 철학자로서 조심스럽게 접근하고 있다. 그러나 기독교 사상은 송촌 선생님의 삶의 뿌리라 할 수 있다. 튼튼한 뿌리가 땅으로부터 자양분을 가지와 줄기에 공급하여 열매를 맺게 하듯 기독교 신앙은 선생님의 영혼에 공급하는 맑은 샘물과도 같은 것이었다. 신은 '궁극적 관심(ultimate concern)'이자 '모든 존재하는 것들의 토대(the ground of all beings)'라는 폴 틸리히의 말은 그대로 송촌 선생님의 종교적 삶을 표현하는 말이 될 것 같다. 선생님은 말로만 하는 신앙고백자가 아니라 삶의 깊은 묵상에서 나오는 신앙주의자로서 은은한 기독교의 향기를 내면서도 품위 있게 신앙의 중요성과 종교의 필요성을 간접적으로 전하고 있다.

　신의 존재를 어떻게 아느냐고 질문하는 K대학교 출신의 한 청년에게 선생님은 '무지에의 논증(argumentum ad ignorantiam)'을 통해 명쾌하게 설명하고 있다. 신의 존재를 증명할 수 없다고 해서 신의 부존재가 증명되는 것이 아니며, 그 반대도 마찬가지이다. 신은 존재를 증명할 수 있는 대상이 아니다. 단지 신은 신앙의 대상으로 그 존재성을 믿고 숭배하며, 찬양을 받는 대상일 뿐이다. 그렇지만 맹목적으로 믿을 때의 위험성을 선생님은 놓치지 않고 지적하고 있다. 이성과 신앙의 조화는 스콜라 철학자들만의 문제는 아니다. 우리에게도 여전히 요구되는 종교 및 신앙을 대하는 태도여야 한다. "종교는 체험이라 믿으며, 체험에 의한 내적 확증이 없는 곳에 신앙적 진리는 불가능하다."는 것이 송촌 선생님의 종교관을 압축적으로 표현한 것이 아닌가 생각된다.

6. 아름다운 노년을 위하여

내 나이 10대 후반에 읽은 『영원과 사랑의 대화』와 60대 후반에 읽은 송촌 선생님의 최근 작품 『백년을 살아보니』 사이에 50년의 간격이 있지만, 놀랍게도 읽고 난 후의 내 느낌은 마치 시차가 없는 여행지를 다녀온 것 같았다. 내가 둔해서 감지를 못했는지는 몰라도 선생님의 문체는 그때나 지금이나 마치 잔잔한 호수 위에 떠가는 배처럼 흔들림 없이 부드러웠다. 그리고 어떤 주제로 이야기를 해도 약간 미진하고 부족하다는 모습을 보일지언정 지나치거나 과한 표현은 거의 한 군데도 만날 수 없었다.

『영원과 사랑의 대화』가 청장년기의 사람들에게 필요한 지혜를 제공하고 있다면, 『백년을 살아보니』는 나같이 인생의 황금기(60세에서 75세)를 지나고 있거나 노년기에 접어든 사람들에게 더 많은 교훈과 위로를 주고 있는 듯 보인다. 아름다운 노년을 위해서 무엇을 어떻게 할 것인가에 대해 나도 나름대로 몇 가지 정리해 본 것이 있다. 첫째, '젊은이들에게 대접받는 일을 기대하지 않기'이다. 오히려 그들에게 여러 가지 면에서 부담을 주는 점에 대해 미안한 생각을 갖자고 다짐해 본다. 때때로 무례한 행동을 하는 청년들을 보면 나도 기분이 나쁘고 무섭기도 하다. 그러나 그들이 얼마나 우리 기성세대에게 불만이 많으며, '헬조선'이라고 말하는 현실이 얼마나 싫었으면 그렇게 행동할까. 그렇게라도 이해해 보려고 한다.

둘째, '섣부른 충고를 하지 않기'이다. 개인적으로 나는 내 자식들이 대학 졸업 후에는 취업할 때나 결혼할 때 내 판단에 따른 충고를 별로 하지 않았다. 그들 자신의 판단에 맡겨 왔고, 스스로 책임지게 했다. 내 자식에게도 하지 않는데 하물며 남의 자식들에게 무슨 충고를 하겠는가. 그들이 살아가야 할 세상은 내가 살아왔던 세상과는 너무도 다를 것인데 '왕년의 내 경험'이 그들에게 얼마나 소용이 있을까. "부모 말 잘 들으면 자다가도 떡이 생긴다."는 말은 어릴 적이나 해당되는 말이다.

셋째, '세상일에 관심은 갖되 어떤 정치적 결정(투표)을 할 때는 젊은 세대들의 의견을 듣고 판단하기'이다. 노인 세대가 젊은 세대의 미래를 결정하는 일이 옳은가에 대해 나는 회의적이다. 영국이 유럽연합 탈퇴(Brexit, 브렉시트)를 결정할 때 젊은이들의 반대에도 불구하고 장노년 세대 등 기성세대가 결정권을 행사했다. 51.9%의 근소한 차이로 브렉시트가 결정되었을 때 젊은이들의 미래를 노인 세대가 가로막았다는 평가도 있었다. 이런 어리석음을 우리도 범하지 않으려면 젊은이들의 미래를 결정하는 일에 보다 신중해야겠다는 생각이다.

넷째, 송촌 선생님의 말처럼 '종교적 삶에 더 많은 시간을 보내기'이다. "스스로 만족할 수 있는 신앙생활을 하고 싶다."는 선생님의 소원을 나도 같이 소망해 본다.

나도 선생님처럼 "노력만 한다면 75세까지는 성장이 가능하다."는 말에 희망을 걸고 싶다. 그런데 막상 무엇을 성장시킬 것인가를 생각해 보면 그 일이 그렇게 쉬운 일이 아니라는 것을 금방 알 수 있다. 나이 70을 향해 가는 지금 나의 모든 것, 즉 몸의 기능과 지적인 능력은 점점 노화되고 퇴화되어 가고 있는데, 무엇이 성장 가능할까. 곰곰이 생각해 보니 한 가지는 성장이 가능할 것 같다. 그것도 75세를 넘어서까지도 성장이 가능할 것 같다. 어설프고 미숙했던 신앙생활과 영성의 계발은 나이 들수록 좀 더 깊어지고 성숙한 신앙으로 키워갈 수 있을 것 같다. 탁한 영성(靈性)은 점점 맑은 영성으로 닦아낼 수 있을 것 같다. 그리스도인으로서 하느님께로 가는 영혼의 여정을 가벼운 마음으로 준비할 수 있을 것 같다. 그러다 보면 나의 노년도 선생님처럼은 아니지만 조금은 행복해지지 않을까 기대해 본다. "나 하늘로 돌아가리라. 아름다운 이 세상 소풍 끝내는 날, 가서 아름다웠더라고 말하리라." 천상병 시인이 말하는 귀천의 경지에 이른다면 더욱더 행복할 것 같다.

김용환(金龍環)
연세대학교 철학과 학사 및 석사, 영국 웨일즈대학교 철학박사, 한남대학교 부총장, 서양근대철학회, 한국윤리학회 회장 역임, 현 한남대학교 명예교수, 주요 저서: 『관용과 열린사회』, 『서양근대철학』(공저), 『관용주의자들』, 『혐오를 넘어 관용으로』 등

5. 40년의 사숙과 14년의 배움

박만지

1

김형석 선생님을 아득하게 사숙(私淑)한 지 40년 만에, 이어서 직접한 달에 두어 번씩 강의를 듣게 된 것도 어언 14년째로 접어들었다. 이 인연으로 해서 선생님의 상수(上壽)를 즈음하여 제자 교수님들이 주동이 되어 펴내기로 한 교수님 회고책의 말미에 조그만 자리를 내어주겠다며 200자 원고지 50매 분량을 써달라는 제의를 받고, 처음에는 내 주제에 이런 중요한 주제의 글이라니, 더구나 교수님에 관한 것이라면 나로서는 가당치도 않는 일이라 생각하면서, 일단 그 다음날 결정해서 알려드리겠다고 했다.

그런데 하루를 곰곰이 생각해 보니, 나만 아는 교수님과의 인연이 어쩌면 짧지도 않은데, 교수님과의 인연에 대하여 시중의 지극히 평범한 장삼이사 중의 한 사람으로서의 입장에서 글을 남긴다는 것이 오히려 교수님이 걷고 계시는 큰 발자취의 잘 알려지지 작은 부분을 조명하는 것도 되겠다 싶어 그 다음 날 전화가 다시 왔기에 그러면 어렵겠지만 한번 도전해 보겠다고 조심스럽게 대답하고 말았다.

중소기업을 운영하는 나로서 이런 글을 쓴다는 것은 참으로 지난한 일이 아닐 수 없다. 글 쓰는 일이 직업이 아닐진대, 차라리 그 어떤 꾸밈도 없이 일기를 쓴다는 각오로 선생님과의 사이에 있었던 일들을 진솔하게 풀어가는 것이 정공법이 아닐까 생각하고, 또한 믿으면서 이 글을 써나가려고 한다.

전문적이거나 문학적인 작품이 결코 아닌 이 글을 쓰는 데는 지난날들에 대한 기억과 추억을 되도록이면 정확하게 반추해야 할 터인데, 걱정이 몰려오는 것은 과연 나의 우둔한 머리가 지난날의 그 수많은 기억들을 제대로 회상해 낼지에 대한 것이다. 장소의 이름이나 연대의 숫자가 비록 좀 틀릴지라도 글쓰기의 아마추어가 이렇게 진솔하게 고백하고 쓸진대, 조금은 용서가 되리라 생각하고 무조건 있었던 일들을 기억이 나는 대로 써보려고 한다.

2

김형석 선생님을 호칭할 때는 열이면 일고여덟 명은 '교수님'이라고 부르는 같다. 그러나 나는 항상 '선생님'이라고 호칭한다. '교수님'이라고 하면 대학교단에 서서 학문을 강의하는 직업적인 면과 전문성에 대한 존경이 우러나오는 의미가 있겠으나, 한편으로는 뭔가 딱딱한 느낌이 있어서 나는 '선생님'이라고 부른다. 그런데 '선생님'이라하면 가르침을 받는다는 의미 외에도 전인적인 인격체로서의 스승이라는 느낌이 있어 좋다. 내가 느끼기에 김형석 선생님은 그의 저서를 통해서 배우는 학문은 물론이려니와 인간성을 중시하는 인품을 몸소 보이면서 모범이 되는 스승님인 것이다. 그래서 나는 '선생님'이라는 호칭을 선호하는지도 모르겠다.

그리고 나는 하나의 지극히 평범한 선생님의 독자(讀者)로 출발하여 지금은 매월 두어 번씩 직접 강의를 듣는 영광을 누리고 있는 보통사람이다. 차라리 선생님과 직간접적으로 인연이 있는 지명이나 주위 인물들에 대해서는 결례가 되지 않는 범위에서 실명을 쓰는 것이 의미가 있다고 생각한다. 이런저런 의미에서 선생님의 책을 처음 대한 어릴 적의 학교나, 나중에 함께 선생님의 강의를 듣는 주위 사람들의 실명을 쓸 작정이다.

3

내가 선생님의 저서를 처음 접하게 된 것은 중학교 2학년인 14살 때였던 것으로 기억한다. 나의 부친이 국민학교(초등학교) 교장 선생님이셨기 때문에 전근하실 때마다 학교를 여러 차례 전학하면서 공부를 했었다. 선생님의 책을 읽은 그때는 경상남도 합천군의 대병중학교에서 이웃에 있는 산청군 소재의 생초중학교로 전학 온 지 얼마 안되는 때였다. 여담으로 이 생초중학교는 내가 졸업한 몇 년 뒤에 박항서 축구감독이 졸업했다.

그때는 한창 새로운 지식에 목말라하던 어린 나이였던지라 새로운 책이 손에 들어오면 한없이 즐겁고, 책의 마지막 장이 가까워질수록 독서속도를 늦추면서까지 내용을 천천히 음미하곤 하던 때였다. 그때가 1960년대 중반이었으니까 출판되어 나오는 책들도 외국작가의 작품을 번역한 책들이 대부분이고, 우리나라 작가들의 작품으로는 김동리, 김유정, 황순원 등의 주로 단편 위주와 일부 장편 소설집이 주류를 이루고 있을 뿐이었다.

그때는 또한 동시대 석학들의 수필집이나 수상집들이 막 출판되어 나오기 시작할 때였는데, 그 대표적인 작가로 김형석 선생님과 이어령 교수님의 작품이 있었다. 김형석 선생님은 당신의 최초의 수필집 『고독이라는 병』을 1960년대 초반에 출판하셨고, 이어령 교수의 『흙속에 저 바람 속에』와 『지성의 오솔길』이 이어서 나왔다.

지금에야 전자책도 있고, 곳곳에 도서관이 아주 잘 운영되고 있어서 읽고 싶은 책을 너무 쉽게 가까이하게 되어 도리어 독서의욕을 떨어뜨릴 지경이지만, 그때는 용돈을 모아 토요일 오후 친구들과 버스를 타고 함양읍내까지 가야 원하는 책을 구할 수 있었다. 함양읍에는 서점이 단 한 곳 있었고 원하는 책을 살 수도 있었지만, 원하는 그 책이 없으면 점원에게 부탁을 하여 한 달이나 두 달을 기다려서 다시 버스를 타고 가서 사 오곤 했었다.

내가 다니던 생초중학교에서 인근의 함양읍까지 가자면 먼지가 풀풀 날리는 꼬불꼬불한 신작로를 따라 버스로 한 시간 이상 가야 했는데, 중간중간에 승객을 태우느라고 정차하곤 해서 시간은 더 걸리곤 했다. 지금은 고속도로가 연결되어 생초에서 함양까지 가는 데 20분 정도밖에 안 걸린다. 함양읍내의 서점은 새로운 책에 대한 갈증에 목말라하는 우리들의 오아시스였고, 돌아오는 버스비만 남기고 용돈을 몽땅 책 사는 데 털어 넣곤 했었다.

『고독이라는 병』을 사 읽고는 나름대로 깊은 감명을 받았고, 『흙

속에 저 바람 속에』와 『지성의 오솔길』은 작가의 빛나는 문체와 날카로운 지성인의 편린을 엿볼 수 있었다. 하지만, 김형석 선생님의 저서만이 세월이 흘러 상급학교에 진학하고서도, 직장생활에 이어서 사업을 영위하면서도 아련하게나마 나의 뇌리에서 떠나지 않는 것이었다. 지금 생각하면 김형석 선생님의 인간에 대한 깊은 사랑과 그들의 일상생활에 대한 따뜻한 시선이 녹아 있었기에 독자로 하여금 오랜 시간이 지나도 잊히지 않게 만들지 않았나 싶다.

그 뒤 오랫동안 선생님의 동정은 매스컴을 통하여 가끔 접하다가 우연찮게 2006년 가을 즈음에 지인으로부터 김형석 선생님을 모시고 시중의 식당에서 매월 한 번씩 강의를 들으면서 저녁을 먹는 모임이 있으니 한번 나와보라는 권유를 받았다. 그때 내 생각에는 선생님처럼 학계에서 또한 사회적으로 유명하신 분이 귀중한 시간을 내서, 그것도 정기적으로 10여 명 정도의 모임에서 강의를 하실 시간을 낼 수 있으랴 싶어 그 지인에게 그분이 연세대학교의 김형석 철학 교수님이 맞냐고 재차 확인했더니 틀림없다는 것이었다.

나는 내심 뛸 듯이 기뻤다. 10대 초반에 그분의 책을 접한 후 40여 년이 지나도 그 책이름을 기억하고, 그 책의 내용도 어렴풋이나마 나의 뇌리 어딘가에 각인되어 있었던 선생님을 직접 만나서 함께 밥을 먹으면서 말씀을 들을 수 있다니, 한동안 설레는 마음을 가눌 수 없을 정도였다.

선생님의 강의를 듣는 그 모임의 이름은 '아사모'라고 했는데, '아름다운 사람들의 모임'의 줄임말이라고 했다. 매월 첫째 주 화요일 오후 6시 반에 정해진 식당에서 만나 먼저 식사를 한 뒤 선생님의 말씀을 1시간여 경청하고 차를 마시면서 환담을 30분 정도 한 뒤 헤어지는 순서였다.

　나는 돌아오는 다음 달 첫 번째 화요일을 달력의 날짜를 눈으로 밀어 올리면서 기다리다가 그날이 오자 한 시간쯤 먼저 식당으로 가서 기다렸다. 선생님은 평소에도 모임의 약속시간에 늦는 법이 거의 없으신데, 그날도 10분 정도 일찍 도착하셨던 것으로 기억된다. 사진에서 뵌 것과 꼭 같이 시원한 이마에 만면에 미소를 띠고 식당에 들어서는 선생님께 나는 처음 뵈면서도 전혀 스스럼없이 인사를 드릴 수가 있었다. 선생님은 처음 만난 사람이나 오랫동안 만난 사람에게 거의 똑같은 인상을 주신다. 언제나 상대방이 부담을 느끼지 않도록 미소를 띤 표정이며, 조용조용한 거동에서 타고난 듯이 자연스레 타인에 대한 배려를 하시는 것이다.

　지금도 그러시지만, 그때 선생님은 식욕이 항상 좋으셔서 어떤 음식이 나오든 거의 잘 드시는데, 식사 도중에는 먼저 말씀을 꺼내는 일은 거의 드물지만, 우리가 질문을 하거나 대화를 유도하면 항상 망설이지 않고 적절한 대답을 해주셨다.

　내가 처음 뵈었을 때의 강의 내용은 잊었지만, 주로 당시의 토픽이 될 만한 사회나 국제문제에 선생님의 생각을 더해서 알기 쉽게 이야기를 풀어나가시는 것이 생활철학의 범주에 들어가는 내용들로 참으로 가치 있고 보람 있는 말씀들이었다.

　선생님과의 첫 모임에 나간 이후로, 나는 해외출장 등의 피치 못할 경우를 빼고는 거의 거르지 않고 참석하였는데, 선생님이 우리를 위한 강의를 빼신 적은 거의 없었다고 기억된다. 선생님이 못 나오신 경우는 경주에 강의가 있어 당일 귀경이 어려웠을 때와 독감이 한 번 심하게 걸렸을 때 외에는 없었다.

우리가 주지하다시피 선생님의 건강관리 요령은 전설적일 정도로 규칙적이고 엄격한데, 쉽게 예를 들어 마을 사람들이 그의 산책시간에 맞춰서 시계의 분침을 맞췄다는 독일의 철학자 임마누엘 칸트를 연상하면 될 것 같다. 우리가 모임에서 환담을 할 때 선생님께 건강관리법에 대하여 가끔 질문을 하면, 규칙적인 수면과 식사 그리고 자택 뒤에 있는 동산으로 매일 산책하기, 그리고 매주 몇 번씩 수영하기 등이 있으며, 4층 이하의 계단은 반드시 걸어서 오르내리는 습관 같은 것이 있다.

그 당시 우리들의 모임에서 작지 않은 문제점은 적당한 식사를 하면서 선생님의 말씀을 들을 수 있는 알맞은 식당을 물색하는 일이었다. 내가 선생님을 처음 뵈었던 삼성동의 그 식당은 얼마 후 재개발로 문을 닫았고, 그 뒤에는 이곳저곳으로 여러 차례 장소를 옮기는 동가식서가숙이 시작되었다. 그런데 제자들인 우리야 전혀 문제 될 것이 없었지만, 그 당시 이미 80대 후반이셨던 선생님으로서는 상당히 불편하고 곤혹스러웠을 것이 틀림없다.

요즘이야 독서 동아리 등 소규모 모임이 저녁시간에 많아서 큰 스페이스를 가진 카페가 칸을 막아서 대여하기도 하고, 쾌적한 분위기의 사무실형 강의실을 대여하는 빌딩도 많지만, 2006년 당시만 해도 그런 장소가 거의 없어서, 칸막이가 되어 있어서 비교적 소음이 적은 식당을 물색해서 저녁을 먹고 강의를 듣고 하는 것이 최선의 방법이었다. 그런데도 식당들이 업종을 자주 바꾸거나 실내장식을 변경하거나 해서 거의 1-2년에 한 번 꼴로 장소를 변경해야 했다.

어느 한때는 한겨울이었는데, 식당의 한 면이 수리 때문에 금이 가 있어서 찬바람이 사정없이 들이치는 일도 있었다. 우리는 선생님께

죄송스러운 마음에 안절부절못하는데도 선생님의 표정이나 말씀에는 조금도 불편해하는 기색이 없었다. 불편한 주변의 환경에는 아예 관심도 없는 듯 조용하게 미소 짓는 얼굴로 시종여일(始終如一)하게 식사와 강의에 집중하시는 것이었다.

강의가 있는 날은 우리 모임의 멤버 중에서 한 명이 연세대학교 부근의 선생님 댁에 가서 모시고 오는데, 그 멤버가 갑자기 못 갈 일이 생기고 대신 갈 사람도 없을 경우가 몇 번 있었다. 그런데 그런 때도 선생님은 걱정 말라고 하시면서 태연하게 택시를 타고 오시는 것이었다.

내가 지금까지 '아사모'와 '성경강해 모임'에서 선생님의 강의를 가까이에서 300여 회 듣는 동안 한 번도 선생님의 평온한 표정이나 말씨에서 감정의 기복을 느끼거나 본 적이 없다. 성경에 의하면 예수조차도 몇 차례 어리석은 군중들을 향하여 크게 화를 내신 적이 있다고 하는데, 선생님은 습관처럼 항상 같은 페이스를 유지하는 것이다.

그러던 중 '아사모'의 멤버 중 한 사람이 선생님이 다른 장소에서 매월 마지막 주 일요일 오후 5시부터 2시간 동안 성경강해를 하시니까 함께 가자고 해서 2007년부터 그곳을 나가기 시작했는데, 그곳에서 선생님은 신약성경 내용을 발췌하여 강의를 하시는 것이었다. 선생님은 비록 설교를 하는 목회자는 아니시지만, 성경강해를 현재의 시국에 대비하여 해나가시는 것을 들으면 많은 감동을 받게 된다.

그 모임은 내가 처음 나가기 수년 전부터 '한우리 독서문화운동본부'라는 독서운동기관에서 주관했는데, 초대회장으로 김형석 선생님을 옹립했었고, 실무는 박철원 회장이 '한우리 독서회'를 경영하면서 선생님의 '성경강해 프로그램'도 이끌고 계셨다. 나는 그 성경강해를

3여 년간 매주 일요일에 나가서 듣다가 해외출장 등이 잦아지고 회사 일이 바빠져서 더 이상 못 나갔다. 그런데 그 얼마 후에 선생님의 건강을 생각하여 매주 하시던 성경강의를 한 달에 한 번씩으로 바꾸고, 장소도 방배동으로 옮긴 이후에는 지금껏 거의 빠지지 않고 참석하고 있는 중이다.

2012년 말경의 어느 강의시간이었다. 선생님이 오래전에 발간했던 당신의 저서에 대하여 이야기하시다가 저술하신 모든 책들에 대하여 심혈을 기울였고 애착이 갔지만, 특히 1981년도에 발행한 『당신은 무엇을 믿는가』는 선생님의 기독교관이 관통하여 있고 나중에 제자들 중에 이 책을 읽고 기독교인이 되었다고 고백하는 경우가 몇 사람 있었다고 하시면서, 무척 보람을 느꼈는데 지금은 그 책이 절판되어 아쉽다고 하셨다.

나는 강의가 끝난 후에 곧바로 선생님을 뵙고 그 책을 복간할 수 있을 것 같으니 원본 1부를 구할 수 있을지를 진지하게 여쭈었다. 선생님은 좋은 생각이니까 자신은 그 책을 소장하고 있지 않지만 주위에 수소문하여 한번 구하여 보겠다고 하셨다.

그 이후 며칠간 나는 한 번도 해본 적이 없는 책을 출판하는 일에 처음으로 도전하기로 작정하고 출판업을 하는 지인에게 자문을 구하였는데, 그쪽에서는 초판 부수가 적어도 5천 부는 되어야 하고, 나에게 그 상당 부분의 책을 구매하는 조건을 제시하는 것이었다. 나에게는 좀 부담스러운 조건이어서 곰곰이 생각하다가 선생님은 출판사 쪽에 많은 인연이 있으실 것 같아서 소개를 청하려고 전화를 드렸다. 알맞은 출판사를 좀 알려주십사고 요청 드렸더니 알았노라고 하시며 그 다음 주에 세종문화회관 지하커피숍으로 나오라는 분부셨다.

커피숍에 나온 출판사 사장은 기독교 관련 책자를 위시하여 여러 분야의 책을 발행하는 홍림출판사의 김은주 씨였다. 김 사장은 평소에 선생님을 사숙하고 존경하던 차에 이런 기회를 맞았으니 좋은 조건으로 책을 발행하여 보겠다고 흔쾌히 협조하는 것이었다. 초판을 3천 부 발행할 건데 판매부수가 어떻게 될지 모르므로 내가 초판의 일정 부분을 구입하는 조건으로 출판을 시작하기로 했다.

그날 선생님은 『당신은 무엇을 믿는가』 한 권을 가지고 나오셨고, 책 출판에 대한 여러 가지 구체적인 상담을 마친 뒤 헤어지는데 내가 선생님을 댁까지 모셔드리겠다고 제의했더니, 광화문에 나온 김에 한 지인을 만나기로 했으니 먼저 가라고 하셨다. 이때 선생님은 93세였는데, 정정하게 대중교통을 태연하게 이용하며 다니시는 것이 아주 좋아 보였다.

그 이후로 3차례 정도 선생님과 함께 홍림출판사의 김은주 사장을 더 만나서 보충할 원고를 건네고 책 내용을 몇 군데 수정보완도 하여 드디어 2013년 4월에 그 책이 출판되어 나왔다. 제목은 선생님의 의견을 반영하여 『우리는 무엇을 믿는가』로 바꾸어 출판되었는데, 초판이 3천 부가 인쇄되어 나왔고, 약속대로 그중 일정 부분을 내가 구입하여 나의 지인들에게 선물로 보냈다. 책을 일일이 택배로 보내는 일도 보통문제가 아니었지만 즐거운 마음으로 그 일을 거의 해내고 나니 마음이 한결 가벼웠다.

내가 구입한 책을 다 보내고 난 얼마 후에 어떤 분이 50부를 더 달라는 요청을 해왔다. 추가로 50부를 홍림출판사에 주문하여 흔쾌히 보내드리기는 했지만, 공짜 좋아하는 심리는 어디에나 있구나 하며 속으로 쓴웃음이 나오는 것을 어쩔 수가 없었다.

『우리는 무엇을 믿는가』를 출판한 다음 선생님과 함께 김은주 사장을 한 번 더 만날 자리가 있었다. 그때 나는 선생님의 최초의 수필집 『고독이라는 병』도 복간하면 큰 보람이겠다고 제안하였고, 그 후에 홍림출판사가 이 책을 자체적으로 출판하였다. 출판 직후 김 사장은 고맙게도 사인을 한 초판 한 권을 내게 보내주었다.

우리의 '아사모'는 그 후에도 지속되었는데, 어쩐 일인지 점점 참석인원이 줄어드는 것이었다. 어느 해 연말모임에서는 눈이 많이 내려 교통이 엉망이었는데, 선생님은 도로사정을 예측하셨는지 일찍 도착해 계셨다. 선생님은 그때 모시러 가는 분이 사정이 생겨 대중교통으로 오신 것으로 기억되는데, 그날 참석자는 나와 또 한 사람, 선생님을 포함해서 단 세 사람뿐이었다. 참석인원이 적어서 나는 공연히 죄진 사람처럼 미안한 마음에 좌불안석이었는데, 놀랍게도 선생님의 평온하고 미소 짓는 표정은 여느 때와 조금도 다름이 없었다. 평소와 다름없이 식사를 맛있게 드신 후 강의를 하셨는데, 단 두 사람의 청중 앞인데도 몇 십 명을 마주하신 것과 꼭 같은 자세로 한 시간여 동안 말씀하시는 것이었다. 내가 선생님의 놀라운 자제력과 높은 인품에 대하여 그때 받은 충격과 감동은 오래도록 잊히지 않고 있다. 선생님의 평소의 인격이 고스란히 드러나는 장면이었다고 생각한다.

얼마 후에 모임의 참석인원도 다시 늘고 해서 분위기를 바꾸기 위하여 모임의 이름을, 좀 길지만 모임의 성격을 제대로 표현한 '김형석 교수 인생철학 연구교실'로 바꾸었다. 참석인원은 점점 늘어났지만, 모임 장소가 마땅치 않다는 문제는 여전히 남아 있었다. 그런 와중에 환경농업연구원의 강정일 원장님이 방배동의 자신의 빌딩에 있는 아담한 강의실을 기꺼이 무상으로 제공하시는 것이 아닌가. 그 쾌적하고 편리한 강의실에서 지금까지 선생님의 강의를 듣고 있는 중이다.

쾌적한 강의 장소를 제공하지 못하는 것이 항상 마음에 걸렸는데, 정작 당사자이신 선생님은 한 번도 불편한 내색을 하신 적이 없다. "선생님, 사정이 있어 다음 번 모임 장소가 다른 데로 변경되었습니다." 하고 죄송스런 표정으로 말씀을 드리면, 미소를 머금으면서 전혀 표정의 변화 없이 "아, 그래요? 알았습니다." 하시는 것이었다.

선생님은 아마도 예수가 제자들에게 말씀을 전할 때에 갈릴리 호숫가이건 겟세마네 동산이건 전혀 개의치 않고, 오로지 전하려는 말씀 그 자체만 중요하게 생각했던 것을 배우고 따라 하시는 것이 아닌가 싶다.

대략 계산해 보니 나는 선생님의 강의를 지금까지 약 300회 이상 들었는데, 들을 때마다 새로운 느낌과 감동을 받는 것이다. 선생님의 강의를 들을 때 매번 발견하는 것은 상대를 배려한 적당한 목소리의 강약과 속도로 말씀하시는 것, 변함없이 미소 띤 건강한 모습을 보여 주시는 것이다. 그런데 그런 요소들이 우리로 하여금 청강에 더욱 몰입하게 해주는 것이다. 그래서 자연스레 강의를 듣는 회원들은 강의 내용뿐만 아니라 그 인품에 영향을 받고 배우고 따라 하려고 애쓰게 되는 것이다.

선생님은 철학자이자 신학자이다. 어렸을 때부터 개신교를 믿었고 그 누구보다 성경에 해박한 지식과 깊은 신앙심을 가지고 계시지만 장로나 집사 등의 교회 직분을 가진 적은 한 번도 없다고 하신다. 교회를 중심으로 신도의 생활이 제한받는 교회주의와 교리주의를 경계하면서 성경 중심의 인본주의 신앙을 가지라고 강의하신다.

선생님은 자신이 만난 사람들과 겪었던 일들에 관해 말씀해 주시곤 하는데 우리가 직접 경험하지 못한 분야라서 살아 있는 역사를 배우는 것과 같다. 중학생 시절 도산 안창호 선생의 강연을 육성으로 직접 들었던 이야기, 윤동주 시인과의 동문수학 했던 시절에 관한 이야기 등을 들을 때면 왠지 실감이 더 나는 것 같고 깊은 감동을 받지 않을 수 없다.

평생의 학문적 동지이면서 인생의 가장 가까운 친구였다는 고 김태길 교수님과 고 안병욱 교수님에 관한 이야기를 자주 하셨는데, 이는 그만큼 그분들의 생전의 동지의식과 우정이 깊었기 때문으로 생각된다.

선생님의 강의에 흐르는 일관적인 기조는 휴머니즘, 즉 인간의 존엄성과 가치를 알고 존중하는 일을 실천하라는 것이다. 선생님은 철학자이시지만, 그리고 항간에는 철학자가 진정한 신앙을 갖기는 매우 힘들다는 속설이 있음에도 불구하고, 그 누구보다 독실한 기독교 신앙인이면서 철학이라는 학문을 기독교적 신학과 분리하지 않고, 오히려 그 둘을 단단히 연결시켜서 우리에게 알기 쉽게 그 진리의 연결고리를 설명해 주시는 것이다. 선생님이 교회를 짓는 데 엄청난 돈을 들이고 교회 안에서만 안주하려고 하는 현재 한국의 일부 대형교회들을 못마땅하게 생각하시는 것도 이러한 인간 중심의 신학적 철학을 중시하는 지혜에서 나오는 것이다.

항상 겸손하신 선생님이 강의 중 드물게 은근히 자랑하듯 하시는 이야기 중에 6·25 동란이 발발한 직후의 재미있는 이야기가 있다. 6·25가 발발할 당시 선생님은 중앙중학교에 몸담고 계셨는데, 그때 중앙중고등학교의 총책임자는 인촌 김성수 선생이었다. 전쟁으로 학교를 닫지 않을 수 없었는데, 교직원들의 봉급을 한 달분 지급하기로 했다. 그때 선생님이 인촌 선생에게 가셔서 전쟁으로 모든 것이 불안하기 짝이 없으니 석 달 치 급여를 모든 교직원에게 미리 주는 것이 좋겠다는 건의를 드렸다고 한다. 그런데 그 제안이 즉각 받아들여져서 중앙학원의 교직원들은 전쟁 중에도 몇 달 동안이나마 생활고에서 해방될 수 있었다는 것이다. 물론, 급여를 한 달 치만 지불하고 부랴부랴 피난을 떠난 다른 학교의 교직원들은 학교금고의 돈을 몽땅 인민군에게 강탈당했을 뿐만 아니라 교직원들도 좀 더 장기간 생활고에 시달렸을 것이다. 그때 누군가가 "선생님은 경제에도 밝으시네요." 해서 모두 웃음이 터진 적이 있다.

선생님의 인촌 선생의 인품에 대한 존경은 대단하신데, 이는 상당기간 동안 그분 곁에서 보고 직접 모신 체화(體化)된 경험이 있기 때문일 것이다. 지금 와서 일부에서 인촌 선생의 친일(親日) 성향에 대하여 거론하며 폄하하는 것은 틀렸으며, 전혀 사실과 다르다는 것을 분명히 말씀하시곤 했다.

선생님이 우리에게 주는 메시지는 분명하다. 되풀이하여 강조하여 말씀하시는 가운데는 개인의 안위나 욕망보다는 내 나라와 민족을 먼저 생각하라는 것이다. 일제의 압제시절을 관통하면서 일본유학(동경의 상지대학교를 졸업하셨다), 징병문제의 고민을 거쳐 6·25 동란과 그 이후의 한국 근대사를 한 세기에 걸쳐 살아오면서 그 누구보다 치열하게 진실된 지성의 세계를 탐구하신 선생님의 가르침은 그야말로 한 마디도 소홀히 넘김 없이 우리 마음속의 바위 위에 새겨 넣어야 할 사자후(獅子吼)가 아닐 수 없다. 즉, 나라가 약해지면, 그 나라의 국민은 말할 수 없는 고초를 겪고 모든 것을 잃은 채 그야말로 죽지 못해 연명한다는 것을 직접 경험하셨기에 나라와 민족을 먼저 생각하라는 말씀이 평시에 육화(肉化)되어 나오는 것이다.

4

선생님은 지극히 건전한 자유주의자이시다. 일하지 않는 자는 먹지도 말라는 우리 성현들의 말씀을 상기시키면서 다음 세 가지를 되풀이해서 가르치고 또한 몸소 실천하신다.

- 죽을 때까지 일하라.
- 죽을 때까지 공부하라.
- 언제나 건전한 취미활동을 한두 가지는 하라.

6·25 때 평양으로부터의 피난과정과 이어서 남한에서 겪은 공산치하에서의 몸서리치는 형극의 경험을 하면서, 그 비인간적이고 잔학한 공산주의자들의 진상을 실제 피부로 체험했기에 공산주의를 극력 반대하시는 것이다. 선생님은 평소에 공산주의자는 죽을 때까지 좀처럼 그 사상을 바꾸지 않고 그들은 모두가 못사는 압제의 사회로 치닫게 한다고 말씀하신다.

내가 처음 선생님의 가르침의 반에 합류하였을 때만 해도 선생님의 강의는 비교적 담담하고 적극적인 사상이나 의견을 강하게 피력하시는 일이 드물었는데, 요즘은 나라 형편이 아주 어렵게 되어가고 있다고 판단하셨음인지 그전보다 훨씬 강한 톤으로 강의하신다. 나는 이런 면이 좋다. 우리에게 보다 강렬한 교훈을 심어주고 싶어서일 것이다.

선생님은 한없이 겸손하시다. 그리스도의 가르침 중에 첫 번째가

"겸손하게 회개하라"일진대, 선생님은 아마도 예수의 가르침을 실천하려고 끊임없이 평소 정신적으로 목숨을 건 투쟁을 하고 있지 않을까 하는 생각도 가끔 해본다. 많은 기독교 목사들이 성경을 펴고 설교하고 그리스도를 닮은 일생을 살라고 혀를 빼물고 말씀들을 하지만, 정작 그들의 평소 생활이나 태도는 전혀 그리스도의 가르침과는 동떨어져 있다는 데서 실망을 하게 되는데, 선생님은 평생을 일개 평신도로 계시면서도 내가 지금껏 봐온 한국인 중에서 예수의 가르침을 일상에서 가장 잘 실천하는 스승이라고 믿어 의심치 않는다.

그래서 지금은 한 달에 두 번씩 각각 '성경강해'와 '생활철학' 강의를 들으면서 매번 다른 감동과 각오를 다지게 되는 것이다. 강의를 함께 듣는 회원 중에는 선생님의 말씀을 지속적으로 경청하면서 자신의 인생관이 능동적이고 이타적으로 바뀌었다고 하는 분들이 많이 있다. 특히 나라 사랑하는 마음이 훨씬 강하게 되었다고 고백하는 것을 종종 듣는다.

2, 3년 전쯤 선생님이 농담 반 진담 반으로 아마 한국에서 100세 가까운 사람 중에 스스로 벌어서 소득세를 선생님만큼 많이 내는 사람은 얼마 안 될 거라는 말씀을 하셔서 모두 크게 웃은 일이 있다. 그렇다. 부동산이나 주식의 수익이 어마어마한 나이 많은 분들이야 부지기수일 테지만, 100세에 스스로의 저술과 강의로 인하여 소득을 창출하는 어르신은 얼마 안 될 것이니, 선생님 말씀이 옳을 것이다.

그러나 우리가 옆에서 보면 선생님은 강의를 많이 하시면서도 강의료를 얼마로 정하거나, 하한선을 두는 일이 결코 없는 것 같다. 적으면 적은 대로 전혀 개의치 않으시는 것 같다. 실제로, 우리가 '아사모'에서 강의를 들을 때인 몇 년 전까지만 해도 모임의 재정이 빈약하기 짝이 없어서 매회 부끄러운 금액인 3만 원씩 거마비 조로 드렸던 것 같다. 지금은 모임의 재정상태도 많이 좋아지고 하여서 그보다 여러 배 더 드리지만, 그래도 시중의 젊은 인기 강사들에 비하면 턱없이 적은 사례금이다.

선생님은 한때 시골 지방도시의 한 학교로부터 학생들을 상대로 강의를 요청받으신 적이 있는데, 사정상 사례금이 아주 적어서 미안하다는 연락이 왔다고 한다. 그런데 동시에 한 대기업에서 그 몇 배나 되는 강의료를 제시하며 강연을 요청을 해온 적이 있었다고 한다. 그때 선생님이 판단하시기에 지방학교는 선생님을 접할 기회가 상대적으로 적고, 그들에게야말로 좋은 이야기를 들려주는 것이 더 보람 있다고 생각하여, 대기업 측의 요청을 정중히 사양하고 대신 그 먼 지방으로 강연을 가신 일도 있었다.

이런 몇 가지 에피소드는 물질만능주의에 물들어 있는 현 사회인들에게 커다란 경종을 울린다. 선생님은 그의 저서를 읽거나 강의실에서 마주하고 육성을 듣는 것만 해도 우리에게 많은 지혜와 영감과 그리고 교훈을 주신다. 가르치는 사람은 많으나 참 스승이 없는 이 시대에, 결코 흐트러지지 않는 모습, 항상 온화하게 미소 짓는 선생님의 얼굴에서 우리는 어쩌면 나다니엘 호손의 큰 바위 얼굴을 연상하는지도 모르겠다.

선생님과 함께하는 시간이 앞으로도 오래오래 지속되리라 믿고, 또한 기원한다.

박만지(朴滿志)
서울대학교 불어교육과 학사, 삼성물산 및 삼성전자 근무, "품성이 먼저
다!(CHARACTER FIRST!)" 프로그램 지도, 현 (주)팔라스 대표이사

6. 김형석 교수님의 백수를 축하하며

김하진

1. 송촌 교수님과의 만남

송촌 교수님은 한국의 제1세대 철학자이시다. 필자는 교수님으로부터 학점을 받은 제자는 아니다. 그러나 평생을 교수로 후학을 길러온 필자에게 교수님은 교육자로, 신앙인으로 필자의 인생을 영위케한 '롤 모델(roll model)' 중 한 분이심은 틀림이 없다. 지근에서 모시지는 못하였지만 저서를 통해서, 미디어를 통해서 뵐 때마다 정정하신 모습은 늘 필자를 행복하게 하고 삶을 든든하게 만든 것은 틀림없는 사실이다. 이제 백수를 누리시게 되셨다니, 어찌 가만히 있을 수 있겠는가!

교수님과 첫 만남은 61년 전인 1958년 봄 라일락 짙은 향내가 지천이었던, 지금은 본관은 사라지고 표지석만 남아 있는 동숭동 서울대학교 문리과대학 본관의 어느 강의실에서였다. 서울대학교 기독학생회(SCA)의 심부름꾼(총무)으로 강연장을 준비하고 강사를 모시는 게 필자의 주요 임무였다. 그때 모셨던 강사님 중에서 지금 생존해 계시는 분은 오직 교수님뿐이시다. 지금도 건강하신 모습이 너무나 자랑스럽고, 장수의 보람을 갖게 한다.

당시는 4·19 학생혁명 전야라 국내의 모든 형편이 아주 어려웠고 매우 어수선하였다. 거의 모든 대학생은 교복보다는 검은색으로 염색한 미군 야전 '점퍼'를 걸치고 미군 전투화(워커)를 끌고 왼편 겨드랑이에 당시 대표적인 지성 잡지인 『사상계』를 끼고, 세상 모든 염려를 다하는 양 얼굴에 인상을 쓰고, 마치 우국지사(?)처럼 보이려는 게 표준 모습이었다. 그리고 캠퍼스에는 당시를 풍미한 허무주의(nihilism)와 실존주의(existentialism) 사상이 많은 대학생의 화제와 토론의 주제였다.

수학과 물리학을 좋아하여 어릴 때부터 아인슈타인의 사진을 책상머리에 걸어 두고, 그와 관련된 정보를 수집하기를 좋아했던 중등학생으로 훗날 남다른(?) 과학자가 되겠다고 수학과에 진학한 필자에게 개신교 신앙의 올바른 입장에서 허무주의와 실존주의 사상에 대처하는 방법을 쉽게 풀어서 소상히 설명하시는 교수님의 강의는 정말로 신선하고 충격적이었다. 당시는 인쇄물 준비가 어려웠기 때문에 강연은 사전에 내용을 인쇄물로 배포하지 않고, 메모해 오신 쪽지를 보시며 교탁에서 시종 미소로 허락한 시간에 강의를 마치셨다. 필자는 열심히 받아 적으며 내용을 이해하려고 애를 썼다. 그런데 교수님의 강의는 반드시 기도로 시작하셨는데, 강의실 교탁 옆 바닥에 꿇어앉으셔서 기도하시는 진지한 모습이 너무나 인상적이었다. 나는 그 모습이 구도자(?)의 겸손하고 참된 모습으로 각인되어 후일 나의 삶에 중요한 본이 되고 표적이 되었다. 필자 역시 퇴행성 무릎 관절염과 허리 디스크로 고생하기 전까지는 교회행사에 초대되어 강연을 할 때 교수님이 하셨던 것처럼 무릎을 꿇곤 했다. 최근에는 그런 기회가 없어져 본을 보일 수 없어 아쉽다. 그러나 필자에게 교수로서 겸손하게 학문을 해야 하는 행동양식을 일깨워주신 교수님에 대한 존경심과 평생의 '롤 모델'로 삼은 마음가짐만은 변함이 없다.

2. 키르케고르의 '죽음에 이르는 병'

당시 교수님은 덴마크의 실존주의 사상의 선구자 키르케고르(S. Kierkegaard)에 대한 전문가였다고 기억하고 있다. 그의 저서 『죽음에 이르는 병』(1841)의 번역본을 읽으라고 추천해 주셨고, 그 책을 중심으로 기존 교회의 각성을 촉구한 그의 개혁신학과 철학사상을 가르쳐주셨다. 그 실존주의 실천사상은 인간을 무한성과 유한성, 시간성과 영원성, 자유와 필연의 종합체로 보아 인간은 유한하면서도 유한에 머물러 있지 않기 때문에 무한을 지향하는 존재라는 것이다. 따라서 인간의 본성은 한정되어 있는 듯하면서 한정되지 않는 것이어서 인간은 짐승이 되어서는 안 되고 무한한 신에 가까이 갈 수도 없다는 것이다. 그런 의미에서 인간은 자유롭고, 이 자유는 각자에 어떻게 연관되는가 또는 각자의 존재를 어떻게 인식하는가에 따라 결정된다는 것이다. 신에 의해서 정립되는 인간의 자기관계는 자신에 연관되는 관계이면서 동시에 신에 연관되는 관계인 것이다. 이와 같은 자기 자신에 연관된 관계가 분열하고 파괴되면 절망이 시작된다. 그는 이 절망이 바로 '죽음에 이르는 병'이고 '절망은 죄'라 하였다. 그리고 인생은 '죄의 연속'이라 하였다. 그의 실존사상에서 가장 중요한 것이 '자기'라 하였다. 그 이유는 인간은 원래 자기 자신이 될 사명을 가진 자로서 창조되었기 때문이다. 그러나 '자기'에 있어서 결정적인 '자기의식'이 증가하면 할수록 절망도 강해져서 이 병에 걸리는 것은 인간뿐이다. 인간이 동물 이상의 존재이기 때문에 절망할 수 있다는 것이다. 이 병으로부터 치유되는 것이 바로 '기독교인의 행복'이라 하였다. 따라서 이 병에 걸리는 것이나 이 병에 걸려서도 치유되기를 바라지 않는 것은 모두 불행한 것이라 하였다. 그의 책 『죽음에 이르는 병』은 기독교적 실존주의 사상의 핵심행동을 깊이 다룬 책이라고 필자는 생각한다. 1998년 여름에 덴마크의 코펜하겐에서 개최된 학술회의에 참석했을 때, 학술회의 중간에 국립중앙박물관 정원에 있는 그의 석상을 일부러 찾아간 것도 교수님의 강연을 회고하기 위함이었다.

교수님의 강연은 인기가 대단하였다. 필자의 기억으로는 60년 전 가을 어느 날 기독학생이 아니고 일반인을 대상으로 '인간이란 무엇인가?'라는 제목의 교수님의 강연을 준비했다. 당시 본관 1층 왼쪽에 위치한 학내에서 제일 큰 문리과대학 제7강의실이 꽉 채워져 자리가 없어서 못 들어간 많은 학생들이 문 밖에 서서 경청하는 진풍경이 벌어지기도 했다. 당시의 교수님의 강연의 인기를 가늠하는 좋은 사건이었다. 필자는 교수님을 통하여 철학의 중요성을 처음으로 깨달아 3학년 1학기에 그 유명했던 고 박종홍 교수님의 '철학개론'을 수강신청하여 철학을 공부했던 계기가 되었다. 그 이후로 고전철학에 눈을 뜨게 되면서 학부 이후에도 전공 못지않게 철학에 관심을 기울이게 되어 전공 연구에도 깊이를 더하는 데 큰 도움이 되었다.

3. '고독이라는 병'

　교수님이 100년을 사시면서 펴내신 저서는 하도 많아서 필자가 몇 권인지를 정확히 헤아릴 수가 없다. 그중에 필자가 가장 애독했고 삶에 영향을 끼친 책이 바로 교수님의 『고독이라는 병』이다. 필자가 대학생일 때 탐독했던 초판은 1958년(?)에 포켓문고판으로 출간된 것으로 기억하고 있는데, 여러 번의 이사로 유실되어 지금 수중에 없고, 그때의 메모도 없어져 이 글을 쓰면서도 못내 아쉽기가 한량없다. 시중의 서점에서는 『고독이라는 병』을 구할 수 없어 국립중앙노서관의 장서고에 검색하였더니, 그간 여섯(?) 번 개정 출판하였음을 알게 되었다. 외부로 대출이 허용되지 않아서 가장 최근인 2016년 5월에 간행된 것을 대출하여 열람실에서 오랜 기억을 되짚으며 메모 기록해 온 것을 토대로 여기 몇 마디 옮겨 보기로 한다.

　우선 2016년 5월에 간행된 『고독이라는 병』은 필자가 탐독했던 초판과는 다른 체제로 5개의 주제로 나눈 수필집이다. 1부는 '인생,' 2부는 '마음,' 3부는 '가치,' 4부는 '지혜,' 5부는 '고향'을 주제로 실천철학을 쉽게 풀어서 다루고 있다. 철학이 전공이 아닌 문외한이지만, 그간 살아온 내 삶의 거울에 비친 교수님의 옥고가 말하고자 하는 바의 요점을 나름대로 감히 정리해 보면 다음과 같다.

　1부는 인생길에서 삶의 이유를 가르쳐준 직업선생과 인생선생을 만났는가? 삶의 끝인 죽음 뒤에 오는 것은 무엇인가? 우리는 무엇 때문에 사는가?

　2부는 우리는 행복한 사람이 되려고 하기 전에 가치 있는 사람이 되려고 함으로써 값있는 불행을 자초한다. 인촌 김성수의 마음은 위대했다기보다 진실했고, 한 인간으로서 빛나게 되었다. 교육자의 마음은 늙지 말아야 한다. 어제로 인하여 오늘이 있고, 오늘의 결과로 내일이 있으니 삶을 즐겨야 한다. 예술에 치우친 예술가는 자연의 진가를 잊기 쉽다.

3부는 현대인의 불행은 어리석은 진리 때문이다. 싫어하는 것과 미워하는 것은 다르다. 인격은 목적이 될 수 있으나 수단이 되어서는 안 된다.

4부는 삶을 알기 위해 사는 것이 삶일까? 아홉 가지를 믿는 사람은 나머지 한 가지도 믿는다. 소유를 원하지 않는 사람에게는 모든 일이 그대로 봉사다. 철학자는 바보일까? 지식인의 존재 의미는 무엇일까? 기억을 한다는 것은 좋은 일인가?

5부는 공허로 끌려가는 삶을 구출해 주는 항구가 고향이다. 영리한 현대인은 모험을 하는 데 지나치게 인색하다. 분열로 문화는 사경을 헤매고 있다. 자유와 사랑의 변증법은 무엇일까? 고독이라는 병은 무엇일까?

필자는 오래전에 정년을 맞아 대학교단을 떠나 있다. 그런데도 교수님이 제시한 이린 근원적 문제에 대한 깊이 있는 사고와 담론에 새삼스레 관심이 깊어지는 것은 아마 이제야 철학에의 입문을 실감한 때문이 아닌가 생각된다. 교수님의 글에서 느낀 몇몇 인상적인 가르침은 아직도 기억 속에 생생하게 살아 있어 다행이라는 생각이 든다. 교수님은 '고독'에 대해서는 "인간은 정신적 존재이기 때문에 자신과의 대화를 갖지 못하면 정신력이 빈약해지고, 생리적인 자아가 강해져서 또 하나의 육체인 다른 인간을 찾아 스스로 고독을 메꾸지 않을 수 없다."고 했다. 그리고 "'고독이라는 병'은 일생 동안 우리를 얽매고 있는 무서운 병의 하나"라고 했다. 그리고 "인간은 본래 사회적 동물이므로 삶의 본능이 제지당할 때 고독을 느끼게 되며, 그 고독에는 생리적 고독과 정신적 고독이 있다. 자연인은 홀로 있지를 못하기 때문에 생리적 고독을 견디어내지 못한다. 그러나 정신인은 그와 반대로 정신적 고독을 통하여 훌륭한 창조를 이루어낸다."고 했다. 예를 들어, 노벨상 수상자는 정신적으로 엄청나게 고독했을 것으로 생각한다. "이러한 고독의 반대는 '사랑'이다. 사랑을 가장 필요로 하는 사람이 가장 깊은 고독을 느끼는 것이며, 얻을 수 없는 사랑을 품는 자가 누구보다 고독해진다. 그러나 실존적인 고독을 느끼는 사람은 '영원'을 사랑하기 때문에 '고독에 이르는 병'은 오직 영원한 사랑인 '신의 사랑'에 의해 고침을 받을 수 있다."고 했다. 필자는 이 '사랑'을 목표로 애써왔지만, 그 쟁취가 그렇게 쉬운 일이 아님을 고백한다.

4. 글을 맺으며

지난해 2018년의 일이다. 필자가 속한 교회의 '시니어 교구'에서 특강 강사로 교수님을 모시기로 하여 필자가 그 섭외를 맡기로 했다. 필자가 용기를 낸 것은 교수님의 큰아들인 한림대학교 김성진 교수와의 특별한 인연 때문이다. 적지 않은 기간에 동료 교수로 봉직하며 교류하는 사이라 모시는 데 자신감이 생겼다. 김 교수를 통하여 교수님 휴대전화 번호와 자택 주소를 알게 되어 통화로 강연 일시와 제목을 상의하는데, 그 정정하신 음성과 청음에 필자는 놀라지 않을 수 없었다. 모시기로 한 5월 31일(목) 오전에 연희동 교수님 댁을 찾아갔는데, 승용차 두 대가 겨우 스쳐갈 수 있는 골목 끝에 교수님 댁이 있었다. 승용차로 모시며 교수님의 정정하신 모습과 따뜻한 음성을 오랜만에 들을 수 있었고, 또 많은 옛날얘기를 나눌 수 있어 행복했다. 많은 시니어 교우가 모인 가운데 교수님은 강대상 옆의 의자에 앉으셔서 정해진 시간을 훌쩍 넘기시며 '제2의 인생은 가능한가?'라는 제목의 특강을 특유의 담담한 음성과 바른 자세로 마치셨다. 60년 전과 꼭 같은 명강의에 필자는 다시 한 번 놀라지 않을 수 없었다. 오찬은 연세대학교 동문회관 지하 1층의 'T원'을 원하셔서 그곳으로 모셨다. 중국식 전채와 자장면을 주문하셨는데, 필자보다 많은 양의 오찬을 맛있게 드시고 큰 커피잔을 비우시는 것을 보고 한 번 더 놀라며, 교수님 장수의 비결을 체득할 수 있었다. 이날 하루 교수님과 동행하면서 너무 행복했다. 필자에게는 인생의 대선배이자 학문하는 길의 대선배이신 교수님을 지근에서 모실 수 있었고, 또 값진 교훈을 되새길 수 있었다는 사실에 깊이 감사한다.

끝으로 이 글은 오래된 기억을 토대로, 그리고 철학의 문외한이 쓴 것이라 오류가 적지 않을 것이다. 이것은 오로지 필자의 미진함에서 비롯됨을 밝히고 고개를 숙인다.

김하진(金夏鎭)
서울대학교 수학과 학사, 프랑스 Grenoble1대학교 이학석사, 생테티엔대학교 이학박사, 현 아주대학교 명예교수, 한국공학한림원 원로회원, 한국컴퓨터그래픽스학회 명예회장, 한국시니어과학기술인협회 부회장, 주요 저서와 논문: 『디지털 콘텐츠』(공저), 「오측된 데이터에서 매끄러운 곡선을 얻는 방법」, 「평면탄성을 위한 새로운 경계요소 공식」 등

7. 도대리 반세기의 꿈과 현실

이초식

소규모로 농사 짓는 사람은 자신이 뿌린 씨가 어디서 어떻게 자라 어떤 열매를 맺었는지 분명히 알 수 있다. 그러나 만약 비행기를 타고 공중에서 넓은 지역에 씨를 뿌리는 사람이 있다면 그렇지는 못할 것이다. 필자는 송촌 선생님을 공중에서 씨 뿌리는 철학자로 보고 싶다. 공중에서 철학적 정신의 씨를 널리 뿌리고 계시다. 많은 글과 강연, 그리고 방송 등을 통해 각계각층에 널리 철학에로 관심을 돌리도록 하여 삶을 보람 있게 하는 데에 크게 도움을 주었다. 그 씨들이 잘 자랄 수 있도록 비료도 주는 방식의 철학 농사를 오래도록 하신 분이다. 폭넓게 씨를 뿌렸으므로 모두가 열매 맺기를 기대할 수는 없다. 강연을 듣는 순간에만 철학에 관심을 가졌다가 강연장을 나오면 무관심해질 수도 있다. 그러나 그 씨가 오래도록 지속되는 경우도 있다. 또 같은 씨일지라도 생장하는 자연적, 사회적 환경에 따라서 가족유사성만 지닐 수도 있다. 송촌 선생님이 뿌린 씨는 여러 가지 형태의 것으로 수확되고 있다. 그 공헌이 이미 우리나라 철학계에 폭넓게 인정되어, 한국철학회가 중심이 되어 1999년도 원로 철학자로 김형석 교수님과 안병욱 교수님을 선정해, 두 분의 업적을 기념하는 모임을 갖기도 하였다. 필자는 이 글에서 송촌 선생님이 뿌린 씨들 중의 하나로, '도대리'라는 지역을 중심으로 반세기 동안 철학교육의 모습으로 자란 사례 하나를 소개하고자 한다. 물론 그 열매는 송촌 선생님이 처음에 기대했던 것과는 다른 모습을 하고 있을는지 모르나, 그 가족유사성을 지닌 것임에는 틀림없다고 하겠다.

1. 춘천행 ITX 청춘열차

매월 셋째 월요일 아침 9시 2분 옥수역에서 춘천으로 가는 ITX 청춘열차를 기다린 지도 몇 년 된 것 같다. 모두들 바삐 출근하는 사람들 틈에서 등산복 차림으로 반대 방향으로 가자니 멋쩍기도 하지만, 나는 이것이 나의 출근길이라고 자위하여 본다. 사실 이날은 기다려지는 날이다. 가평역에 도착하면 70대 제자가 기다린다. 금년에는 서울교육대학교 철학연구동문회 이동석 회장이 대기할 것이다. 손자들을 돌보다 허리를 다쳐 고생했으나, 금년은 그런대로 지낼 만한 모양이다. 때로는 초등학교 교사로 정년퇴임을 한 이후 농민이라는 직업을 얻어 원주 근교에서 농사를 짓는 남철우 선생이 오기도 했고, 광주대학교 경영대 교수로 재직했던 박귀선 교수가 나를 맞아주었다. 가평역에서 10시경에는 성백형(고교 교사, 정년퇴임), 서규선(청주대학교 윤리교수, 금년 정년퇴임), 신헌재(교원대학교 국어교육과 명예교수) 등이 기다린다. 두서너 달에 한 번씩은 진주에서 박진환(경상대학교 윤리학과 명예교수)도 참여한다. 가평역에서 승용차로 약 20분 정도 가면 가평군 북면 '도대리 철학교육수련원'에 도착한다. 박민규 한국아동철학교육연구소 소장이 미리 와서 '지향관' 그 주변을 정리하고 있다. 재작년에는 서울교육대학교 교육학과의 남명호 대우교수가 자주 참석했으나, 작년은 바빠 참석 못하고 있다.

나는 매달 여기 오는 목적이 두 가지다. 하나는 옛 제자들과 철학책을 읽는 것이고, 다른 하나는 냇가로 내려가 가평천을 산책하고 30분 정도 약간의 등산도 하는 것이다. 이 산책형 등산이 첫째 목적인 양 도착하자마자 혼자 내려가면 늙은 스승이 잘못될세라 염려되어 몇몇이 따라오기도 한다. 어쩌면 이 산책형 등산은 나 자신이 살아있다는 증거로 확인하고 싶어서 하는 것 같다. 때로는 '등대관'에서 커피 한잔을 마시기도 하는데, 그 맛이 일품이다.

이곳이 '도대 철학교육수련원'이므로 우리 모임의 명칭은 '도대 철학 담소회,' 약칭 '담소회'다. 이 모임의 성원들은 인연이 깊다. 1966년부터 1972년까지 서울교육대학교에서 교수와 학생 사이, 또는 선후배 관계로 알게 되었다. 1966년 여름방학 때부터 철학책을 읽게 되고, 1968년에는 학내 학생들 동아리 모임 '서울교육대학교 철학연구회'로 출발했다. 졸업 후에는 '서울교육대학교 철학연구동문회'로 이어져 오늘에까지 이른 것이다. 서울교육대학교는 초등학교 교사를 양성하는 곳이고, 당시는 2년제이므로 교사로서의 필요한 지식과 기능을 갖추기도 무척 어려웠다. 뿐만 아니라 교사로서의 인품도 갖추어야 한다. 당시 0.5학점이 모자라 졸업을 못하고 발령도 받지 못하는 사례도 있었다. 이러한 처지를 알면서도 나는 학점과는 아무런 관련도 없는 철학책을 방학 동안 읽겠다고 칠판에 공고했다. 몇 명이나 모일지 궁금했다. 그런데 더운 여름방학, 추운 겨울방학, 학생들이 꽤 많이 모여 열을 올리며 토론하기도 했다. 그러던 중, 학생들 스스로 동아리 모임을 발족하기로 하고 나에게 지도교수를 담당해 달라고 하여 맡았는데, 예상 외로 너무 커져버렸다.

기록에 의하면, 1970년 신입생 400명 중 180명이 지망하여 3월 24일에는 이들을 4개 조로 나누어 예비 철학교육을 하고, 동년 10월 10일에는 93명만을 정회원으로 입회시켰다. 당시 4개 조의 리더로 일하던 학생이나 신입회원으로 활동하던 학생들이 반세기 지난 오늘날 70대 노인이 되어서 우리의 만남을 지속하고 있다. 당시 우리 모임은 훌륭한 교사가 되는 일을 목표로 하지만, 인간으로서의 교양과 인품을 갖추는 일이 중요하다고 여겼고, 그러기 위해서는 철학공부를 하며 진정한 사람이 되고자 노력해야 한다고 믿었다. 그리하여 우리의 이념 목표를 인간혁명과 인간교육에 초점을 맞추었다. 학생들에게 왜 철학모임에 참여하려고 하느냐는 질문에 대한 당시의 해답들을 정리해 보면, 대체로 '인간혁명과 인간교육'으로 대변할 수 있을 것 같았다.

이러는 과정에서 필자는 송촌 선생님이 뿌린 철학적 정신의 씨를 발견할 수 있었다. 당시 철학회원 중에 많은 학생들이 이미 고교 시절에 송촌 선생님의 글을 읽거나 강연을 듣고 철학을 흠모하고 있었기 때문이다. 1971년 9월 11일에 우리들이 송촌 선생님에게 초청강연회에서 '인간혁명과 인간교육'의 제목을 부탁드린 것도 그러한 맥락에서다.

(필자의 서울교육대학교 재직 시, 1975년 10월 8일에 김형석 선생님을 한 번 더 모셨다.)

2. 도대리와의 인연

1972년 5월 말경, 나는 남정걸 교수와 가평군 북면 적목국민학교에 간 일이 있었다. 서울교육대학교 당국으로부터 7월 말경 대학 전체가 동아리별로 가평군 지역에 농촌봉사를 하기로 되었으니, 각 동아리 지도교수들은 봉사할 곳을 미리 답사하고 그 지역 책임자와 협의하라는 임무가 주어졌기 때문이다.

당시 가평에서 적목끼지는 비포장도로이므로 교통 사정은 좋지 않았으나, 큰 산들 사이에 내를 끼고 터놓은 길을 따라 깊숙이 들어온 적목 마을은 나에겐 신비로워 무척 마음에 들었다. 아마 남 교수도 이곳 풍치가 무척 마음에 들었던 것 같았다. 그래서 문제가 발생했다. 당시는 한 지역에서 한 동아리만이 봉사활동을 하기로 되었기 때문에 우리 두 동아리 중 하나만이 적목국민학교에서 봉사활동을 할 수 있었다.

그래서 적목국민학교 교감에게 선택권을 맡기기로 했다. 남 교수가 담당한 '농촌봉사회'와 '철학연구회' 중에서 어느 모임을 택하겠느냐고 물었더니, 지체 없이 남 교수의 손을 들어주었다. 마음에 드는 곳에서 밀려난 기분. 이제 어떤 곳을 찾을 것인지도 막연하다. 철학이 배척당한 것 같은 착잡한 상태에서 적목국민학교를 나왔다. 우리의 농촌봉사는 교육봉사를 겸하므로 학교를 선택해야 했다. 적목국민학교가 이 골짜기 마지막 학교이므로 되돌아 나올 수밖에 없었다. 이곳저곳을 두리번거리며 되돌아 내려오다 갑자기 꽤 넓은 논이 있는 분지가 나타났다. 저 멀리 냇가 위에 학교가 보인다. 곧바로 우리 일행은 그곳에 가 우리의 뜻을 전했더니 대환영이다. 이것이 도대리와 인연을 맺게 된 계기다.

1972년 7월 25일부터 31일까지 봉사활동을 했다. 우리들은 농촌의 일손을 돕는 노력봉사보다 교육봉사에 치중했다. 학생들이 예비교사이며 철학회 회원들이라, 무엇인가 차별화된 모습을 보여주고자 정성을 다하는 기색이다. 비록 서투르기는 하지만 그 성의가 학생들에게 전달되고, 그것이 곧 마을 학부모들에게도 전달되어 참관 학부모도 늘어나고, 이웃 마을 학생들도 참석했다. 당황했던 일 하나가 기억난다. 해가 질 무렵 마을의 학생 한 명이 뱀에 물렸다는 것이다. 당시는 전기도 없고 전화도 없으며 교통수단은 자전거뿐이다. 다행히 마을과 인근 군부대와 연락 가능한 군용전화가 있어, 이를 통해 군에 연락하여 군용차로 환자를 가평으로 이송해 치료할 수 있었다.

봉사가 끝날 무렵, 교장 선생님과 마을 이장님, 그리고 내가 이야기를 나눌 기회가 있었다. 우리는 이런 봉사를 금년 한 해에 그치지 않고 매년 지속되길 바란다고 했더니, 그렇게 하려면 이 지역에 연고지를 마련하는 것이 좋겠다고 교장 선생님이 말씀하셨다. 그것이 좋겠다고 내가 동의하니, 마을 이장님이 그런 땅이 있는지 알아보겠다는 이야기를 주고받았다. 서울로 돌아온 지 얼마 후, 도대국민학교 맞은편 냇가 언덕 7,800평 임야가 매물로 나왔으니 와보라는 교장 선생님의 편지를 받았다. 나는 서울교육대학교 철학연구동문회 회원들에게 연락해 1972년 8월 18일-20일 도대국민학교에서 세미나 겸 토지문제를 논의했다. 그리하여 20명 정도의 후원금을 마련해 공동 명의로 그 임야를 구입했다. 이때 철학동문들과 재학생들은 '한뜻의 가족의 고향 땅'을 마련했다고 고무되었다. 나 역시 감회가 깊었다.

반세기가 지난 오늘날, '도대 철학교육수련원'에 오게 되면 이런 생각을 해본다. 그때 적목국민학교 측에서 우리를 선택했다면, 이런 수련원은 마련하지 못했을 것이 아닌가. 특히 명지산(明智山), 수덕산(修德山), 도대리(道大里) 등 주변의 이름들이 오래전부터 철학교육을 할 곳으로 미리 정해 놓고 기다렸던 것 같다. 그렇다면 우리가 딴 곳으로 갈 수는 없지 않았나. 운명이나 예정설로 풀이하는 사람도 있으나, 어떻든 신기한 것은 틀림없다. 현재 '도대 철학교육수련원'의 위치는 명지산 기슭에서, 위로는 수덕산이 바라보이고, 아래로는 도대리 마을이 내려다보이는 곳이다.

3. 한문(漢文) 공부 5년째

매달 한 번씩 모여 철학책을 읽어온 지도 30여 년 되었다. 지난해와 금년은 노자『도덕경』을 교재로 읽고 있으며, 그전에는 약 3년간『논어』를 읽었다. 그리고 그 이전에는 주로 서양철학 책들을 읽고 러셀의 서양철학사(서양의 지혜) 등이 동양고전을 읽기 직전에 공부한 것들이다. 전공이 다르고 경력도 상이하므로 관심도 다양하고 질문도 서로 다른 측면에서 제기되었다.

『논어』를 읽고 나서『도덕경』을 공부한 지도 한 해를 넘겼다. 우리들 중에 한문을 전공한 사람이 없어, 번역서를 놓고 갑론을박해 가며 격론을 벌이고 허우적거리다 보니 그 세상이 좀 보이는 것 같기도 하다.『논어』에서는 언제 어느 때 누가 무엇을 하였다는 등의 상황설명이 자주 나오는데,『도덕경』을 읽으면서는 그런 것이 전혀 없다. 다시 말하면,『도덕경』은 시공좌표 x, y, z, t로 표현될 수 있는 세계에 관한 서술이 아니다. 그러니 무엇에 관한 것인가가 문제다. 따라서 『도덕경』은 현실세계가 아닌 추상세계를 대상으로 하며, 그것을 통해 현실세계를 조명하고자 한다는 인상을 받았다. 이것은 마치 수학의 추상세계의 탐구를 통해 현실세계를 설명하려는 것과 흡사하다.

뿐만 아니라, 한문은 띄어쓰기도 없고, 누가 누구에게 무엇을 했다는 것을 파악할 수 있는 격의 표시가 없는 고립 언어이기에 번역이 쉽지 않다. 즉, 주격, 소유격, 목적격 등을 알 수 있는 격변화가 없다. 대부분 어순 등에 의존해 격을 찾아낸다. 때문에 어순이 바뀌고 상황 인식이 다르게 되면 한문 이해에는 심한 인식의 차이가 발생하게 마련이다. 또한 한자는 매 자가 의미의 최소단위인 형태소이고, 조어력(造語力)이 강하여 여러 가지 새로운 낱말을 만들어내는 데 유리하고, 긴 낱말을 줄이는 능력도 뛰어나 창의성이 높이 평가된다. 하지만, 이러한 창조력은 특정한 자연적, 사회적 환경과 긴밀히 연결되므로, 환경이 다른 데에서는 한문을 이해하기 어렵다. 특히 추상적인 『도덕경』의 경우, 우리는 더욱 당황하게 되었다.

처음에는 『도덕경』의 L 씨의 번역을 회원의 추천으로 읽다가 문제기 발생했다. 역자에 의하면 종래의 책들이 잘못되었다고 여러 곳에서 지적하고 있으나, 우리로서는 그것을 받아 납득할 만한 지적 준비를 갖추지 못했다. 더욱이 쟁점이 되는 대목일수록 단정적 표현을 삼가고, 어떠한 근거로 미루어볼 때, 어떠할 가능성이 높다거나 또는 낮다고 하는 개연적 표현을 기대했는데, 그런 대목들에서도 단정적 표현을 하므로 오히려 저자의 공헌을 해치는 것 같았다. 그래서 권위 있다고 하는 주석 번역서 하나와 필자가 미국 여행 중 시중 서점에서 우연히 구입했던 영문 번역서를 가지고 함께 비교해 가며 읽기로 했다. 이들 중에 어느 번역이 좋다는 선입견을 버리고, 이들 모두가 전문가이므로 바른 번역을 했다고 가정하기로 했다. 전문가들의 의견이 상충되는 경우가 문제다. 비전문인들인 우리의 선택 문제로 주어진다. 전문가들의 권위를 비교해 결정하는 것도 한 가지 방법이긴 하지만, 그 이외의 다른 길을 모색해 보았다. 처음에는 역자들의 설명이나 주석을 읽어보기도 했으나, 그 양이 너무 많아서 다 읽을 시간도 없을 뿐 아니라 때로는 텍스트의 내용과 거리가 먼 것 같기도 하여 오히려 혼란해졌다. 그래서 관심의 초점을 텍스트에만 두기로 했다. 이해 안 되는 한문은 자전을 찾아보고, 텍스트 번역의 우리말 맥락과 그 논리적 연관관계를 중심으로 내가 나를 설득할 수 있는 바를 찾아 보기로 하였다.

4. 노자 『도덕경』 38장의 공부사례

우리가 공부해 가는 사례 하나를 소개하기로 한다. 2018년 11월 19일은 『도덕경』 38장을 공부할 차례다. 사회자가 한문 원문의 문단 별로 우리말 음을 달아 읽기 편하게 하고, L 씨의 한글 번역, K 씨의 한글 번역, W 씨의 영어 번역을 미리 유인물로 마련해 제공한다. 이를 읽어가며 회원들의 토의가 진행된다. 조용히 묵상, 또는 고담전청의 분위기일 때보다는 논쟁으로 열을 올릴 때가 많다. 각자가 미리 읽고 자신의 견해를 기록해 오는 경우도 있다. 필자는 그 토론과 번역들을 참조하고, 나 자신이 이해한 바를 '보기 번역'의 형식으로 정리하곤 했다. 『도덕경』을 장편 시로 풀이한 W 씨의 번역이 마음에 들어, 서툴지만 따르기로 했다. 그래서 여기서도 원문과 '보기 번역'

을 제시해본다. 논의가 많았던 다음만을 살펴보자.

上德不德是以有德
下德不失德是以無德
上德無爲而無以爲
下德爲之而有以爲

上仁爲之而無以爲
上義爲之而有以爲
上禮爲之而莫之應
則壤臂而扔之

이것은 우리에겐 암호문자다. 역자들의 도움으로 내가 이해한 것을
정리해 본다.

높은 덕을 지닌 자는 덕이 없다 함으로써 덕이 있게 되고
낮은 덕을 지닌 자는 덕을 잃지 않았다 함으로써 덕이 없게 되네.
높은 덕을 지닌 자는 하는 일이 없으며 일부러 하지도 않고
낮은 덕을 지닌 자는 하는 일이 있으며 일부러 하기도 하지.

높은 인을 지닌 자는 하는 일이 있지만 일부러 하지는 않지.
높은 의를 지닌 자는 하는 일이 있으며 일부러 하기도 하네.
높은 예를 지닌 자는 하는 일이 있으나 응하지 않으면
팔을 걷어 당기며 대들 걸세.

38장은 노자의 덕론(德論)의 서장에 해당하며, 덕(德)과 대비하여
인(仁), 의(義), 예(禮)를 논하기 때문에 노자와 공자의 도덕 사상의 차

이점을 알 수 있을 것 같았다. 공자가 노자에게 예를 물으러 갔다는 사마천의 기록을 연상시키기 때문이다. 그러나 노자의 『도덕경』을 공자의 시대보다 훨씬 후대의 작품으로 평가한다는 의견도 있었다. 그러나 우리는 사실을 확인할 수 없고, 특히 이 대목은 도가와 유가의 사상을 비교하기에 좋을 것 같았다.

작품의 역사적 사실을 확인하는 문제를 떠나 텍스트에만 집중해 보자. 노자는 여기서 자신이 생각하는 덕목을 분류하고 있다. 그의 분류의 기준은 무엇인가? 이것이 나는 궁금했다. 이리저리 살피다 나의 주목을 끈 것은 아래 대목이다.

높은 예를 지닌 자는 하는 일이 있으나 응하지 않으면 팔을 걷어 당기며 대들 걸세.

上禮爲之而莫之應(상례위지이막지응), 則攘臂而扔之(즉양비이잉지)

노자는 상례를 타율적인 것으로 본 것 같다. 이에 비해 상덕, 상인, 상의는 자율적인 것으로 간주하는 것으로 평가할 때, 자율과 타율을 제1기준으로 삼은 것이다. 그리고 무위와 유위를 제2기준, 무이위와 유이위를 제3기준으로 보아, 나는 다음의 덕목 분류표를 만들어 보았다.

노자의 덕목 분류(『도덕경』 38장의 경우)

	제1기준: 自律/他律	제2기준: 無爲/有爲	제3기준: 無以爲/有以爲	덕목명
1	자율	무위	무이위	上德(상덕)
2	자율	무위	유이위	/
3	자율	유위	무이위	上仁(상인)
4	자율	유위	유이위	上義(상의) = 下德(하덕)
5	타율	무위	무이위	/
6	타율	무위	유이위	/
7	타율	유위	무이위	/
8	타율	유위	유이위	上禮(상례)

제2기준인 '무위(無爲)'는 그동안 여러 번 논쟁이 되었던 개념이다. '무위'는 아무 행위도 하지 않는 것이 아니라, 인위적인 조작을 하지 않는 것으로 이해되었다. 하지만 여기서는 제3기준인 '무이위(無以爲)'와 구분하기 어렵다. 작위하지 않는 행위는 '무이위'로 이해될 수 있기 때문이다. 이리하여 여러 가지로 고민해 보았다. 이리하여 제2기준인 무위/유위는 행위의 결과에 관한 것인 데 반해 제3기준인 무이위/유이위는 동기에 관한 것으로 보아, 다음 표로 풀어봤다.

노자의 (자율) 덕목 분류(『도덕경』 38장의 경우)

덕목 \ 행위	결과	동기
상덕(上德)	무위(無爲)	무이위(無以爲)
상인(上仁)	유위(有爲)	무이위(無以爲)
상의(上義)	유위(有爲)	유이위(有以爲)

그렇다면 도대체 이에 해당하는 사례는 무엇인가? 어떤 예가 적합할 것인가? 무위는 아무런 행위도 안 하는 행위로 볼 수 없다. 가령, 투표에서 기권행위처럼 아무런 행위도 안 하는 것 역시 일종의 행위이기 때문이다. 그렇다면 무위는 저자가 독자와 암암리에 전제한 행위를 하지 않는다는 뜻으로 풀이해야 할 것이다. 그 행위가 무엇인가? "공을 세우고는 떠나라. 자기가 세운 공을 누리지 말라. 오히려 떠나므로 안 떠나게 된다." 등의 내용의 노자 이야기가 생각났다. 그래서 무위(無爲)의 사례로 '공을 세우고 자랑하지 않는 행위'를 꼽았다. 그러면 유위(有爲)는 '공을 세우고 자랑하는 행위'로 이해된다. 상인(上仁)의 경우가 흥미롭다. 결과적으로 자랑하긴 했지만, 의도적으로 자랑하지 않는 사람을 상인(上仁)의 인간으로 평가하는 것이다. 이에 비해 상덕자(上德者)는 결과적으로 자랑하지 않을 뿐만 아니라 의도적으로 그렇게 한 것도 아니다. 이에 반해 상의자(上義者)는 결과적으로 자랑할 뿐만 아니라 의도적으로 자랑하는 자다. 그러나 그가 자랑할 만한 의로운 일을 한 것은 틀림없다고 하겠다.

이런 분석을 하고 보니 그럴듯하다. 노자 『도덕경』을 이렇게 분석한 것은 본 일이 없다고들 한다. 그렇다면 독창적인 분석틀을 마련한 것인가? 독창적인 것으로 보이는 것이 때로는 터무니없는 것일 수도 있다. 그렇다면 전문가들의 평가를 받아야 할 것이 아닌가? 이 일은 다음 기회로 우선 미루자.

그러나 이 분석틀은 여러 가지로 활용될 수 있을 것 같다. 이것을 유교의 인의예지(仁義禮智)에 적용한다면, 노자의 이 분류에서는 지(智)가 빠졌음을 쉽게 알 수 있다. 노자가 유가의 지(智)를 알지 못했거나, 덕론에서 지(智)를 인의예(仁義禮)와 같은 기준들에 의해 평가할 수 없다고 판단했기 때문일 것인가?

다음으로 이 분석틀은 윤리학에서 동기론과 결과론이 대립되고 있는데, 이를 종합하여 평가할 수 있는 기틀이 될 수도 있겠다. 그 적용에 앞서, 무위(無爲)의 위(爲)는 화자와 청자 간의 합의 가능한 행위로 규정했으므로 그 합의 가능한 행위가 무엇이라고 논의에 앞서 규정해야 할 것이다. 이제 그 분석틀을 우리의 분석틀 발견행위 자체에 적용하면 어떻게 되는가? 새로운 분석틀의 발견이라고 자랑하는 행위는 상덕자(上德者)가 할 일이 아니지 않는가? 하지만 그 분석틀이 자랑할 만한 것인지 아닌지 아직은 모르지 않는가? 그러기에 아는 것과 모르는 것을 구별하는 일, 지(智)의 문제는 인의예(仁義禮)와 함께 평가될 수 없다. 자기가 세운 공을 자랑하지 말라는 것은 납득이 되나, 아직 공을 세운 것인지 아닌지를 모르면 우선 알아야 하는 것이 아닌가? 이를 평가해 달라는 것은 상덕자도 해야 할 것이 아닌가? 만약 지(智)의 문제는 인의예(仁義禮)의 문제와 동일한 기준에 의해 평가될 수 없다고 판단하여 노자가 38장에서 지(智)의 문제를 삭제했다면 탁견이다. 가령, 사실 판단을 논하는 지(智)의 문제는 그 판단이 사실인가 사실이 아닌가, 또는 사실일 가능성이 얼마인가를 문제 삼는다. 이에 반해 인의예(仁義禮)의 문제는 주로 인간의 행위를 평가하는 판단이다. 즉, 그 행위가 선한가 악한가, 또는 '그렇게 해야 한다,' '해서는 안 된다'는 등의 판단이기 때문에 참과 거짓을 분간하는 문제와는 그 기준이 다르다.

하여간 이렇게 당위판단에 관한 논리적 문제를 이야기하다 보니, 필자가 대학에서 처음으로 논리학 강의를 하게 되었던 일이 떠오른다. 1962년 가을학기, 서울대학교 법대 논리학 강좌를 하게 되었는데, 그 강좌는 송촌 선생님이 하시던 것을 물려받았던 것이다. 내 나름대로 규범과 논리의 연결문제로 고민하면서 송촌 선생님은 어떤 해결책을 제시했을지 궁금해하기도 했었다. 또한 현재 이 38장의 풀이에 있어서도 보다 핵심적인 문제를 일반들이 쉽게 이해할 수 있도록 송촌 선생님은 말씀할 수 있을 것만 같다.

5. 우리의 꿈과 현실

2016년 1월 서울교육대학교 김경성 신임 총장님이 필자와 오찬을 하고 싶다는 연락이 있어 만났던 일이 있다. 졸업생들의 현황을 살필 때, 대학교수로 재직 중인 졸업생들 중에서 서울교육대학교 철학연구회 회원이 많은 것을 발견하고, 초대 지도교수인 나의 이야기를 듣고 싶었다는 것이다. 실상 나는 학생들에게 대학교수가 되라는 이야기를 한 기억이 전혀 없다. 총장님의 이야기를 듣고 보니 현재 주변에는 서울교육대학교 출신으로 대학교수 제자들이 많다. 철학회 출신이 다른 동아리들에 비해 대학교수가 많다는 것을 나는 이때 처음으로 알게 되었다. 축하할 일이다. 정규대학을 나와서도 대학교수가 되기 어려운데, 초급대학 졸업생으로 대학교수가 된다는 것은 보통 어려운 일이 아니다. 남다른 노력이 있었음을 추측하기 어렵지 않다. 나는 그들이 대학교수가 되는 데에 아무런 도움도 준 일이 없다. 그럼에도 불구하고 내가 영광을 받게 되니 기쁘면서도 미안하다. 내가 한 일이 있다면, 우리는 학문을 존중하는 학도로서의 정신을 잃지 말자고 해왔다. 학생 시절이나 졸업 후 직장에 나가서도 배우는 자세에서 열심히 끊임없이 살아보자고 강조했을 뿐이다. 이것은 그때나 지금이나 변함이 없다. 이러한 우리들의 바람을 "우리는 학문을 존중하는 학도이다. 성실과 근면으로 진리를 탐구하자."는 이념으로 명시화하기도 했다. 이러한 우리들의 꿈은 실현되었다기보다 언제나 실현 과정에 있다. 도대리 철학교육수련원에서의 담소회도 그 일환으로 이해될 수 있다. 그러나 그동안 충실하지 못했음을 반성하며, 정년 후 비교적 여유 있는 시기에 재학 시절의 정열을 되살리려는 최근 노력들을 볼 때는 나도 새로운 힘을 얻게 된다.

송촌 선생님도 언젠가 초등학교 교사가 되는 것과 대학교수가 되는 선택 문제를 논한 일이 있는 것 같다. 대학교수가 되는 것이 좋겠으나 문제는 '사람으로서의 인격 수준을 높이는 일'이라는 내용으로 기억된다. 평교사보다 교감이나 교장, 교육 행정관을 높이 평가해 온 관례를 결코 무시할 수 없다. 그 높이에 오를수록 능력을 발휘할 범위도 넓어지는 것도 분명하기 때문이다. 그러나 무명의 평교사들이 제자들에게 베푼 깊은 사랑, 그리고 제자들이 스승을 소중히 여기는 마음은 일반적인 세상의 평가 잣대로는 도저히 측정하기 어렵다. 권위주의를 배격해야 한다고 하여 교사의 소중한 권위를 배격하면서 올바른 교육을 기대할 수는 없다. 부모님의 자녀 사랑을 교사의 제자 사랑의 모델로 여겨온 전통은 재음미할 만하다. 2019년 1월 9일 서울역 근처 식당에서 도대 철학교육수련원 청지기 모임이 있었다. 100세 고령이지만 젊은이들 못지않게 활동하시는 송촌 선생님이 화제였다. 대부분이 1971년 서울교육대학교 철학회 학생으로서 송촌 선생님의 강연회에 참석했었다. 그때를 회고하며, 인간의 사랑에 관한 여러 가지 말씀이었다는 점, 송촌 선생님 자신이 몸이 허약해 어머님의 극진한 보살핌의 사랑으로 이렇게 강연을 하신다는 말씀 등의 기억을 되살리며 이야기를 나누었다. 어머님의 사랑이 인간교육의 기틀로 이해되었다. 송촌 선생님은 오늘날 우리들이 바람직한 방향으로 살아갈 여러 가지 모범을 보여주고 계시다. 초등학교 저학년 담임선생님이 구체적인 동자으로 시범을 보여주시듯이, 정년 후 우리들이 지향할 삶을 시범으로 보여준다. 계간지 『철학과현실』의 '김형석 자전적 에세이'(2018년 가을) 마지막회 「고향으로 가는 길」에서 선생님은 다음의 글을 남기었다. "마라톤 경기를 뛰는 사람에게는 목표가 있듯이, 영원에 대한 기대가 없다면 그 과정의 의미도 없을 것이다. 신체적인 공간을 뒤로하고 정신적인 고향을 찾아왔던 것이 내 인생의 길이 아니었던가 하는 생각을 해본다." 송촌 선생님의 이런 말씀은 초기작품인 『영원과 사랑의 대화』에서 제시했던 다음을 실천한 삶으로 여겨진다. "노년기는 확실히 종교적인 신념의 여하를 결정짓기에 모든 환경과 조건이 채워지는 때라고 생각한다. 그러므로 신앙과 내세관을 확고히 소유하고 있는 사람은 누구라도 새로운 태양이 떠오르는 아침을 맞이하는 즐거움과 기대를 가지고 노년기를 준비와 보다 귀한 업적을 뜻하는 기간으로 보낸다." 송촌 선생님의 시범을 반추하며 이 글을 맺도록 한다.

이초식(李初植)

서울대학교 철학과 학사 및 석사, 오스트리아 잘츠부르크대학교 철학박
사, 서울교육대학교 교수, 한국철학회 회장 역임, 현 고려대학교 명예교
수, 주요 저서와 논문: 『확률과 결단론』, 『집합과 논리』(공저), 『인공지능
의 철학』, 「카르납의 귀납논리에 있어서 C*함수의 함축」, 「카르납의 전체
증거의 원리」 등

8. 이 시대의 예언자, 김형석

박철원

1. 송촌(松村) 김형석 교수는 누구인가?

여기에 내 종이 있다. 내가 그의 뒤에 있어서 항상 그를 붙들어준다. 그는 내가 선택한 사람이요 내 마음에 꼭 맞는 자이다. 내가 그에게 영을 내려주었으니 그가 세상의 만민에게 옳게 사는 방법을 가르쳐줄 것이다.

그는 소리를 지르지도 않고 소동을 일으키지도 않고 길거리에서 큰소리로 선전하지도 않을 것이다.

그는 갈대가 부러졌다 하여 잘라내지 않고 꺼져가는 심지도 끄지 않을 것이다.

그러나 그 자신은 심지처럼 꺼져가지도 않고 갈대처럼 부러지지도 않고 끝까지 사명을 완수하여 세계 만민에게 옳게 사는 방법을 전파할 것이다. 먼 섬들과 해변의 주민들까지 그가 전하는 소식을 고대하고 있다.

(현대어성경, 이사야서 42:1-4)

이사야 선지자가 3천여 년 전에, 800여 년 후 메시아(Masiah, 구세주. 그리스어로 '그리스도')의 오심과 그가 하게 될 일을 예언하였다. 예수님에 대한 예언이 놀랍게도 이 시대의 그리스도의 증언자인 김형석 교수님의 걸어온 길, 가야 할 길도 밝히 보여주고 있다는 느낌을 강하게 받게 해준다.

그러면 송촌 김형석 교수의 100년을 바쳐 살아온 삶의 참모습과 그의 일터는 철학 교수인가, 기독교 전도자일까, 신앙 운동가일까?

김 교수님은 철학적 담론에만 몰입되어 살아온 철학 교수가 아니다. 그렇다고 십자가를 높이 세우고 교언영색(巧言令色)과 감언이설(甘言利說)로 하늘나라의 복과 천당을 파는 흔해빠진 전도자나 평범한 신앙 운동가도 아니다. 그는 성경에서 나서 성경 속에서 자라고 예수님의 말씀을 부싯돌에 쳐 불꽃을 일으키고 횃불을 높이 흔들며 세상을 밝히는 선지자이다. 하나님께서 한국의 무지한 백성에게 보내신 정신 혁명가요, 예언자라고 확신한다.

필자가 평범하게 '교수님'이라는 호칭을 쓰는 이유는, 김 교수님은 평생 학교에서 제자들을 가르치시면서 어떤 높은 보직이나 다른 직책을 곁눈질한 일이 없으시기 때문이다. "교수는 평생 평교수로 학생을 가르치며 학문연구를 보람으로 생각하고 교양과 품격을 지키는 참교수가 많은 사회가 선진 국가이다. 명예를 찾아 권력기관을 기웃거리며 다른 욕심을 갖고 윗자리를 두리번거리는 교수는 참교육자라고 할 수 없다. 그런 교수가 많은 나라는 대부분 후진국이다."라는 말씀을 수시로 하셨고, 또 그렇게 살아오셨기 때문이다. 김 교수님은 평범한 선생님으로 살지 않으셨지만, 스스로가 평범한 교수라는 호칭을 좋아하신다고 생각하기 때문에 '교수님'이라고 부른다.

김 교수님은 평생 학생을 비롯해 수많은 국민을 그리스도의 사랑으로 가르치는 참교육자로 살아오셨다. 27세 때 북한을 탈출하여 서울 땅에 처음 발을 디뎠을 때는 중앙고등학교 교사였고, 34세부터는 연세대학교 철학과 교수로 30여 년을 학생을 가르치시다가 정년퇴임하셨다. 그리고 100세가 되신 지금까지 연세대학교 명예교수이시다. 그러나 교수님은 보통 교수도 평범한 수필가도 아니요, 하나님이 택한 큰 일꾼이었다고 확신한다. 교수님 스스로는 예수님의 무거운 짐을 대신 지고 가는 '지게꾼'으로 살아왔다고 말씀하신다.

젊어서부터 수많은 글을 써 책으로 펴내시고, 평생 강의, 설교, 상연을 하시며 한국의 방방곡곡 교회와 기업체에서 예수님의 삶과 참다운 삶의 길을 가르치셨고 미국, 캐나다의 수많은 한인교회에서 예수님의 말씀에 갈증을 느끼는 수많은 크리스천의 가슴에 하늘나라의 소망의 씨를 뿌리고 성령의 불을 붙이는 설교를 하셨다.

겉보기로는 조용한 학자요, 부드럽게 말씀을 전하는 강연가라는 느낌을 풍긴다. 그러나 드러나는 교수님의 활동과 실체는 전혀 다르다. 가슴속에는 예수 그리스도로부터 받은 소명의식을 용암처럼 품고, 우리 국민과 사회의 불의, 무지, 갈등, 모순 등 온갖 부조리와 맞서서 싸워온 정신적 혁명 운동가이시다. 우리나라의 지식인, 교육자, 종교인, 기업인, 정치인들을 향해 거짓과 위선의 탈을 벗어버리고 참된 지도자로 변화할 것을 끊임없이 외쳐온 예언자이시다. 예수님의 가르침 속에 살아 있는 진리와 정의로 세상을 바꿔야 한다고 외친다.

특히 청년들을 향하여 인자하고 부드러운 음성과 글로 말씀하시면서도 그 속에는 가슴 깊은 곳에서 솟아오르는 피 끓는 언어로 참 삶, 아름다운 삶, 의로운 삶을 가르치신다. 낮은 톤 조용한 목소리지만 그 뜻 속에는 피를 토하듯 간절함이 번개 치듯 잠든 영혼을 흔들어 깨워주신다.

2. 예언자(豫言者, prophet)

'예언자'는 고대 이스라엘의 종교적 지도자로, 구약에서 하나님으로부터 특별한 계시를 받은 자가 여호와의 뜻을 대변하는 것에서 유래된다. 구약에서 예언자는 독특한 엑스타시스(ekstasis, 신비한 영적 황홀경)적 경험을 갖고 여호와 신의 사자(使者)로서 신탁(神託)을 전하고 불의를 꾸짖고 미래를 예언하며 비판과 암시를 주기도 한다. 구약에는 이사야, 예레미야, 에스겔, 다니엘 같은 대예언자가 왕과 권력자들의 탐욕과 실정을 성토하고 백성의 우상숭배와 타락을 질타하는 이야기가 많이 등장한다. 때로는 특권적 지위를 누리며 거룩한 척하는 종교 지도자 제사장에게도 가차 없는 비판을 서슴지 않는다.

참 예언자는 권력자에 추종하지 않고, 목숨을 걸고 오로지 하나님의 뜻만을 전하였다. 신약에서는 하나님으로부터 특별한 영감을 받고 지도자와 백성에게 권고나 충고를 주는 교사(敎師)와 영감을 받고 불의와 죄악을 고발하는 내용을 노래로 부르는 특별한 시인을 예언자로 불렀다.(참조: 세계철학대사전, 교육출판공사) '예언자'는 "하나님의 부름을 받고 그 말씀을 다른 사람에게 전하는 자로서, 영감을 받은 대변자이다. 예언자의 어원인 그리스어 'prophetes'는 예언자의 정체성을 암시하는 말로 '다른 이를 위하여(pro) 말하는(phemi) 자'의 뜻이 된다."라고 정의하기도 한다.(참조: 지식백과)

100여 년간 조용한 발걸음으로 걸어온 김 교수님의 발자취를 살펴보면, 한국 국민을 위하여 하나님이 택하여 보내주신 선지자요, 예언자라고 확신할 수 있는 근거가 많다. 14세 때에 너무 병약하여 중학교도 갈 수 없었던 절망적 상황에서 부흥회에 참석하여 기독교 신앙을 받아들였다. 그러면서 "저의 건강만 지켜주신다면 살아 있는 동안 하나님을 위하여 하나님 기뻐하시는 일을 하며 평생 살겠습니다."라고 기도하였다고 증언하신다.

그 후 중학교에 진학하고, 중학 4학년 때는 처음으로 시골교회 부흥강사로 가서 하나님의 말씀을 전하셨다. 그 서원(誓願) 기도 후 어언 100세에 이르도록 건강한 모습으로 그 약속을 지키며, 하나님의 종으로 예수님의 제자로 동역자로 활동하고 계시다. 김 교수님은 말씀과 쓰신 글을 통하여 성령의 실재를 체험하신 일을 말씀하셨다. 건강이 나쁠 때, 어려운 일에 직면하거나 나라에 큰 변화가 있기 직전이면, 지금까지 10여 차례 꿈속에서 특별한 계시를 받거나 허공에서 들리는 성경구절이나 어떤 음성을 듣고 앞날의 변화를 예감했다는 증언을 여러 차례 하셨다.

100세를 앞두고부터는 거의 매일 교회나 기업체, 사회단체 등 부르는 곳마다 찾아가 강연과 설교를 하신다. 그러나 평생 강연 사례금을 먼저 물어본 일이 없다. 한우리성경연구회 모임에서는 25년간 1,005회 신앙 강좌를 하셨지만, 사례금을 받지 않으셨다. 참석자들에게 헌금 광고하는 것을 원치 않으셨다. 모임 후 저녁식사를 하고, 명절이나 특별한 날에 작은 선물을 드렸을 뿐이다.

100세인 요즈음도 발걸음은 바람만 불어도 금방 쓰러질 것 같은 노쇠한 모습이지만, 강연을 시작하면 2시간 정도는 끄떡없이 진리, 정의, 사랑의 말씀을 증거하신다. 말소리가 흐트러지는 일도 없고, 수

십 명씩 등장하는 성경 속 인물, 철학자 이름이나 지명, 연대를 한 번도 더듬는 일도 없이 생생히 기억하고 말씀하신다.

메시지는 부드럽고 조용하지만, 때때로 마치 서서히 끓어오르는 가마솥처럼 차츰 뜨거워지다가 듣는 이의 가슴에 불을 지르신다. 종교인을 비롯하여 권력층, 정치인, 지도층, 지식인의 불법, 불의, 위선에 가차 없이 불화살을 날려 질타하신다. 권력층이 내세우는 사랑 없는 정의가 우리 사회에 갈등을 조장하고 계층 간, 세대 간 싸움판을 만들고 있다고, 조용한 음성이지만 분노하기도 하고 때로는 천둥 치듯 가슴을 때린다.

그런 가운데에도 진실성과 사랑이 있는 봉사가 가정과 직장, 사회에 행복을 만든다고 부드러운 위로의 말씀으로 듣는 이의 가슴을 따뜻하고 행복하게 하신다. 모든 말씀이 하나님의 간곡한 뜻이요, 예수님의 애절한 사랑을 담은 가르침이다.

몇 시간씩 강연을 하시고 돌아가는 차 안에서는 마치 미라(?) 같은 모습으로 눈을 감고 쉬시다가, 집에 가서는 또 원고를 펼쳐놓고 펜을 드신다. 지금도 조선일보, 동아일보 등에 정기적으로 칼럼이 실리기 때문이다. 이런 모습은 하나님의 종, 하나님의 예언자로 택함을 받지 않고는 불가능하다. 아니, 아직까지 들어보지 못한 전무한 기적 같은 분이라고 할 수밖에 없다. 전 세계에 100세의 나이에 지팡이 없이 건강하게 걷고, 매일 두세 차례, 몇 시간씩 예수님 말씀을 쌩쌩하게 전하고, 매일 글을 쓰고, 1년에 몇 권씩 책을 출판하는 분이 있다는 소식은 아직 들어보지 못했다.

교수님은 평상시에는 조용한 휴화산이다. 항상 온화하고 평화로운 모습이지만, 강단에 서시면 활화산으로 변한다. 화산재도 불덩이도 뿜어내지 않는 조용한 활화산이 악과 불의를 불태우고 허위를 잿더미로 만든다. 여유로운 시간에는 국가와 민족, 국민의 진정한 평안과 행복을 염원하며, 무릎 꿇고 심장을 불태우시며 기도하신다.

3. 김 교수님과 동행한 30년

필자는 연세대학교를 다니지 않았고, 철학을 공부한 사람도 아니다. 김 교수님보다 20년 늦게 이 세상에 태어났다. 8·15 해방 후부터 6·25 한국전쟁을 겪어야 했던 1950년대는 대부분의 국민이 배고픔에 시달리던 시절이었다. 미국의 기독교인들이 원조해 준 우유를 매일 한 뚝배기씩 나눠 주는 이웃마을 성결교회를 동무 손에 이끌려 찾아간 뒤 기독교인이 되었다. 10년 후, 동갑내기들보다 2년 늦게 대학에 입학했으나 1학년 학기 초부터 4·19 학생혁명에 참여했고, 1년 후 5·16 군사 쿠데타가 일어나고 얼마 뒤 군대에 갔다.

20대 후반부터 30대 내내, 1960-70년대 열악한 환경 속에서도 나름 예수님의 제자라는 자부심을 품고 긍정적으로, 열정적으로 살았다. 그러나 유명한 교회를 옮겨가며 열심히 다녔지만, 살아 계신 예수님의 말씀은 들을 수 없었다. 대부분의 교회가 구약에 나오는 재미있는 사건이나 율법 중심으로 설교할 뿐 예수의 가르침은 들을 수 없었다. 혼자 신약을 읽으면서 비로소 예수님을 만났다.

서른 살 끝자락에서, 스물아홉 살에 그랬던 것처럼, '크리스천의 삶의 의미'에 대해 고민을 하게 되었다. 먹고살기 위해 직장에 매여 사는 것이 싫었다. 예수님이 "너희 목숨을 위하여 무엇을 먹을까, 몸을 위하여 무엇을 입을까 염려하지 말라"(누가복음 12:22)는 말씀이 뇌리에 박힌 채 떠나지 않았다.

긴 고뇌 끝에 하나님의 뜻을 묻기 위해 직장에 휴가를 내고 동두천 기도원에서 일주일을 작정하고 금식기도를 하게 되었다. 사흘째 되는 1979년 12월 27일 새벽, 기도 굴 속에서 무릎 꿇고 기도하던 중 비몽사몽간에 어떤 음성이 천둥처럼 머리를 때렸다. "아가페 운동만이 나라를 살리는 길이다. 나가서 아가페 운동을 하여라!"라는 명령이었다. 그 순간, 마치 몸살에 걸린 것처럼 온몸이 뜨거워졌던 기억이 생생하다. '아가페(agape)'라는 말은 '희생적 사랑,' '이타적 사랑'이라는 단어로만 기억하고 있었을 뿐, 그동안 나의 감정에는 별다른 감동을 느낄 수 없는 생소한 단어였다. 그날 이후 그 음성을 하나님의 계시의 명령으로 받아들이고, 12월 27일을 두 번째 생일로 기억하며 살아왔다.

한편 예수님께서 제자가 되기를 청하는 청년에게 하신 "손에 쟁기를 잡고 뒤를 돌아보는 자는 하나님의 나라에 합당하지 아니하니라" (누가복음 10:62)라는 말씀이 떠오르면서 새로운 고민을 하게 되었다. 그후 직장을 버리고 예수님의 세자로 살기로 결심하고 신학교에 편입했다. 이어 사회교육대학원을 다니면서 사회교육기관을 설립하였다. 그무렵에는 '사회교육'이나 '평생교육'이라는 용어는 대학원 교재에나 나올 정도로 생소한 단어였다. 우리나라가 선진국이 되려면 먼저 청소년을 잘 길러야 하고, 그러기 위해서는 '어머니가 공부하고 변해야 된다'는 신념으로 어머니들을 대상으로 책 읽는 모임을 이끌면서 10여 년을 좌충우돌하며 젊음을 불태웠다.

1988년 늦가을, 88올림픽의 뜨거웠던 열기와 환희가 신기루처럼 우리나라를 스쳐 지나갔다. 그러나 나한테는 마치 소화불량에 걸린 것처럼 가슴이 답답하고 메스꺼운 새로운 숙제가 주어졌다. 우리나라가 올림픽이라는 국제적인 큰 잔치를 화려하게 성공적으로 잘 치러냈지만, 그러나 그 화려함은 겉치레일 뿐, 내가 체감하고 있는 실제 우리 사회의 속살인 국민의 의식수준, 준법정신, 교양수준, 국가의 품격은 아직 후진국을 탈피하지 못하고 있다는 생각이 머리를 대바늘로 찌르듯 쑤셨다.

나는 신학공부를 할 때부터 10여 년간 나한테 던져진 '아가페 운동'이라는 소명을 사회교육운동을 통해 국민의 혼을 깨우라는 하나님의 명령으로 받아들였다. 100여 년 전 가난하던 덴마크를 살려낸 청년 달가스(Enriko Mylius Dalgas)처럼 사회부흥운동을 일으켜, 의식수준이 높은 국민이 되도록 '나를 새로운 교육운동의 제물로 바치는 것'이라는 신념으로 좌충우돌하며 여러 가지 방법으로 용트림을 했다.

그 무렵, 대학생 시절 몇 차례 설교를 듣고 책을 통해 존경하며 사숙해 왔던 김형석 교수님의 인자한 모습이 떠올랐다. 며칠 후 북창동 어느 일식집에서 김형석 교수님과 김태길 교수님, 또 한 친구와 점심 식사를 하게 되었다. 그 자리에서 우리 국민의 의식수준과 교양수준, 정치사회에 대해 많은 대화 끝에 두 교수님과 뜻이 일치하여 '범국민 독서운동'을 본격적으로 펼치기로 결정하였다.

이듬해, 사단법인 한우리독서문화운동본부가 창립되었고 김형석 교수님이 초대 회장을 맡아주셨다. 5년이 지나자 독서문화운동 본부는 외형상 골격이 갖춰지고, 독서운동단체로서의 정체성이 틀 잡히고, 국민적 인식도 넓어져서 자리가 잡혀갔다. 5년이 흘러 초대 회장의 임기가 끝나자 2대 회장은 직전 문화체육부 장관을 퇴임한 이민

섭 국회의원이 맡아줬다.

몇 달 후, 교수님께서 "연세대학교 교수 시절 30여 년간 계속해 왔던 성경공부 모임을 다시 시작하고 싶다."고 말씀하셨다. 독서운동에만 몰두하다가 신앙생활을 뒷전으로 밀어놓고 살던 나에게는 눈이 번쩍 뜨이는 새로운 깨우침이었다.

1994년 6월 22일 주일, 김 교수님을 모시고 첫 번째 성경공부를 시작했다. 김 교수님과 매 주일 만나 뵙고 말씀을 듣는 시간은 예수님을 만나는 시간인 동시에 나의 영혼의 심지에 불을 붙이고 골수가 깨어지는 시간이었다. 그때부터 나는 오른손에는 아가페 운동의 깃발을, 왼손에는 예수의 말씀을 들고 빛을 잃은 세상을 향해 내달렸다. '한우리독서운동본부'와 '한우리성경연구회'는 내 삶의 전부였고, 나의 존재이유가 됐다. 10여 년 넘게 동분서주하며 전국 구석구석 지방 도시까지 직접 차를 운전하여 독서운동 동지를 찾아 다녔다.

지난 30년은 내 인생에서 무엇과도 바꿀 수 없는 벅찬 보람과 새로운 생명운동이 꿈틀거리고 혼에 불을 지르고 신앙의 새로운 이정표를 만들어준 시간이었다. 독서운동은 아가페 운동의 현실적 실천 방법이었고, 나를 국민에게 바치는 봉사이며, 몸으로 드리는 예배라는 마음으로 열과 성을 쏟았다.

김 교수님의 뜻을 받들어 만든 '한우리의 이념'은 "범국민 독서생활화 운동을 통하여, 첫째는 도덕적으로 성숙한 교양인을 기르고, 둘째는 합리적인 민주시민 의식을 기르며, 셋째는 창조적 문화선진국 건설에 이바지한다."라고 정했다. 이 이념은 30년간 계속 지켜온 '한우리의 정신적 지렛대'이다.

창립 7년이 지나면서 문화체육부의 감사를 받고, 정부 지시에 따라 비영리단체인 사단법인을 분사하여 '한우리열린교육'이라는 영리 사업을 할 수 있는 회사 법인을 설립하고 '한우리독서토론논술' 프로그램을 개설하여 운영했다. 초중고생을 대상으로 한 토론 중심의 독서 모임에는 학부모들이 앞장서서 호응했다. 그 후 10여 년이 지나자 '한우리' 지부조직은 전국에 350여 개소의 지역 센터로 확장됐고, 함께 책을 읽고 토론하는 초중등학생 상시회원은 10만 명을 넘겼다. 학생들과 독서 토론을 이끌어주는 젊은 엄마 '독서 지도사'는 25년간, 6개월 교육과정을 이수한 분이 6만 명이 넘었고, 지금도 '한우리'에서 아이들을 가르치는 선생님은 5천여 분이다. 매달 공급되는 필독서와 교재 도서는 45만여 권에 달하며, 이는 트럭 20여 대의 분량이다.

김 교수님은 그동안 틈틈이 '독서 지도사' 선생님들에게 강의를 해주셨다. 교수님의 특강은 '독서 지도사' 선생님들의 사명의식에 불씨를 심어주고 열정의 불이 타오르게 하여 독서운동의 불길이 전국으로 뻗어나가게 하는 힘이 되었다.

어느덧 많은 세월이 흘렀다. 김 교수님과 함께한 성경공부 모임은, 2019년 3월 말 현재 25년간 총 1,005회를 이어왔다. 2000년대 초까지는 미국, 캐나다 등 해외 회원도 20여 명이 되고, 한국의 지방 회원도 많아서 강의 녹음테이프를 200여 개씩 만들어 매월 말 4개씩 포장하여 전국과 해외로 발송했다. 교수님께서 고령이 되시면서 4년 전부터 매 주일 모임이 매월 마지막 주 1회로 바뀐 것이 달라진 점이다.

교수님의 말씀은 항상 잠들었던 영혼을 다시 깨우고, 식어버린 심장에 불을 붙이신다. 10여 년 전 어느 초가을, 절친이었던 성북중앙교회 박한주 장로와 나는 점심식사를 하기 위해 신촌 연세대학교 앞 먹자골목에 있는 꽤 유명한 '형제갈비집'으로 들어갔다. 방으로 들어

가려는데 맞은편에 김 교수님이 홀로 식사를 하고 계셨다. 가슴이 찡하고 눈물이 핑 돌았다. '20여 년간 의식을 잃은 채 병석에만 계시던 사모님을 먼저 하늘나라로 보내시고 얼마나 외로우셨을까!' 하는 생각이 마음을 울컥하게 했다. 그 무렵은 외부 강의가 많지 않던 때라 혼자 외출하셨던 터였다.

그날 우리도 교수님과 합석하여 식사를 했다. 그 후부터 매달 두세 차례씩 점심식사를 함께하기로 했다. 얼마 후부터는 함께 영화 한 편을 보고 식사를 했다. 그렇게 몇 년이 흐르는 중에 박 장로가 불의의 교통사고로 먼저 하늘나라로 떠났다. 한우리독서신문《책과 삶》의 이완 편집국장이 다시 합류했다.

이완 군은 수능시험 모의고사 전국 수석을 한 영재다. 한우리독서 회원으로 나와 깊은 인연이 되어 사소한 상담까지도 하는 관계였다. 서울대를 졸업하고 보직까지 결정된 대기업 입사를 걷어차고 독서운동을 하겠다고 나에게로 왔다. ㈜한우리열린교육에 입사하여 독서신문 편집국장을 맡고 있었다.

이완 군은 대학 시절 고전 1천 권 이상 독서를 했다. 책을 읽기 위해 법대를 중퇴하고 문리대로 옮겼다. 다양한 분야에서 전문가를 능가하는 박학다식한 재능을 갖고 있다. 이 국장도 교수님을 모시고 식사하고 영화 감상하는 것을 무척 행복해했다. 이 국장은 문화 예술 분야에도 무불통달하여, 매번 이 국장이 영화를 선정했다. 깊은 골목 소극장에서 상영하는 우수한 작가주의 영화도 곧잘 찾아냈다. 영화를 감상한 후, 식사 자리에서 교수님은 영화에 대해 말씀하시면서 매번 흡족해하셨다. 특히 영화 '타이타닉'을 만든 제임스 카메론 감독의 '아바타'(공상과학영화)를 보시고 즐거워하시던 교수님의 모습이 기억에 생생하다. 러닝타임 162분인 필립 그로니 감독의 '위대한 침묵' (수도사의 묵언 수행과정)과 로버트 레드포드가 열연한 '올 이즈 로스트 (All is Lost)'도 즐겁게 보신 영화다.

그러나 2년 전부터 교수님과 점심식사와 영화감상 시간을 맞추기가 힘들어졌다. 백수(白壽)를 앞두고 『백년을 살아보니』라는 책을 출간하신 후 갑자기 강연 요청이 밀려와 바빠지셨기 때문이다. 2019년 초 방송에 장시간 출연하시면서부터는 휴화산이 폭발하기 직전처럼 더욱더 바쁘시다. 2017년에만 강의를 126회 했다고 어느 칼럼에 쓰셨다. 100세가 되시면서 거의 6개월간의 강의 일정이 예약됐다고 한다. 해야 할 말씀이 태산처럼 많고, 만나야 할 사람이 두고 온 고향인 평양 송산리(松山里) 뒷산 숲의 소나무만큼 많으신 것이다. 연약한 노구이지만 거의 매일 작은 탱크처럼 힘차게 전국을 누비고 다니신다. 그 꾸준함과 강인함을 보면서 하나님이 붙들고 발걸음을 인도하신다고 믿는다. 다행히 비서실장 역할을 해주시는 이종옥 전 '생명의 전화' 원장님이 강연 일정도 조정하시고, 원고 교정도 해주시고. 때때로 운전까지 해주시니 얼마나 다행인가.

4. 진리와 생명의 말씀들

필자는 이 글을 쓰기 위해 교수님과 성경공부 때마다 기록했던 노트를 책장 깊은 곳에서 찾아냈다. 1996년 1월 14일 신년 모임부터 최근까지 쓴 두터운 노트가 7권이 나왔다. 갑자기 잃었던 보물 상자를 찾아낸 것 같은 기쁨과 뿌듯함이 밀려왔다.

보물 상자 같은 노트를 펼쳐보니 곳곳에서 김 교수님의 생명의 말씀이 번갯불같이 되살아나온다. 항상 잔잔한 말씀으로 굽이굽이 흐르다가 갑자기 파도로 변하고, 비수 같은 섬광이 번쩍이며, 폭풍우를 몰고 온다. 부드러운 가랑비를 뿌리는 듯 소곤소곤하다가 폭풍우로 변하는가 하면, 지진이 지축을 흔들고 용암이 폭발하여 어지러운 세상을 불태울 듯이 듣는 이의 혼에 불을 붙이곤 하신다.

20여 년 전 교수님의 말씀은 부드러우면서도 힘이 넘쳤고, 때때로 용광로 같았다는 기억이 되살아났다. 각종 죄악이 만연하고 추악하고 어두운 세상을 불태워버릴 듯한 분노와 질타의 말씀이 요원의 불길처럼 타오를 때가 많았다. 때때로 '이 시대의 예언자'의 모습으로 확연하게 변하여 형형한 눈빛으로 용암을 뿜어내듯이 지도층 인사들과 세속화되어 가는 교회를 꾸짖고 질타하실 때가 많았다. 특히 경건한 하나님의 말씀을 전파해야 할 교회가 샤머니즘적 기복신앙으로 하늘나라를 팔아 웅장한 교회당을 짓고, 헐벗고 고통 속에 사는 이웃을 외면하는 현실을 개탄하며, 교회가 중세기의 타락한 교회의 모습을 닮아간다고 분노를 터뜨리셨다. 김 교수님은 마치 면죄부를 팔아 화려한 성전을 짓고, 현란한 사제복 옷자락 뒤에서는 온갖 죄악을 저질러, 마침내 마틴 루터의 종교개혁을 불러온 500여 년 전 가톨릭교회와 무엇이 다르냐고 땅이 꺼질 듯 탄식하셨다. 간장이 끊어지는 기도로 하나님의 은총 안에서 회개할 것을 바라는 김 교수님의 애절한 호소는 듣는 이의 심금을 갈가리 찢어놓기도 했다.

20여 년 전은 정부와 경제정책 관료, 지도층의 무능과 부패가 '국가부도사태(IMF)'를 불러와 모든 국민이 환란 속에 빠져 나라 전체가 불안과 고통에 전전긍긍하던 때였다. 그런 어려운 시기에 교수님께서는 서릿발 같은 진리의 말씀, 예언의 말씀들로 무능한 권력자들과 악의 축이 된 정상배들을 향해 여지없이 불화살을 날렸다. 그러나 20년이 흐른 작금의 세태는 20여 년 전의 판박이처럼 권력자들의 녹슨 칼이 동서남북에서 번쩍이며 생사람을 잡는다는 원성이 하늘을 찌르고 있다. 암흑의 터널에 갇혀 앞을 보지 못하는 젊은이들이 3포, 5포 세대라고 자조하며 절규하는 분노의 원성과 자학적인 아우성이 아비규환(阿鼻叫喚)같이 소란하다. 이런 현실을 개탄하고 안타까워하며 '생명의 말씀'의 씨를 한 줌이라도 더 뿌리기 위해 노구를 이끌고 전국을 누비며 동분서주하시는 교수님의 모습에 가슴이 저려온다.

20여 년 전, 환란의 위기에 교수님께서 증언하셨던 진리의 말씀, 예언의 말씀들을 현재와 비교하며 되새겨보는 것도 의미 있는 일이 아닐까. 김 교수님의 말씀은 항상 신약을 중심으로 삼으셨다. 그중에서도 예수님의 생전의 발자취와 체취가 살아 있는 4복음서(마태복음, 마가복음, 누가복음, 요한복음)에서 주제를 잡고, 간혹 사도 바울의 전도서신을 인용하였으며, 구약은 시편이나 이사야서 등을 가끔 끌어 쓰셨다. 또 예수님이 어려운 신앙적 진리를 비유로 설명하셨던 내용을 쉽게 풀어 말씀하는 데도 탁월하시다. 20여 년 전 강의 노트를 통하여 십자가 사건에서부터 현재까지로 관통하는 말씀들을 통하여 역사의 주인이시며 인간의 삶의 중심에 살아 계신 그리스도의 섭리를 되돌아보게 된다.

예수님의 진리의 말씀은 항상 역사의 시공간을 뛰어넘어 교수님의 말씀 속에서 되살아나와 살아서 꿈틀거리며 생명운동을 한다. 때로는 어둠을 밝히는 횃불이 되고, 어둠에 갇힌 이에게는 생명의 불씨가 되어 광명의 대로를 밝혀준다.

5. 역사의 중심인 그리스도

20년 전, IMF를 겪으며 우리나라의 운명이 비탈길 아래로 굴러가는 듯하고, 국민의 절망적인 절규와 탄식 소리가 천지에 진동하던 시절, 얼마나 안타깝고 답답하셨을까.

이런 고난의 역사의 중심에서 김 교수님의 혼에서 우러나오는 예언적 말씀은 날카로운 칼날이 되고 이글거리는 용암의 불덩이가 되어 썩은 곳을 불태우고 암흑의 세상에 횃불을 밝히고, 예수의 권능으로 쓰러진 자들을 일으켜 세우라고 외치셨다.

교수님의 말씀은 불의를 바로잡아 정의를 바로 세우되 예수의 사랑을 품지 못한 정의는 갈등과 분노만을 키우는 또 다른 죄악을 만들 뿐이라고 혼을 불태우며 호소하는 예언의 말씀이었다. 2011년 9월 26일부터 3주간 비슷한 주제로 말씀하셨다. 도둑질로 평생을 살아온 아버지가 중병에 걸려 죽음이 임박했다. 아들은 걱정스러우면서도 답답한 마음으로 아버지에게 물었다. "아버지, 돌아가시기 전에 도둑질할 때 잡히지 않는 비결을 가르쳐주셔야지요!" 아버지는 아들을 데리고 힘겹게 발자국을 옮겨 건넛마을 부잣집으로 가서 아들을 쌀 창고 안으로 들어가게 한 후 밖에서 문을 잠근 채 집으로 돌아가는 것이었다. "나는 먼저 간다. 쌀 한 가마니를 짊어지고 재주껏 빨리 나오너라. 들키기 전에!"라는 말을 남기고 혼자 돌아가자, 아들은 아버지가 얼마나 원망스럽고 분통이 터졌을까. 그러나 날이 밝기 전에 도망치지 않으면 큰일이 날 판국이니 아버지를 탓할 틈도 없었다. 아들은 더듬더듬 가장 약한 벽을 찾아내어 땀을 뻘뻘 흘리며 구멍을 뚫고 구사일생으로 도망쳤다.

토인비(Arnold Joseph Toynbee)는 개인이나 한 민족이 생존하고 번영하기 위해서는 부단히 닥쳐오는 도전에 직면하여, 가장 지혜로운 방법으로 사력을 다 쏟아 응전할 때 생존 방법을 찾게 되고, 미래로 향해 갈 수 있다고 했다. 우리나라는 역사적으로 수많은 도전에 직면했지만 끊임없는 응전으로 아직까지 살아남았고, 경제적인 성공과 민주화도 이뤄 세계에서 상위권 국가로 성장했다. 아시아에서는 앞으로 태국이나 베트남이 차츰 성장할 것이다. 20여 년 전 교수님 말씀이다.

　그러나 경제적인 성장이나 사회적 발전보다 더 중요한 문제는 국민이 '어떤 가치관을 갖고 사는가?' '미래에 이루고자 하는 가장 이상적인 국민의 중심사상은 무엇인가?' '어떤 선택을 할 것인가?' 등이다.

　역사적으로 볼 때, 모든 지구상의 고대 민족의 공통점은 당시 인간의 지식이나 지혜로 이해할 수 없는 사건을 초월적 존재인 신(神)의 영역으로 구분하고, 태양을 비롯하여 대부분의 자연을 신으로 섬기며 자신들의 안위를 기원했다.

　이런 원시신앙이 고대를 벗어나면서 변화하고 발전하여 유일신 종교가 등장하게 된다. 그러나 시간이 흐르면서 구약의 '아브라함'(Abraham, 열국의 아버지라는 뜻)의 후손들에 의해 유대교, 그리스도교, 이슬람교로 발전하고, 인도의 힌두교, 불교, 중국의 유교 등만이 현대까지 이어지고 있다.

　그러나 인류 역사의 주류 정신문명을 형성하는 데 주도적 역할을 한 종교는 그리스도교였다. 현대문명과 세계사를 이끌어 가는 나라들이 기독교적 가치관을 바탕으로 하는 EU 국가나 북미 국가라는 사실은 예수그리스도의 가르침이 인류의 삶에 미친 영향이 얼마나 구체적으로 크게 작용했는지를 웅변해 주고 있는 것이 아닐까!

그리스도인은 어떻게 역사의 중심이 될 수 있었나?

종교 같은 것은 관심도 없이 생존본능에 따라 먹고살기 위해 일하고, 생리적 본능에 따라 결혼하고 자식을 기르며 사는 세속적인 사람을 우리는 '자연인'이라고 한다. 자연인으로 살지만, 인생의 의미를 고민하고 사회생활이나 인간관계에서 바람직한 가치관이나 성숙한 인격을 갖추기 위해 노력하고 법질서를 존중하며 사는 사람은 '지성인'이라고 할 수 있다.

그러나 한 인간으로 성숙해 가면서 인간으로서는 넘을 수 없는 어떤 절벽을 절감하고, 또 아무리 고민하고 노력해도 이성적으로 해결할 수 없는 한계를 인정하고, 겸손하게 신(神)의 섭리에 머리 숙이고 '영성(靈性)'을 갖기 위해 노력하는 사람은 '신앙인'이라고 할 수 있다.

'영성'은 영원한 것을 갈망하는 영혼이 참다운 자유를 찾고, 극복할 수 없는 죽음의 불안을 초월하기 위해 겸손히 무릎을 꿇고 그리스도의 문을 두드리며 새로 태어나기를 소망하는 간절한 영혼의 몸짓이다. '새로 태어남'은 영적인 은총 가운데 주님의 실재를 깨달음이며, 인간의 피나는 노력과 하나님의 사랑의 은총으로 가능한 새로운 삶의 시작이다. 새로 태어난 사람은 인격이 바뀌고 인생관이 변한다. 가정에서, 사회에서 인간다운 삶의 도리를 고민하게 된다. 삶의 참다운 의미를 찾게 되고, 예수님 대신 참사랑을 실천하기 위해 헌신하게 된다. 삶의 목표가 달라지고, 일하는 목적이 분명해진다.

예수의 사랑을 깨달은 슈바이쳐(Albert Schweitzer) 박사는 프랑스에서의 화려한 교수, 목사, 유럽 최고의 파이프오르간 연주자의 삶을 버리고 아프리카 빈민촌의 의사로 평생을 바쳤고, 마더 테레사(Mother Teresa) 수녀는 모국 알바니아를 떠나 인도에서 가난하고 병든 사람, 버려진 어린이들을 위한 봉사로 일생을 바쳤다.

"죽더라도 거짓말은 하지 말자"고 외치며, 우리 국민이 일본 사람들보다 더 정직하고 선한 국민이 될 때 우리나라에 광복이 올 것이라고 가르치며 평생을 독립운동에 헌신한 도산 안창호 선생도 그리스도의 영성으로 사신 분이었다.

그리스도의 영성을 삶의 중심에 받아들인 개인과 민족은 항상 이웃을 위해 봉사하고 아가페 사랑을 실천하며 자신의 나라와 세계를 이끌어 가는 역할을 하고 있다. 그런 정신 속에서 휴머니즘의 싹이 자라났고, 휴머니즘을 바탕에 둔 인류애가 미래의 희망이 되고 있다. 이처럼 인류의 역사는 그 중심에 항상 '그리스도가 살아 계심'을 증명하고 있다.

김 교수님은 "그리스도가 솔선수범한 사랑과 희생의 십자가 정신이 인류 역사의 중심"이라고 간절한 목소리로 가르치신다. 일본의 최고 지성인들이 존경했던 성경주의 신학자 우찌무라 간조(內村鑑三)의 묘비에는 "나는 일본을 위해서, 일본은 세계를 위해서, 세계는 그리스도를 위해서"라는 글이 새겨져 있다고 한다. 모든 그리스도인들은 그 엄연한 역사의 진로를 부정할 수 없다.

그런 책임감을 갖게 되면, 지금 우리 민족과 국민에게 가장 중요한 것은 새롭고 영원히 변치 않는 가치관을 정립하고 그 가치관을 바탕으로 모든 국민이 새로워지는 것이다. 그 가치관의 핵심은 예수님의 말씀 속의 진리에 있다.

예수께서는 자기를 믿는 유대인들에게 "너희가 내 말에 거하면 내 제자가 되고 진리를 알지니, 진리가 너희를 자유롭게 하리라."(요한복음 8:31-32)고 말씀하셨다. 우리 국민의 삶 속에서 진리가 양심 속에서 싹트고 가슴속에서 자라나 영혼을 흔들어 깨우고 가치관으로 성숙하여 아름다운 인격의 열매로 익어야 한다. 기독교가 사회에 줄 수 있는 가장 큰 사명은 그리스도의 말씀이 우리들의 인생관과 가치관이 되도록 이끌어주는 데 있다. 그리스도인이 된다는 것은 그리스도의 가르침이 우리의 인생관과 가치관이 되고, 그 뜻대로 사는 데 있다.

20년 전 김형석 교수님의 말씀은 지금도 살아서 역사의 수레바퀴를 굴리고 있다. 전 인류가 그 수레를 타고 희망의 역사건설에 매진하고, 진리가 살아서 지구 구석구석까지 생명의 빛을 발하고, 참다운 자유로 인류 모두가 덩실덩실 춤을 추며 희망의 하늘나라를 건설하는 꿈을 꾸고 계신다.

박철원(朴哲遠)
서울대학교 수의대 수료, 장신대학교 학사, 한우리독서운동본부 회장 역임, 현 (사)독서르네상스운동 이사장, 주요 저서: 『WHY형 아이가 세상을 움직인다』, 『독서가 열전』 등

9. 선하고 아름다운 삶을 위한 철학

김광수

1. 이상한 만남

2018년 5월 30일의 일이었다.

서울의 한복판 조선호텔 라일락홀에 백발의 노인들이 모여들었다. 무려 30여 명. 그들은 '송촌 김형석 선생 백수기념 간담회'에 초청받은 철학계 원로 교수들이었다.

그런데 이 모임은 결국 민망스러운 해프닝이 되고 말았다. 이 행사를 기획한 '송촌문화모임' 기획위원들의 기대와 예상이 완전히 빗나가는 일이 벌어진 것이다.

사실 처음부터 기획자들은 우려했었다. 대학 강단에서만 논의되는 전문적인 철학 이론을 연구하고 가르치는 강단철학자들은 선생님을 철학자가 아니라 수필가나 신앙인으로 보는 경향이 있었고, 선생님은 그러한 강단철학을 탐탁지 않게 생각하고 계시기 때문이었다. 자칫

어색한 회동이 되어버리지 않을까?

이렇게 우려하면서도 기대하는 구석이 있었다. 정년을 하고 인생의 종착역을 향해 가는 마당에 강단철학자들도 자연스럽게 선생님처럼 삶의 문제들에 눈을 돌리게 되었을 것이다. 그래서 어쩌면 강단철학에 소진해 버린 열정과 시간들을 아쉬워하는 고백을 들을 수도 있을 것이다.

이러한 기대를 안고, 우리는 초청장을 보냈다. 선생님께서 뵙고 싶어 하신다는 점과 웅비의 나래를 펼치고 있는 대한민국을 생각하며 원로 분들과 함께 농익은 삶의 지혜를 나누고 싶다는 표현에 보이지 않는 방점을 찍어둔 초청장이었다.

시작은 좋았다. 선생님은 약하기는 하지만 특유의 웃는 모습으로 단 한 번의 머뭇거리는 대목도 없이 조곤조곤 말씀하셨다. 김태길, 안병욱 선생님들과의 깊은 우정을 자랑하시며, 죽음을 예견하였던 일화도 들려주셨다. 선생님은 이번 백수기념행사를 '송촌문화모임'의 출발로 삼을 것을 제안하시기도 했다.

선생님의 큰아들인 김성진 교수(한림대학교 철학과)가 1920년대의 그림과 사진을 보여주었고, 이어서 고 안병욱 교수님의 자제 안동규 교수(한림대 부총장)가 아버님 생전의 얘기를 들려주었다.

문제는 기대를 걸었던 식사 후 간담회였다. 기획자들이 바라는 것은 '한국적 상황을 말한다'라는 주제를 중심으로 이야기가 돌아가는 것이었다. 사회자 박순영 교수가 예의 부드럽고 나긋나긋한 목소리로 원로 교수들을 소개하면서 대화를 유도하였다.

그런데 이게 웬일인가!? 연장자 C 교수가 마이크를 잡더니 자기가 살아온 이야기를 하는 것이었다. 마이크를 잡으면 좀처럼 놓을 모르는 학자답게 그는 자신의 이력을 장황하게 늘어놓았다. 사회자는 힘겹게 마이크를 L 교수에게 넘겼지만 마찬가지였다. 다음 타자 K 교수도 그랬다. 고해성사도 아니고 이게 뭔가? 30여 명의 참석자들이 돌아가면서 대부분 발언의 기회를 가졌는데, 그날의 화두와 관계되는 것은 거의 없었다. 언론사 기자들이 취재를 하고 있는데, 이게 무슨 망신인가?

P 교수 등 몇 분이 자기 얘기가 아닌 사회적 문제를 말하여 그나마 다행이었다. 그리고 더욱 다행이었던 것은 선생님이 간담회가 시작되기 전 피곤하시다면서 일찍 자리를 뜨신 것이었다.

어떻든 그 모임은 미스터리로 남았다. 노쇠한 탓이라는 변명은 선생님 앞에서 궁색하다.(물론 건강 나이는 생물학적 나이와 다를 수 있다.) 나의 선입견이겠지만, 그들이 강단철학의 피해자라는 생각을 금할 수 없었다.

2. 철학이 현실을 떠난 사연

미국 하버드대학교 역사학 교수인 레포리(Jill Lepore)는 최근 발간된 그녀의 저서 『이러한 사실들(*These Truths*)』(W. W. Norton, 2018)에서 미국의 역사를 새롭게 분석한다. 그리고 많이 안타까워한다. 어떻게 해서 미국 사회가 트럼프 같은 인물을 대통령으로 뽑게 되었는가? 그녀는 그 책임이 미국의 학계에 있다고 진단한다. 학계가 전문화되어 삶의 현장을 외면한 탓으로 시민들의 판단력이 흐려졌고, 그 결과로 세계관과 가치관의 혼란을 겪게 되었다는 것이다.

북텍사스대학교 철학, 종교학 교수들인 프로드만(Robert Frodeman)과 브리글(Adam Briggle)은 《뉴욕타임스》(2016. 1. 11)에 기고한 글 「철학이 길을 잃었을 때(When Philosophy Lost Its Way)」에서 삶으로부터 유리된 철학을 개탄하고 있다. 예전에 철학은 어디에나 있었다. 광장에도 있었고, 시장에도 있었다. 의사당에도 대학에도 있었다. 그런데 이제 대학에만 있다는 것이다.

왜 철학은 삶의 현장을 떠나 상아탑에 은둔하게 되었을까? 두 가지 측면에서 생각해 볼 수 있다. 첫째는 현실적인 이유다. 어떤 철학이든 본격적으로 하려다 보면 파리통에 빠지기 십상이다. 예컨대 칸트의 철학을 전공하자면, 칸트의 저술을 모두 읽어야 하고, 칸트의 사상과 관련이 있는 철학자들의 저술들과 칸트의 사상을 옹호하거나 비판한 저술들을 가능하면 많이 읽어야 한다. 그러면서도 자신의 연구물을 내놓아야 하는데, 그에 대한 비판들에도 대응해야 한다. 이렇게 연구하다 보면 평생을 바쳐도 끝이 없다. 그래서 어떤 철학 사상이든지 한 번 발을 들여놓게 되면 빠져나오기가 쉽지 않고, 더욱 고약한 것은 이론들의 숲속에서 길을 잃기 십상이라는 것이다. 오죽 안타까웠으면 비트겐슈타인이 파리통에 빠진 파리가 파리통을 빠져나오게 하는 것이 자신의 철학적 목표라고 공언하였을까. 이렇게 철학을 하다 보면 철학적 '신선놀음'에 도끼자루 썩는 줄 모르게 되는 것이다.

철학이 현실을 외면하게 된 두 번째 이유는 본질적이다. 철학이 변신을 시도한 것이다. 진위를 말할 수 없는 불확실성의 안개 숲을 벗어나야 했다. 그러나 데카르트로부터 시작된 '확실성의 추구'는 불행하게도 그 이후의 철학을 인식론의 늪에 빠지게 하였다.

진리 탐구를 목표로 하는 철학이 확실성을 추구하는 것은 지극히 당연한 일이다. 예컨대 고가(高價)의 다이아몬드 반지를 사고자 할 경우 진품이라고 믿을 만한 확실한 이유가 없는 한 돈을 지불해서는 안된다. 마찬가지로 아무리 그럴듯한 철학 사상일지라도 잘못일 가능성이 있는 한 받아들여서는 안 되는 것이다.

이러한 철학적 결벽증은 근세 이후 과학의 성공적 등장과 깊은 관계가 있다. 과학적 진술은, 철학적 진술과는 달리, 관찰된 현상을 계량화하고 수치화하여 논리적으로 기술함으로써, 그 진위를 검증해볼수 있는 '진리'의 후보가 된다. 얼마 전에 작고한 영국의 천재 물리학자 스티븐 호킹(Stephen William Hawking)의 말이 뼈아프다.

> 철학은 이제 죽었다. 철학은 현대 과학의 발전, 특히 물리학의 발전을 따라잡지 못했다. 지식을 추구하는 인류의 노력에서 발견의 횃불을 들고 있는 자들은 이제 과학자들이다.(스티븐 호킹, 레오나르드 믈로디노프, 『위대한 설계』, 전대호 옮김, 까치, 9쪽)

과학의 성공적 등장에 진리의 종가라 자처하던 철학이 자극을 받지 않을 수 없다. 현대 철학은 데카르트에서 비롯된 인식론적 문제의식을 확장하여 언어를 '과학적으로' 탐구한다. 전통 철학은 존재의 본질이 무엇인가를 묻는다. 반면 새로운 철학은 존재의 본질을 말하는 진술들의 정당성을 추궁한다. 그래서 묻는다. "이 진술은 왜 참인가?" "이 근거를 받아들이면, 이 진술은 참인 것으로 증명되는가?"이러한 심문을 통과하는 진술은 '진리'로 받아들일 수 있다는 것이다.

그렇지만 철학적 진술들은 이러한 심문들을 견뎌내지 못한다. "세계 안에 있는 모든 것은 보이지 않는 천상의 이데아를 모방한 복제물이다."와 같은 형이상학적 진술들은 물론, 윤리적 진술들과 미학적 진술들이 퇴출된다. 결국 철학을 과학의 수준으로 끌어올리고자 하는 시도는 딜레마에 봉착한다. 링 안에 남아 있을 수 있는 것을 찾아보기 어렵기 때문이다. 마침내 철학은 존립의 기반 자체를 상실할 위기를 맞기에 이른다.

문제는 어디에 있는가? 철학이 과학을 어설프게 흉내 내려 한 것이다. 철학은 과학이 답할 수 없고, 또 과학적으로 답할 수 없는 물음들에 대한 성찰이다. 철학적 물음들에 대한 정답은 없다. 어떤 답도 그 전제의 정당성을 문제 삼을 수 있기 때문이다. 따라서 과학을 흉내 내어 정답을 찾고자 한 철학적 시도는 원칙적으로 실패할 수밖에 없었던 것이다.

앞으로 강단철학의 운명이 어떻게 전개될지는 알 수 없다. 그러나 앞서 소개한 것처럼, 강단철학의 한계를 깨달은 일부 철학자들은 삶의 현장으로 눈을 돌리고 있다. 과학적으로나 논리적으로는 정당화되지 않지만, 우리 대다수가 받아들일 수 있는 신념들과 소망들을 전제하여 판단하고 결단하는 생활철학을 해야 한다는 것이다. 이제 철학은 현대적 삶의 지혜를 얻기 위해 소크라테스적 문제의식을 회복할 필요가 있다. 예컨대 "인공지능의 시대에 인간은 어떻게 살아야 하는가?"와 같은 물음에 대한 답을 궁리해야 하는 것이다. 그리고 이러한 철학이 일찍부터 선생님이 전념해 온 것이었다.

인식론화한 철학이 딜레마에 봉착하게 되었다는 사실은 인간의 한계를 여실하게 보여준다. 그러나 그 결과에 좌절하는 대신 지적으로 겸손해지는 것이 중요하다. 여기서 선생님의 입장은 분명하다. 인식론적 탐구의 교훈을 외면한 독단주의, 절대주의, 전체주의, 교조주의, 근본주의, 율법주의 등을 단호히 거부한다. 그리고 굳이 말하자면,

'건강한' 상식인의 인식론에 따라 오관을 통해 지각하고, 육감으로 짐작도 하고, 심안으로 보이지 않는 것을 보며, 영안으로 신비의 영역을 엿본다.

윤리적 문제들의 핵심을 이루는 것은 자유이다. 자유를 전제하지 않으면, 인간 행위와 그 행위의 결과물인 정치, 사회, 문화, 역사들을 논할 수 없기 때문이다. 그런데 과학과 유물론에 심취한 철학자들은 자유를 문제 삼는다. 자유는 환상이라는 것이다.

선생님에게 자유는 의심의 대상이 아니라 축복이다. 자유로 인하여 인간은 삶과 문화와 역사를 창조하고, 인간의 존엄성을 지킬 수 있다. 그리고 자유로운 결단으로 더 많은 사람이 인간답게 살 수 있는 열린사회에의 이상을 실현할 수 있도록 경험주의, 실용주의, 공리주의, 휴머니즘, 그리고 인간애를 권고한다.

경험, 공리, 실용의 가치를 추구한 사회가 정치, 경제의 열매를 거두고 있다. … 중국도 그 뒤를 따르고 있으며 유럽의 국가들도 그 가치를 인정하고 있다. 일본, 캐나다, 호주까지도 같은 과정을 따르고 있다. 그러나 우리가 더 소중히 여겨야 할 정신적 과제가 있다. 그것은 이러한 사회과학적 가치의 기준이 되는 휴머니즘과 인간애의 가치이다. 궁극적으로는 열려 있는 사회를 위한 이상이다. 이 모든 노력의 목표는 더 많은 사람이 인간답게 살 수 있는 열린 역사의 길을 개척하는 데 있다.(『백년을 살아보니』, 155쪽)

3. 서원(誓願)

회의

어떤 이유로 선생님은 강단철학이 아닌 생활철학에 전념하게 되었을까? 적어도 세 가지 이유가 있다.

첫째, 선생님은 강단철학이 삶을 위해 무익함을 깨달았다.

선생님은 1947년에 탈북하여 서울 중앙중고등학교의 교사가 된다. 그리고 교감까지 하다가 1954년 연세대 철학 교수의 길로 들어선다. 선생님은 일단 강단철학으로 시작한다. 철학입문뿐만 아니라 칸트도 가르치고 헤겔도 강의한다. 『철학입문』, 『윤리학』, 『헤겔과 그의 철학』, 『역사철학』 등의 철학서들도 출판한다.

그러다가 고민한다. "과연 철학 공부가 우리 사회에 무슨 도움을 줄 수 있는가?" "철학이라는 상아탑 주변의 작은 공원을 만들고 그 안에서 우리들끼리 즐기며 정신적 자족감을 채우려는 과오를 범하는 것이 아닌가?"

어느 날 신문에서 친구 김태길 교수의 글을 읽는다. 아들인 김도식 박사가 학위를 마치고 귀국했을 때 아버지 김태길 교수가 물었다. "학위논문이 무엇이었다고?" 아들은 '인식론에 관한 것'이라고 답했다. 아버지는 "그것이 우리 사회에 무슨 필요가 있냐?"라고 반문하였다는 내용이었다.

신생님은 이런 문제로 고민하다가 형이상학이나 인식론 등 강단철학을 단념한다. 어떤 한 철학자나 한 사상을 연구하는 데 많은 시간을 바치는 것은 바람직하지 않다고 생각한 것이다. 그리고 윤리, 역사, 종교 등 동서고금 인류의 영원한 문제를 다루는 생활철학에 전념하게 된다.

가난

선생님이 생활철학으로 기울게 된 두 번째 이유는 현실적이다. 선생님은 '가난'이라는 원초적 문제에 부딪쳤던 것이다.

선생님은 모친, 사모님, 여섯 자녀, 그리고 세 동생 등 모두 열두 가족의 생존을 책임져야 하는 가장이었다. 대학교수 봉급으로는 턱도 없이 부족하였다. 그래서 닥치는 대로 외부 강연을 다녔다. 교회에서 설교도 하고, 기업체 등에서 인생론을 강의하고, 방송국에도 출연하였다. 일반인을 상대로 한 강의나 글이 난해한 철학 이론을 가르치는 것이어서는 안 된다. 행복, 죽음, 사랑, 우정, 영원, 성공, 역사, 운명, 고독, 종교 등 사람들의 관심사에 대한 생각을 경험담에 담아 쉬운 말로 전하였다. 아주 인기가 많았다. 1961년에 출판된 『영원과 사랑의 대화』는 밀리언셀러가 되었다.

건강을 하나님께

선생님이 생활철학에 전념하게 된 세 번째 이유는 하나님께 드린 서원이다. 그리고 사실 이 이유가 가장 중요하고 또 결정적인 이유이다.

강단철학자들은 왜 평생 강단철학에 매달리는가? 강단철학이 실생활에는 아무 보탬이 되지 않는다는 것을 모르는 것인가?

아니다. 그들은 보통 사람이 가지고 있지 않은 진리에 대한 강한 열정을 가지고 있어서 그러는 것이다. 그들은 키르케고르의 말처럼 "진리를 발견해야 하며, 내가 그것을 위해 살고 죽을 수 있는 그런 이념을 발견해야 한다."고 생각한다. 철학은 밥이 되지 않지만, 베이컨의 말처럼 "진리라는 반석 위에 서 있는 것보다 더한 기쁨은 없다."고 생각하고, 배부른 돼지가 아니라 배고픈 소크라테스의 길을 간다.

그럼 선생님은 진리에의 열정이 없는 것일까? 아니다. 놀랍게도 선생님은 일찌감치 진리를 찾기 위한 방황을 끝냈을 뿐이다.

사연은 이렇다.

선생님은 태어나서 얼마 되지 않은 때부터 일주일에 한 번씩 병원 신세를 져야 할 정도로 병약하였다. 자주 깜짝깜짝 놀라면서 의식을 잃고 쓰러지곤 한 것이다. 집안 장손인데 애물단지였다. 조부께서도 "아들은 아들인데, 제구실을 할 것 같아 보이지는 않는다."고 실망하셨다.

어렵사리 국민학교를 졸업하게 되었다. 몇 년 전 김성주(후일 김일성)가 졸업한 창덕국민학교였다.

그런데 졸업식이 끝나자 뜬금없이 아버지가 병원으로 데려갔다. 의사의 진단이 끝난 후 아버지가 나가 있으라고 하였다. 그 이유가 궁금하여 밖에서 문틈으로 엿들었다. 의사는 "중학교에 가기 위해 맘 쓰지 말고 집에서 조용히 안정하는 것이 좋겠다."고 하였다.

사실 아버지가 아들의 중학교 진학 여부에 대하여 의사와 상의한 이유가 있었다. 그해 정월 초하룻날 밤에 어머니가 꿈을 꾸었다. 아들이 혼자 두 손으로 무릎을 감싸고 앉아 있다가 그 모습 그대로 하늘로 올라가버리는 꿈이었다. 어머니가 할머니에게 그 꿈 얘기를 했더니, "장손이가 금년에는 죽을 꿈이다."라고 하셨다. 아버지도 그 꿈이 마음에 걸려 의사와 상의하였던 것이다.

'나는 이제 죽는구나!' 이렇게 생각하였다. 그러면서도 선생님은 한 줄기 희망이 있었다. 하나님이 계신다면 보호해 줄 것이라는 믿음 같은 것이 있었다. 그래서 어느 날 뒷산에 올라가 소나무 밑 바위들 틈에 무릎을 꿇고 처음으로 기도다운 기도를 드렸다. "하나님! 저에게 건강을 허락해 주시면 저는 저를 위해서가 아니고 하나님의 일을 위해서 건강 모두를 바치며 살겠습니다."

이러한 서원 후의 삶은 거의 기적이었다. 선생님은 숭실중학에 진학한다. 김성주(김일성), 조만식 선생, 조병옥 박사, 안익태 선생이 선배들이었다. 시인 윤동주와는 같은 학년 같은 반이었는데, 윤동주는 그때부터 시를 쓰고 있었다. 소설가 황순원도 선배였는데, 함께 『숭실활천』 편집에 정성을 쏟았다.

그 후 일본으로 유학도 가고, 연세대에서 철학 교수도 하며, 어머니의 바람이 "우리 장손이 스무 살까지만 사는 것을 보았으면 좋겠다."는 것이었는데, 지금 백수를 맞이하실 정도의 건강을 유지하여 하나님께 바쳐오신 것이다.

이제 선생님이 진리 탐구를 위한 강단철학의 길을 가지 않은 결정적 이유를 알 수 있다. 선생님은 겨우 국민학교를 졸업한 나이에 진리를 찾고자 하는 방황이 필요 없게 된 것이다. 원칙적으로 말하자면, 선생님은 철학을 할 필요가 없게 된 것이다.

철학의 길

그런데 선생님은 놀랍게도 철학에 접근하고 있었다. 그것도 아주 일찍, 중학교 3학년 때부터였다.

발단은 신사참배였다. 신사참배 문제로 학교가 어려움에 봉착했을 때, 선생님은 어린 나이에 과감하게 신사참배를 거부하고 학교에 자퇴서를 내었다. 그리고 독학을 결심한다. 20리가 되는 평양부립도서관으로 학교를 다니듯 자전거를 타고 통학을 하였다.

자연스럽게 도서관에서 많은 책을 읽었다. 톨스토이의 『전쟁과 평화』, 빅토르 위고의 『레미제라블』과 같은 소설도 읽었지만, 한치진의

『철학개론』과『인생과 우주』를 비롯하여, 일본어로 된 철학개론, 윤리학, 철학사, 논리학 등을 읽었다. 1년을 그렇게 보낸 결과 선생님은 "허락된다면 대학에 가서 철학을 공부하고 싶다."는 희망을 갖게까지 되었다. 그리고 1939년 평양 제3중학교를 졸업한 후 일본의 천주교 예수회에서 세운 동양 유일의 가톨릭 대학인 상지(上智, 조치)대학에서 철학을 전공하게 된다.

대학에서는 신앙보다 이성을 앞세운 세계관적 관심을 갖기로 하였지만, 그가 갈 길은 정해져 있었다. 칸트의『지성의 한계 안에서의 종교』, 쇼펜하우어의『표상으로서의 세계』등도 읽었다. 그러나 아우구스티누스, 파스칼, 키르케고르에게 끌렸다. 도스토예프스키의 작품들도 선생님의 인생관과 세계관을 확고히 해주었다. 마침내 기독교 신앙을 철학적이며 인간학적인 과제로 정리하면서 대학과정을 끝낸다.

어디선가 음성이

철학자로서 선생님의 신앙은 어떤 것일까? 신의 존재에 대한 회의가 없었을까? 신앙생활에 대하여 의문이 들지 않았을까? 물론 있었다. 그러나 선생님은 흔들릴 수 없었다.

예를 들어, 6·25 전쟁 때였다.

부산에서 피난생활을 하던 어느 날, 선생님은 국제시장을 찾았다가 우연히 중앙장로교회에서 열리고 있는 장로교 총회에 참석하게 되었다. 알고 보니 보수 신학의 주도권을 놓고 결전을 벌이는 총회였다. 예배는 점잖게 진행되었다. 예배가 끝나 본회의에 들어가자 목사와 장로들의 싸움이 시작되었다. 그 장면은 세상 사람들만도 못해 보였다. 그것은 신앙인들의 회의는 아니었다.

공산군이 대구, 경주, 마산까지 진격해 와서 대한민국의 존폐가 코앞에 다가온 때였다. 군경 가족들과 크리스천 가족들이 죽임을 당할 것을 우려하여 이송계획까지 세워둔 상태였다. 그런데 기독교의 지도자라는 사람들이 그런 추한 꼴을 연출하고 있었던 것이다.

(이 총회를 계기로 기독교장로회와 예수교장로회가 나누어졌다.)

선생님은 도중에 회의장을 나왔다. 믿고 따랐던 기독교가 이럴 수 있는가. 절망감에 사로잡혀 대청동 USIS 건물 앞을 지날 때였다. 어디선가 음성이 들려왔다. "죽은 자들로 하여금 죽은 자들을 장사 지내게 하고, 너는 하늘나라를 위해 새 길을 열어가라"는 성경 말씀이었다. 깜짝 놀라 음성이 들려온 듯싶은 방향을 쳐다보았다. 구름도 없이 맑은 하늘이 있었다.

간디의 후계자

기독교 신앙을 기반으로 한 선생님의 정신세계는 자연스럽게 교회는 나가지 않더라도 실질적인 기독교인으로 볼 수 있는 인류의 큰 스승들을 흠모하게 하였다.

예컨대, 선생님은 비폭력 운동의 선구자인 간디를 지극히 애모하였다. 간디야말로 예수님의 정신을 실천하여 조국 인도를 영국으로부터 해방시킨 인물이었기 때문이다. 구약의 하나님은 정의의 하나님이었다. 그것도 이스라엘 민족의 편에서 이민족에게 무자비한 처벌을 가하는 분노와 복수의 하나님이었다. 그러나 예수는 사랑의 하나님을 선포하였다. 그래서 기독교의 본질은 '눈에는 눈'이 아니라 선으로 악을 이기고 원수까지 사랑하는 종교인 것이다. 이런 점에 비추어 보아

간디는 예수의 가르침을 누구보다도 철저히 실천한 진정한 기독교인이었고, 선생님이 그러한 간디를 애모한 것은 너무나 당연한 일이었다. 일본으로 유학을 떠나 처음 하숙방을 정하고 잠이 들었는데 꿈을 꾸었다.

중국대륙 남쪽 같았다. 넓은 들에 강단이 놓여 있고, 강단 둘레에는 가난하고 정신적으로 굶주린 사람들이 모여 있었다. 나도 그 가운데 있었다. 강단 앞에 자리를 잡고 간디의 연설을 듣고 있었다. 연설을 끝낸 간디가 오늘은 내 후계자들을 소개하겠다면서 내 손을 이끌고 연단으로 올라오게 하더니, 이 젊은이가 내 후계자 가운데 한 사람이라고 소개하는 바람에 깜짝 놀라 꿈에서 깨어났다. 20대 초반의 일이었다.(「김형석 자전적 에세이」, 『철학과현실』 112호, 2017년 봄, 241-242쪽)

4. 절 받는 삶

한 알의 밀알

강원도 양구에는 '김형석·안병욱 철학의 집'이 있다. 전시된 사진들 가운데 다음과 같은 글이 있다.

안병욱 선생과 나는 같은 해, 같은 고장에서, 같은 일로 90 평생을 함께 보냈습니다. 겨레의 앞날을 생각하면서 제자들을 키웠습니다.

빈 마음들을 채워주기 위해 많은 글을 썼습니다. 강연과 방송을 통해 반세기 동안 여러분과 대화를 나누었습니다. 이제 우리의 길은 끝났습니다. 우정을 나누면서 뒤따라오는 이들을 위해 한 알의 밀이 되었으면 좋겠습니다.

선생님의 삶이 잘 압축되어 있다. 선생님은 한 알의 밀로서 겨레의 앞날을 위해, 빈 마음들을 채워주기 위해, 가르치고 쓰고 대화를 나누었던 것이다.

1985년 정년퇴임 때 35년간의 교수생활을 되돌아본다. 약 100회의 설교, 142회의 방송, 208회의 기업체 강연, 116회의 일반강연, 2,400장 정도의 원고 쓰기. 일찍이 신앙고백을 하면서 이웃과 사회가 요구하는 일을 거절하지 말자는 약속을 했기 때문이었다. 그 후 30여 년 동안에도 선생님은 수없이 가르치고 쓰고 대화를 나누었다.

최면술

선생님은 사랑으로 제자들을 가르쳤다. 반신마비에 말까지 잃은 아내를 23년간 지극정성으로 병수발 하였다. 한림대에서 일송상을 받을 때 "제가 사랑이 있는 고생이 행복이었다는 사실을 깨닫는 데 90이 넘는 세월이 걸렸습니다."라는 말을 수상소감으로 남길 정도로 삶의 중심에 사랑이 있었다. 아내가 세상을 뜬 후 어떤 도우미 아주머니가 집안일을 돌봤는데, 몇 년 지나니까 살림살이가 많이 줄었다는 것을 알았다. 그러나 선생님은 아무 말 하지 않았다.

선생님의 글을 읽은 독자라면 누구나 선생님을 사랑하고 존경하지 않을 수 없게 된다. 그 다정하고 따뜻하고 온유한 심성, 정의만을 내세우기보다는 사랑으로 감싸는 마음씨, 겸손하고 반성적인 낮은 자세, 어두운 면보다 밝은 면을 보는 긍정적인 사고, 용기와 희망을 주는 충고, 많은 고생과 고난에서 의미를 발견하는 통찰력. 이 모든 것들이 선하고 아름다운 삶의 에피소드들 속에 녹아들어 있어, 감동하지 않을 수 없다. 문인들의 멋지고 화려한 표현이나 철학자들의 어려운 용어들도 없다. 아무나 알아들을 수 있는 평이한 말로 소곤소곤 속삭인다. 귀를 기울일 수밖에 없고, 그러다 보면 자신도 모르게 선생님을 존경하고 사랑하게 된다. 최면술에 가까운 어법이고 호소력이다.

예수의 교훈과 정신

예수의 교훈과 정신이 선생님의 인생관과 가치관이었고, 인간과 역사의 희망이었다. 그러나 선생님의 신앙은 역시 '철학적'이었다. 선생님은 인간이 종교를 위해 있는 것이 아니라, 종교가 인간을 위해 있다는 휴머니즘을 내세운다. 보수적 신도들이 받아들일 수 없는 입장인 것이다. 선생님은 더욱 과격해진다.

> 만일 우리나라의 수많은 교회에서 목사들이 신도들에게, "교회에 나오지 않는 것은 죄가 아니고, 세상에는 교회와 무관하게 사는 사람들이 얼마든지 있고, 하느님께서는 그들을 죄인이라고 생각지 않는다. 그러나 거짓말을 하는 것은 죄이다. 그것은 교회 안과 밖을 구별할 필요가 없다. 교회에 열심히 안 나오거나 헌금을 많이 바치지 않아도 죄는 아니다. 그러나 다른 사람에게 고통을 주거나 피해를 입히는 것은 죄가 된다. 그것이 주님의 뜻을 어기는 일이다."라고 가르치고 설교를 했다면 오늘의 우리 사회는 좀 더 좋아지지 않았겠는가.(「김형석 자전적 에세이」, 『철학과현실』 116호, 2018년 봄, 188쪽)

대부분의 목사들은, 그리고 열심히 교회 생활을 하는 기독교인들은 이러한 견해를 이단으로 칠 것이다. 그러나 아무도 선생님에게 토를 달지 못한다. 철학자로서의 선생님이 당연히 할 수 있는 말이기 때문이다.

선생님은 성경을 문자 그대로 받아들이는 것도 경계한다. "우리가 성경을 읽는 데 비판해야 할 점들이 있다. 그것은 복음서의 저자들 누구나가 예수를 그리스도로 입증하기 위하여 예수에 관한 모든 기록을 구약의 내용에 맞추어나갔다는 사실이다."(『예수』, 274쪽)

예수의 부활에 대한 입장도 철학자로서 할 수 있는 말을 한다.

성경과 역사가 전해 주는 바에 따르면, 베드로는 61년경에 로마에서 순교했고, 그의 동생 안드레는 그리스의 파트라스에서 굶겨 죽이는 형벌을 감수했다. 시몬이라는 제자는 스아닐에서 산 채로 살갗이 벗겨진 채 십자가형을 당했다. 나이가 많은 요한은 밧모 섬에서 기름 가마에 넣어져 순교했고, 야고보는 예루살렘 교회의 책임자로 있다가 살해당했다. 의심이 많은 제자로 알려졌던 도마도 동쪽으로 전도 여행을 떠났다가 관에 넣어진 채 톱으로 켜져 죽었다고 전해지고 있다. 사실 예수의 진정한 부활을 증거하는 사건들은 이 비겁하고 무능했던 제자들의 행적과 죽음이 아니었을까.(『예수』, 288쪽)

현대 지성인의 입장에서 예수의 부활 사건을 어떻게 받아들여야 할까? 『예수의 생애』를 쓴 에르네스트 르낭의 가설은 예수의 부활설이 환상에 사로잡힌 막달라 마리아의 강한 상상력의 산물이라고 말한다.

그런데 선생님은 예수의 제자들의 행적과 죽음에 주목한다. 제자들은 무식하고 무능하고 비겁했다. 그러한 제자들이 전도를 하다가 비참하게 죽임을 당한 것이다. 어떻게 그런 일이 가능할까? 선생님은 제자들이 예수의 부활에 대하여 확신할 이유가 있었기 때문이라고 추정한다. 설득력이 있는 가설이다.

큰절 받는 삶

2015년 가을, 63빌딩 양식당에서의 일이다. 미국으로 건너가 의사가 된 제자 방 군이 입을 열었다. "더 세월이 지나기 전에 뵈옵고 제가 고등학교에 다닐 때 베풀어주신 말씀과 사랑에 감사해야겠다는 결심을 했습니다. 그때 토요일 오후마다 들려주시던 말씀을 못 들었다면, 지금의 저는 없었을 것이라는 생각을 했습니다. 그래서 더 늙으시기 전에 큰절을 드리고 싶었습니다. 의자에 앉으신 대로 제 절을 받아주십시오."라고 말하면서 카펫 위에 무릎을 꿇고 큰절을 했다. 자리를 함께하고 있던 다른 친구들도 우리도 같이 큰절을 드리자면서 엎드렸다. 80세 전후의 노인들 9명이 선생님에게 큰절을 올리는 장면에 서빙을 하던 직원들이 놀라는 표정이었다.

선생님의 삶 속에서는 예수님이 느껴진다. 선생님의 제자들뿐만 아니라, 선생님을 스쳐간 모든 사람들이 선생님 앞에 무릎을 꿇고 큰절을 올리고 싶어 하지 않을까?

선생님의 삶은 한 편의 아름답고 장엄한 서사시이다. 백 년 동안 누에고치의 실처럼 끊어지지도 않고 아름답게 전개되는 서사시이다. 귀가 조금 어두울 뿐, 그 연세에 기억력은 청년이다. 어떻게 그렇게 날짜와 장소와 사람 이름까지 고스란히 기억할 수 있을까? 믿어지지 않는다.

지혜 사랑

철학(philosophy)은 지혜(sophia)를 사랑(philo)하는 학문이다. 그런데 강단철학은 지혜보다는 진리를 사랑한다. 흔히 진리와 지혜를 동의어처럼 사용하지만, 이는 잘못이다. 지혜는 진리보다 한 수 위이기 때문이다. 지혜는 진리에 기반을 둔다. 그러나 지혜는 진리 자체에 머무르지 않고, 삶의 궁극적 목적에 따라 살고 난관에 대처하는 창조적 길을 모색한다. "간음한 여인은 돌로 쳐 죽여야 한다."는 유대교의 계율이다. 예수가 이 계율을 지키지 않으면, 크게 문제된다. 그러나 그는 지혜로웠다. 이 계율을 지키면서 간음한 여인을 살렸던 것이다.

선생님의 신앙은 어린 시절의 서원에서 비롯했지만, 지혜의 보고인 예수의 가르침에 의해 더욱 굳건해진다. 역사는 진리와 정의의 이름으로 자행된 피로 얼룩져 있다. 그러나 지혜의 역사는 사랑하고, 위로하고, 치유하고, 구원한다. 선생님은 진리 사랑에 머물지 않고, 선하고 아름다운 삶을 위한 지혜 사랑의 삶을 산 것이다.(필자는 선생님이 이 글의 제목과 유사한 제목의 책을 내신 것을 최근에 알고 놀랐다. 김형석, 『선하고 아름다운 삶을 위하여: 김형석 교수의 신앙과 인생』, 두란노, 2018 참조.)

그러나 호사다마라고, 선생님을 존경하는 후학으로서 마음이 조인다. 세상은 선생님의 명성을 이용하여 이득을 보려는 자들이 많기 때문이다. 한국 철학의 태두라 할 수 있는 박종홍 선생님이 박정희 정권 밑에서 국민교육헌장을 만든 일로 후학들에게 어떤 대접을 받고 있는지는 타산지석이 아닐 수 없다. 부디 선생님께서 선하고 아름다운 삶을 잘 마무리하시기를 기원한다.

미국 철학자 몰겐버그는 철학자를 성인, 천재, 분석가, 교육가, 사이비로 분류하였다. 소크라테스 같은 성인급 철학자가 있고, 칸트나 비트겐슈타인처럼 창의적 이론을 내놓는 천재 철학자, 다른 철학자들의 이론을 분석하고 해석하는 분석가로서의 철학자, 지식으로서의 철학 사상을 가르치는 교육가로서의 철학자, 그리고 이름만 철학자인 사이비 철학자가 있다는 것이다. 선생님은 어떤 철학자일까?

강단철학자들은 선생님을 사이비로 분류할지 모른다. 그러나 그건 터무니없는 모욕이다. 선생님은 어떤 범주에도 속하지 않기 때문이다. 그럼에도 불구하고 누군가 굳이 선생님을 성인급에 가까운 철학자로 분류하고 싶어 할 경우 이에 반대하기는 쉽지 않을 것이다.

김광수(金光秀)
서울대학교 철학과 학사, 미국 캘리포니아대학교(산타바바라) 석사 및 박사, 한신대학교 철학과 교수 역임, 주요 저서:『논리와 비판적 사고』,『둥근 사각형의 꿈』,『철학하는 인간』,『마음의 철학』,『창의적 비판적 사고』(역서) 등

제2부 송촌을 논하다

1. 영원과 사랑이 아우러진 삶
― 송촌 김형석 교수의 철학체계

박순영

1. 철학이 대중에게로 다가오다

'영원과 사랑의 대화'는 송촌 김형석 교수의 수필집 제목이지만, 그의 철학을 한마디로 요약하는 말이기도 하다. 영원은 우리에게서 너무 멀리 있어서 아득한 시간의 처음과 끝이고, 무한하여 동경의 대상일 뿐, 우리에게 결코 잡히지 않는 그 무엇으로만 여겨진다. 그래서 영원은 그리움의 대상이 된다. 사랑은 우리 모두가 잘 알고 있듯, 우리와 가까이 있으면서도 그 깊이를 헤아릴 수 없어서 쉽게 우리 마음에 안기지 않는다. 그래서 누구도 온전한 사랑의 마음을 품을 수가 없고, 아무나 쉽게 사랑한다고 말할 수가 없다. 송촌 선생은 우리에게서 멀리 떨어져 있는 영원과 사랑이 아니라 우리의 삶 속에 함께 있는 영원과 사랑을 전하려 한다. 우리가 영원과 사랑이 없는 삶을 살 수 있을까? 만약 이것을 송촌 선생에게 물어본다면, 영원과 사랑은 우리가 살아가야 할 삶의 의미이며 삶의 방식이고 삶의 목적이라고 대답할 것이다. 이제 송촌 선생이 평생토록 우리에게 알려주고 싶었던 영원과 사랑의 이야기와 그 철학적인 의미를 살펴보기로 한다.

『고독이라는 병』(1960)과 『영원과 사랑의 대화』(1961)란 책은 송촌 선생의 첫 번째, 두 번째 수필집이고, 이 책들은 모두 베스트셀러가 되었다. 우리나라에 아직 수필문학이 정착되지 않았던 시기에 글쓰기의 새로운 모형으로 등장했던 책들이다. 송촌 선생 자신이 말했듯이, 수필은 해석이나 꾸밈이 없는 생활 이야기가 들어 있어서, 체계적으로 우리의 삶을 탐구하는 것이 아니라, 담담하게 누구나 읽고 생각하며 즐길 수 있는 형식의 글이다.(김형석, 「추천하는 글」, 『김진섭의 생활인의 철학』, 앞선책, 1994) 송촌 선생은 바로 이러한 수필의 형식으로 그토록 어렵다고 알려진 철학을 대중이 쉽게 다가갈 수 있는 철학 이야기로 만들어냈다.

이해하기 쉽게 글을 써야 했던 이유

송촌 선생의 수필은 쉬운 문장으로 대중을 철학적인 사유로 이끌어 가고 있다. 그 시대의 모든 사람들이 자신이 살아가는 진정한 의미와 목적을 알게 해주어야겠다는 일념에서 그는 그 시대의 사람들을 위한 인생길의 길라잡이가 되고자 했던 것이다. 글을 쓰는 목적이 너무나 분명했기에 송촌 선생은 누구나 이해할 수 있는 방식으로 글을 써야만 했다. 글의 내용과 소재가 일상적 삶의 구체성에 근거를 두어서, 누구나 한 번쯤은 겪어보았음직한 경험에서 이야기를 시작한다. 흔히 철학자들은 사태를 객관적으로 해명한다고 개념적 정의를 사용하여 설명하였지만, 송촌 선생은 이야기나 비유를 통해서 상황의 진실을 독자 스스로가 깨우칠 수 있게 보여주었다. 그런 방식으로 그의 글은 친근감을 주었고, 매우 따뜻하게 다가왔다.

최근 어떤 신문과의 인터뷰에서 송촌 선생은 자신의 쉬운 글쓰기 방식에 대한 이유를 밝힌 적이 있다. 자신이 1947년 평양에서 서울로 월남하여 1954년에 연세대 철학과 교수가 되기까지, 7년 동안 중앙고등학교 교사로 근무한 경험이 크게 작용했다는 것이다. 그런 경험을 살려 고등학교 상급자가 후배에게 상담해 주는 식으로 글을 썼다는 것이다. 그는 『영원과 사랑의 대화』 초판 서문에서도 그런 마음을 이미 밝히고 있었다. "어머니가 자식에게, 형이 동생에게 하고 싶은 인생의 이야기를 숨김없이 말해 주는 사람이 우리 사회에도 많아져야 하리라 믿습니다. 여기에 수록된 몇 편의 글들이 바로 그런 것들입니다. 청년들, 학생들, 친구들이 가지고 있는 여러 가지 문제들에 접하게 되면서 한 가지 한 가지 생각나는 대로 적어나간 내용들입니다." 그래서 그의 수필들은 변함없이 쉽고 간결하고 선명하다. 송촌 선생은 자신이 세운 글쓰기 원칙을 평생 동안 지켜온 것이다.

스승다운 스승의 길

한국 수필철학의 세 거장들(1920년생, 잔나비 띠 동갑) 중 한 분인 고 김태길 교수(서울대)는 송촌 선생이 한국지성을 대표하는 거목으로 우뚝 서게 된 것과 이해하기 쉬운 글로 책을 쓰게 된 이유로, 첫째는 '총명한 재능과 남다른 감수성을 타고난 그의 소질의 덕'이고, 둘째는 '우리나라에서 가장 훌륭한 교사가 되겠다는 포부'에서였다고 말한다. 김형석 선생이 교수가 된 뒤에도 중고등학생 수준에 맞는 글을 많이 썼는데, 이것은 중고등학교 교사의 자리를 떠난 것을 아쉬워하고 살았음을 의미한다고 말하기도 했다. 또 그는 "학자는 많으나 스승이 많지 않은 우리나라가 갈망하고 있는 것은 스승다운 스승의 출현인데, … 김형석 선생이 본래부터 꿈꾼 것은 스승의 길이었다."고 밝혔다.(김태길, 「축하의 말씀」, 김형석 팔순기념 논문집 『역사와 이성』, 철학과현실사, 2000) 송촌 선생이 중고교 교사의 자리를 떠난 것을 아쉬워했는지는 알 수 없지만, 분명한 것은 그가 평생 동안 '스승다운 스승,' '교수다운 교수'가 되고자 했으며, 거기에 이르려고 늘 진지하게 정진했다는 것은 분명하다.

송촌 선생은 교사라는 직업을 자신의 천직이라 생각했다. 우리 사회가 혼란스럽게 된 이유에 대해서 "교사는 있어도 스승이 없기 때문이라고 생각한다. 교사는 자격증 갖고 지식을 가르치기만 하면 그만이지만, 스승은 제자를 사랑하고 이끌어주는 사람이다. 아무리 교육 제도가 완벽하다고 해도 진정한 스승이 없으면 우리 교육은 바로 설 수가 없다."고 말한 바 있다.('나의 길 — 師道천직 달려온 敎壇 반백년,' 《동아일보》 1993년 2월 20일자) 진정한 스승은 관심과 사랑을 가지고 학생들에게 다가간다. 그리고 대중에게도, 학생들에게 부드럽게 타이르듯 쉬운 글을 통해서, 누구나 이해할 수 있는 방식으로 말을 건네는 것이다. 실제로 송촌 선생은 전문성을 가지고 누구에게 무엇을 가르치려는 '직업선생'이 아니라, 인간으로 살아가는 길을 가르쳐주는 '인생선생'이 되고 싶다고 했다. 우리의 피곤한 심정을 풀어줄 수 있는 직업화하지 않은 인간, 직업의식은 삶의 한 부분으로 남고, 오직 원만하고 내면으로부터 풍성한 인생선생이 참으로 그립다고 말하기도 했다.(「직업선생과 인생선생」, 『고독이라는 병』, 삼중당, 1979, 19쪽. 이하 쪽수만 기록함)

송촌 선생의 철학체계

『고독이라는 병』이 출판된 시기를 전후해서 송촌 선생은 철학이란 학문을 소개하는 책들을 많이 써내었다. 『철학개설』(1959. 9), 『철학입문』(1960. 7), 『현대인의 철학』(1960. 12) 등이다. 이 중에서 『철학입문』은 15판을 거듭할 정도로 인기를 얻었다. 이 책들은 철학을 교양으로 알고 싶어 하는 사람들뿐만 아니라, 전공 철학도들에게도 많은 도움을 주었던 책이다. 그러나 송촌 선생의 철학사상과 철학체계를 이해하기 위해서는 먼저 그의 학술적 저술에 주목해야 한다. 그가 연세대 교수로 부임한 후, 첫 번째 논문인 「시간의 실천적 구조」(연세대 『인문과학』 제2집, 1958. 7)를 시작으로 하여, 정년퇴임 강연 「윤리와 역사의 관계」(연세대 『인문과학』 제53집, 1985. 10)를 거쳐서, 그의 철학적 열정은 1992년의 『종교의 철학적 이해』와 1993년의 『역사철학』에까지 이른다. 송촌 선생의 철학수필들은 바로 이런 이론적 작업을 뿌리로 삼고 피어난 꽃과 열매라고 해야 할 것이다.

그의 철학을 "영원과 사랑이 아우러진 삶"으로 규정하는 것은, 그가 '영원과 사랑'이라는 실천철학적인 주제를 '인간의 역사와 종교에 대한 이론적인 탐구' 위에서 체계적인 근거로 밝혀주고 있기 때문이다. 결국 그의 수필철학은 시간의 철학적인 의미를 밝히는 순수철학적인 탐구에서 시작하며, 영원의 의미를 해명하는 『종교의 철학적 이해』와 사랑의 질서를 요청하는 『역사철학』에서 최종적인 대답으로 완결되고 있다. 우리는 그의 철학을 이해하기 위해서 먼저 그의 철학수필들을 주목해 보게 된다. 최초의 수필집 『고독이라는 병』과 『영원과 사랑의 대화』가 송촌 선생의 사상에 접근하는 데 아주 중요한 실마리를 담고 있다. 이 두 책은 1년 사이의 간격을 두고 출간되었지만, 그 내용에서 보면 한 권의 책으로 묶어 이해할 수도 있다. 그의 철학을 이해하기 위해서 먼저 『고독이라는 병』을 집중적으로 분석해볼 필요가 있다.

이 수필집에서 송촌 선생은 자신의 시대를 비판적으로 성찰하고 있으며, 그 시대의 문제와 그 시대가 가진 역사철학적인 과제를 탐색하고 있다.(2장) 그리고 '영원과 사랑'은 인간의 구체적인 삶 속의 '고독'이라는 현상에서 연역(도출)되고 있다는 인간학적-실존적인 분석을 시도한다.(3장) 마지막으로 '영원과 사랑'은 시간의 실천적 의미(사랑을 실현하는 역사)와 시간의 종말론적인 의미(영원자를 만나는 종교)가 유한성에서 무한성으로 통합되는 과정에서 연역(도출)된다는 것을 밝힌다.

2. 시대를 사유 속에서 파악한 철학

최초의 두 수필집은 송촌 선생이 1954년에 연세대에 교수로 부임하면서 대학신문이나 월간지 등의 요청에 의해서 틈틈이 쓴 글들이다. 신생은 『고독이라는 병』의 초판 머리말에서 그가 대학에서 강의하고 연구하는 사이에 틈틈이 써냈던 약 50편이 되는 글들 중에서 30편 가량의 이야기를 추려서 내놓은 것이라고 밝힌다. 이 책에 수록된 글들 대부분은 1950년 중후반에 썼던 글이다. 그렇다면 이 글들은 거의 한국전쟁을 겪고 난 1950년대와 1960년대의 혼란한 상황에서 얻어진 경험들과 그에 대한 반성들을 모두 담아내었다고 보아야할 것이다.

송촌 선생은 그의 시대를 "혼란과 죄악은 우리 사회를 휩쓸고 말았다. 나는 몇 해째 학교에서 철학이나 윤리 같은 과목을 담당하고 있으면서 항상 우리들의 사회, 특히 젊은이들을 위한 어떠한 도덕이 있어야겠다고 느끼지 않을 수 없었다. 한 시대는 그 시대의 윤리를 필요로 하며, 어떤 사회는 또 그 사회의 질서와 도덕을 요망하고 있기 때문이다."라고 평가한다.(112쪽) 그 무렵의 한국의 정신적 상황은 어두웠다. 해방 후의 가치관의 혼란을 바로잡아야 했고, 한국전쟁으로 입은 상처에 위로와 격려가 필요했다. 그리고 사람들은 실존적 불안과 위기의 시기에서 이 어려움을 극복할 희망의 끈이 필요하다고 생각했다. 이같이 정신적으로 궁핍한 시기에 송촌 선생은 이 수필집을 통해서 청소년들과 일반인들에게 읽을거리를 주었고, 강연을 통해서 정신적 갈증을 해소시켜 주었으며, 힘겨워 당장 쓰러질 듯 상처 입은 사람들의 마음을 쓰다듬어 주었다. 이렇게 송촌 선생은 그 시대에 필요한 스승으로 자리매김하게 된 것이다.

송촌 선생의 글들은 우리가 속한 시대를 자신의 사유 속에 파악한 결과물이다. 철학자 헤겔이 철학에 대해서 말했던 것처럼, 한 개인은 그 시대의 아들이기에 "철학은 또 그의 시대를 사유 속에서 파악해야 하는 과제(So ist auch die Philosophie, ihre Zeit in Gedanken erfasst)"를 떠맡을 수밖에 없었다. 이렇게 송촌 선생은 『고독이라는 병』과 『영원과 사랑의 대화』에서 그 시대를 이성적으로 통찰하려 했다. 그리고 그 시대를 비판적으로 성찰하면서 희망과 대안을 함께 제시해 봄으로써, 자신에게 맡겨진 역사철학적인 과제를 해명하는 중요한 발걸음을 내딛었다.

송촌 선생은 자신의 시대를 이렇게 보고 있다. 허례허식의 문제, 사치와 낭비습성과 쾌락추구의 삶, 고귀한 가치를 추구하는 것의 의미, 고통과 가난 속에서도 바른 삶을 살아가는 지혜, 부정부패와 권위주의의 폐단, 정치가와 종교인들의 세속적 탐욕, 이기주의로 인한 사회적인 폐해, 분단의 비극에 대한 책임으로서의 편 가르기 행태, 사회의 발전을 저해하는 사회집단들에 대한 가차 없는 비판을 수행하고 있다. 이런 사회적 폐단들은 그 당시의 문제만이 아니라 지금도 계속되고 있는 사회발전의 걸림돌이라는 것을 더 깊이 확인시켜주고 있다. 그중에서 몇 가지만을 예시해 보고자 한다.

허례허식과 쾌락추구를 넘어서

송촌 선생은 우리 사회에 대한 비판적 고찰을 자신이 중학교 때 읽은 프랑스 작가의 『단순생활』에서 시작한다. 이 책에 나오는 주인공이 경험한 프랑스 사회의 허례허식의 이야기를 통해서 우리 사회를 겨냥한다. 우리 주변의 무수한 환영회, 송별회, 좌담회 등 헤아릴 수 없는 모임과 행사의 진정한 의미가 무엇인지 묻는다. 그래서 송촌 선생은 삶의 순화(醇化)를 말한다.(220쪽) 이런 허례허식들은 현재를 즐기자는 풍조에서 나온 것이니, 낭비하는 현재를 비판한다. "정녕코 오늘 어떻게 사느냐 함에 따라서 지나간 과거가 빛과 암흑으로 바뀌어질 수도 있으며 찾아올 장래가 영광과 치욕, 환희와 고통으로 변할 수도 있는 것이다."(81쪽)

젊은이들이 현재의 쾌락에 붙들려서 그것을 낭만이라 여기고 있는 것에 대해서 지적한다. 쾌락은 도덕적 타락으로 가는 길과 멋진 낭만으로 가는 길의 갈림길에 서 있다. 쾌락이 바른 정신적 태도, 즉 자신의 주체성과 가치의식을 동반하고 있다면 낭만으로 발전하지만, 쾌락이 주체적인 가치지향을 무시하고 향락과 즐거움만을 택하여 유혹에

빠지게 되면 결국 타락하고 만다. 이렇게 쾌락의 감정이 낭만과 타락의 갈림길에 서 있다.(243쪽)

윤리학자로서 송촌 선생은 쾌락이 반드시 행복을 가져오는 것이 아니라고 선언한다. 만족하는 돼지보다는 불만을 가진 소크라테스가 낫다는 말을 통해서, "즐거움, 쾌락, 행복은 자기가 뜻하는 삶의 가치를 성취하는 데서 나오는 만족감이며, 이것은 자신을 어떤 영원한 터전에 세우는 것"(83쪽)이라고 한다. 송촌 선생은 인생의 진정한 값과 빛을 위히어 자기의 불행과 고통을 스스로 자처한 사람들을 기억에 떠올리고 있다. 역사의 위인들은 더 나은 가치를 위해서 개인적인 불행을 마다하지 않는 분들로서, "값있는 불행"(67쪽)의 한 예시라고 부른다.

가난에서도 피어나는 정직, 부정부패를 넘어서

해방과 6·25 한국동란 이후 1950-60년대의 우리는 너무나 가난했다. 송촌 선생의 부친은 가난을 극복하려고 도시에서 약을 사 와서 그것을 동네 사람들에게 팔아서 생활에 보태려고 했다. 그런데 그의 부친은 동네 사람들의 어려운 형편을 보고 50전에 사 온 약을 20전에 파시는 것이다. 불쌍한 사람들에게 약값을 그대로 받을 수 없다는 것이다. 송촌 선생은 "그러나 이따금 부친이 그리워질 때마다 그의 어리석어 보이던, 그러면서도 시대를 초월한 가치판단을 생각해 보게 된다."(112쪽)고 회고한다. 존경받는 종교계의 지도자 한 분이 불미스런 일로 법망에 걸려서 신문에 대서특필되었다. 송촌 선생은 자신도 그런 자리에 서 있을 수 있다는 것을 전제하고서, 나 스스로가 진정으로 사회의 부정과 부패에 저항하는 신념이 있는 사람인가고 되물어본다.

불의한 재물의 유혹을 넘어서는 방법으로 송촌 선생은 자신의 가난에 만족하기로 결심한다.(262쪽) 첫째로 가난을 부끄러워하지 말자. 둘째로 청빈과 내핍생활을 즐기자. 셋째로 가능한 한 불의의 소득을 멀리하고, 정직한 생활을 하자. 마지막으로 가난에 자족하며 가난을 즐기면서 살아보자는 것이다. 소크라테스가 소유와 무관한 생활을 하지 않았는가, 그리스도가 가난한 목수로 살지 않았는가를 되물었다.

우리 사회에서 염려되는 것들: 정치와 종교

송촌 선생이 우리 사회에서 가장 못마땅해 하는 것들이 있다. 그 첫째와 둘째가 바로 정치와 종교이다. 그가 그것들을 못마땅해 하는 이유는 단순한 미움의 감정에서가 아니라, 정치와 종교가 참되게 실현된 상태를 너무 아끼기 때문이라고 한다.

첫째로 우리 사회의 잘못된 정치 또는 지나친 정치성이다. 정치인들이 정치적 욕망을 위해서 불필요한 적개심으로 선동하는 일, 대립과 분열을 일으키는 일이라고 지적한다.(141쪽) 분열적 정치 성향을 가진 사람들은 악질의 정치병에 걸린 사람이라고 비판한다. 만약 그런 정치적인 행위가 없다면 인류가 얼마나 행복할 것이며, 사람들은 자신이 낙원에 산다고 말할 것이라고 한다.

두 번째로 그는 종교의 값을 모르는 종교인들을 미워하고 있다. 그는 "가장 고귀한 종교를 아주 천박한 것으로 만드는 종교인들을 미워한다. 불의에 짓밟히는 정의, 거룩한 것이 속된 것의 발밑에 부서지는 것에 대한 증오"이다.(143쪽) 종교인이 부와 명예와 권력을 탐하고, 성스러움을 보여주어야 할 종교가 가장 세속적인 모습을 취하고 있다고 탄식한다.

세 번째로 "자기의 행복과 즐거움을 위하여 다른 사람을 여러 가지

수단으로 사용하는 경우이다."(146쪽) 송촌 선생은 권력자, 가진 자, 상급자의 횡포가 우리 사회의 심각한 폐해라고 비판한다. 칸트의 도덕법칙은 인간을 목적으로 대하고, 결코 수단으로 삼지 말라고 했다. 인격은 어떤 수단이 될 수 없는 존엄한 가치를 가지고 있다. 자기의 성공과 출세를 위해서 다른 사람을 정치적인, 경제적인 수단으로 이용해서는 안 된다.

그 사회를 위한 구성적 희망

과연 우리 사회가 언제 선진사회가 될 수 있을까? 송촌 선생은 60년 전에도 그 마음속에 그런 꿈을 가지고 있었다. 그는 이스라엘 여행에서 우리 모두가 가져야 할 희망을 보았다. 모래와 돌 자갈밭, 먼지와 바위로 가득 찬 산길의 황량한 사막, 그리고 바짝 메마른 이스라엘 땅, 이 황무지에서 열매를 보았다. "이스라엘 국민들은 그들의 정신력과 단합된 노력으로 그들의 꿈을 이루었다. 특히 이들의 높은 교육수준과 도덕수준, 그리고 아마 종교적 신앙이 이 모든 것을 가능하게 했다."(136쪽)고 말하면서 우리 사회의 책임의식의 부재, 부정직함, 게으름, 정신적 빈곤 등이 우리의 불행, 가난, 사회적 혼란과 무질서를 불러왔다고 비판한다. 이제 불신을 넘어서 희망을 가질 때가 되었다. 송촌 선생은 "언젠가는 가장 살기 좋은 나라를 만들겠다는 신념과 용기를 오늘의 지도자들과 젊은 세대들이 잃게 된다면 장차 우리는 어떻게 될까?"라고 적으면서, 마음속에 우리의 정신력이 이런 어려움을 타개하고야 말 것이라는 희망을 갖고 있었다.(138쪽)

새로운 지도층을 기다림, 지식인의 사명

이제 우리에게 지도자가 필요하다. 영웅 한 사람의 시대는 지났고, 이제는 유능한 지도층이 필요한 시대가 되었다. 지도자의 한 부류로 송촌 선생은 지식인을 떠올렸던 것 같다. 그러나 대체로 이들은 내향적 개인주의자들이어서, 사고와 비판에만 치우치고 있고, 열정이 결해 있고, 약하고 무능해 보인다고 한다. 그런 결점에도 불구하고 지식인이 사회발전에 기여할 수 있는 중요한 역할들이 있다고 송촌 선생은 생각하고 있다. 지식인의 사회적 역할로 기대되는 첫 번째 사명은 전체 사회의 생활과 사상의 이념, 즉 비전을 제시해 주는 데 있다. 두 번째 사명은 비판의식이다. 만약 사회가 정의와 불의를 가려야 할 상황에 처하면, 사회는 지식인에게서 긍정과 부정에 대한 확실한 태도를 기대하고 있다. 송촌 선생은 이 두 가지의 사명을 지식인의 특권이며 생명권이라고 한다. "우리들은 언제나 판단을 보류하여서는 안 된다. 정치에 있어서 그렇다. 신앙과 종교적 교권에 대해서도 그렇다."(187쪽) 송촌 선생은 이 두 가지의 영역에서 지식인의 역할을 충실하게 수행하고 있다고 생각한다. 특히 신앙과 종교적 교권에 대해서는 더욱 준엄하다.

열린사회의 윤리: 이해, 공감, 사랑

송촌 선생은 인류가 운명을 같이하고 있는 오늘의 상황에서 열린사회의 철학을 되새겨보고 있다. 열린사회, 하나의 세계는 먼저 우리들의 마음이 열리며, 인간들의 마음이 하나가 됨에서부터 시작하는 것이다. 마음의 줄이 끊어진 사회는 암흑 그대로의 사회이다. 급한 것은 먼저 나부터 마음을 열어놓고 사는 생활태도를 실천해야 하는

데, 그는 열린사회를 위한 세 가지 길을 이해와 동정과 사랑이라고 말한다. 이 세 가지는 사회를 이어주는 마음의 줄이라 할 수 있다.(162쪽)

이해가 없으면 협조가 없고, 협조가 없으면 희망적인 사회가 될 수 없다. 그리고 그런 사회는 결코 열린사회가 되지 못한다. 정치적으로 위정자들이 국민의 심정을 이해하지 않고서 국민의 협조를 기다리는 것은 복종을 강요하는 것과 다름없다. 이해가 없어지면 동정과 공감이 없는 사회가 될 수밖에 없다. 오늘이 바로 그런 사회이다. 송촌 선생은 1950-60년대의 상황을 보고 그런 비판을 쏟아내었는데, 지금 오늘의 형편도 그렇다고 봐야 하지 않을까? 그는 이런 상황을 보고 "잘못된 정치는 원자탄 밑에 사라지는 수십만 명의 피와 생명에 관하여서도 책임이 없는 듯이 생각한다. 위험한 일이다. 저주받을 인간상이다."라고 비판한다. 미래의 사회에서 유전자 변형으로 인간을 무서운 기계 전사로 만들려면 제일 먼저 인간에게서 공포감과 공감 능력을 제거하는 것이 우선이라고 하던데, 공감 능력이 제거되면 인간이기를 그만두고 저주받을 인간상으로 변형되는 것이다.

결국 우리 사회를 희망으로 끌고 가는 마음의 자세는 이해와 동정(공감)과 사랑에 있다. 그것을 송촌 선생은 다음과 같이 분명하게 제시한다. "이해가 머리로 생각하는 데 있다면, 동정은 마음으로 느껴지는 것이다. 그러면 사랑은 그 뒤에 손이 더해짐을 말한다. 생각과 마음 뒤에 손이 가야만 된다. 봉사와 희생을 계기로 하지 않고는 사랑은 성립되지 않는다."(166쪽)

송촌 선생은 철학이 우리의 삶의 방향과 의미를 제시하는 학문이기도 하지만, 이 철학의 규정 속에는 이미 역사의식을 동반한다는 것이다.(김형석, 『철학입문』, 삼중당, 1960) 이렇게 자신의 시대를 사유 속에서 파악하고, 이 사유를 토대로 하여, 송촌 선생은 자신의 역사철학을 기획한다. 즉 영원과 사랑이 아우러져서 형성될 인간 역사의 끝을 설계한다. 그 설계의 출발을 위해서 영원과 사랑이 어떻게 도출되는가를 해명한다.

3. 영원과 사랑: 고독의 창조적인 계기

어떻게 인간학적이고 실존적인 방식에서 '영원과 사랑'이 연역(도출)될 수 있을까를 기획할 때, 송촌 선생은 인간의 고독한 상태를 출발점으로 삼는다. 『고독이라는 병』에 포함된 한 편의 논문인 「고독이라는 병」에서 이 모든 기획을 담고 있다. 자신이 즐겨 걷는 산책길이 봉원사의 화장터에서 시작하고, 산책의 마지막 반환점이 홍제원 화장터라는 이야기를 통해서 '영원과 사랑'의 연역을 시작한다.

"나는 신촌 화장터의 죽음을 무시하고 사망의 허무를 박차고 삶의 줄을 타고 떠났다. 안심과 희망과 기대가 있었다. 그 화장터가 멀어질수록 마음의 만족이 찾아왔다. 그러나 새로운 문제가 나타났다. 또 하나의 화장터가 기다리고 있는 것이다. 거기에는 비존재에의 가능성, 삶의 공허화가 있을 뿐이다. 결국은 내 삶이 화장터에서 또 하나의 화장터에 매어 있는 것뿐이다."(30쪽) 우리의 삶은 허무 가운데서 줄타기하는 것과 다를 바 없다. 앞으로 가도, 뒤로 돌아서도 거기에 또 공허가 있다. 인간의 삶은 결국 공허, 허무, 고독, 절망, 죽음이 엮어내는 줄타기에 비유된다. 우리는 여기서 벗어날 수가 없다.

고독이라는 병

　실존철학자 야스퍼스는 죽음, 죄, 투쟁, 고독 등을 인간이 넘어설 수 없는 '한계상황'이라고 말한다. 우리가 이것을 결코 넘어설 수 없다는 의미에서 최종적인 벽을 마주해 서있다. 우리는 스스로 넘어설 수 없는 한계의 벽 앞에서 자신이 혼자임, 개별자임을 깨닫는다. 글자 그대로 고립무원(孤立無援)의 상황이다. 송촌 선생은 만약 누군가 죽을 때까지 자신이 고독한 병자라는 것을 모르고 죽는 사람이 있다면, 아마 그는 아주 어리석은 사람일 것이라고 말한다.(224쪽) 고독은 인간적인 병이고, 인간이라는 존재성 깊이에 숨겨져 있는 질병이다. 그런데 그 질병이 근원적으로 인간의 유한성에서 출발하고 표출되는 형식은 고독이다. 고독은 혼자가 아니라, 자신과 같은 부류의 감정인 허무, 공허, 절망, 불안 등을 동반하고 다닌다. 고독은 우리를 불행하게도 만들고, 때로는 생명을 빼앗아가기도 한다. 고독은 확실히 생리적인, 정신적인, 심리적인 병임에는 틀림없다. 이런 의미에서 고독이라는 병은 일생 동안 우리를 뒤따르며 얽매고 있는 무서운 병 중 하나이기 때문에(230쪽) 우리는 인간을 본질적으로 고독한 존재(homo solus)라고 규정하게 된다.

　송촌 선생의 수필철학은 바로 이 고독 개념에 출발하고 있다. 인간이 고독한 삶의 현실을 어떻게 실제적으로 극복하는가 하는 것이 그의 철학의 출발점이다. 그는 먼저 고독 개념을 분석해서 거기서 영원과 사랑이란 두 개념을 이끌어낸다. 말하자면, 고독에는 창조적인 계기가 있다는 것이다.

생리적인 고독과 정신적인 고독의 차이

송촌 선생은 고독에 대한 인간의 두 가지 태도를 제시한다. 자연인과 정신인의 태도이다. 자연인이 느끼는 자연적, 생리적인 고독은 시공간적으로 사회적인 관계에서 이탈하기 때문에 벌어지는 것이라 하고, 이런 현상의 고독이라는 병은 치유 가능할지도 모른다. 그러나 더 근원적인 고독, 즉 정신인의 정신적인 고독, 영적인 고독은 자아를 영원이나 무 앞에 세워놓고 시간성과 유한성으로 자각할 때 뼈저리게 스며드는 고독이라고 한다. 누구에게나 다소간에 차이가 있을수 있지만, "이런 고독은 무한 또는 영원을 바라보는 데서 오는 고독"(35쪽)이라고 송촌 선생은 설명한다. 인간이 진정으로 고독을 인식할 때 진정한 삶을 살아갈 수 있다는 것이다. 이것을 그는 고독의 창조성이라 부른다. 특히 정신인의 고독은 영원을 그리워함, 영원에 대한 갈망(믿음)에서 문제가 해소될 수 있다고 말한다.

흔히 사람들이 스스로 고독하다고 말할 때는 자연적인 고독, 즉 생리적인 고독을 뜻하는 때가 많다. 부모가 없는 고아의 고독, 사랑할짝을 얻지 못했거나, 실연의 경험을 한 상태, 슬하에 자녀들을 두지못한 본능적인 적적함, 조국을 떠나 있으면서 느끼는 누를 수 없는향수, 이 모두가 고독의 이유이기도 하며 우리에게 닥치는 현실들이다. 인간은 원래 사회적인 동물이다. 사회에서 떠나면 관계로부터의고독이 생긴다. 관계의 결핍에서 오는 우울증은 바로 고독의 증세에해당한다. 관계형성이 가능해지면 생리적인 고독은 해소될 수 있다.그 반대로 정신인은 오히려 타인과 더불어 있는 사회 속에서, 군중속에서 더욱더 고독을 느낀다는 것이다.

자연인은 생리적인 고독을 극복하기 위해서 사회적 관계를 반드시 형성해야 한다. 그는 결코 혼자 있지 못하기 때문이다. 자연인은 군중 없이는 아무것도 하지 못한다. 군중과 함께 살아야 하고, 그들과 더불어서 생산하고 소비해야 한다. 돈도 그 안에서 벌고, 또 소비하게 된다. 결국 자연인은 자신의 행복을 군중과 사회 안에서 찾게 된다. 송촌 선생은 파스칼의 말을 인용하여 인간은 다른 사람의 주목을 받기 위해서 살고 있고, 다른 사람에게 보이기 위해서 자신의 업적을 남긴다고 말한다.(231쪽) 인간이 사회적 존재라는 말은 분명히 인간은 본질적으로 자신의 고독을 사회적 관계 속에서 해결해야 한다는 말이고, 이 사회적인 관계를 어떻게 활용하느냐에 따라서 고독을 해소시킬 수도 있지만, 그 희망과는 달리 고독을 더욱더 심화시킬 수도 있다.

고독의 소극적 해소와 적극적 해소의 길

자연인의 생리적 고독을 넘어서는 길은 사회적인 관계를 유지하는 것, 즉 사랑하는 길이다. 그래서 송촌 선생은 "고독의 반대는 사랑이다. 그러므로 사랑을 가장 필요로 하는 사람이 가장 깊은 고독을 느끼는 법이며, 얻을 수 없는 사랑을 품은 이가 누구보다도 고독해지는 것이다."(234쪽)라고 단언한다. 사랑, 애정, 또는 친밀성의 결핍은 결국 고독감 내지 불안감을 불러일으키는 원인이 된다. 인간을 사랑할 수 있는 사람은 그 인간을 통하여 고독을 해소시킬 수 있다. 인간이 사회적인 관계를 통해서 자신의 고독을 극복할 수 있는 방법만을 찾는 것은 오직 소극적인 길일 뿐이다. 자신의 고독을 해소하기 위한 목적으로서만 사회적인 관계를 맺거나 사람을 사귀는 것은 결코 오래 지속되지 못한다. 그런 방식의 고독해소는 잠정적일 뿐이다. 적극적인 고독해소의 길은 사회적인 관계 속의 인간을 사랑하는 마음에서 시작하는 것이다.

송촌 선생의 이 논점을 이해하기 위해서 우리는 콜버그(Kohlberg)의 도덕성 발달에서 힌트를 찾을 수 있다. 처벌이 두려워서, 또는 자신의 욕구를 충족시키는 수단으로 도덕적 행위를 실행한다면, 가장 낮은 단계의 도덕성이다. 법과 질서를 따르거나 조화로운 인간관계를 위한 도덕성은 좀 더 높은 도덕성이다. 보편적인 도덕원리에 대한 확신에서 나오는 도덕성은 최종단계의 도덕성인데, 이것은 높게 성숙한 단계의 도덕성이다. 이것이 송촌 선생이 언젠가 「김형석의 100세 일기」(《조선일보》 2019년 2월 16일자)에서 말한, 사랑의 단계를, 젊어서는 연정(戀情), 결혼해서는 애정(愛情), 늙어서는 인간애(人間愛)의 단계로 나누어 본 것과 흡사하다. 사랑은 욕구충족의 연정 단계에서 시작하여, 서로 이해하는 애정 단계로, 마지막으로 타자에게 조건 없이 베푸는 인간애 단계에서 사랑이 완성되어 가는 것이라 볼 수 있다. 고독해소의 단계도 그렇다. 우리가 겨우 자기 자신의 고독만 넘어서는 가장 낮은 단계에서 머물면 오히려 새로운 고독이 생겨날 수도 있을 것이다. 거기서 더 나아가야 한다. 사회적인 관계에 마주하는 타자에게 삶의 의미를 수고 끊임없이 베푸는 사랑의 생산적인 단계에 이르러야만 고독의 적극적인 해결에 도달했다고 말할 수 있을 것이다.

'직업선생과 인생선생'을 비교하는 곳에서 송촌 선생은 인간애(휴머니티)에 대해서 말한다. 아주 고독할 때 누구를 만나서 그 엉킴을 풀려고 찾아가 볼 사람을 찾지만, 그런 사람이 없다는 것이 더욱 고독한 일이다. 막상 사람을 찾아가 보면 모두 직업화된 사람들뿐이다. 그래서 우리는 직업화되지 않는 사람, 본래적인 인간, 사랑을 품고 맞아주려는 원만하고 풍부해진 인간이 그립다고 말한다. 그래서 송촌 선생도 이렇게 말한다. "참으로 인간다운 자유롭고 초탈한 인간성이 그리워진다. 어떠한 직업이든지 관계함이 없이 인간성을 인간성대로 지니고 있는 인간이 얼마나 그리운지 모른다."(25쪽)

그렇다. 그런 사람, 인간애를 간직한 사람을 만나는 것이 중요하다. 아니면 내가 그런 인간애를 품고 있는 사람이 되는 것이 더 중요할지도 모른다. 만약 내가 이렇게 고귀한 인간성을 그대로 지닐 수만 있다면 직업이야 무엇이든 만족할 수 있을 것 같다고 송촌 선생은 고백한다. 그리고 이러한 인간성의 해방과 인격의 완성을 위한 길이 교육이라면 평생 선생으로 머물기를 마다할 이유가 없다. 그래서 송촌 선생은 스승다운 스승이 되고 싶다고 말하는 것이다.

사랑을 통한 휴머니티의 실현

사랑의 정신은 봉사와 섬김에서 나온다. 타인을 사랑함으로써 비로소 개인적 자아는 사회적 자아로 확대된다. 이기적인 자아가 개인주의적인 자아를 넘어서 이타적인 자아로 넘어간다. 사랑은 자아의 총체적인 통합에서 형성된다. 그러나 인간에 대한 사랑이나 영원자에 대한 사랑도 마지막에 가서 영원자가 뻗어주는 손길에서만 완성될 수 있듯이, 인간에 대한 사랑도 사랑을 받는 사람이, 자신이 받은 그 사랑을 더욱 풍성한 의미로 승화시킬 때만이 완결되는 것이라고 생각하게 된다. 송촌 선생의 말처럼 사랑은 머리와 가슴과 손이 합쳐진 전체의 발현이라는 것이다. 지성과 감정과 행위의 전부가 봉사와 희생으로 전환됨을 말한다. 이해와 동정과 사랑이 없는 세상에서 우리는 살 수가 없다. 그래서 송촌 선생은 인간사회 일반, 즉 정치, 경제, 문화, 사회의 영역에 이해, 공감, 사랑이 필요하다고 말한다. "이해가 없고 마음의 통합이 없는 정치란 지옥의 행정에 지나지 않고, 모든 도덕은 동정과 공감의 기반이 없이는 성립되지 못한다. 정치, 도덕, 종교의 세계는 이해, 동정, 사랑의 열매로 거두는 것"(166쪽)이라고 한다. 이것이 종합되면 그의 사랑의 이념은 인간애, 즉 휴머니티를 실현하려는 휴머니즘에 당도하게 된다. 결국 자연인이 불가피하게 앓게되는 근원적인 질병, 고독은 사회적인 관계에서, 인간에 대한 사랑(휴머니티)으로 뻗어가야 한다는 것이다. 이것이 또한 송촌 선생의 역사철학의 최종적인 목표가 된다.

인간에 대한 사랑, 휴머니티의 실현은 그 자체의 능력으로서는 불가능하다. 인간은 자기 자신을 사랑하는 만큼 타인을 사랑할 수 있는 능력을 가지고 있지 않다. 만약 영원에 대한 사랑이 내게 품어져 있지 않다면 어떻게 그것이 가능하기나 할까? 영원에 대한 사랑이 전제되지 않으면 휴머니티, 즉 인간애는 결코 실현 가능하지 않다는 것이다. 그런 의미에서 영원과 사랑은 그들의 존립을 위해서 서로가 서로를 받쳐주는, 서로를 아우르는 상호적인 관계에 서 있다.

영원에 대한 갈망

고독, 허무, 절망을 마주하면, 인간은 사랑을 원하거나, 아니면 영원을 그리워하게 된다. 그러나 실존적이고 정신적인 고독을 느끼는 사람은 영원을 갈망하기 때문에, 그 영원을 얻을 때까지 계속 고독속에서 살아야 한다. 사회적인 관계를 통해서 해소될 수 있는 고독은 진정한 고독이 아니다. 송촌 선생은 아주 진지하게 말한다. "이러한 고독보다는 죽음을 달라고 요청할지도 모른다. 그러나 사랑하는 사람은 죽을 수는 없는 법이다. 영원을 사랑하는 사람은 영원히 고독해지

기는 하나 그 사랑하는 영원 때문에 죽을 수는 없는 법이다."(235쪽)
영원을 갈망하고 영원을 향한 고독은 죽음에 이르는 고독이나 절망과
는 다르다. "왜 사람이 영원을 갈망하게 되었고, 영원을 사랑하게 되
었는가"를 묻는다면, 우리는 거기에 대한 답을 찾을 수 없다. 오직 영
원을 갈망해 본 사람만이 그 갈증을 알 수 있다. 그러나 누구나 고독
에 부닥치게 된다. 생리적인 자연적인 고독은 해소하지 않으면 불안
에 떨어지고, 생명이 위태로워지고, 죽음에 이를 수도 있다. 그러나
정신적인 고독은 갈망하는 사람이나 영원을 사랑하는 사람에게만 열
리고 있다. 송촌 선생은 "오직 지혜롭고 참된 인간은 영원을 사랑하
도록 만들어진 것만은 사실"(235쪽)이라고 대답한다. 종교적인 신앙이
모두에게 열려 있지만 오직 소수만이 그 길에 걸어 들어가는 것이 아
닌가.

영원의 흔적: 무엇을 남기는가?

송촌 선생은 초기의 수필집 『고독이라는 병』과 『영원과 사랑의 대
화』에서는 영원이란 말을 자주 사용한다. 영원은 시간을 넘어서는 것
들에 대한 지시 개념이다. 일상적으로 유한한 인간인 우리가 죽고 나
서, 시간을 뛰어넘는 시간의 연속으로서의 영원에 대해서 먼저 살핀
다. 그것은 호랑이가 죽어서 가죽을 남기듯이, "우리는 마침내 무엇
을 남길 것인가?"라는 의미에서의 영원이다. 많은 사람들이 돈을 벌
기에 급급한 일생들을 보낸다. 그들은 황금이 목적이며, 삶의 전부인
듯이 돈을 위해서 모든 정열과 정성을 기울이고 있다. 어떤 사람들은
권세와 지위를 위하여 갖은 노력과 수고를 다하는 사람들이 있다. 높
은 지위가 보람 있는 명성을 가져다주기 때문이다. 만약 고귀한 무엇

을 남겨야 한다면, 그것은 재산이나 세력이나 지위 자체가 아님을 쉽게 알 수 있을 것이다.

위대하고 값있는 유산을 남겨준 분들이 있다. 그분들은 영원한 가치를 실현하는 삶을 살았다. 영원한 가치에 대한 교훈과 뜻을 만대에 남겨준 분들이다. 그리고 우리에게 정신과 인격이 어떻게 되어야 함을 가르쳐주었다. 그렇기 때문에 이분들은 "인류의 마음과 더불어 영원할 것이며, 인간들이 가지고 있는 문제들과 마찬가지로 존경받을 사람들이다."(117쪽) 이런 의미에서 이분들은 시간을 넘어서 영원을 살게 된 분들이다.

송촌 선생은 소박하게 삶을 살아갈 사람들을 대변이라도 하듯이 아주 작은 소망으로 '영원한 가치가 실현된 삶'에 동참하고자 했다. "나 같은 사람이 무슨 이름을 천추에 남길 사업과 업적을 할 수 있겠는가? … 그러나 지극히 부족한 나에게도 한 가지 가능한 나로서의 길은 있는 것 같다. 그것이 한마디로 말한다면, '아낌을 받는 사람'이 되어 보자는 마음이다. 유명하거나 세력이 높은 사람이 되기 전에 가정에서, 친구들 사이에서, 마을에서, 접촉하는 모든 사람들에게 아낌을 받는 사람이 되고 싶다는 심정이다."(118쪽)

정신적 유산을 남긴 영원

죽고 나서 영원한 가치에 참여하는 삶으로서의 영원뿐만 아니라, 살아 있는 동안 '지금 여기' 인간의 삶 속에서 끈질기게 작용하고 있는 영원을 송촌 선생은 더 중요한 것으로 여긴다. 이런 영원은 시간 연속의 영원이기도 하지만, 종교적인 영원이기도 하다. 그 시작이 바로 정신적인 고독이다. 정신의 고독은 생리적인 고독과 달리 내면의 깊이로 파고든다. 이런 고독을 체험한 사상가들이 있다. 이 고독은 단순히 타인과 사회적 연결의 분리에서 오는 고독은 아니다. 이러한 이질적인 고독을 송촌 선생은 생리적 고독과 달리 정신적 고독이라고 부른다.

우리는 일생 동안 생리적 고독을 해소시키기 위해서 사람들을 찾아가고 정신적인 고독을 풀기 위하여 홀로 머물기를 원하는 일을 끝없이 되풀이한다. 우리가 과도한 사교 시간을 보내느라, 거기에 따르는 정신적인 공허와 사상적 결함이 어떻다는 것을 깨닫지 못한다면 불행한 일이다.(233쪽) 생리적인 고독을 정신적인 고독으로 승화시킨 사람들은 더 높은 단계로 넘어갔다. 이런 정신적 고독을 자아 반성적 고독이라고 한다. 아름다운 예술이 탄생되는 것도, 훌륭한 사상의 체계를 가지는 것도, 위대한 학문이 주어지는 것도, 모두가 정신적 고독에서 우러나온 것이다. 그 대표적인 것으로 베토벤은 고독의 대가로 고아한 멜로디를 창조해 내었다.(232쪽) 평생을 고독하게 보낸 괴테는 『파우스트』를 얻을 수 있었다. 또 위대한 사상과 정신의 소유자였던 키르케고르나 니체를 그 사례로 들 수 있다. 그들의 위대성은 바로 그들의 위대한 정신적인 고독에 있었다.

종교적 영적인 영원

그러나 여기에 도저히 가볍게 취급할 수 없는 또 하나의 이질적인 고독이 있다. 진정한 의미의 고독은 위에 말한 생리적인 것도 아니며, 정신적인 것으로도 다 설명되지는 못할 것이다. 깊은 정신적 공허에서 오는 것이기는 하나 단순한 자아 반성에서 나타나는 것도 아니다. 이러한 실존적 고독은 무한 또는 영원을 바라보는 데서 오는 고독이다. 자아를 영원이나 무 앞에 세워놓고 자신을 유한으로 자각할 때 뼈저리게 스며오는 고독이다. 우리는 그것을 인간적인 고독 혹은 실존적인 고독이라 부른다. 이런 고독을 체험했던 대표적인 사람은 석가모니이다. 그의 고독은 결코 군중 속에서 사회 속에서 해결할 수 있는 생리적인 고독이 아니었다. 아무리 사람들을 만나고 사교모임을 수백 번 가진다고 해서 해결될 고독은 아니었다.(233쪽) 이런 고독이 아름다운 예술에 접하면 더 깊어지는 고독이며, 진실의 음성을 들을수록 더 견딜 수 없는 고독이었을 것이다. 누가 그의 고독을 또 다른 방식으로 풀어줄 수 있었을까?

그러나 실존적인 고독을 느끼는 사람은 영원을 사랑하고 갈망하기 때문에 그 영원을 얻을 수 없는 한, 언제나 고독 속에 살 수밖에 없다. 누구도 알 수 없는, 아무도 표현할 수 없는 고독 속에 잠겨 살아야만 한다. 그것은 영원 그 자체, 그 실재인 영원자에 대한 사랑이 있기 때문이다. 그러나 영원자에 대한 사랑은 일방적으로 내가 갈망하거나 내 의지대로 영원자의 사랑이 획득되는 것이 아니다. 그래서 송촌 선생은 다음과 같이 말한다. "그러면 누가 이 영원의 사랑을 받는 사람인가? 아무도 모른다. 비록 내 옆에 자리를 같이하고 있는 사람이라고 하여도 나는 그것을 알지 못한다. 고독의 병에서 고침을 받는 사람은 오직 신의 사랑을 받는 사람뿐이기 때문이다. 그리고 신에게서 영원을 누려 받는 사람은 입을 열려 하지 않는 것이다."(235쪽) 그럼에도 불구하고 영원을 누려 받으려는 갈망은 정신인의 사무치도록 절박한 소망이다.

영원자는 모든 것을 가능하게 한다. 고독도 해소시켜 주지만, 고독한 자의 삶을 변화시키고, 그의 존재의 의미와 목적을 새롭게 설정하게 한다. 그리고 그가 수행하는 사랑의 사역에 능력을 부여해 준다. 사랑의 힘은 영원자를 갈망하는 마음에서 생긴다. 즉 영원자와의 연합이 휴머니티 실현의 동력이 된다는 것이다. 여기 영원자와 사랑의 사역자 간에서 벌어지는 하나의 구체적인 사례를 우리는 테레사 수녀가 속한 '사랑의 선교회(Missonaries of Charity)'에 대한 이야기에서 쉽게 이해할 수 있다. 이 사랑의 선교회를 방문한 사람들이 그 사역을 직접 보기 위해 콜카타(구 캘커타)에 있는 공동체로 가면, 이들은 먼저 예배당에 가서 기도하고 오라는 요청을 받는다.

테레사 수녀는 방문객들에게 "우리 다 같이 먼저 이 집의 주인께 인사합시다. 예수님이 여기에 계십니다."라는 환영사로 영접해야 한다고 말한다. 테레사 수녀와 그 공동체는 단순한 행동주의자들이 아니다. 그들은 매일 개인기도와 공동기도에 많은 시간을 들인다. 테레사 수녀는 그 공동체의 회원 모두가 예수님과 탄탄한 개인적 관계를 맺기를 원한다. 이것이 가난한 자들 가운데 일하는 그들의 사역에 필수 요건이라고 그녀는 주장한다.(리차드 마우, 『무례한 기독교』, 175쪽) 만약 영원자와의 지속적인 만남, 즉 기도가 없으면, 이들의 이런 보살핌, 섬김과 봉사를 지속시킬 능력을 얻을 수가 없다는 것이다. 테레사 수녀는 자신들의 사역 중에 3시간마다 기도하는 시간이 없다면, 결코 이 사역(사랑의 실천)을 감당해 낼 수 없을 것이라고 말한 바 있다. 선교회의 사역자들은 먼저 영원과 합일하는 깊은 신앙체험이 있어야만 그들 앞에 있는 비참한 환자들을 돌볼 수 있었던 것이다. 그 때문에 영원과 사랑은 불가피하게 서로가 서로를 요청하는 관계이며, 여기서 영원과 사랑이 아우러진 삶이 실현된다.

4. 유한과 무한: 역사의 철학과 종교의 철학

고독을 통해서 '영원과 사랑'을 연역(도출)해 내는 길과 다른 또 하나의 길은 종교적이고 기독교적인 관점을 근거로 삼아서, 유한과 무한이란 두 개념을 도출하고, 역사와 종교의 철학이라는 실천철학으로 나가는 길이 있다. 이 장에서 송촌 선생은 수필철학과는 달리 역사철학과 종교철학을 자신의 철학적인 발단으로 삼는다. 그는 이론을 위한 이론보다는 인간을 위한 철학의 사명과 역할에 더 충실하기 위해서 실천철학적으로 사유하려고 했다.(김형석, 「나의 철학, 나의 인생」, 『실천철학상담』 제1집, 2010, 108쪽 참조.) 그러므로 송촌 선생은 추상적 개념체계를 동원하여 이론을 체계화시키는 일에 매달리지 않는다. 이미 활동하고 있는 개념들을 가지고 최소한의 이론으로 재구성하여 이를 사회적인 생동성으로 활성화시키는 데 관심을 두고 있다.

유한과 무한, 그 중간지점의 인간

송촌 선생은 첫 수필집 『고독이라는 병』을 출판하기 전, 연세대학교 교수로 부임하면서 여러 편의 '시간론'에 관한 학술논문을 발표하였다. 그 첫 번째 논문은 「시간의 실천적 구조: 역사적 시간관을 위한 철학적 시론」(『인문과학』 제2집, 연세대 인문과학연구소, 1958. 7)이었다. 다시 1966년에 「시간의 종말론적인 성격과 그 구조: 시간과 영원의 관계」(『인문과학』 제14, 15통합집, 1966)를 발표하였고, 1985년의 정년퇴임 강연에서 「윤리와 역사의 관계: 시간의 구조와 성격을 중심으로」(『인문과학』 제53집, 김형석 교수 정년기념호, 1985. 10)를 발표했다. 그는 자신의 철학적인 문제를 더 지속적으로 끌고 가서 1992년의 『종교의 철학적 이해』와

1993년의 『역사철학』에서 완결시켰다. 결국 그가 대학교수로 취임하여 정년퇴임 때까지, 그리고 퇴임 후 10년이 안 되어, 시간(역사)과 영원(종교)에 대한 연구를 완결지은 것이다.

송촌 선생은 유한한 시간 위에서 완성되어 가는 인간의 역사와 이 역사 위에서 활동하는 영원(종교)의 의미를 밝혀내려고 애썼다. 먼저 시간과 영원, 유한과 무한과의 관계가 인간의 구체적인 삶에서 펼쳐지는 모습을 송촌 선생의 글에서 확인해 보자. "인간적 존재는 시간과 더불어 가능하며, 시간으로 이루어졌다. 그래서 인간은 유한 속에 살면서 무한을 생각하며, 시간과 더불어 있으면서 시간을 조월하는 영원을 염원하게 되는 것이다. 스스로의 유한성을 인정치 않을 수 없기 때문에 삶과 존재의 무한성, 즉 영원한 것을 갈망하는 것에 잘못은 없다. 철학이 지혜에 대한 사랑이라면, 철학을 창출해 내는 주체인 인간은 영원에 대한 사랑에서 그 존재 의미가 주어지는 것이다."(「나의 철학, 나의 인생」, 113쪽)

이런 관점에서 송촌 선생은 인간존재의 운명적 특성을 다음과 같이 설명하고 있다. 인간은 언제나 유한과 무한의 접촉점에 살고 있다는 것이다. 인간은 언제나 유한의 한계 안에 살면서 항상 무한을 기대하는 존재라는 것이다. 그러나 인간은 유한에 머무르면서 무한을 얻고 소유하려 하는 데 모든 고통과 불행이 있다는 것이다. 왜냐하면 무한에 접하여 스스로를 무와 영으로 돌리고 싶을 정도로 비참과 공허를 느끼기 때문이다. 이와 동시에 인간은 시간 속에 살면서 영원을 그리워하는 존재이기도 하다는 것이다.(『영원과 사랑의 대화』, 삼중당, 1993, 215쪽)

유한-무한의 관계방식: 인생관

인간의 모순적인 현상은 유한을 알고 유한 안에서 존재하기를 그치면 되는데, 이 짧은 순간 속에서 더 광대 무한한 영원을 받아들이려 하는 것이 우리들 인간이니 이 얼마나 모순된 삶이 아니냐고 송촌 선생은 탄식한다.(『영원과 사랑의 대화』, 216쪽) 그는 유한과 무한이 서로 대립해 있는 방식을 세 가지로 나누어보고, 이에 따른 세 가지의 유형의 삶의 방식, 즉 인생관으로 설명하고 있다.

첫 번째는 무한에 대한 유한, 영원에 대한 시간, 무로 향한 유를 끝까지 붙들고자 노력하고 애쓰다가 그 어느 것도 소유함이 없이 자멸적인 공허의 결과를 차지해 버리는 사람의 삶이 있다. 이런 대립방식은 유한에 집착하면서 영원을 노리는 방식이다. 가장 어리석고 불행한 인생관의 소유자다.

두 번째는 이 모든 사실을 잘 인정하면서 양적인 자아 확대를 일삼아 보려는 뜻 있는 삶의 소유자들이다. 민족과 조국을 통하여 스스로의 삶의 의의를 발견하는 애국자들, 예술과 학문을 통하여 짧은 육체적 생명의 의의를 길이 남기려 하는, 또 남겨준 존경할 만한 인물들이다. 인생은 짧고 예술은 길며, 현실은 변천하나 진리는 영원함을 믿고 있는 삶의 지혜롭고도 용기 있는 선각자들이다.

세 번째 부류에 속한 사람들이 있다. 끝까지 무한에의 용기를 버리지 않으며 영원에의 신념을 가지는가 하면, 무마저도 유로 바꾸려 하는 신념과 탐구의 인생관이다. 우리는 그들을 때로는 철학자라고 부르나, 철학자들도 그 해결이 불가능함을 거의 인정하고 있다. 그리고 극히 소수의 사람들은 이 문제의 해결을 종교에서 얻고 있다. 이것이 가능하다면 행복과 안식을 가져오는 축복의 인생관일 것이다. 그러나 우리들 모두가 이 셋 중의 어느 하나를 택해야 하는 결정과 결단의 단계에 머무르고 있는 것이다.(『영원과 사랑의 대화』, 217쪽 이하)

책을 읽는 독자들에게 선택과 결단의 기회가 있는 것처럼 보인다. 그러나 영원에 관한 한 송촌 선생은 아무것이나 선택하라고 자유롭게 내맡기고 있는 것 같지 않다. 인생관의 선택과 결단의 사무치도록 절박함을 송촌 선생은 자신의 수필집 여러 곳에서 말하고 있지만, 유한과 무한이 대립하는 '절망의 변증법'에서는 결단에 대한 확신을 갖도록 해준다. 1958년 송촌 선생은 「시간의 실천적 구조」에 대한 논문을 쓰고 나서, 곧 그 다음 해인 1959년에 「절망의 변증법: 변증법의 실천적 성격(Kierkegaard에서의 일례)」(『인문과학』 제4집, 1959)에서 헤겔의 변증법이 마르크스와 키르케고르에 의해서 구체성의 변증법으로 전개되는 과정을 설명하고 있다. 특히 그는 키르케고르가 무한성과 유한성으로 형성되어 있는 개별적인 자아가 어떤 방식에서 '육체의 유한과 영혼의 무한의 대립'을 해소하고 있는가에 주목하고 있다.

유한과 무한의 만남: 결단의 신앙 변증법

한마디로 헤겔의 변증법은 정반합으로 종합하는 변증법, 즉 정과 반의 '이것과 함께 저것도(sowohl als auch)'의 종합 변증법이었지만, 키르케고르의 변증법적인 종합은 선택과 결단, 판단과 비약의 계기로서, '이것인가 저것인가(entweder oder)'의 선택적 종합이라는 것이다. 그러므로 대립되는 양자를 하나로 합일시키는 변증법이 아니라, 양자 중에서 하나만 선택해야 하는 결단의 변증법이라는 것이다. 이것이 바로 키르케고르의 신앙의 변증법인데, 송촌 선생은 바로 이 점에서 키르케고르의 입장에 서 있다.

1993년에 출판했던 『역사철학』에서 송촌 선생은 키르케고르의 변증법에 따라서 이성과 철학을 거부하지 않으면서 초월하는 신념과 신앙을 유지하는 것을 그의 과제로 삼는다고 말했다. 이것은 그가 『역사철학』의 마지막 장에서 자신의 철학적 노력은 이성과 신앙 사이에서 고민하였으면서도 신앙을 위해서 지식이 자신의 자리를 내놓는다고 말한 칸트의 겸허한 태도를 의미 있게 평가하는 것과 관련된다. 말하자면, 이성과 철학을 거부하지 않으면서 초월하는 신념과 신앙을 유지하는 것이 그의 과제였던 것이다. "인간은 영원자로부터 벗어날 수 없다. 그것은 영원히 불가능한 일이다. 인간은 아무리 하여도 영원자를 영구히 내던져버릴 수는 없다. 무엇이든지 이보다 더 불가능한 것은 없다."고 고백한 키르케고르의 말이 자신의 고백이 될 수 있었다는 것이다.(『역사철학』, 46쪽)

이런 비약의 변증법을 가능하게 하기 위해서 송촌 선생은 키르케고르의 입장을 더 분명하게 설명하고 있다. 우리가 시간이란 말을 그리스어에서는 크로노스와 카이로스로 구별하는데, 신앙 변증법에서의 시간의 의미는 카이로스이다. 카이로스의 시간은 준비하고 예비된 예측 가능한 시간이 아니며, 또한 매 순간 동일한 가치를 가지고 점진적으로 축척되는 시간이 아니라, 어느 순간 우리를 덮치듯이 나의 삶에 신적인 개입과 진입이 이루어지는 조우(遭遇)의 시간 개념이라고 규정한다. 또한 이것은 신앙적 체험의 시간이다. 여기서 시간을 초월해 있는 어떤 무엇과의 만남이 이루어진다. 이런 체험 속에서는 지나간 과거나 다가올 미래가 아무런 의미를 갖지 않는다. 그리고 우주적 시간의 영원(aion)도 더 이상 문제가 되지 않는다. 순간에서 영원을 체험하는 것만이 의미 있는 일이다.

카이로스의 만남이 이루어지고 난 다음의 영원은 "이미 자기의 시간인 유한은 아니다. 신의 시간, 키르케고르가 말하는 그리스도와의 동시성이다. 영원한 현재 무궁한 신의 시간을 말함이다. 질적으로 완전히 다른 타자와의 합일이며, 공시성이다."(「시간의 종말론적인 성격과 그 구조」, 320쪽) 2천 년 전의 그리스도가 오늘의 나와 비동시적이지만, 카이로스와의 만남을 통해서 이미 시간적인 차이를 넘어선 동시성에 합일한 것이다. 여기서의 동시성은 시간과 영원의 공존을 가리키며, 이것은 그리스도에게서는 가능한 일이다. 이런 의미에서 아우구스티누스가 말하는 "영원한 지금"을 "영원한 동시성"으로 표현하는 것을 이해할 수 있게 된다.(『종교의 철학적 이해』, 208쪽) 이런 방식 외에는 유한한 존재가 영원을 결코 만날 수가 없다. 영원을 인식하기는 불가능하지만, 우리는 이런 방식으로 영원을 체험할 수는 있다. 그러나 시간 속의 유한한 인간이 카이로스의 시간 속에서 신적인 영원을 접할 수 있다. 바로 이런 종교적 체험을 통해서 영원을 만날 수 있다는 것이 아우구스티누스, 키르케고르와 송촌 선생의 입장이다.

영원으로 비약하는 신앙과 종교

송촌 선생이 2013년에 행한 강연 '기독교철학은 어떤 의미에서 가능한가?'에서는 신앙체험의 본질을 잘 설명하고 있다. 신앙은 지적사유를 포함한 체험의 사실이라는 것이다. 아우구스티누스의 주장을 빌려서, 기독교의 인식과 진리는 내적 체험의 확실성이라고 말한다. 진정한 신앙적 체험은 언제나 초이성적이며, 전인적이며, 초인격적이라고 한다. 그러면서도 그 체험에는 동일성과 보편성이 주어져 있다고 한다.(「기독교철학은 어떤 의미에서 가능한가?」, 『기독교철학』 20호, 2014, 27쪽) 영원에 접할 수 있는 순간에 대한 길이 열려 있음에도 불구하고 인간은 일상적으로 영원에 대한 향수를 갖고 있으며, 일상적 삶의 한계에 직면할 때마다 누구나 영원을 갈망한다. 그러므로 영원에의 기대는 시간적 존재인 인간이 가진 근원적인 욕망에 속한다고 해야 할 것이다. 그러나 이런 기대들이 잘못된 것은 모두 영원을 초시간적인 실재의 도래로 기다리고 있다는 데 있다. 이런 의미의 영원은 가상일 수밖에 없다. 영원은 결코 그런 방식으로 다가오는 것이 아니기 때문이다.

기독교에서는 구원의 체험에서 영원의 문제를 풀고 있는데, 송촌 선생은 이것은 높은 종교적인 해석이라고 평가한다. 여기서 시간과 역사의 문제가 해명될 것이며, 세계사가 종국에 가서는 어떤 운명을 지니게 될 것인지를 탐색하게 된다. 영원과 종교, 시간과 역사에 관한 송촌 선생의 발상은 기독교 신앙과 기독교 역사관에서 솟아났음을 부인할 수 없다. 철학자로서 소박한 신앙과 계몽적 이성의 대립적인 갈등을 신앙의 편에서 조화시키려는 것이 그의 중요한 관심사였다.

5. 결론: 종교와 역사 속에서의 영원과 사랑

송촌 선생의 철학하는 방식은 자신이 속해 있는 시대를 사유 속에서 파악하는 일이었다. 그래서 그의 철학은 우리들의 일상적인 삶에서 분리되어 있지 않았다. 평생 그가 썼던 글들은 우리의 구체적인 삶의 의미와 목적을 살피고 조언하는 데 집중해 있다. 그래서 그의 철학은 실천철학의 분야에 속하지만, 형이상학적 이론철학을 제일철학으로 삼았던 강단철학과는 달리 종교와 역사, 윤리와 도덕을 제일철학으로 삼았다. 송촌 선생은 왜 자신의 관심주제인 종교철학과 역사철학을 자신의 정년퇴직 후의 시기까지 손에서 떼지 않고 붙들고 있었으며, 왜 그는 철학이 강단에 머물러 있지 않고 우리의 삶 속에서 영원과 사랑의 아우름으로 실현되어야 한다고 했는가를 생각해 보려한다.

송촌 선생은 종교와 윤리와 역사를 꿰뚫고 있는 주제가 인간의 역사성에 결집해 있는 것으로 생각하였다. 이미 최초의 학술논문「시간의 실천적 구조」에서 밝혔듯이, 시간의 특성은 유한하지만, 첫째로 역사는 변화하고 있는 구체적인 사실의 추이에 관심을 갖는 것이며, 둘째로 역사적 시간은 발전의식을 내포하고 있고, 셋째로 역사는 심판의식, 즉 종말의식을 전제로 삼고 있다고 한다. 그는 자신의 철학체계를 위해서, 우선적으로 시대 상황의 분석을 선행시키고 있는 이유를 알게 된다. 역사발전과 역사심판의 토대 위에서 자신의 철학체계를 세우려고 했다는 것을 다음의 추론에서 분명하게 밝혀낼 수 있다.

우리는 송촌 선생이 1971년에 발표한「기독교 사관에 대한 철학적 이해: Augustinus의 경우」(『연세논총』 제8집, 연세대학교 대학원, 1971)에서 아우구스티누스가 왜 『신국론(De civitae Dei)』을 저술했을까 하는 저술동기를 언급하는 부분에서 그 답을 찾아볼 수 있다. 송촌 선생은 『신국론』을 아우구스티누스 시대의 하나의 역사적 변천과 과도기적인 작품이라고 평가하고 있다. 이 기간은 극심한 혼란의 시기이기도 했다는데, 첫째로 로마가 서서히 무너져가고 있었으며, 둘째로 야만족의 침략으로 국가의 흥망이 위태로웠던 시기였으며, 셋째로 기독교에 대한 박해, 회의, 불신이 점증하고 있었으며, 넷째로 로마의 물질적 번영의 여파로 모든 지역에 물질주의와 쾌락주의가 번져서 시민들이 이런 흐름에 빠져 있었고, 다섯째로 당시의 종교가 이런 쾌락주의를 정당화시키고 있었으며, 여섯째로 세네카를 비롯하여 그 시대의 철학은 부도덕한 사회적 질병을 치유해 줄 어떤 능력도 갖고 있지 않았다는 것이다. 송촌 선생은 역사발전과 역사심판이라는 역사철학의 과제를 종교철학의 위상에서 실현해 보려고 했던 것이었다.

사랑의 질서를 세우는 역사의식

이러한 분위기에서 아우구스티누스는 기독교를 평가하여, "새 세계를 꿈꾸며 역사의 미래를 통찰하려는 강인한 정신력의 소유자가 있었다면 그것은 곧 기독교였다는 사실은 누구도 부정할 수 없었다. 기독교는 새 역사를 위한 힘과 긍정적이며 건설적인 의지와 이념을 지닌 종교였기 때문이다."(「기독교 사관에 대한 철학적 이해」, 38쪽)라고 말했다. 그의 『신국론』은 이런 혼란과 절망에 처한 비참성 속에서 당시의 신자들에게 인내와 신념과 희망을 안겨줄 책임에서 저술된 것이며, 기독교의 희망적 역사관을 제시함으로써 역사를 응시하고 절망 속에서 역사의 의미를 찾도록 하는 데 저작의 목적이 있었다. 송촌 선생은 원래 역사철학이란 그 발생의 기원이 그러하듯이, 모든 상황적 조건에서 문제 해결의 기미가 전혀 보이지 않을 때 등장하는 것이며, 특히 종교적인 사관은 더욱 그러하다고 말한다. 송촌 선생의 역사철학적 주제 선택이 아우구스티누스의 『신국론』의 상황에 비견될 만한 한국적 상황과 무관하지 않다고 생각된다. 특히 1960년대 한국의 상황은 전후 상황이었고 정치적, 경제적인 어려움뿐만 아니라, 사회적, 도덕적인 문제도 많았다. 특히 기독교의 발흥이 한국 사회의 희망이 되었으나, 신비주의로 경도되거나 생계수단으로 변질되어 가는 기독교의 발전 상황을 예감하였다. 그 시기에 미래에 대한 희망을 누구보다 갈망하고 있었던 계층은 젊은 대학생들과 청소년들이었다. 역사철학은 그런 실천을 위한 이론적 토대였고, 그의 수많은 수필집과 강연들은 그들의 정신적 고갈과 정서적 불만을 해소시키기 위한 하나의 실천적 철학이었다. 그는 역사철학적 발상을 철학적 실천으로 전환시켰다.

역사철학: 끝나지 않은 철학자의 사명

송촌 선생의 사회비판적 사명은 아직도 끝나지 않았다. 1960년에 썼던 『고독이라는 병』에서 지적했던 우리의 사회적 병폐는 60년이 지났지만 아직도 그대로 남아 있다. 2018년 『철학과현실』에 쓴 송촌 선생의 글에서는 아직 우리 사회는 우려스러울 정도로 병들어 있다고 진단한다. 경제보다는 정치계가 더 위험스럽다는 것이다. 정권욕이라는 탐욕에 붙들려 있는 정치인들은 국가와 민족을 먼저 생각하지 않고, 자신의 이익을 채우기에 급급하다. 정치계보다 정신적 영역의 문제는 더욱더 심각하다. 지금 사회악이 만연하고 있는데, 교육계나 종교계 지도자들은 국가와 사회의 문제를 외면하고 있다. 특히 사회의 정신적인 영역은 지향점이 없어서 방향을 잃고, 사회는 방황하고 있다. 교육자는 제자를 키워서 국가와 사회와 민족에 이바지하려는 태도를 길러야 하는데, 그 일은 어디에 두고 지금 한창 편 가르기에 몰두하고 있으며, 종교계는 우리 사회에 대한 신앙적 교육과 계몽의 의무보다는 자신의 종교 교단과 교회에 대한 봉사를 더 많이 요구하고 있는 형편이다. 그리고 교권이 먼저이고, 인권이나 휴머니즘은 나중이라는 교회주의에 빠져 있다는 비판을 서슴없이 토해 낸다. 가치, 윤리, 도덕이 문란한 이 상황에서 바른 행동의 기준으로 기댈 곳이 없어져버렸다는 것이다. 병들어가고 있는 우리 사회의 도덕성을 세우고, 윤리적 가치의 존귀성을 회복시킬 수 있는 주체가 누구여야 하는지를 다시 한 번 더 묻고 있다.(「김형석 자전 에세이」, 『철학과현실』, 2018년 봄, 183쪽)

비록 한국의 종교가 자기 나름의 역할을 수행하고 있지 못하지만, 송촌 선생은 종교에 대한 마지막 기대를 내놓고 있다. 『종교의 철학적 이해』에서 송촌 선생은 「역사와 하늘나라에 관하여」라는 장을 할애하여 역사의 종교적 의미를 다시 한 번 되새긴다. 역사의 진행을 하나님의 은총으로, 섭리로 받아들이는 진정한 기독교인이라면 하늘나라가 역사 밖에서 실현되는 것만큼 하늘나라가 역사 안에서 실현되기를 원하고 있어야 한다고 주장한다. 그리고 역사 속에서 휴머니티를 실현하여, 모든 사람이 인간답게 살 수 있는 역사를 이루어내는 일이 신앙인의 책임이라고 말한다.(『종교의 철학적 이해』, 1992, 250쪽)

송촌 선생이 우리 모두에게 부과한 책임과 의무가 있다. 그것이 『종교의 철학적 이해』(251쪽)와 『역사철학』(247쪽)에서 동일한 귀결로 나다난다. 그가 종교, 윤리, 역사의 문제를 마감하면서 우리에게 권유하는 말이 있다. 그것은 바로 "인간이 목적이라는 가치관과 사랑의 질서를 정착시키는 것"이 기독교가 다른 종교와 더불어 갖고 있는 역사적인 의무이며, 사명이라고 한다. 그의 저작 『종교의 철학적 이해』(1992)와 『역사철학』(1993)이 마지막 장절에서 동일한 귀결로 돌아가는 것은 우리가 보기에 너무나 당연하고, 또 자연스러워 보인다. 그것이 바로 송촌 선생이 꾸미지 않고 겸허하게 보여주려는 종교와 역사, 그리고 영원과 사랑이 아우러진 인간적 삶의 참모습이기 때문이다.

박순영(朴淳英)

연세대학교 대학원 철학과 석박사과정 수료, 독일 보쿰대학교 철학박사, 한국현상학회, 한국해석학회 회장 역임, 현 연세대학교 명예교수, 주요 저서: 『산업사회의 이데올로기』, 『사회구조와 삶의 질서』, 『우리말 철학사전』(공저), 『해석학의 철학』 등

2. 김형석 교수의 생애와 사상
— 임상철학의 관점에서

김영진

1. 서론

이 글은 김형석 교수님의 탄신 100주년을 기념하기 위한 글들 중 연세대학교 철학과에서 선생님으로부터 직접 배운 제자들이 쓴 글 중의 하나이다. 이 글에서 필자는 먼저 임상철학이 어떤 것인지를 밝히겠다. 그리고 다음 단계에서는 선생님의 사상과 생애를 선생님의 아주 친한 벗인 동시에 한국 철학계의 거목이셨던 김태길과 안병욱 두 선생님들의 생애와 사상을 함께 묶어 임상철학의 한 중요한 문제인 공산주의와 주체사상을 이슈로 하면서 그 특징을 나타내고자 한다. 이 세 분의 철학을 함께 묶어서 그리는 것이 효과적인 방법이라고 생각하기 때문이다. 이 글을 쓰는 필자의 입장도 꽤 투사될 것이다. 첫 순서로 임상철학이 무엇인지를 그려보고자 한다.

2. 임상철학이란 무엇인가?

　필자가 볼 때 선생님의 생애와 사상을 알릴 수 있는 방법은 참 많다고 생각한다. 그중의 하나는 필자가 오랫동안 연구해 온 임상철학(clinical philosophy)의 차원에서 그리는 것이라고 생각된다. 임상철학은 철학의 응용 분야에 속하는 학문으로서 여러 가지 철학적 병(philosophical diseases)을 진단하고 적절한 처방을 내리고 또 치료하는 분야이다. 분석철학의 분야에서 슈퍼스타였던 비트겐슈타인(Ludwig Wittgenstein)은 철학적 병에 대해서 말한 바 있지만, 필자는 그와 달리 철학적 병을 방법론적으로 다음과 같이 나눈다. 첫째로 논리학의 분야에서 다룰 수 있는 철학적 병, 둘째로 윤리학이나 가치철학의 분야에서 다룰 수 있는 철학적 병, 셋째로 인식론의 분야에서 다룰 수 있는 병, 그리고 넷째로 형이상학의 분야에서 다룰 수 있는 철학적 병이 있다고 하겠다. 그리고 철학의 다른 분야에서도 다룰 수 있는 철학적 병이 있을 수 있다.

　이제 조금 더 이해를 도모하기 위해 더 구체적인 예를 들면 다음과 같은 것이 있다.

　가. 논리적으로 잘못되어 생길 수 있는 철학적 병으로 여러 가지가 있지만 가장 심각한 모순을 일으키는 철학적 병이 있다. 인지주의적 방법으로 치료하는 정신과 의사들은 모순을 범해 일어나는 정신과적 병이 많다고 주장한다. 예를 들어, 우울증 환자 중에는 모순을 의식하지 못하는 사람들이 많다고 한다. 다음으로 성급한 일반화의 오류를 범하는 정신과 환자들도 우울증을 앓는 경우가 많다고 한다.

나. 윤리관이나 가치관의 차원에서 잘못되어 생기는 철학적 병이 있다. 예를 들면, 도덕과 예절을 제대로 구별하지 못하기 때문에 생기는 병들이 있는데, 이로 인해 생기는 병들이 우리 사회에 커다란 갈등, 혼란 등을 낳고 있다. 조선 사회부터 예절과 도덕을 올바르게 구별하지 못해 생긴 철학적 병과 그로 인한 사회적 병폐가 많았는데도 불구하고 우리나라 사람들은 아직도 이를 제대로 깨닫지 못하고 있는 실정이다.

다. 인식론적으로 잘못되어 생기는 철학적 병의 예를 들 수 있다. 진리의 올바른 개념과 기준을 올바로 알지 못하고 독단적으로 어떤 것을 옳다고 주장하는 병, 또 틀린 것을 올바른 것이라고 우기는 철학적 병이 있다. 이데올로기나 독단적 이념에 빠져 옳지 않은 것을 유일하게 올바르다고 믿고 행동하기 때문에 사회와 역사의 흐름에 엄청난 고통과 병폐를 주는 철학적 병이 곧 인식론적으로 잘못되어 생기는 철학적 병이라 할 수 있다. 현재 우리나라에서는 이러한 병을 앓는 사람들이 많다고 생각된다.

이상에서 간단히 열거한 철학적 병 이외에도 많은 다른 철학적 병을 밝힐 수 있다. 사람들은 흔히 육체적 병, 정신과적 병, 혹은 심리적인 병만을 생각하는데, 깊이 조사해 보면 지금까지 언급한 대로 철학적 병도 있다는 것을 알 수 있다. 특히 철학적 병은 사회적으로, 그리고 역사적으로도 커다란 고통과 병폐를 일으킨다. 미국, 그리고 이스라엘 등과 같은 나라에서는 철학적 병을 전문적으로 연구하는 기관과 전문가들이 있다. 우리나라에서도 지금까지 필자를 비롯한 많은 연구자들이 열심히 활동하고 있다. 임상철학은 거듭 말하지만, 응용 철학의 한 분야로서 이론을 위해 이론을 연구하는 철학이 아니라, 실제로 현실문제로 나아가 철학적 병이 낳는 문제를 구체적으로 연구하고, 또 철학적 관찰력을 동원하여 철학적으로 진단하고 처방을 찾는 학문이라고 할 수 있다.

이미 밝힌 대로 김형석 선생님의 생애와 사상을 밝히는 길은 많다. 그의 전공분야인 윤리학, 종교철학, 역사철학, 실존철학 등의 분야에서 그의 사상과 업적을 밝히는 많은 방법이 있다. 그동안 필자는 윤리학, 논리학, 분석철학, 그리고 법철학을 주로 연구하고 가르쳐왔으며, 그중에서도 윤리학과 논리학을 주로 전공했기 때문에 선생님의 윤리사상을 다루는 것이 가장 좋을 것으로 생각되지만, 다른 제자나 필자들이 우선적으로 선생님의 윤리사상과 종교철학 등의 사상과 연구업적 등을 밝힐 것이라고 생각하여 그분들에게 그 작업을 맡기고자 한다.

3. 김형석, 김태길, 그리고 안병욱(세 분의 친구 철학자들)

앞으로 임상철학적 관점에서 그의 철학을 논의하기 전에 꼭 한 가지를 더 언급하고자 한다. 그것은 선생님을 위시하여 두 분의 친한 친구를 포함한 세 분에 대해서 여러 가지 것들을 밝히는 작업이다. 이러한 작업은 임상철학적 차원에서 김 선생님의 사상을 논의하기 위해서도 아주 필요한 것이라고 할 수 있다.

김형석 선생님에게는 아주 친한 친구 두 분이 계셨다. 김태길 선생님과 안병욱 선생님이다. 김태길 선생님은 충청도에서 태어나셨다. 일본 동경제국대학교를 다니다가 해방이 되어 귀국했고, 서울대학교 철학과에서 공부하고 이어서 대학원에 진학했고, 졸업 후에 건국대학교 철학과에서 교편을 잡았다. 몇 년의 세월이 흐른 후 그는 존스홉킨스대학교에 가서 윤리학을 전공했고, 메타윤리학(필자는 이를 분석윤리학이라고 부르기도 한다)에 관한 박사논문을 제출하고 박사학위를 받았다. 그는 귀국하여 연세대학교 철학과에서 가르쳤는데, 그때 나는 선생님을 처음 뵈었고 윤리학, 서양고대철학 등의 과목을 배웠다. 군에 갔다 와서 대학원에 진학했을 때에도 선생님을 만나 배움을 계속했다. 선생님의 영향으로 나도 미국에 가서 뉴욕주립대학교에서 공부했는데, 선생님처럼 나의 박사학위논문도 메타윤리학에 관한 것이었다. 그는 몇 년이 지난 후 서울대학교로 돌아갔다. 그의 강의는 명쾌하고 논리적이고 분석적이었다. 그는 탁월한 저서를 많이 남겼고, 많은 계몽적인 강의를 했으며, 그리고 수필가로서도 활동을 하셨다.

다음으로 안병욱 선생님을 소개하고자 한다. 그는 숭실대학교에서 교편을 잡고 계셨다. 그는 김형석 선생님과 마찬가지로 윤리학을 가장 많이 가르치신 것으로 안다. 나는 안 교수님의 강의도 듣고 싶어서 신촌에서부터 멀리 한강대교를 지나 숭실대학교를 찾아갔고, 안 교수님의 강의를 들을 수 있었다. 그는 동양철학을 비롯하여 여러 다른 과목도 가르치셨다. 나는 그의 많은 강의를 청강하지는 못했지만, 그의 정열적이고 소신에 찬 말씀들에 큰 감명을 받았다. 그는 유명한 '사상계'에서 근무하시면서 사회적 불의, 정치적 억압과 부도덕성을 아주 과감하게 반대하고 비판한 것으로 아주 유명한 분이었다. 안 교수님에 대해서는 할 말이 많지만, 이 정도로 하겠다.

순서가 달라졌지만, 이제 끝으로 김형석 교수님에 대한 소개를 간단히 하고자 한다. 나는 연세대학교에서 약 6년간의 세월을 함께 하면서 가르침을 받았다. 학부 시절에는 윤리학을 위시하여 실존철학, 종교철학 등의 과목을 수강했다. 특히 대학원 2년 동안에는 건국대의 피세진 교수와 함께 선생님의 조교를 했다. 조교 생활을 할 때 모두는 궁핍한 생활을 했다. 모든 국민들이 가난을 벗 삼아 살아야 할 때였기 때문에 어쩔 수가 없었다. 선생님은 일본 조치대학교에서 주로 철학을 공부하셨다. 그리고 유명한 시인 윤동주와도 친분을 나누었다. 두 분은 연희동산을 함께했다고 할 수 있다. 귀국하시고 나서는 평양으로 돌아가서 중앙학교에서 교편을 잡으셨다고 한다. 그는 또한 도산 안창호 선생님을 많이 따랐다고 한다. 북한에서 공산당이 세력을 잡고부터는 하도 억압이 심해 종교적 자유를 상실했고, 교편생활마저 점점 어려워졌기에 이를 피해 가족과 함께 남한으로 피난 오셨다. 남하 후 계속 교편을 잡고 있던 중 연세대학교 철학과의 정석해 선생님의 부름을 받으시고 연세대에 오셔서 대학 강의를 시작했다고 한다. 선생님은 윤리학을 위시하여 종교철학, 실존철학, 생의 철학, 역사철학 등의 과목을 훌륭히 가르치셨다. 선생님은 많은 책을 썼고, 강연도 많이 했고, 많은 교양강좌를 하셨다. 그는 여러 가지로 어려운 생활을 하면서도 인내력으로 모든 것을 참으셨고, 그러면서도 항상 미소를 띤 얼굴을 학생들에게 보이셨다. 더 소개할 점이 많지만 이 정도로 줄이겠다.

지금부터는 위에서 소개한 세 분 교수님 사이에 있었던 공통점과 다른 점을 간단히 소개하고자 한다.

첫째, 세 분의 교수님은 같은 해(1920년)에 태어나셨다. 그래서 그들은 동갑이었다. 김형석 선생님과 안병욱 선생님은 북한에서 태어나셨고, 김태길 선생님은 충청도에서 나셨다.

둘째, 그러나 두 분 교수님은 이미 돌아가셨다. 김태길 선생님이 지금으로부터 약 10년 전에 돌아가셨고, 안병욱 교수께서는 지금으로부터 약 5년 전에 돌아가셨다. 지금 강원도 양구군에 안 교수님의 묘지가 있다. 김형석 선생님도 돌아가시면 안 교수님과 함께 묻히게된다. 두 분 모두 북한에서 태어났기 때문에 양구군에서 같은 자리에 묘지를 정했다고 한다. 김태길 선생님은 따로 묻혀 계신다.

셋째, 앞에서도 간단히 언급했지만, 세 분은 철학 교수로 활동하셨고, 윤리학을 많이 가르치셨다. 그리고 그들은 일본에서 공부했다는점에 있어서도 공통점을 가지고 있다. 또한 많은 책을 저술하셨다는점에서도 공통점을 가지고 있다.

넷째, 나의 경험에 따르면, 그들은 가장 좋은 의미에 있어서 개인주의적인 분들이고, 합리적이며, 민주주의에 꼭 맞게 태어나신 분들이라고 생각된다. 그들은 전공에 관계되는 많은 책을 썼을 뿐만 아니라, 교양과 사회계몽에 관계되는 책도 많이 저술했다. 독재에 반대했고, 사회비판도 많이 하셨다. 그들의 활동은 정말 훌륭했다고 말해도조금도 잘못이 없을 것이라고 믿어 의심하지 않는다. 그들은 한국이자랑스럽게 내세울 수 있는 철학자였다.

다섯째, 그들은 이 글에서 필자가 강조하는 임상철학 내지 철학적상담 등의 분야에서도 많은 활동을 하셨다고 생각한다. 그들은 임상철학이나 철학적 상담이라는 표현을 사용하지 않으셨지만, 임상철학이나 철학적 상담과 같은 활동을 많이 했다고 필자는 확신한다. 잘못된 윤리관, 가치관, 그리고 논리와 인식이 잘못된 점을 지적하고 사회병리 현상을 고발하는 점에서도 타의 추종을 불허했다. 바로 이런 점에서 그들은 한국에서의 임상철학과 철학적 상담에 있어서 지대한 공헌을 했다고 생각한다.

4. 공산주의와 주체사상에 대한 그의 철학적 진단과 처방

지금부터는 임상철학이나 철학적 상담에 있어서 김형석 선생님이 공헌했다고 생각되는 문제를 논의하고자 하는데, 여러 가지를 다 다룰 수 없기 때문에 우리 사회에서 특히 문제가 된다고 생각되는 공산주의와 주체사상의 문제를 김형석 선생님과 연관하여 논의하고자 한다. 다시 말해, 그가 이러한 문제와 관련하여 어떤 처방이나 진단을 했는가를 살피고 논의하고자 한다.

주지하다시피 공산주의 철학사상과 주체사상은 정말 많은 갈등, 공포, 고통, 사회적 혼란, 그리고 심지어는 전쟁도 일으켰다. 그러기에 철학적 진단이나 처방이 꼭 필요하다고 생각된다. 공산주의는 마르크스를 시조로 한다. 그는 아버지가 법학이나 경제학을 공부할 것을 권했지만, 이를 마다하고 대학에서 철학을 전공했다. 그는 긴 연구의 결과로 공산주의 철학과 경제이론을 만들어내었다. 그는 헤겔의 변증법과 포이에르바하의 유물론을 종합하여 유물변증법의 새로운 철학적 이론을 창시했고, 경제 분야와 관련해서는 자본주의와 대립되는 이론을 제시했는데, 여러 가지 책이나 논문 중에서 『자본론(*Das Kapital*)』이 대표적인 것이라 할 수 있다.

긴 논의나 설명을 생략하고, 필자가 이해하는 한, 공산주의 이론은 무엇보다도 중요하게 서구에서의 자본주의의 착취와 병폐를 반대하고, 노동의 가치를 존중하며, 자유보다는 인간의 평등을 더 강조하는 특징을 가지고 있다 할 수 있다. 과거 우리나라에서는 거의 일방적으로 공산주의를 비판했지만, 공산주의도 장점을 가지고 있음은 분명하다. 1917년에 러시아에서 차르 정권을 타도하고 농민과 노동자들을 위해 러시아혁명을 일으킨 것이 공산주의를 표방한 것이었다는 점은 많은 사람들이 공인하는 사실이다. 그리고 중국에서도 모택동이 공산주의를 업고 부패하고 무능한 장개석 정권을 타도하여 국민들의 지지를 얻었다. 이러한 예들 이외에도 여러 나라에서 공산주의 혁명이나 운동이 일어났고, 억눌리고 빈곤한 사람들을 대변하거나 구하기 위하여 여러 가지 노력과 활동을 했다는 것을 부인할 수 없다.

그러나 공산주의와 관련하여 올바르고 객관적인 차원에서 비판할 것이 정말 많다는 것도 부인할 수 없는 사실이다. 첫째, 공산주의가 잔인하고 공포를 주는 독재주의와 결합하여 많은 사람들을 억압하고 인권을 유린했다는 점은 부인할 수 없다. 누가 이러한 사실을 부정할 수 있는가? 둘째, 공산주의는 반대하는 사람들의 자유를 무시했을 뿐만 아니라, 수많은 사람들을 고문하고 죽였다. 통계에 따라 약간 다를 수 있지만 공산주의 치하에서 살해당한 사람이 1억 명이 넘는다고 한다. 셋째로 공산주의는 인간의 본능을 억압했을 뿐만 아니라, 평등과 사회정의를 실천한다는 구실을 내세워 인간에게 천부적으로 주어진 자유를 말살했다. 그리고 한 가지만 더 이야기하면, 공산주의의 경제정책으로 인해 많은 사람들이 고통스러운 생활을 하게 되었다는 것을 예로 들 수 있다.

공산주의와 관련하여, 해방 이후 우리나라에서의 사정은 어떠했는가? 한국이 해방된 것은 완전히 미국의 덕분이었다. 소련은 해방을 위해 피 한 방울 흘리지 않았으나, 그들은 북한에서 점령군의 행세를 했다. 참 나쁜 짓도 많이 했다. 공산주의를 퍼뜨리기 위해 모든 짓을 다 했다. 그리고 김일성은 소련군의 장교로서 소련군에 붙어 세력을 얻고 친일세력, 종교집단(특히 기독교), 지주계급, 지식인 등을 차례로 제거하기 시작했다. 그리고 교조주의적인 공산주의 활동을 하면서 한편으로는 모든 반대세력을 숙청하거나 제거하기 시작했고, 다른 한편으로는 공산주의화하는 데 수단과 방법을 가리지 않았다. 그리고 남한에서도 선전, 선동, 폭동 등과 같은 나쁜 짓을 했을 뿐만 아니라, 빨치산 활동을 통해 양민학살도 했다. 무엇보다도 6·25의 남침과 전쟁은 공산주의가 저지른 가장 잔인한 짓거리였다. 김형석 선생님뿐만 아니라 김태길, 안병욱 선생님도 가장 생생하게 공산주의를 경험했고, 러셀처럼 공산주의에 대한 철학적 비판을 참 많이 하신 분들이다.

임상철학적 차원에서 김형석 선생님의 사상을 논의하기 위해서 필자가 다음으로 논의하고 분석하고 싶은 것은 주체사상이다. 이미 언급했지만, 공산주의와 주체사상은 김형석 선생님뿐만 아니라, 김태길, 안병욱 교수님도 누구보다 깊이 체험하고 철학적 반성을 한 것임에 틀림없다. 주체사상과 공산주의는 원래 별개의 문제였다. 그러나 세월이 지나면서, 특히 북한에서는 두 사상이나 이념이 불가분의 관계를 가지게 되었고, 남한에서는 이 두 가지의 괴물 같은 결합으로 엄청난 문제와 고통이 생겨나고 있는 실정이다. 주체사상은 한국어에서 아주 좋은 정의적 의미(emotive meaning)를 가지고 있어서 사람들은 주체사상의 내용을 알기도 전에 '주체'라는 말만 들어도 우선 감정적으로 찬동하거나 감동하는 경향을 가지고 있다. 특히 논리학이나 분석철학의 영향을 받지 못한 사람들은 쉽게 감동하여 누가 주체사상에 대한 반대를 하면 거의 무조건적으로 공격하는, 철학적으로 아주 나쁜 버릇을 가지기 쉽다.

여하튼 주체사상은 도대체 어떤 것인가? 긴 분석과 설명이 요청되지만, 여기서는 지면 관계상 간단히 핵심이 되는 몇 가지 특징을 언급하는 것으로 대신하고자 한다. 중요한 점만 정리하면 아래와 같다.

1. 오늘날 세계적으로 잘 알려진 주체라는 말은 혁명과 건설의 주인은 인민대중이며 혁명과 건설을 주동하는 힘도 인민대중에게 있다는 것을 표현하는 술어입니다.(김일성, 『저작집』 29권, 282쪽)
2. 온 사회의 주체사상을 실현하려면 모든 당원들과 근로자들이 주체사상으로 철저히 무장하고, 언제 어디서나 주체사상이 가리키는 길을 따라 견결히 싸워나가도록 하여야 합니다.(김정일, 「주체사상에 대하여」, 『친애하는 지도자 김정일 동지의 문헌집』, 조선로동당 출판사, 1992, 89쪽)
3. 주체사상은 사람들이 모든 것의 주인이며, 모든 것을 결정한다는 철학적 원리에 기초하고 있습니다.(「주체사상에 대하여」, 9쪽)

이상에서 열거한 인용문 이외에도 주체사상의 특징과 장점을 밝히는 글들이 아주 많다. 그러나 이러한 주체사상은 엄밀한 비판의 대상이 되고도 남는다. 첫째, 논리학과 분석철학의 차원에서 볼 때, 애매모호한 것들이 많다. 이러한 비판은 아주 기본적인 비판일 뿐이다.

그런데 필자가 볼 때 정말 치명적인 비판의 대상은 주체사상이 모순을 포함하고 있다는 점이다. 주체사상은 한편으로는 대중이나 인민의 주체성을 강조한다고 하지만, 다른 한편으로는 '수령론'에서 인민은 주체가 아니라 수령의 지시와 교도에 따라야 한다는 주장이 있다. 즉, 노동계급을 비롯한 인민대중은 수령과 당의 올바른 영도를 따라야만 자연과 사회를 개조하는 심각하고 복잡한 혁명투쟁을 힘 있게 벌여 민족해방, 계급해방을 이룩하고 사회주의, 공산주의 사회를 건설할 수 있으며, 올바르게 나아갈 수 있다고 주장한다.(『철학사전』, 북한사회과학원 철학연구소, 661쪽) 여기서 우리는 분명히 모순을 발견할 수 있다. 거듭 강조하지만 한편으로는 인민이 주인이요 주체라고 하면서도 다른 한편으로는 너무도 분명하게 인민이 아닌 수령이 주체가 되어야 한다고 하기 때문이다.

어떤 이론이 아무리 좋은 점을 많이 가지고 있다고 하더라도 이를 부정할 수 있는 모순되는 점을 가지고 있으면 정말 잘못된 것이 아닐 수 없다. 우리나라 사람들은 감정이 풍부해서 모순을 범하는 것을 도대체 아무것도 아니라고 생각한다. 그러나 학문과 사상 전개를 할 때 모순을 범하는 것은 치명적인 것이다. 이 점은 아무리 강조해도 부족함이 없다고 할 수 있다. 모순을 범하는 것, 모순을 범하고도 도대체 잘못된 점이 없다고 하는 것은 철학적 병이요, 이는 아주 심각한 문제와 대립, 갈등을 낳는다. 오늘날 정신의학자, 심리학자들도 모순을 범하는 것의 심각성을 인정한다. 논리학자들 중에서 가장 앞서가는 수리논리학자 또는 기호논리학자들은 모순을 범하는 사람들과는 합리적이고 엄밀한 대화나 토론이 불가능하다고 주장한다. 그러기에 이러한 잘못된 점을 철학적으로 진단하고 처방을 내리는 것은 아무리 강조해도 지나침이 없다고 할 수 있다.

이제 마지막으로 한 가지 더 따져볼 것이 있다. 우리나라 지식인, 종교가, 정치가, 언론인 중에는 북한의 잘못에 대해서는 정말 비굴하게 한마디 비판도 못하면서, 아니 심지어는 비판조차도 못하게 하면서 반공법, 보안법 등을 폐지해야 한다고 주장하는 사람들이 많다. 그들은 선진국의 예를 들면서, 그리고 특히 언론의 자유를 들면서, 공산주의와 주체사상의 보급이나 확장을 막아서는 안 된다고 주장한다. 이런 점에서 그들은 하나만 알고 둘은 모른다고 할 수 있다. 왜냐하면 선진국의 예를 충분히 경험해 본 사람이라면 알 수 있듯이, 선진국이라고 해서 처음부터 무조건적으로 모든 것을 다 받아들이지는 않았다. 그들도 충분한 시행착오의 과정을 겪고 난 후에야 오늘날같이 되었다. 세계에서 우리나라만큼 민주주의를 하기 어려운 나라도 없다. 북한의 공산주의자들로부터 끊임없는 방해를 받았고, 받고 있고, 또 앞으로도 계속 받을 것이다. 우리도 언젠가 선진국과 같이 되는 것이 바람직하다.

위에서 본 대로 언론의 자유를 들면서 공산주의와 주체사상을 꼭 받아들여야 한다고 주장하는 사람들이 특히 많다. 그들은 그들의 주장이 타당하다고 주장한다. 그러나 그들의 주장은 또 다른 종류의 비판이 될 수 있다. 특히 논리학의 차원에서 분석하면, 그들의 주장은 '논리적 오류(logical fallacy)'를 범하는 것이다. 즉 '우연의 오류(the fallacy of accident)'를 범하는 것이다. 언론의 자유에 관한 법률은 일반적이긴 하지만 예외를 인정하는 것이다. 언론의 자유가 허용된다고 해서 모든 것이 다 허용된다는 함축성을 가지고 있지 않다. "사람을 죽여서는 안 된다."는 법칙도 사람은 예외 없이 죽여서는 안 된다는 함축성을 가지고 있는 것이 아니다. 즉 보편적으로 일반화할 수 있는 타당한 도덕법칙이 아니다. 같은 논법으로 언론의 자유도 모든 것을 허용하는 것은 아니다. 예외가 있고, 그 예외는 토론의 과정을 거쳐 공인되어야 한다. 민주주의 사회에서는 이러한 절차를 밟도록 하고 있다.

김형석 교수는 임상철학이나 철학적 상담과 같은 표현을 사용하지 않았다. 그러나 그의 가르침, 대화, 그리고 여러 곳에서 발표한 것을 감안할 때 철학적 병에 대한 걱정을 많이 하신 것 같다. 그는 공산주의를 철저히 경험하셨고, 그리고 많은 고통과 박해를 받았다. 그는 공산주의의 본질을 정확히 알 것을 촉구했다. 유명한 세기적인 영국 철학자 러셀과 마찬가지로 공산주의와 주체사상을 보는 그의 눈은 타의 추종을 불허한다고 하겠다. 그러기에 오늘날과 같이 철학적 병자들이 설치는 한국 사회에서 선생님이 주시는 진단과 처방은 아주 높다고 할 수 있다.

앞에서 필자는 선생님의 두 분 친구 교수님들을 소개했다. 내가 아는 한 그들은 한국 철학계의 보배이고, 한국 사회에 대한 정확한 진단과 처방을 내렸다. 그들은 시대를 앞서가는 분들이고, 우리 시대에 참으로 필요한 분들이다. 그들은 제대로 알지도 못하면서 북한의 선전, 선동을 무비판적으로 앵무새같이 따르는 한국의 지식인들, 정치가들과는 다르다. 오늘날 우리 사회에는 반드시 있어야 할 좋은 진보는 없고, 그 대신 좌파만 득실거린다. 확실히 우리 사회는 심각한 철학적 병에 걸려 있다. 오늘날 우리 사회는 과거 어느 때보다 김형석, 김태길, 그리고 안병욱 선생님과 같은 선생님들의 도움이 필요하다.

김영진(金榮振)
연세대학교 철학과 학사 및 석사, 미국 뉴욕주립대학교(빙엄턴) 철학박사, 뉴욕주립대학교 조교수, 옥스퍼드대학교 객원교수, 한국윤리학회, 한국분석철학회 회장 역임, 현 인하대학교 명예교수, 주요 저서: *Analytic Approach to Ethics*, 『철학적 병에 대한 진단과 처방』, 『한국인을 위한 논리와 윤리』 등

3. 일상을 깨우는 이의 소리: 자유와 희망의 철학

김용복

1. 그리움은 영원한 것에 대한 사랑이다

긴 세월이 흘렀다.
나는 그 세월 속에서 항상 그리움을 안고 살았다.
그리움이 있었다는 것은 무엇인가를 사랑했다는 뜻이다.
사랑이 그치면 삶도 끝나는 것일까.
아직도 나는 무엇인가를 사랑하고 있다.
그래서 이런 글들을 남기는가 보다.
그리움은 영원한 것에 대한 사랑이다.

송촌 김형석 선생의 수상집 『세월은 흘러서 그리움을 남기고』(한우리, 2008) 책머리에 실린 글이다. 오랜 긴 세월의 한결같은 염원이 가득하면서, 담백하고 맑은 마음을 담고 있어 가슴을 울리는 삶의 겸허한 고백이다. 2009년, 송촌 선생의 구순을 축하하는 모임에서 끝 제자인 내가 사회를 보면서 낭송한 인연이 있는 시구이다. 그분은 그 뒤로 백 세가 되는 이제까지도 쉼 없이 조용한 목소리로 강의와 강연을 이어오고 있고, 선하고 아름다운 글을 기고하고 있다. 그분이 긴 세월 동안 한결같이 그리워해 온 '영원'이란 무엇이고, 그리운 영원에 대한 '사랑'은 어떠한 사랑일까.

송촌 선생은 학술 저서들, 신앙과 종교 저서들, 그리고 수필과 수상집들 모두 60여 권의 저서를 저술하였다. 학술 저서들은 철학적 문제 및 이론들을 평이하고 간결한 서술로 이해하기 쉽게 풀어가고, 아울러 실천철학 분야를 중심으로 한국적 철학을 모색하면서 저자 자신의 체험을 함께 담아 철학의 근본이 인간존중과 자아성찰에 있음을 체득하도록 우리를 인도한다. 신앙과 종교적인 저서들은 기독교가 교리로서의 종교가 아닌 진리로서의 종교이기를 소망하면서, 인간으로서의 예수를 닮아 '깊은 자아'를 찾아가고, '인간 문제와 그 해결을 위한 진리'로서의 기독교가 할 수 있고 해야 할 일들을 모색한다.(김형석, 『선하고 아름다운 삶을 위하여』, 두란노, 2018, 64쪽)

많은 독자들의 사랑을 받고 있는 수필과 수상집들에서는 다른 책들과는 차별화되는 두 가지 특징이 눈에 띈다. 하나는 철학적 문제를 "부드럽게 피와 살이 섞인 문장으로 표현"하고 있는 점이고, 다른 하나는 "독자들과 호흡을 같이하는 철학자"의 눈높이로 우리의 일상에서 벌어지는 일들에 의미를 부여하는 작품들이라는 점이다. 이들 철학적 수상들의 내용은 "언제나 선하고 아름다운 삶"을 지향하고 있다.(『선하고 아름다운 삶을 위하여』, 231-2쪽)

그리고 그의 모든 저서들에는 공통적으로 "기독교적인 사고와 인생관, 가치관이 그 바탕에 깔려" 있다.(『선하고 아름다운 삶을 위하여』, 239쪽) 그의 인간에 대한 성찰, 선한 삶에 대한 탐색, 한국 사회가 직면해 있는 문제들의 해결을 위한 고뇌, 역사 및 종교에 관한 숙고의 저변에는 "휴머니즘적 정열과 그 휴머니즘을 긍정, 뒷받침하는 종교적 이상"이 빼곡하게 펼쳐진다. "그것은 나 자신의 사상이며 삶의 기반"이라고, 이어서 "나의 어떤 책을 읽든지 나는 종교 및 기독교의 영향을 받고 있으며 그 정신을 전해 주고 있다."(『선하고 아름다운 삶을 위하여』, 239쪽)고 술회한다. 그는 우리의 삶과 일상을 철학적으로 성찰하고, 종교적으로 고양시키며, 문학을 통해 아름답게 순화시키고 있나.

우리는 그의 휴머니즘적 정열과 긍정에는 기독교적인 정신과 신앙이 뒷받침되고 있음을 거듭 확인하게 될 것이다. 같은 맥락에서, 그가 말하는 '영원과 사랑에 대한 그리움'은 다른 무엇보다도 기독교적인 정신과 신앙과의 연관에서 이해되어야 할 것이다. 인간의 영성과 하느님의 신성과의 만남에서 이루어지는 기독교적인 신앙과 정신을 떠나서는 그들의 참뜻이 제대로 이해되기 어려울 것이다.

2. 인간의 학으로서의 철학과 신학:
인간의 존엄성을 지키는 일

인간의 자기이해의 역사에서 오래된 유형 중의 하나는 종교적 인간이해이다. 인간을 가리키는 라틴어 '호모(homo)'는 "지상에 매인 자"라는 뜻이다.(미카엘 란트만, 『철학적 인간학』, 진교훈 옮김, 경문사, 1977, 64쪽) 하늘에서 살고 있는 신들과 달리 인간은 지상에 거주하는 존재이다.

인간과 신의 관계로부터 인간이야말로 종교적인 존재라는 이해가 싹트기 시작한다. 종교적 인간이해에서는 인간과 신의 사이를 피조물과 창조주의 관계로 설정한다. 기독교의 성서 구약의 창세기(1:26)에는 "하느님께서 말씀하셨다. 우리와 비슷하게 우리 모습으로 사람을 만들자. 하느님께서는 이렇게 당신의 모습으로 사람을 창조하셨다."라고 기록되어 있다. 이 기술에는 두 가지 내용이 담겨 있다. 하나는 인간은 신의 피조물이고, 다른 하나는 하느님의 모습으로 만들어졌다는 사실이다.

인간이 신의 피조물이면서도 신을 닮은 존재라는 기술은 일견 모순적인 것처럼 보인다. 그러나 이 표현 속에 담긴 의미는 매우 소중하다. 인간은 피조물에 지나지 않지만, 신적인 것을 지닌 존재로서 참으로 존엄한 존재라는 뜻을 함의하고 있기 때문이다. 그렇다면 인간의 존엄성을 확인하고 수호하는 일, 이른바 휴머니즘에 대해서 기독교는 어떠한 견해를 가지고 있는지를 묻게 된다. 주지하는 바와 같이 기독교 사상은 신본주의에 입각하고 있다. 기독교의 신본주의 사상이 인간의 존엄성과 목적성을 주장하는 인본주의 사상과 충돌할 수도 있다. 송촌 선생은 철학적 논의의 핵심이 되는 인본주의와 신학의 근본입장인 신본주의 사이의 관계에 대한 성찰을 거듭하게 된다. 그는 "인간의 본질과 장래를 위한 철학과 신학"을 더불어 생각하고, "인간의 학으로서의 철학과 신학 비슷한 길을 모색해 보고 싶었다."(『선하고 아름다운 삶을 위하여』, 147쪽)고 적고 있다. 그는 '인간의 학,' 특히 휴머니즘이 철학과 신학 사이에서 어떻게 연결고리가 될 수 있는지를 숙고한다. 그는 소중한 결론에 다다른다.

우리는 주님의 가르침이 언제 어디서나 소망스러운 진리가 되며 삶의 가치가 됨을 살펴보고 싶은 것이다. 그 가장 중요한 것의 하나는 인간 목적관을 찾아 지키는 일이다. 세계의 많은 종교가 저지른 과오는 잘못된 신앙 때문에 인간이 버림받고 인간의 자유와 행복이 희생되었다는 데 있었다. 그것을 바로잡아주고 인간으로 하여금 인간답게 살 수 있도록 가르쳐준 이가 예수 그리스도셨다. … 하느님을 위해서 인간이 제물이 될 수도 없으며, 하느님의 뜻이라고 해서 인간의 가치와 존엄성이 병들어서도 안 된다.(『선하고 아름다운 삶을 위하여』, 184-5쪽)

인간의 존엄성을 지키는 일이야말로 예수의 뜻이고, 그 길이 "인류와 하늘나라의 건설을 위해 큰 도움이 되는" 길이라는 것이다. 구약에서는 하느님의 완전을 위해서 인간이 그 수단과 방편이 되어도 좋은 듯이 말하고 있는 면들이 있지만, "신약에 와서는 하느님이 완전하신 것같이 너희도 완전해지라"고 가르치고 있다는 점을 강조한다. 궁극적으로 기독교의 사상에서, 특히 신약에서는, 인본주의와 신본주의는 그 내용에 있어서는 다름이 있어도 서로 충돌하고 배척하는 관계가 아니다. 상호관계를 통해서 양자가 완성될 수 있는 것이다. 이러한 인식에서, 그는 "종교 특히 기독교는 … 인간의 신앙이며 인류의 종교가 될 수 있고 되어야 한다."(『선하고 아름다운 삶을 위하여』, 148쪽)라고 호소한다.

3. 인간의 자유는 하나의 명확한 사실

나는 학부와 대학원에서 송촌 선생의 강의로 '윤리학,' '역사철학,' '현대유럽철학,' '실존철학' 등을 수강하였다. 강의를 통해서 데카르트, 파스칼 등 프랑스의 철학자들, 칸트, 헤겔, 슐라이어마허, 포이에르바하, 마르크스 등 독일의 근현대 철학자들, 그리고 쇼펜하우어, 키르케고르, 니체, 후설, 막스 셸러, 야스퍼스, 하이데거, 사르트르 등 삶의 철학자들, 현상학자들, 실존철학자들, 그리고 카를 바르트, 폴 틸리히 등 신학자들, 토인비, E. H. 카 등 역사학자들의 철학과 사상을 접할 수 있었다. 도스토예프스키, 톨스토이를 다시 찾아 읽었고, 도산 안창호, 고당 조만식, 인촌 김성수 등 우리 선각자들의 겨레와 나라사랑 일화도 들을 수 있었다. 윤동주 시인이 평양 숭실중학교에서 함께 공부한 동학이라는 사실도 알게 된다. 그리고 1960년대, 그 시절에 들려준 선생의 세계 여행담은 너무나 흥미로웠고 교훈이 가득했다. 또한 선생의 사랑으로 음악 연주회, 오페라, 발레 공연 등을 관람하는 특전(?)을 누리기도 했다.

송촌 선생의 대학원 강의시간에 프랑스의 철학자 앙리-루이 베르그송(1859-1941)의 『시간과 자유의지(*Time and Free Will*)』를 강독하였다. 이 책은 베르그송의 『의식에 직접 주어진 것들에 관한 시론』(이하 『시론』)의 영문판이다.(그가 영문판 번역에서 제목을 『시간과 자유의지』로 표기하였다. 이 글에서는 최화 옮김, 『시론』, 대우고전총서 001, 2017을 참고하였다.) 책의 내용은, 「제1장 심리상태들의 강도에 관하여」, 「제2장 의식상태들의 다수성에 관하여: 지속의 관념」, 「제3장 의식상태들의 조직화에 관하여: 자유」, 「결론」으로 구성되어 있다.

베르그송은 『시론』에서 자아의 의식(意識)의 '지속(持續, duration)'과 '자유'의 문제를 다루고 있다. 그는 자아를 본래적 자아와 비본래적 자아로 구분한다. 본래적 자아란 이질적, 시간적이고 유기적이어서 언어로 개념화할 수 없는 내적인 자아를, 비본래적 자아란 상대적으로 동질적, 공간적이고 고정적이어서 개념화된 표면적인 자아를 말한다. 그리고 이질적인 시간이 동질적인 공간으로 혼동되어서는 안된다고 주의를 환기시킨다. 양자를 혼동하는 데에서 '자아의 의식'과 '운동'에 대한 잘못된 이해가 생기게 되기 때문이다. 엘레아학파의 궤변을 그러한 혼동의 사례로 든다.(『시론』, 146쪽)

고대 그리스 철학의 엘레아학파는 '만물유전(panta rhei)'을 주장하는 헤라클레이토스와는 달리 운동 불가론의 입장을 취한다. 그들의 주장을 증명하기 위하여 엘레아학파의 제논은 마라톤 선수인 아킬레스와 거북이 사이의 경주를 예시한다. 아무리 거북이가 느림보라도 먼저 출발시킨다면, 제아무리 빠른 아킬레스라도 거북이를 따라잡을 수 없다는 것이다. 거북이가 앞서가면, 아킬레스는 반드시 그만큼 그 뒤를 따라가야만 한다. 따라갈 뿐 결코 앞서질 못한다. 현상적으로는 아킬레스가 앞서간 것으로 보이지만, 논리적으로 사고한다면 추월(운동)은 불가능하다는 것이 입증된다. 추월한 것처럼 보이는 것은 감각이 우리를 속이고 있기 때문이라고 한다. 이러한 논증을 제논의 역설(逆說)이라고 부른다.

베르그송은 엘레아학파의 잘못이 어디에 있는지를 묻는다. 그에 의하면, '운동'이란 한 지점에서 다른 지점으로 이동하는 '진행'이고, 나뉘지 않는 '시간적 과정'이다. 그런데 엘레아학파는 운동 그 자체인 '시간적 과정'을 운동의 흔적인 '운동이 지나간 공간적 궤적'으로 '나눌 수 있는 고정화된 공간'으로 혼동하고 있다는 것이다. 아킬레스가 거북이를 쫓아가는 공간, 거북이가 달아나는 공간은 분할될 수 있지만, 아킬레스가 거북이를 추적해 가는 운동 그 자체는 시간적으로 분할되지 않는 것이다. 아킬레스가 단숨에 거북이를 추월할 수 있는 까닭이다.

자아의 의식상태도 마찬가지로 '운동 그 자체'이고, '시간적인 과정 그 자체'로서 양적, 공간적으로 나뉠 수 있는 것이 아니라고 한다. 그것은 또한 심포니의 선율처럼 유기적, 시간적인 것으로 부분과 전체가 결합되어 있는 것이다. 우리의 자아의식은 동일하면서도 동시에 변화하는 존재이고, 부분과 전체가 유기적으로 결합된 '순수지속 그 자체'이다.

베르그송은 지속의 관점에서 자유의 문제에 답한다. 전통적인 철학에서는 자유의 문제에 기계론(결정론)과 역동론(자유론)이 대립하고 있다. 자연과학의 연구결과로써 자아의 행동을 필연적 인과관계로 설명하는 기계론이 우세하다. 역동론은 상대적으로 우리의 행동이 우연적이거나 자의적이라고 주장한다. 그러나 역동론의 주장도 결론적으로는 기계론과 다름이 없다고 한다. 두 행동 중에 하나를 선택하고 다른 하나를 선택하지 않았다고 해서 그것이 자유론을 지시하는 이유가 될 수는 없다. 어떠한 선택을 하든 그 선택의 이유가 설명되어야 하기 때문이다. 그에 의하면, 결정론은 '행위는 일단 수행되었으면 수행된 것이다'라고, 자유론은 '행위는 수행되기 전에는 아직 수행된 것이 아니다'라고 주장하는 것에 불과하다. 그렇다면 두 학설은 자유의 문제를 아직도 건드리지도 않은 채 끝나버린 셈이다.(『시론』, 229쪽) 두 주장이 내용에 있어서는 다름이 있지만, 시간적으로 지속하는 자아의 행위를 '이미 실현된 고정된 행위,' 즉 '공간화된 행위'로 취급하고 있다는 점에서는 공통적이다.

그러나 자아를 지속하는 존재로 파악하게 되면 사정은 달라진다. 물리적 존재들은 지속하지 않으므로 정도의 차이는 있지만 필연적인 인과율이 성립된다. 물리적 존재와는 다르게 자아는 동일한 여건에서도 다르게 행위할 수 있는 존재이다. 베르그송은 자유란 자아의 의지와 그가 수행하는 행위 사이의 관계라고 말한다. 그 관계는 필연적인 것이 아니라 가능적인 것이고, 논리적으로 분석되지도 않고 언어적으로 정의될 수도 없다. 직관적으로 자각될 뿐이다. 만약 과학적으로 분석하고 언어적으로 개념화하게 된다면, '시간적인 것'을 '공간적인 것'으로, '분할되지 않는 것'을 '분할되는 것'으로, '과정적인 것'을 '고정된 것'으로, '흐르고 있는(flowing) 것'을 '흘러간(flown) 것'으로 대체하는 오류를 범하게 되기 때문이다. 베르그송은 우리의 자아가 자유존재라는 것은 '하나의 사실'이라고, 즉 논리적 분석을 거쳐서 도달한 결론이 아니라, 의지가 자기 자신을 직관해서 파악한 '하나의 명확한 사실'이라고 주장한다. 그러면서 그는 실천적 규범원리로서 자유를 요청(가정)하는 칸트와는 다른 견해를 취하고 있다.

'시간은 공간에 의해 충분히 표상될 수 있는가?' … 흘러간 시간에 관한 것이라면 그렇지만, 흐르고 있는 시간을 말하는 것이라면 그렇지 않다. 그런데 자유로운 행위는 흐르고 있는 시간에서 일어나지, 흘러간 시간에서는 일어나지 않는다. 따라서 자유는 하나의 사실이며, 사람들이 인정하는 사실들 중에 이보다 더 명확한 것은 없다. 문제의 모든 난점들과 문제들 자체는 지속에서 연장성과 동일한 속성을 찾으며, 계기를 동시성으로 해석하고, 자유의 관념을, 그것을 번역할 수 없는 것이 분명한 언어에 의해 번역한다는 것으로부터 탄생한다.(『시론』, 272쪽)

4. 자유야말로 인간적인 것이고
인간과 더불어 성장한다

사도 바오로는 하느님이 최초의 인간에게 '그의 호흡인 정신'을 불어넣으셨다고 한다. 그는 인간을 두 그룹으로 분류한다. 하나는 육체에 따라서 사는 인간들이고, 또 하나는 정신에 따라서 사는 인간들이다. 그는 인간을 자연적 인간과 정신적 인간, 회개하지 않은 자와 회개한 자, 버림받은 자와 구원받은 자, 세상의 아이들과 하느님의 아이들, 아담으로부터 유래하는 인간들과 그리스도로부터 유래하는 인간들로 구분한다.(『철학적 인간학』, 76쪽)

그에 의하면, 인간은 육체와 정신, 아담과 그리스도라는 이중성을 지니고 있는데, 이러한 이중성을 그는 '외적 인간'과 '내적 인간'이라고 부른다.(코린토2서 4:16) 그는 내적 인간을 하느님이 인간에게 불어넣은 호흡인 정신, 의식, 영혼이라고, 그리고 육체를 영혼의 집이라고 말한다.(코린토2서 4:7, '질그릇에 담긴 보물의 비유') 그런데 인간의 정신과 영혼이라고 해서 전적으로 순수한 신적인 것이 아니다. 인간의 영혼도 지상에 속하는 것으로 영혼이라고 해서 죄로부터 예외일 수 없는 것이다.

인간은 신의 금기를 어겨 '스스로는 무력한 존재'로 타락하게 된다. 인간은 하느님에 의하여 저주받은 죄지은 존재로, 오로지 하느님의 선물인 은총에 의해서만 구원받게 되는 자유를 상실한 존재로 전락해 버린다. 기독교는, 특히 교부 성 아우구스티누스는, 인간의 자기구원을 부인한다. 구원사업에 하느님의 활동과 어느 정도 인간의 협력이 보태진다고 주장하는 다른 견해도 있을 수 있다. 어느 경우이든, 타락이란 자기 자신을 스스로 구원할 수 있는 능력의 상실을, 구원이란 자기구원 능력의 회복을 뜻한다. 결론적으로 구원이란 하느님이 인간에게 주신 능력, 즉 '자유로운 정신'을 하느님의 사랑과 은총으로 말미암아 다시 회복하는 역사적 사건인 것이다.

서양의 고대 사상에서는 동양에서와 마찬가지로 운명론적 사고가 주류를 차지한다. 중세에는 기독교 사상이 등장하면서 '새로운 자유관'이 자리 잡게 된다. '자연의 질서와 인간의 자유정신'이 '신의 섭리와 인간의 자유' 관념으로 대체된다. '신의 사랑 안에서 진정한 인간의 자유'가 가능해지고, '신의 완전성과 인간의 완전성'이 함께 이루어져야 한다는 것을 깨닫게 된다.(김형석, 『철학의 세계』, 철학과현실사, 2002, 150쪽) 근대에 들어서면서 신앙에 우리의 자유가 구속되어서는 안 된다는 이성의 계몽사상이 등장하고, 신앙은 이성에 그 자리를 양도하게 된다. 자율적인 이성은 다른 존재의 도움을 받지 아니하며, 인간의 자유는 존엄한 것이라고 선언한다. 송촌 선생은 인간의 자유가 자연 질서로부터 해방되고, 신의 섭리에 순종하고, 이윽고 신의 간섭을 거부하고 이성의 자유가 확보되기까지의 역사를 고찰하면서, 이처럼 자유는 인간의 삶과 더불어 존재하는 것이라고 말한다.

자유는 인간과 더불어 시작해 인간의 삶과 더불어 운명을 같이하는 것이다. 인간이 없는 곳에 자유는 존재하지 않으며 인간적 삶의 영역 밖의 자유는 우리의 관심 대상이 될 필요도 없는 것이다.(『철학의 세계』, 153쪽)

그렇다면 자유는 개인적인 것인가, 사회적인 것인가? 사회와 역사를 떠나 개인의 삶은 존립할 수 없다. 자유는 개인 각자의 것이면서도, 개인의 자유는 공동체와 더불어 공존하는 것이다. 나의 자유는 나와 공동체와의 상호작용을 통해서 제한되기도 하고 증가되기도 하는 것이다. 그러므로 자유는 "자아를 중심으로 삼는 공동체의식"(『철학의 세계』, 154쪽)이라고 정의할 수 있다. 나아가서 자유는 그것을 수호하고 투쟁하는 행위와 더불어 공존하게 된다. 자유는 우리의 의식만이 아닌 우리의 의지와 더불어 이루어지는 것이다. 자유행위는 자각과 의지와 지성적 반성을 동반하는 인간의 정신적 행위인 것이다. 그러므로 자유야말로 인간적인 것이다.

인간적 행위는 단순한 신체적 행동과는 구별된다. 인간의 행위는 신체와 정신의 상호작용에서 성립한다. 자유도 인간적 행위인 한, 그 양면성을 지니게 된다. 자유가 제약되는 까닭도 이러한 양면성 때문이다. 사상의 자유와 같은 정신적 자유는 제약을 받지 않지만, 신체적 행동을 동반할 때는 불가피하게 제약되지 않을 수 없는 것이다. 그러나 자유의 양면성이 상호 대립적인 것은 아니다. 단순한 신체적 행동이라고 해서, 이미 앞에서 살펴본 바와 같이, 필연적인 인과율에 지배되는 것만이 결코 아니다. 그것은 자유의지와 상호적인 관계를 맺고 있다.

역사의식이 시대를 변화시키고 목적의식에서 우리가 처한 난제들과 역경을 극복할 수 있다. 자유의 행위는 가능과 불가능을 넘어서서, '이루어야 하는 목적의식'과 '행위하지 않으면 안 되는 이유'가 동반되는 자각적인 실천적 행위이다. "더 높은 정신적 가치를 위해서는 동기부여보다는 목적설정이 더 중요하다. 동기는 자극을 높여줄 수 있어도 목적은 희망을 더해 줄 수가 있다. 따라서 우리가 말하는 행위의 동기와 가능성은 목적원인을 더 비중 있게 다루어야 한다."(『철학의 세계』, 165쪽)라고 송촌 선생은 말한다.

그러므로 자유는 두 차원에서 이해되어야 한다. 하나는 "해방으로서의 자유"이고, 다른 하나는 "희망의 가능성으로서의 자유"(『철학의 세계』, 173쪽)이다. 다른 무엇보다도, 자기 자신으로부터 해방되어야 한다. 나를 구속하고 있는 본능, 욕망과 의지로부터 해방되어야 한다. 자기성장을 위해서는 자기성찰을 통해 자기를 얽매고 구속하는 욕망과 고정관념들로부터 자유로워야 한다. 나아가서 나를 에워싸고 있는 사회적, 경제적 상황들, 이념적, 정신적인 가치관들, 전통적인 규범들로부터도 해방되어야 한다. 과거로부터 해방되어야 하고, 닫힌 사고의 틀에서 벗어나려는 의지를 가져야 한다.

다음으로는 희망의 가능성으로서의 자유이다. 자기 자신 및 과거로부터의 해방을 소극적 자유라고 부른다면, 희망의 가능성으로서의 자유는 적극적인 자유이다. 그는 '희망의 가능성'에서 자유가 더 절실히 요청된다고 말한다.

> 자유는 과거의 해방되려는 노력보다는 소망스러운 미래를 찾아 누리려는 의지와 희망의 가능성에서 더 절실히 요청된다. 미래, 즉 우리의 의지를 동반하는 장래가 없다면 자유 자체가 존재할 필요가 없기 때문이다. 인간은 이미 끝난 과거 때문에 사는 것은 아니다. 다가올 미래 때문에 과거가 의미를 갖는 것이다. 그렇다면 자유의 큰 뜻은 무엇 무엇에 대한 가능성 여부로 나타나는 것이 더 적절할 것이다. 그것은 할 수 있다는 것과 그것은 할 수 없다는 것이 자유와 부자유의 경계가 된다.(『철학의 세계』, 173쪽)

이어서, 그는 자유는 서로 나누어줄 수 있어야 하는 것이라고 권고

한다.(『철학의 세계』, 178쪽) 자유는 홀로 누리는 것이 아니라, 우리들의 기대와 희망에 따라 함께 향유할 수 있어야 하는 것이다. 그는 강조한다. "자유는 빛이 암흑을 몰아내고 그 밝음의 영역을 넓혀가듯이 개인과 역사의 선택과 노력에 따라 그 무대를 확대해 가는 과정에서 존립의미를 갖게 되는 것이다. 우리의 삶의 한계가 자유의 한계이며, 삶의 내용이 자유의 내용과 일치되어 발전을 거듭하는 것이다."(『철학의 세계』, 179쪽)

자유야말로 인간적인 것이다. 자유를 획득함으로써 인간이 인간다워지는 것이다. 인간은 생명을 지닌 생물적 존재이다. 생명을 지니고 있다는 것만으로도 인간으로서의 존재는 가능할 것이다. 그러나 그것은 어디까지나 사변적으로만 가능하다. 인간의 인간다움, 즉 인간을 더욱 인간답게 하는 인간성이란 자연적 차원을 초월해서 추가적으로 획득되는 인격을 말한다. 인간성은 인간과 인간의 관계 속에서 이루어지는 인문주의적 인간성이다. 공동체의 삶을 통해서 인간성이 이루어지는 것이다. 그 핵심에 자유에 대한 자각이 자리 잡고 있다. 자유는 인간과 더불어 성장한다.

5. 미래에 대한 희망으로서의 자유

인간은 시간적, 역사적 존재이다. 시간과 역사를 떠난 삶은 있을 수 없다. 인간은 과거를 기억하고 미래를 설계한다. 과거는 이제 없어진 시간이 아니라 기억을 통해 현재에 보존되어 있고, 미래란 아직 다가오지 않은 시간이 아니라 기획의 형식으로 현재에 이미 와 있는 장래이다. 그러므로 삶의 시간은 이질적이고 지속적이다. 삶의 시간은 사람에 따라 서로 다르다. 누구에게는 일각이 여삼추이고, 길고 긴 세월이 한순간이기도 하다. 도스토예프스키의 소설 『백치』에 이와 유사한 독특한 체험이 실려 있다.

그는 어느 사형수의 기묘한 체험을 들려준다. 그 사람은 다른 죄수들과 함께 사형대에 서려고 차례를 기다리고 있다. 20분이 지나고 은사의 칙령이 내려져 극적으로 감형이 선고된다. 그는 두 개의 선고 사이 20분 동안 이제 죽고 마는구나 하는 절박한 심정이었다. 드디어 앞으로 5분간의 목숨밖에 남지 않게 되었다. 그 사형수의 고백에 의하면, 왠지 이 5분이 한없이 긴 시간으로 느껴지더라는 것이다. 오히려 최후의 5분 동안을 어떻게 보내야 할까를 궁리하게 된다. 처음의 2분을 친구들과의 작별에, 다음의 2분을 곧 세상을 떠나게 되는 자기 자신을 생각하는 데 쓰기로 작정한다.

이제 최후의 1분이 남았다. 그는 인생의 마지막 1분을 주위를 둘러보는 데 쓰기로 마음을 정한다. 형장에서 멀지 않은 곳에 교회가 보이고, 교회의 둥근 지붕은 햇살을 받아 빛나고 있었다. 그 사형수는 그 빛을 바라보면서 도저히 그 빛에서 눈을 뗄 수가 없었다. 이제 죽고 나면 저 광채와 자기 자신이 하나로 융합된다는 생각에 오히려 오싹해지기까지 했다. 그야말로 모든 것이 내 것이 되어 무한해질 듯하고, 이윽고 한시라도 빨리 죽게 되면 좋겠다는 마음이 들더라는 것이다.

분명 1분은 짧은 순간에 지나지 않는다. 그런데 그 1분이 인생의 전부인 듯 느껴지게 되고, 무한한 시간으로 받아들여지는 순간이 있다. 이와 같은 결정적인 순간을 '카이로스(kairos)'라고 부른다. '카이로스'는 분명 어느 한순간을 가리키지만, 단순히 한순간이 아니라 영원과 만나고 있는 순간이다. 시간 안에 영원을 담고 있는 바로 '지금'이다. 우연이지만 필연을 담고 있고, 개별적인 사건이지만 보편적 진리를 품고 있는 신비스러운 '결정적 순간'이고 '결정적 체험'이다. 신앙적으로는 영원에 대한 체험의 순간이라고 말할 수 있을 것이다. 송촌 선생은 이러한 영원과 만나는 체험, 역사적인 사건이 벌어지는 그 시간을 '때'라고 부르고, 그 영원에의 동참이 종교의 희망이라고 말한다.

> 성서에서는 그것이 메시아, 그리스도가 임재하는 때일 것이다. 성서에서 때가 오면, 하는 것은 그리스도가 시간 속에 임재하면 하는 정해진 시간이다. 이렇게 그리스도에 의해 채워지는 때로서의 시간이 역사의 중심인 그리스도와의 동시성인 것이다. 이 때 그리스도는 시간적 존재인 인간에 동참해 신의 영원을 안겨주는 것이다. 그래서 기독교는 시간 속에서 시간을 초월해 영원에 동참하는 삶을 찾아 누리는 것이다. … 그것이 역사 속에서 이루어지기를 바라는 것이 신앙인 것이다. 성서가 계속해서 하늘나라를 선포하고 추구하는 것은 역사의 시간이 신의 시간, 즉 영원화임을 말하는 것이다. 그 영원에의 동참이 종교의 희망이면서 영원한 나라의 실현인 것이다.(『철학의 세계』, 273-4쪽)

6. 철학은 생활의 철학이 되어야: 진리는 행위의 진리이며 참여의 진리

이 글은 송촌 선생의 철학과 사상을 '인간의 학으로서의 철학과 신학,' 그리고 '자유와 희망의 철학'이라는 주제별로 정리하고 있다. 그는 평생을 한결같이 강의와 강연, 그리고 저술 활동에 헌신하고 있다. 어느 하나라도 제대로 해내기가 실로 벅찬 일들이다. 대학의 강단과 사회의 현장은 좀처럼 함께 이루어내기 어려운 영역이고, 바쁜 시간을 내어서 많은 저서를 저술하기란 참으로 힘든 일이다. 더욱이 성경공부 모임 및 신앙적 집회를 지도하는 활동에도 활발히 참여하였다. 이 모든 것이 가능할 수 있었던 까닭을 두 측면에서 찾아볼 수 있을 것이다.

첫째로, 그는 무엇보다도 철학의 본연에 충실하고자 하였다. 본래 '지혜(sophia)를 사랑한다(philo)'는 뜻을 지닌 철학(philosophia)은 강단의 철학을 넘어, 우리의 일상과 삶에 깨우침을 주는 생활의 철학이었고 실천철학이었다. 이론을 가리키는 그리스어 '테오리아(theoria)'는 '우주에 대한 관조(觀照)'를 뜻한다. 고전적인 의미에서의 이론이란 말에는 인간이 우주의 운행질서를 관조하고 자연의 질서를 모범 삼아 살아가겠다는 뜻, 즉 실천을 뜻하는 '프락시스(praxis)'의 의미가 담겨 있다. 모든 이론은 근원적으로 실천을 지향한다. 철학의 핵심은 한결같이 지행합일에 있었고, 지혜는 인격의 도야에서 완성되어야 하는 것이었다.

그런데 근대에 들어서면서 이론과 실천 사이에, 지식과 행위 사이에 틈이 벌어지는 현상이 비롯된다. 이러한 현상은 역설적으로 자연과학의 발달과 무관하지 않다. 자연과학은 실증적인 연구방법과 우수한 연구시설을 활용하여 객관적으로 연구를 수행한다. 실증주의의 영향 아래 자연과학이 다른 학문들보다 객관적이고 보편적이며 실용적이게 되었다. 그리하여 자연과학자들은 자연과학으로 말미암아 우리의 삶에 부정적인 영향이 생기게 되더라도, 그들이 책임질 일이 아니라고 한다. 자연과학은 다만 자연의 법칙이 객관적으로 그러하다고 기술하고 있을 따름이라는 것이다.

그러나 자연과학이 전적으로 객관적이라는 주장에 대해 많은 학자들, 특히 비판이론 및 현상학 철학자들은 비판적이다. 인문학, 사회과학을 비롯해서 자연과학에 이르기까지 모든 학문은 근원적으로 우리의 생활세계 및 일상적인 삶에 정초하고 있다. 그러므로 학문과 생활세계는 서로 영향을 주고받지 않을 수 없다. 지식은 우리의 실천 및 행위와 필연적으로 관련되어 있는 것이다. 학문적 지식이 전적으로 객관적이라는 주장은 소박한 주장이며, 연구결과에 책임지지 않는 미성숙한 태도라고 지적한다.

결론적으로, 객관적인 측면만을 고집할 것이 아니라, 나의 주관성이 불가피하게 개입될 수밖에 없다는 사실을 인정하는 태도가 더 객관적일 수 있는 것이다. 비록 그것이 객관적이라고 하더라도 나의 주관과 삶에 아무런 연관이 없다고 한다면, 그것은 나에게 무의미한 것일 뿐이다. 나라는 존재의 중요성과 더불어 책임성은 학문의 영역에 그치지 않는다. 송촌은 우리 삶의 모든 영역에서 나라는 존재의 중요성과 책임성을 인식하는 것이 얼마나 근본적이고 귀중한 사실이 되는지를 다음과 같이 말한다.

> 내가 있다는 것은 무엇보다도 귀중한 사실이 된다. 유와 무의 차이는 객관적인 측면에서 볼 것이 아니라 주관적인 위치에서 보아야 하며, 그때는 이렇게 엄청난 차이를 가져오는 것이다. 내가 있으므로 세계가 있고 내가 없을 때는 모든 것이 무로 돌아가버리고 말 정도로 내 존재는 귀중한 위치를 가지는 것이다. … 내가 있다는 것, 이것이 모든 것의 출발이며, 빛의 근원이며, 존재의 바탕이다. 나는 하나의 내던져진 존재일지 모른다. … 그

러나 일단 내가 여기 존재하게 된 뒤에는 내가 있다는 사실과 더불어 모든 것은 질적인 변화를 가져온다. 내가 있다는 사실보다 더 절대적인 것은 없으며 나보다 더 귀한 것이 있을 까닭이 없다. … 이러한 내가 지금 여기에 있다. 없는 것이 아니라 지금 여기에 뚜렷이 이렇게 있는 것이다.(『남아 있는 시간을 위하여』, 122-3쪽)

모든 것은 나로부터 출발해서 나에게로 회귀한다. 내가 이렇게 있는 이 시간이 지금이고, 이 공간이 여기이다. 나와 함께하는 사람들이 이웃이고, 내가 영원히 사랑하는 그분이 하느님이다. 그야말로 나의 있음이 모든 있음의 의미이고 뿌리이다. 그러므로 우리의 삶에 있어서 자아성찰과 자아정립은 다른 무엇보다도 가장 필수적인 정신적 과제라고 하겠다. 자아정립은 자아성장으로 이어지고, 그리고 공동체 의식으로 성숙해져야 하고, 나에게 맡긴 소임을 다하겠다는 참여의 행위로 완성되어야 하기 때문이다.

일상적인 삶을 외면하고, 사변적인 사색에 머무는 것은 본원적인 철학이 할 바가 아니다. 철학의 소임은 궁극적으로 인간이 인간답게 살아가는 세상을 이룩하는 일에 참여하는 것으로 완성되는 것이다. 그것은 성숙한 자아를 개발하고, 현실을 직시하면서 문제들을 찾아내고, 우리 공동체가 나아갈 방향을 구체적으로 제시하는 역할을 철학이 떠맡아야 한다는 것을 뜻한다. 철학이 실천을 책임지지 않고, 행동을 두려워하고, 참여를 게을리한다면, 다른 학문에게 결코 모범이 되지 못할 것이다. 철학이 추구하는 지혜란 '인간적 양식(良識)'이고, 그것은 '생활의 교훈'을 겸할 수 있어야 하는 것이다.

7. 열린사회를 소망하다:
일상을 깨우는 이의 소리, '우리 선생님'

다음으로, 송촌 선생은 1954년 대학에 봉직하게 되면서부터 전공인 철학을 통해 사회에 기여할 수 있는 길이 무엇일까를 본격적으로 숙고하게 된다. 그는 '휴머니즘과 인간애의 가치'를 소중히 여기는 일에, '열려 있는 사회의 이상'을 실현하는 일에, 그리고 '더 많은 사람이 인간답게 살 수 있는 열린 역사의 길'을 개척하는 정신적 과제에 실천적으로 참여할 수 있게 되기를(『백년을 살아보니』, 2018, 155쪽) 소망하였다. 그는 실천적인 지성들, 이를테면 간디, 슈바이처, 안창호 선생, 조만식 선생 등의 삶을 존경하였다. 그들의 삶을 모범 삼아서 "더 많은 사람이 인간답게 살 수 있는 데 도움을 주고 싶다."(『백년을 살아보니』, 211-2쪽)는 다짐을 하게 된다.

1950-60년대 한국 사회는 경제적 빈곤, 이념적 갈등, 가치관 혼돈, 정신적 공황이라는 다중고를 겪고 있었다. 이러한 혼돈과 고뇌의 시대에 '참여의 철학'을 주장하는 실존철학이 일반인에게 많은 영향을 주고 있었고, 일상과 생활의 현장에서 자아관 및 가치관의 확립을 위한 철학의 목소리가 요청되고 있었다. 철학은 더 이상 상아탑에 머물 수 없게 되었다. 그는 뜨겁게 호소한다. "생활의 진리는 참여의 진리이다. 참여가 없는 진리는 언제나 진리가 될 수 없다. 관찰자는 현상 밖에서 현실을 관찰한다. 그러나 실천하는 사람은 현실 속에서 행동하지 않으면 안 된다. 그렇게 되지 못한다면 우리의 문제는 해결을 얻지 못한다. 문제 해결은 앎에서 행위의 문제로 심화되며 행위가 없이는 참다운 문제 해결이 불가능하다."(『남아 있는 시간을 위하여』, 김영사,

2018, 75쪽) 모름지기 진리는 행위의 진리이며 참여의 진리이어야 하는 것이다.

시대의 요청과 자신의 소망이 만나면서 그는 "대외 강연으로 대중 계몽에 적극적으로 참여하게" 된다.(『선하고 아름다운 삶을 위하여』, 121쪽) 그는 우리 가까이에서 오늘도 자유와 희망을 전한다.

요한복음에서 세례자 요한의 등장 장면은 극적이다. 요한이 말하였다. "나는 이사야 예언자가 말한 대로 '너희는 주님의 길을 곧게 내어라.' 하고 광야에서 외치는 이의 소리."(요한복음 1:23) 선생님은 '광야에서 외치는 이의 소리'처럼 사자후는 아니다. 한결같이 자기를 성찰하고 자기를 개발하라고 나직하게 권고한다. 나를 사랑하고 이웃을 사랑하고 하느님을 사랑하라고, 그리고 겨레와 나라를 위해 헌신하자고, 자유를 지키고 희망을 키워가자고 온몸으로 호소한다. '지금 여기에서' '선하고 아름다운 삶을 위하여' '깨어 있어야' 한다고 권면한다. 그분은 그 일에 언제나 '심부름꾼'으로, '지게꾼'으로 머물기를 원하고 있다. 그분은 우리의 소중한 일상적 삶을 철학과 문학과 신앙으로 사랑하고 나누고 섬기고 있다. 그분을 한국의 소크라테스라고, 수필가, 대중철학자, 국민철학자라고 많은 이들이 부르고 있다. 나는 그분을 '우리 선생님(Our Teacher)'이라고 우러르련다. 그분은 우리 시대의 어른이시고, 우리 모두의 스승이시다. 그분은 '일상을 깨우는 이의 소리'이시다.

김용복(金容福)

연세대학교 철학과 학사 석사 및 철학박사(김형석 교수 지도), 독일 본대
학교 연구교수 역임, 현 광운대학교 명예교수, 주요 저서와 논문: 『철학의
이해』, 『Edmund Husserl에 있어서의 의미의 문제』, 「상상력 연구」, 「인
식의 전구조」, 「철학과 문학의 이음새」 등

4. 수필은 일상언어철학이다
— 김형석 철학의 한 이해

정대현

1. 여는 말: 이론에서 담론으로

김형석은 철학자이고 수필가이다. 그렇다면 두 정체성의 관계는 무엇인가? 이 물음에 대한 하나의 답변은 "수필은 일상언어철학이다."라는 명제로부터 구할 수 있을 것이다. 이를 위해 이 글에서는 먼저 일상언어철학이 무엇인가를 논의하면서, 세 가지 다른 유형의 일상언어철학의 구분을 제안할 것이다.(2절) 둘째로는 수필이 무엇인가를 고려하면서, 흔히 언급되는 '수필 반철학론'을 반박하고 수필이 어떻게 철학일 수 있는지를 볼 것이다.(3절) 마지막으로 김형석의 수필이 어떠한 철학적 내용을 구현하고 있는가를 다룰 것이다.(4절) 본론에 들어가기 전에 배경적으로 이론과 담론의 관계를 논의하고자 한다.

이론(이데아)은 전통적으로 담론적 일상언어가 닮아야 하는 이상적 언어로 간주되어 왔다. 그러나 20세기 이후 담론적 일상언어가 오히려 이론들을 해석하고 규정하는 원초적 언어라는 것이 주장되고 있다. 이론과 담론의 이러한 기능전환은 모더니즘과 포스트모더니즘의 대비를 통해 이해될 수 있을 것이다. 모더니즘은 "세계에 대한 참 기술 체계는 유일하다."고 믿는 관점이고, 포스트모더니즘은 "세계에 대한 참 기술 체계는 다수이다."라는 관점이다. '유일' 체계의 모더니즘은 데카르트의 합리주의로 우리에게 친숙하다. 모더니즘은 이성 언어의 유일성과 확실성에 기초한 인식론이고, 존재론이고, 형이상학이다. 달리 말해, 인식적 객관성, 존재론적 보편성, 형이상학적 실재성을 동형적 구조로 본다. 반면 '다수' 체계의 포스트모더니즘은 비트겐슈타인의 '진리' 또는 '참'이라는 표현의 사용 방식에 의해서 설명된다. '참'은 인격이나 의도를 수식할 때도 있지만, 여기에서는 문장을 수식하는 술어이다. 문장은 특정한 언어 체계에 속하여 있고, 특정 문장은 어떤 체계에 속하는가에 따라 그 진리치가 달라진다. 즉 진리는 체계 의존적인 것이다. "빛은 직진한다."라는 기호열은 뉴턴 체계의 문장일 때 참이지만, 아인슈타인 체계의 문장일 때 거짓이 된다.

모더니즘과 포스트모더니즘의 차별화는 더 심화시켜 볼 수 있다. 포스트모더니스트인 료타르는 비트겐슈타인 언어철학을 수용하여 언어란 '언어게임'이라고 생각한다. 이것은 데카르트나 칸트가 상정했던 보편적이고 단일한 개념 언어 체계의 전통을 거부하고, 인간의 다양한 방식의 언어게임들을 인정하는 것이다. 예를 들어, 논리학이나 뉴턴 과학에서는 지칭적 언어게임을 하지만, 현대의 각종 문화, 정치,

사회, 체육, 종교, 양자과학에서는 다양한 담론적 언어게임을 수행하는 것이다. 이에 기초하여 료타르는 '포스트모던'을 모더니즘이 지향하는 '이론철학에 대한 불신'으로 특징 짓는다. 단일한 보편적 언어가 지상에 존재하지 않는 이데아적 개념 언어라면, 다양한 담론언어는 사람들의 삶에서 구사되는 일상언어들인 것이다.

보다 구체적으로 담론언어의 이론언어에 대한 우위성을 고려해 보자. 이론은 특정 주제에 따라 필요하고 도움을 주지만, 인간 지성의 일반적 조건으로 보기에 제한적이다. 이론언어는 진리, 지칭, 인과 같은 개념들을 원초적으로 사용하여야 하지만, 그 개념들의 실재성을 확보하거나 확인하는 데는 어려움이 있다. 예를 들어, 한 문장의 진리조건을 그 문장과 독립하여 제시하는 것은 불가능하다. 결국 진리, 지칭, 인과 등의 개념은 담론적 일상언어의 빛에 비추어 이해될 수밖에 없다. 예를 들어, 진리라는 것은 맞음이라는 기준의 특정한 이념화이고, 맞음의 이해 가능성은 언어 공동체의 생활양식에서 얻어지는 것이다. 결국 담론이 우선적이고, 이론은 그에 종속하여 특정 목적의 수행에 기여하는 것이다. 진리론적 의미론에 대한 비트겐슈타인과 크립키의 비판은 생활세계 의미론의 활성화에 기여하였다. 그리하여 담론은 일상언어의 비엄밀성에도 불구하고 오히려 언어의 살아 있음의 징표에 의하여 담론철학이라 부를 수 있는 공간을 확보한다.

2. 수필은 일상언어철학이다

담론 우위의 시대가 되었다. 그렇다면 일상언어의 의미는 어디에서 오는 것일까? 비트겐슈타인은 "언어 의미란 사물이나 관념의 지시체가 아니라, 언어 사용에서 비롯된다."고 생각하였다. 그는 언어 사용은 규칙 따르기로 이루어지고, 규칙 따르기는 생활양식이라는 구조에 의해 안정된다고 본다. 구체적으로, '치통, 기쁨, 사랑, 믿음' 같은 표현들의 의미는 개인의 사적 감각이나 심적 상태가 아니라, 이 표현들이 사용되는 방식인 것이다. 그리고 사용방식은 규칙 같은 개념에 의해 설명된다. '규칙을 따른다'는 것은 '앞의 행위와 동일한 행위'의 관계 속성을 갖는다. 그러나 이런 관계는 우연적 상례성에서도 나타날 수 있기 때문에 관계 속성만으로는 규칙 따르기가 제대로 조명될 수 없다. 요구되는 것은 그러한 관계에 들어 있는 '내재된 암묵적 규범'의 상례성이다. 그렇다면 우연적 상례성과 규범적 상례성은 어떻게 구별될 수 있는가? 이 구별을 구성하는 방식은 다양할 수 있지만, 하나의 효과적인 방식은 해석과 실천을 대조하는 것이다. 규칙에 대한 해석은 규칙적이라는 점에서 상례성을 유지하지만, 사람들마다 다양할 수 있다는 점에서 우연적이다. 상례성에 대한 다양한 해석 중에서 특정한 하나가 아니라, 임의의 하나를 만난다는 의미에서 우연적이다.

반면 실천은 다양한 해석들 중에 임의의 하나를 선택하는 해석과는 달리 실제의 관습이다. 언어 관습이란 언어 의미로서의 언어 사용이 언어 사용자들의 생활양식의 일치를 전제하는 것이다. 그렇다면 언어 의미로서의 언어 사용은 생활양식에 일치해야 한다. 생활양식은 사실이나 제도가 아니라 사람들의 삶에서 시간이 걸러내는, 변화에 열려 있는 유기체적인 것이다. 생활양식은 자연적 존재로서의 인간적 측면도 있지만, 문화적 존재로서의 인간적 국면도 있다. 생활양식은 또한 하버마스의 강조처럼 인간 이성이 선험적으로 주어지는 것이 아니라, 의사소통을 통해 나타난다는 것을 보여준다. 생활양식은 사회 구성적인 언어 특성을 통해 주관과 객관을 통합하고 언어의 적극적 역할을 가능케 함으로써 공시적으로 선험적이고, 통시적으로 경험적인 구조를 통해 언어와 세계의 실재성을 확보해 준다.

일상언어철학은 다음과 같이 정형화할 수 있을 것이다. 언어 의미는 진리나 지칭이 아니라, 생활양식의 맞음을 통해 구성된다. 이 구조에서 철학은 이론구성이 아니라, 언어 문법의 서술이 된다. 문법이란 각 언어적 표현의 사용법이고, 문법의 서술은 언어적 표현들을 맞게 사용하는 방법에 대한 기술이다. 구체적 문맥에서는 표현사용을 잘하지만, 문맥을 떠나서는 그 표현이 드러내는 겉모습 때문에 문법의 복잡성을 쉽게 놓친다. 따라서 표현의 이해를 위해서는 문맥과 맥락에 맞는 관점이 요구된다. 바로 이것이 반이론적 철학관의 기초이다. 맥락적 맞음은 진리나 지칭의 체계가 강요하는 완성된 이론체계가 아니라, 유사성이나 소통성이 전제되는 열린 담론체계를 요구한다.

일상언어철학이 담론체계의 철학이지만, 이 철학은 중첩적인 과제를 갖는다. 그 과제들은 실천적 모습에 따라 세 유형으로 나누어 볼 수 있다. 일상언어철학의 첫째 유형은 '일상언어철학의 확장적 분석' 유형이다. 비트겐슈타인은 일상언어철학을 창시하였지만, 여러 주제들을 완벽하고 체계적으로 다룰 수는 없었다. 그리하여 오스틴, 해어, 서얼 등이 이를 확장했고, 한국에서도 많은 일상언어철학자들이 '생활양식, 사적 언어, 사용방식, 규칙, 의사소통, 맥락, 유사성' 같은 핵심 표현의 분석이나 조명, 구성이나 제안을 수행해 오고 있다. 둘째 유형은 '한국 일상언어의 사용적 분석' 유형이다. 영어에서 'know, believe, understand, promise' 등의 표현들이 분석된 것처럼, 한국어에서도 '맞다, 좋다, 안다, 믿는다, 옳다, 그르다, 우리 마누라, 반말, 왜' 같은 어휘들이 철학자들에 의해 분석되고 있다. 일상언어철학의 셋째 유형은 '일상적 삶의 수필적 분석' 유형이다. 먼저, 일상적 삶의 수필은 일상언어적이다. 일상언어와 동떨어진 수필이 가능할 수 있는지는 의문스럽다. 또한 일상적 삶의 분석은 철학적이다. '철학적'이라는 표현은 전통적으로 단일한 궁극적 실재에 대한 원초적 탐구의 의미로 사용되어 왔다. 그러나 이러한 사용은 모더니즘적 이론의 시대에 적합했지만, 이제는 아니다. 담론의 시대에 그 표현의 의미는 다원적이며, 주객 융합적 실재에 대한 일상적 통찰의 의미로 전환되고 있다. 깊은 생각은 단일한 실재보다는 열린 실재에 요청되는 인간의 능력인 것이다. 인간 경험의 여러 분야에서 유능한 많은 수필가들은 이러한 셋째 유형의 일상언어철학을 구현하고 있다.

3. 수필의 반철학론과 그 반론

'수필'은 국어사전에서 "일정한 형식을 따르지 않고 인생이나 자연 또는 일상생활에서의 느낌이나 체험을 생각나는 대로 쓴 산문형식의 글"이라 풀이하고, 영어사전에서는 'essay'를 "특정한 주제에 대해 보통 분석적으로나 사변적으로, 또는 해석적으로 짧게 쓴 산문적 글"이라고 적고 있다. 흥미로운 것은 둘 다 수필을 시, 소설, 희곡과 더불어 문학의 외연적 4대 부분으로 제시하고 있지 않는 점이다. 이러한 사전적 정의는 문학적 수필과 비문학적 수필의 경계를 요구하지 않고, 모든 수필을 넓은 의미의 짧은 산문적 글로 이해하게 한다. 보다 구체적으로, 수필은 저자의 독자를 향한 문자 담론으로 이해할 수 있다. 사건 담론은 화자가 청자를 향한 구체적 문맥에서의 총체적 담론이지만, 문자 담론은 특정한 주제의 생각에 한정하는, 시공적으로 추상화된 문맥에서의 담론이다. 수필은 문자 담론의 저자가 한편으로 자신의 일상을 추상화하면서도 다른 한편으로 자신의 세계를 구성하는 작문이다.

피천득의 『수필』은 불어의 몽테뉴나, 영어의 베이컨의 수필처럼 한국어의 발전과 구성에 기여를 했지만, 피천득(「수필」, 『금아문선: 피천득수필집』, 일조각, 1985)의 '수필론'은 한국어의 수필을 너무나 좁은 틀에 가두고 있다. 수필에 관한 피천득의 언명이나 생각들을 살필 수 있다: 수필은 검거나 희지 않아야 한다; 수필은 심오한 지성이 아니다; '심오한 지성의 결핍'이 수필의 필요조건이라는 것을 함축한다; 수필은 '파격'이지만, '거슬리지 않는' 파격이라야 하며, 좌우로 치우치지 않아야 한다는 것이다. 피천득에게서 도덕성이나 역사성을 기대할 만한 개념이 있다면 솔직성에 대한 그의 언급일 것이다. 솔직성이란 글쓰기가 필연적으로 요구하는 반성의 조건이기 때문이다. 그러나 여기에서도 그는 솔직성을 개인주의적이거나 좁은 문맥의 솔직성으로 제한한다. 넓은 문맥의 역사성이나 윤리성을 제외하는 것이다. 지성적 고뇌를 피할 수 없기 때문이었을까? 그러나 큰 효도를 할 수 있으면서 작은 효도만을 고집하는 것도 효도일 것인가? 큰 진리를 알면서 작은 진리만을 말하는 것이 진실된 것일까? 모든 진리를 알아야 할 때 한두 진리에만 국한하는 것이 인간다운 것일까? 물론 피천득도 죄스러움, 초조, 번잡의 순간을 갖는다. 그러나 그는 그 까닭을 추구하지 않는다. 그렇기 때문에 피천득은 수필을 '독백'이라 불렀을 것이다.

피천득의 반철학적 수필론은 분석적이거나 개념적인 것이 아니어서 반박하기가 어렵다. 그러나 일반적인 반론을 펼 수 있을 것이다. 먼저 "글은 철학이다."라는 명제를 지지하는 것이다. '인간은 생각하는 존재'라는 말은 맞는 말이다. 그러나 생각한다는 것은 그리 쉽지가 않다. 생각이 흥미 있기 위해서 생각은 새롭고 일관되고 체계적이어야 하며, 구체적으로 초점에 맞추어져야 한다. 또한 이웃과 공유할 수 있어야 한다. 그래서 공유할 수 있는 깊은 생각은 지혜가 되었을 것이다. 이러한 깊은 생각은 글을 쓰지 않고는 도달하기 어렵다. 이러한 글은 철학이 갖추어야 하는 특징들을 갖는다. 글은 반성적이고, 비판적이며, 대안적 해석을 제안한다. 그리고 글은 개인의 사적 마음을 감추어 두는 것이 아니라 누구에게나 열린, 자기로부터 독립해 나간 또 하나의 인격체를 구성해 낸다. 글 쓰는 이는 유약하거나 소심하고, 나이 들거나 병들어 사라져갈지라도, 그가 구성한 자신의 인격체는 작품으로 영원히 사는 것이다.

글이 철학이라면 수필이 철학이라는 것도 당연하다. 그러나 수필에 주목하여 강조하는 데는 일리가 있다. 모든 글이 세계에 대한 말이지만, 수필은 보다 특징적으로 세계에 대해 짧게 축약된 진심을 담은 글이다. 수필은 세계에 대한 직접적이고 일인칭적이며 인격적인 이야기이다. 수필은 자신을 그 세계 안에 정치시킨 풍경화이다. 수필 하나하나는 수필가의 일생일대의 '성채'가 아니라, 수필가가 처한 상황에 따라 달라지는 '풍경화'이다. 수필은 수필가의 인격성이 담긴 풍경화이다. 현대성이 현재를 영웅화하려는 의지이면서 또한 자신을 예술작품으로 만들고자 하는 의지라면, 수필은 수필가가 그러한 현대성에 이르는 지름길이 된다. 수필가는 수필에서 자신의 안과 밖을, 주관과 객관을 통합한다. 수필가는 수필을 통해 자신의 내밀한 인격성을 외회한다. 자신의 몸은 시공에 제약되어 있지만, 그의 수필에서 시공을 넘어서게 된다.

수필이 철학이라면 어떤 종류의 철학일 것인가? 수필은 일상언어철학이라 할 수 있지 않을까? 수필에 대한 일상적 관념 중 하나가 '연필이 가고 싶은 대로 가는 행로의 글'이라는 것이라면, 이를 존중하고 싶다. 그렇다면 수필은 수필가의 의식이건 언어이건 간에 일상의 흐름을 나타내고, 그 행로는 방향성이나 체계성을 나타내게 된다. 수필은 이론언어가 아니라 담론언어이다. 그러나 이론언어와 담론언어의 구분은 오해되지 않아야 하는 국면을 갖는다. "이론언어는 개념적이고, 담론언어는 비개념적이다."라는 오해이다. '개념'을 형식적이고 위계적으로만 간주했을 때 그러한 오해의 유혹에 든다. 그러나 '개념'은 '하나의 표현이 그것이 속한 체계에서 차지하는 연결망의 자리'라고 해야 한다. 그렇다면 개념이란 어떤 종류의 문장의 표현에서도 나타난다. 개념 없이는 문장이 구성되지 않는다. 어떤 이야기도 개념적이고, 어떤 일상적 표현도 개념적인 것이다. "수필은 일상언어철학이다."라는 가설은 지지할 만한 명제이다.

4. 김형석 철학: 삶의 시간과 사랑의 영원

김형석의 수필이 일상언어철학이라면, 그 철학의 내용은 무엇인가? 김형석(『영원과 사랑의 대화』, 청아출판사, 1994, 212 이하, 227 이하)은 르네상스 이후 개인화된 인간 존재가 20세기 이후 마르크스 자연주의, 니체 인본주의, 키르케고르 신본주의의 선택지에 당면해 있다고 판단하였다. 박순영이 김형석의 초기 철학을 요약한 대로, 김형석은 유한과 무한, 육신과 영혼, 시간과 영원으로 형성되어 있는 자아의 종합을 모색한다. 그것은 헤겔의 "이것과 함께 저것도"의 지양적 종합이 아니라, 키르케고르의 "이것인가 저것인가"의 결단적 종합이다. 절대자의 영원성으로 지상의 시간을 새롭게 하고자 하는 선택인 것이다.(「김형석의 이성과 신앙의 변증법」, 김형석 외, 『역사와 이성』, 철학과현실사, 2000, 26-73) 김형석의 선택은 소박한 신앙에서 벗어나 성숙한 신앙을 선택하면서 이성을 포기하지 않았다. 그러나 그는 후기로 오면서 신앙의 프레임을 유지하면서도 보다 이성적인 프레임을 강화하고 있다. 이하에서는 그의 후기 프레임 안에서 어떻게 그의 전기의 철학적 과제가 성취되고 있는가를 보이고자 한다.

김형석의 후기 프레임은 키르케고르에 침묵하면서 일상언어철학적 특성을 갖는다.(『현대인과 그 과제』, 삼중당, 1971, 427-437) 그는 철학은 "언어를 그 형이상학적 사용법에서 일상적 사용법으로 이끌어 내리는 일이다."라고 생각한다. 그는 언어에서 혼란이 발생하는 것은 언어가 활동하고 있는 때가 아니라 공허하게 사용되는 경우이고, 바로 일상언어는 흔히 내용 없는 공허성에 빠지기 쉽다고 지적한다. 이러한 언어

분석은 치료적이기도 하여 철학만이 아니라 모든 분야에서 효과를 보면서 사고의 교통정리를 하고, 성과를 거두고 있다고 평가한다. 보다 구체적으로 김형석은 이러한 일상언어철학을 수행한다.(『현대인과 그 과제』, 407-417) 옛날부터 전해진 "너 자신을 알라"라는 자기인식의 직접성은 언어적으로 객관화될 수 있다는 것이다. "'나'라는 1인칭을 '이것'이라는 3인칭으로 바꾸어 객관적 인식의 대상으로 삼을 수 있다."는 명제에 관심을 갖고 그 이상을 향하여 간다. 그는 일상언어의 객관성을 통해 삶의 이야기 지평에 관심을 갖는다. 삶은 인간 구실, 인간 인격의 수행이기 때문이다. 김형석이 수필가가 된 것은 이러한 삶의 추구와 그 확산을 염원했기 때문일 것이다.

김형석은 수필이 삶의 이야기인 동시에 인격 수행이라고 믿는다. 그렇다면 그의 수필은 어떤 내용을 보이는가? 그 내용의 한 주제는 '시간과 영원'이다. 김형석은 인간은 시간이라는 유한한 육신의 질서에 살면서 또한 영원이라는 영성의 실재를 그리워하는 큰 그림을 가지고 있다고 한다.(『역사와 이성』, 62-66) 그러나 그는 영원을 초월적으로가 아니라 내재적으로 이해한다. "시간은 영원을 담기 위한 빈 그릇"이라는 것이다. 김형석이 이해하는 영원은 두 가지 양상을 갖는 것으로 보인다.(『자기답게 살아라』, 자유문학사, 1996, 32-36; 『우리는 어떻게 살아야 하는가』, 자유문학사, 1982, 101-112) 영원은 시간의 지속이 아니라 시간 속의 '순간'으로 나타나고, 그리고 영원은 '의미'라는 내용이다. 산다는 것은 일하는 것이고, 일한다는 것은 더불어 사는 것이며, 따라서 개인은 죽어도 더불어 산 전체는 영원적 의미를 갖는다. 나는 세상에 던져진 존재지만 더불어 삶으로 세계를 등에 지고 사는 절대적 자아가 되고, 썩어가는 하나의 밀알이 되어 많은 열매, 지속되는 생명의 단초를 이룬다. 시간의 모든 보화를 묶어서도 한순간의 영원을 당할 수 없다.

김형석 수필의 또 하나의 주제는 '사랑과 영원'이다. 그는 많은 수필들을 통해 이 주제의 논리를 단순하게 제시한다. 예를 들어, 김형석의 '고독'이라는 개념은 그 논리를 보이는 데 적합하다.(『고독이라는 병』, 철학과현실사, 1992, 11-31; 『영원과 사랑의 대화』, 32) 고독이 외로움이라는 것은 인간이 사회적인 존재이기 때문에 질병으로 간주된다. 사람을 사랑하는 사람은 그 사람을 통하여 고독을 잊고 죽을 수 없고 영원에 이른다. 사랑의 이야기 속에 들어 있는 신선한 감동의 순간, 그것이 삶의 의미의 순간이고 영원의 순간이다. 석가, 공자, 예수가 유한성을 체험하는 동안 고독을 경험하였을 것이다. 유한을 아무리 합친다 해도 유한일 뿐이기 때문이다. 그러나 이들은 사랑을 실천하고 인간과의 합일에 도달하여 의미와의 동시성, 시간과 영원의 공존성에 도달할 수 있었다. 사랑은 영원의 실재에 이르는 지름길이 된다.

김형석 철학은 "사랑이 영원의 시간적 육화이다."(『나는 사랑한다 그러므로 나는 있다』, 철학과현실사, 1991, 21-26)라는 명제로 요약될 수 있을 것이다. 그의 사랑은 정서적이기도 하지만 정의가 개입된 사랑이다. 김형석은 한국의 민주화에 대한 그의 구성적 이해를 통해 이를 드러낸다.(『영원과 사랑의 대화』, 178-180; 『한 알의 밀이 죽지 않으면』, 영언문화사, 1985, 256-259; 『한 사람의 이야기』, 철학과현실사, 1993, 308-335) 이승만을 '존경'하지 않았고, 박정희를 '신임'하지 않았으며, 전두환을 '대통령'이라 부르지 않았다. 보다 구체적으로 그의 사랑은 특별한 논리를 가지고 있다. 온 천하를 주고도 바꿀 수 없는 것이 나의 생명, 나의 인격이라면, 사랑은 바로 나의 생명, 나의 인격을 온전하게 하는 사건이다. 양초가 빛을 위해 불타는 것이고, 한 알의 밀알이 열매를 맺기 위해 썩는 것처럼, 사랑은 나의 사람다움을 육화하는 사건이다. 하나의 예술작품은 사물적으로 표현된 가능한 유일세계라는 점에서 미적 영원성을 구현하는 것처럼, 사랑은 인간의 유한성을 극복할 수 있는 유일한 통로라는 점에서 영원의 지상적 구현의 사건이다.(투고일자 2019. 1.30.)

정대현(丁大鉉)
고려대학교 철학과 학사, 석사 및 철학박사, 현 이화여자대학교 명예교수,
주요 저서: 『필연성의 문맥적 이해』, 『맞음: 진리와 의미를 위하여』, 『한국 현대철학, 그 주제적 지형도』, 『다원주의 시대와 대안적 가치』 등

5. 김형석 교수의 기독교 신앙

손봉호

1. 머리말

김형석 교수의 삶에서 기독교 신앙이 차지하는 비중은 절대적이다. 기독교인 지식인들 상당수는 '신앙 따로, 학문 따로'의 이원론적인 입장을 견지하여 양자의 조화를 시도하지도 않고, 차이나 갈등에 대해서 관심도 기울이지 않는다. 양자가 쉽게 조화될 수 없다는 것을 잘 알지만, 그 어느 것도 포기할 수 없기 때문에 어쩔 수 없이 취하는 어정쩡한 태도라 할 수 있다. 그러나 김형석 교수는 그런 입장을 취하지 않는다. 그에게는 양자가 별 갈등 없이 통합되고 조화를 이룬다. 그는 그저 기독교 신앙을 가진 한 철학자, 즉 '철학자이면서 기독교인'도 아니고, 헤겔처럼 철학적으로 기독교를 이해한 '철학적 기독교인'도 아니다. 그는 오히려 키르케고르나 파스칼처럼 기독교적으로 철학하는 '기독교적 철학자'라 할 수 있다. 그런데 그런 입장이 그렇게 쉽게 형성되지는 않는다.

2. 철학과 기독교

인류의 정신사에서 철학과 기독교만큼 오랫동안 두 정신적 흐름이
긴장관계를 유지해 온 경우는 흔치 않다. 철학의 문화라 할 수 있는
헬레니즘이 주류였던 지중해 연안에 전혀 이질적인 기독교가 불쑥 머
리를 내밀어 엄청난 파문을 일으켰고, 4세기 만에 그 지역의 정신적
주도권을 장악하게 되었다. 그러나 그 이후에도 두 흐름은 계속해서
서로 적응하고 서로 갈등하는 애증관계를 최근까지 이어왔다.

초대 교회에서 철학에 대해서 어느 정도 식견을 가졌을 것으로 추
측되는 사도 바울은 당대 철학에 대해서 매우 적대적이었다. "누가
철학과 헛된 속임수로 너희를 사로잡을까 주의하라 이것은 사람의 전
통과 세상의 초등학문을 따름이요 그리스도를 따름이 아니니라"(골로새
서 2:8) "유대인은 표적을 구하고 헬라인은 지혜를 찾으나, 우리는 십자
가에 못 박힌 그리스도를 전하니 유대인에게는 거리끼는 것이요 이방
인에게는 미련한 것이로되"(고린도전서 1:22-23) 그는 그가 '십자가의 도'
라고 지칭한 기독교는 단순히 이질적일 뿐 아니라 상극관계에 있는
것으로 취급했다. 물론 당시 철학자들도 기독교의 주장을 우습게 본
것이 사실이다. "고통을 겪는 자는 영원할 수 없다(Was Schmerz
empfindet kann nicht ewig sein)"고 헤겔이 잘 지적했듯, 그리스 철
학은 정신과 물질 이원론에 철저했고, 따라서 기독교가 하나님의 아들
이 육체를 입고 세상에 왔다든가, 나아가서 십자가에 달려 고난을 당

했다든가, 죽은 후에 부활했다고 주장하는 것은 무지와 어리석음의 극치로 들렸을 것이다. 그래서 당시의 철학자들은 예수의 부활을 주장하는 바울을 허풍선(말쟁이)에 불과한 것으로 무시해 버렸다.

그러나 그렇게 서로를 무시하는 태도는 오래 지속될 수 없었다. 특히 가능한 한 많은 사람을 신자로 개종시켜야 한다는 사명감이 뜨거웠던 기독교 지도자들은 당시 지식인들에게 절대적인 영향력을 행사한 철학을 바울처럼 그렇게 무시해 버릴 수만은 없었다. 기독교도 신, 우주, 인간, 생명 등 철학자들이 관심 가졌던 대상들에 대해서 나름대로 관점이 있었고, 기독교의 기본 교리에 대한 이론적 작업도 불가결했다. 신자들의 자녀들과 개종한 사람들에게 기독교 신앙의 기본을 요약 정리해서 교육해야 했고, 그와는 다른 철학들의 공격에 대해서 이론적으로 방어하지 않을 수 없었다. 유스티누스(순교자, Justinus)를 비롯한 변증론자들(apologists)이 일어나서 기독교 교리를 철학적으로 변호하려는 시도가 시작되었고, 거기서 기독교 신학의 씨앗이 심어졌다. 플라톤이 모세로부터 배웠다는 터무니없는 주장까지 제시되었다.

그렇게 하는 동안 기독교는 그 배경인 히브리 전통에서 조금씩 벗어나 철학적 사고를 이용하고 철학적 문화에 동화되었다. 고대 그리스 철학이 고대 그리스 종교적 배경에서 태어난 것을 감안하면, 비록 기독교와 철학은 세계관이 근본적으로 다르지만 동시에 동일한 범주에 속해 있다 할 수 있으므로 상호작용도 불가피했다. 모든 종교 가운데 기독교가 가장 상세하고 체계화된 교리를 갖추게 되고, 그것을 발전시키고 전수하기 위하여 신학이 개발되었으며, 그 신학을 가르치기 위하여 고등교육기관이 세워졌다. 파리, 옥스퍼드, 케임브리지, 루뱅 등 서양에서 역사가 오랜 대학들은 모두 신학교육을 위해서 시작되었다. 하버드, 예일, 프린스턴 등 미국의 아이비리그에 속한 대학들도 마찬가지였다. 기독교의 이론적 발전은 오직 철학적 문화에서만 가능했다 할 수 있다. 기독교가 독점적인 상황이 계속되자 소수를 제외하고는 철학은 곧 기독교 철학이란 환상이 생겨났다. "진리가 너희를 자유케 하리라"(요한복음 8:32)에서 말하는 진리는 철학이나 다른 학문이 말하는 진리와 전혀 다른데도 불구하고 동일한 것으로 인식했다. 그 구절이 하버드대학교나 우리나라의 연세대학의 교훈이 되어 있는 것에서도 엿볼 수 있다. 이런 상황에서 모든 대학은 기독교 대학이고, 철학은 곧 기독교 철학이었다. 1880년 네덜란드의 신학자 카이퍼(Abraham Kuyper)가 자유대학교(Vrije Universiteit)를 세우고, 그것을 '기독교 대학'이라 했을 때 유럽 교육계는 모든 대학이 다 기독교 대학인데 무슨 '기독교 대학'이 따로 필요한가 하며 놀라는 반응을 보였다 한다. 헤겔은 그런 관점의 대표적인 철학자였다.

그러나 그런 시도에 대해서 비판적인 입장이 없을 수 없다. 가장 대표적인 예는 2세기 로마의 법률학자였다가 기독교로 개종하여 신학자가 된 터툴리아누스(Tertullianus)였다. 오늘까지 전해 오는 그의 발언 가운데는 "예루살렘과 아테네가 무슨 상관이 있느냐?"와 "말이 안 되기 때문에 믿는다(Credo quia absurdum)"가 있다. 예루살렘은 신앙의 도시이고 아테네는 철학의 도시인데, 신앙과 철학은 전혀 별개의 것이란 말이다. 그리고 기독교는 철학적 지식을 초월하는 것이므로 논리적으로 이해될 수 없으며, 바로 이해될 수 없기 때문에 믿을 가치가 있다는 엄청난 주장이다. 4-5세기 신학자 아우구스티누스(Augustinus)나 11세기 철학자 안셀무스(Anselmus)의 "알기 위해서 믿는다(Credo ut intelligam)"란 명구도 신앙이 지식보다 우위에 있음을 인정하는 것으로 터툴리아누스의 전통에 서 있다고 할 수 있다.

그리고 17세기 프랑스 수학자요 철학자였던 파스칼(B. Pascal)은 진리에 이르는 길은 수학의 논리(logique de mathématique)뿐만 아니라, 그와는 전혀 다른 마음의 논리(logique de coeur)가 있다고 주장했고, 그 두 논리는 전혀 다른 성질의 것임을 지적하였다.

비록 다른 시대, 다른 철학적 입장을 가졌지만, 김형석 교수가 많이 인용하는 키르케고르도 아우구스티누스나 파스칼과 비슷한 입장을 지닌 기독교적 철학자였다. 그는 삶의 근본적인 입장을 심미적 단계, 윤리적 단계, 종교적 단계 등 3단계로 구분하였다. 욕망, 감각, 감정에 반응하는 삶이 심미적 단계에 속하고, 보편적인 원칙이나 합리성에 근거하여 행동하는 삶이 윤리적 단계라면, 감정도 이성도 아닌 신앙의 도약(leap of faith)으로 절대자에게 자신을 위임하는 삶이 종교적 단계라 했다. 하나님의 명령으로 독자를 희생 제물로 바치려 했던 아브라함은 "외국어를 했다."고 키르케고르가 표현했다. 즉 그의 신앙적 결단은 다른 사람에게 전달될 수 없는 성질의 것이란 말이다. 실존적 단계를 윤리적 단계 위에 둔 것은 신앙이 철학 위에 있다는 그의 관점을 암시한다.

신앙은 철학적 논리와는 근본적으로 다른 성질의 것이라는 주장은 유대교적 전통의 사고방식을 제시한 부버(M. Buber)의 '나와 너'의 관계, 레비나스(E. Levinas)의 '고아와 과부의 얼굴'에서도 엿보인다. 모두 우리 삶의 경험에서 기본적이고 중요하지만, 논리적 분석의 대상이 될 수 없음을 강조한다.

이와는 매우 다른 방식으로 기독교적 철학을 시도하는 학파가 있다. 곧 네덜란드 신학자 카이퍼의 영향을 받은 신칼뱅주의적 세계관에 입각한 철학자들이다. 미국의 플란팅가(C. Plantinag), 월터스톨프(N. Wolterstorff), 네덜란드의 도여베르트(H. Dooyeweerd) 등으로 키르케고르나 레비나스와는 달리 서양철학의 이론적 논증 방법을 그대로 유지하면서도 전통적 기독교 신앙을 철학적 체계의 전제 혹은 출발점으로 삼고, 그것을 정당화하고 있다. 캐나다, 남아프리카, 호주, 한국(손봉호, 강영안, 신국원, 양성만), 일본 등에도 그 학파에 어느 정도 동조하는 철학자들이 있다.

3. 김형석 교수와 기독교

주마간산(走馬看山)격이지만, 기독교와 철학의 관계를 정리해 본 것은 기독교적 철학자로서의 김형석 교수가 차지하는 독특한 위치를 설정해 보고자 함이다. 김형석 교수는 위에서 열거한 기독교 철학의 어느 시도에도 전적으로 동참하지 않는다. 비교적 키르케고르의 입장과 가깝다 할 수 있으나, 그의 사상을 전적으로 수용하는 것은 아니다. 그런 점에서 김 교수는 사색적이고 철학적이기보다는 우리가 상식적으로 알고 있는 평범한 신앙에 더 충실하다 할 수 있다.

(1) 인격적 신앙

비록 그의 부모가 기독교인이었으나, 김형석 교수는 대부분의 모태 신앙인과 달리 분명한 회심을 경험했다. 기독교적 가정의 영향으로 병약했을 때 선교사 의사들의 도움을 많이 받은 것이나, 기독교 관계 인사들과의 잦은 교류로 기독교에 대해서 긍정적인 태도를 갖게 된 것은 사실이지만, "되돌아갈 수 없는 인생의 강을 건넌" 것은 중학교 때 개최된 부흥회에서였다. 특히 윤인구 목사의 사랑에 대한 설교가 큰 감명을 일으킨 것 같다. 자신의 병을 고쳐주신 것이 하나님의 사랑이라는 것을 깨닫고, 자신은 특별한 은총을 받았다는 사실을 알게 된 것이다. 그리고 그에게 일어난 것은 하나님의 뜻이며 섭리라고 수용하고, 거기서 자신의 사명이 무엇인가를 확립하게 되었다. 그 신앙이 삶의 거친 파도에도 일생 동안 "매달려 쉴 수 있는 밧줄"이었고, 그는 일생 동안 한 번도 그 밧줄을 놓치지 않았다. 그런 확신이 그로 하여금 100세를 향수하는 데 적지 않은 역할을 했을 것이다. 그는 지금까지도 매일 나라와 사회를 위해서 기도한다.

삶의 오리엔테이션이 한 번 바뀌지면 자연히 그것을 더욱 강화하는 정보를 수용하고 상황을 해석하기 마련이다. 주로 일본인 기독교인들의 신앙체험을 쓴 간증집을 읽으면서 하나님에 대한 그의 신앙을 키웠다. 그의 신앙은 교회생활이 아니라, 주로 독서를 통해서 유지되고 성숙해졌다.

그는 기독교는 독특한 종교라고 믿고 있다. 다른 종교들은 모두 자연과 자연법칙에 근거한 자연종교인 반면에 기독교는 자연현상과는 전혀 무관한 특별한 종교라고 주장한다. 그 독특함의 핵심은 예수 그리스도다. 전통적인 신학이 주장하는 것처럼 성경은 하나님의 계시라는 사실을 부인하지는 않지만, 별로 강조하지는 않는다. 중요한 것은 성경이 예수를 소개하고, 예수는 단순히 한 위대한 사람일 뿐 아니라 하나님이 인류를 구원하기 위해서 보내신 그리스도라는 것을 가르치기 때문에 성경을 읽고 믿어야 한다고 주장한다.

역사적인 예수가 인류를 구원하기 위하여 오신 그리스도라는 사실을 믿고, 그가 그 그리스도의 사랑을 체험하고 믿는다는 사실에서 그는 전통적인 기독교의 핵심교리에서 벗어나지 않는다. 그런 신앙과 고백으로 그는 한국과 해외에 있는 한국 교회와 기독교 단체에 수많은 강의와 설교를 했으며, 큰 영향력을 행사했고, 큰 환영을 받았다. 그리고 그것을 그는 하나님의 특별한 섭리에 의하여 그에게 주어진 소명으로 수용하고, 성실하게 그 사명을 감당하였다.

(2) 철학자의 신앙

한편으로 기독교가 독특한 종교이며 자신은 하나님의 특별한 은총과 예수 그리스도를 구세주로 믿는 개인적이고 인격적인 신앙을 가졌지만, 다른 한편으로는 그의 신앙에는 역시 철학적 사유의 영향이 침투되어 있다. 신앙에도 사람마다 색깔이 있을 수밖에 없고, 가장 많은 시간과 관심을 어디에 쓰는가는 신앙에도 영향을 줄 수밖에 없다. 그것은 특히 철학자에게 두드러지게 마련이다. 신앙과 철학은 둘 다 비물질적, 정신적 작용이고, 돈, 명예, 권력 같은 세속적인 것보다는 궁극적이고 원칙적인 것에 관심을 집중하는 것이므로 공통점이 많다. 일평생 권력, 지위, 명예 같은 것에 초연하여 오직 올바르게 생각하고 성실하게 살아야 한다고 가르치고 쓰는 데 모든 정력을 쏟은 분에게 철학과 신앙이 완전히 분리될 수는 없다.

그가 가장 많은 시간을 할애한 것이 독서였고, 그의 신앙도 설교보다는 독서를 통하여 성숙해졌으므로 어떤 책을 읽었는가는 중요할 수밖에 없다. 그는 신학 관련 도서나 정통 교리 같은 것에는 별로 관심을 보이지 않은 것 같다. 역시 사상, 철학 쪽에 치우칠 수밖에 없고, 그것은 그의 신앙의 색깔을 상당할 정도로 결정했다. 대학 시절에는 톨스토이, 도스토예프스키, 간디 사상에 매료되었고, 철학자로는 아우구스티누스, 칸트, 쇼펜하우어, 니체, 파스칼, 베르그송의 철학에 관심을 가졌다. 그러나 역시 가장 친근감을 가졌던 철학자는 키르케고르였던 것 같다. 모든 기독교적 철학자들 가운데 김 교수의 신앙과 질이 가장 비슷한 철학자는 키르케고르라 할 수 있다. 그러나 그는 그 어느 철학자를 전적으로 추종하거나, 어느 특정한 철학 조류 혹은 학파에 속하지 않았다. 키르케고르를 좋아한다 해서 그의 실존주의를 배타적으로 수용한 것은 아니다. 김 교수의 사상의 폭은 매우 넓다.

　그는 우리 모두가 받아들일 수 있는 유일한 이데올로기는 휴머니즘이라 주장하고, 기독교가 이에 공헌하지 않으면 그 가치를 상실한다고 믿는다. 그리고 그가 이해하는 휴머니즘은 매우 단순하고 상식적인 것이다. 즉 인간의 인격, 생명, 삶을 존중하고, 그것을 다른 무엇을 위한 수단으로 사용하지 않는 것이다. 칸트의 정언명령에 충실한 것이다. 그는 예수의 기적도 어디까지나 사람의 생명을 살리고 질병을 치유한다는 사실에 그 참된 가치가 있다고 본다.

　이런 휴머니즘은 죄에 대한 그의 이해에도 영향을 끼친다. 기독교의 정통교리는 인류의 대표로서 아담이 하나님의 명령을 어김으로써 원죄가 모든 인간을 근본적으로 저주 아래 놓았는데, 예수 그리스도가 십자가에 못 박혀 죽음으로써 인류를 그 원죄로부터 구속(救贖,

redeem)했다고 가르친다. 이런 주장은 합리적이지 않고, 현대인이 수용하기가 매우 어렵다. 김형석 교수는 그런 교리에 별로 관심이 없다. 모든 인간은 원죄로 말미암아 원칙적으로 죄인이란 사실은 그의 휴머니즘과 배치된다. 원죄를 인정하지 않으면 그리스도의 구속이 그렇게 중요할 이유가 없다. 김 교수에게 그리스도가 구세주인 것은 구속의 죽음이 아니라 인류를 향한 그의 희생적인 사랑 때문이다. 여기서 김 교수의 휴머니즘이 철학적 휴머니즘과 크게 다르지 않고, 그의 기독교는 상당할 정도로 윤리적인 색채를 띠고 있다. 물론 윤리적인 선한 행실로 구원에 이른다고 주장하는 것은 아니다. 그는 역사의 과정에 저질러진 인간의 악에 대해서 매우 비판적이고 절망하며, 하나님의 은총을 누구보다 더 강조한다.

내세에 대해서도 그는 비교적 소극적이다. 평소에 기독교인으로 행세하지 않았던 박종홍 교수나 김태길 교수가 임종 전에 세례를 받았고, 프랑스 철학자 베르그송(H. Bergson)도 사망 2년 전에야 영세를 받는데, 일생 동안 누구보다 더 분명하게 기독교 신자로 활동하신 김형석 교수가 내세에 대해서 큰 관심을 갖지 않는 것은 특이하다 할수 있다. 죽어서 천당에 가는 것보다는 삶의 마지막 순간까지 성실하게 사랑을 실천하면서 예수님을 닮으면 그것이 바로 구원이라고 믿는다. 그런 점에서 죽음이 무엇인가에 대한 제자 계로(季路)의 질문에 "내가 사는 것이 무엇인지도 모르는데 죽음에 대해서 무엇을 알겠느냐"고 한 공자의 생각과 크게 다르지 않다. 물론 공자의 삶도 구원의 길이라고 주장하는 것은 아니다. 그는 하나님, 그리스도, 성령을 믿고, 예수는 그리스도란 사실을 인정하는 것을 구원의 조건으로 본다.

예수는 구세주요, 기독교만이 참된 종교란 사실, 하나님의 은총에 대한 확실한 믿음, 예수의 사랑을 실천하는 것을 삶의 목표로 하는 개인적 신앙을 유지하면서도 철학자로서 김형석 교수는 합리적인 사고를 하는 현대인들이 비교적 쉽게 수용할 수 있는 신앙을 제시하고 실천하고 있다.

(3) 비판적인 신앙

철학의 가장 중요한 임무 가운데 하나가 비판하는 것이다. 아무 것도 당연하거나 절대적인 것으로 인정하지 않고, 그 이상 비판할 수 없는 바탕을 찾아내어 거기서 다시 연역적으로 추리해서 새로운 체계를 만들어보려고 시도하는 것이다. 세상의 모든 것이 다 비판의 대상이 될 수 있으나, 가장 손쉽고 당연한 대상은 종교일 수밖에 없다. 사람들의 삶에 가장 큰 영향력을 행사하면서도 모든 종교는 비판을 수용하지 않는 도그마에 근거해 있기 때문이다. 그래서 많은 사람들은 종교인이 철학하는 것을 이상하게 생각한다. 그런 점에서 김형석 교수는 매우 특별한 경우가 아닐 수 없다.

그런데 과학자요 철학자였던 파스칼은 "철학을 조롱하는 것이 진짜 철학하는 것이다(Se moquer de la philosophie, c'est vraiment philosopher)"라는 명구를 남겼다. 물론 한 철학자가 다른 철학을 비판하는 것은 전혀 이상하지 않다. 그러나 철학자가 어떻게 철학 자체를 비판할 수 있는가? 철학 바깥에 설 수 있어야 철학을 비판할 수 있다. 파스칼은 그의 기독교 신앙을 염두에 두고 그렇게 말했을 것이다. 모든 것을 비판하기 위하여 전제하지 않을 수 없는 그 최후의 절대도 역시 믿음의 대상이라는 것을 함축하고, 그것조차 상대화하고 비판하는 것이 철학의 정신인 만큼 그렇게 하기 위한 다른 절대가 필요한데, 그것이 기독교 신앙이라 본 것이다.

　김형석 교수가 어떤 철학자도 배타적으로 추종하지 않고, 어떤 철학파에도 소속하지 않은 것도 이론적 철학에 대한 그의 비판적 태도 때문일 것이다. 그리고 그렇게 비판적이고 상대주의적인 입장을 취할 수 있는 것은 그의 확고한 기독교 신앙 때문일 것이다. 그가 수용할 수 있는 유일한 이데올로기가 휴머니즘이고, 기독교는 그 휴머니즘의 보루 역할을 감당해야 한다고 믿는 것이다. 그리고 그에게 그 휴머니즘은 이론적인 도그마가 아니고, 구체적인 윤리적 실천의 바탕이다. 그 외 잡다한 철학 이론은 그에게 '그저, 그만'에 불과하다. 물론 그는 그런 입장을 말과 글로 표현하지는 않는다. 다만 철학에 대한 파스칼의 급진적 비판정신이 무의식적으로 작용하는 것이 아닌가 한다.

　그의 비판의 화살은 다른 종교, 철학이 아니라 오히려 기독교 자체에 대해서 겨누어져 있다. 물론 그가 확신하는 기독교가 아니라 현상으로 나타나는 역사적 기독교, 특히 한국 교회를 주로 비판한다. 정치, 사회, 교육 등 다른 분야에 대해서도 전혀 비판적이지 않은 것은 아니지만, 기독교계에 대한 그의 비판은 그의 인자한 성격을 고려하면 매우 날카롭다. 그가 이해한 성경의 가르침, 예수 그리스도가 몸소 실천한 정의와 사랑과는 너무 거리가 먼 현실교회에 절망하는 것이다. 단순히 말과 글로만 비판하는 것이 아니라, 조직교회에 일체 관계하지 않는다. 그분이 스스로 철저히 절제하고 윤리적으로 흠 없이 살았기 때문에 그의 비판은 무게가 있다. 그러나 그의 부드러운 성격과 사랑의 강조 때문인지 한국 교회는 그를 무서운 비판자로 인식하지 않고 있어 안타깝다.

4. 맺는 말

김형석 교수는 분명히 한국 사회에게 보내진 소중한 보배들 가운데 하나다. 혼란기를 거치면서 정신적 혼란을 겪는 수많은 젊은이들에게 정직, 성실, 사랑을 설득력 있게 가르치고, 애국심을 불러일으켰다. 비록 교회에 대해서는 비판적이지만, 그는 한국 기독교의 명예를 드높이고 교회 성장에도 크게 공헌했다. 특히 한국 교회는 그의 사랑어린 비판에 귀 기울일 필요가 있다. 그리고 철학자는 종교적이 될수 없다는 막연한 오해를 고치는 데도 큰 역할을 했다.

장수는 본인에게 축복일 수 있지만, 사회에는 짐이 될 수 있다. 그러나 김형석 교수의 건강한 장수는 한국 사회와 한국 기독교계에 그의 긍정적인 영향력을 확대하는 데 크게 공헌했다. 축하뿐만 아니라 감사를 받는 복이니 그 또한 엄청난 은총이 아닐 수 없다.

손봉호(孫鳳鎬)
서울대학교 영문과 학사, 미국 웨스트민스터대학교 신학석사, 네덜란드 자유대학교 철학박사, 한국외국어대학교 교수, 동덕여자대학교 총장, 경실련 공동대표 역임, 현 기아대책 및 나눔국민운동본부 대표, 서울대학교 명예교수, 주요 저서: *Science and Person*, 『고통받는 인간』, 『나는 누구인가?』 등

6. 김형석의 기독교 신앙 이해

김영한

1. 머리말

2019년 1월 KBS TV 〈백세를 살아보니〉 다큐멘터리 5부작에 방영된 철학자 김형석 교수의 일상의 모습, 말할 때 항상 미소가 있는 그의 온화한 인품, 버스 및 식당 등 대중시설을 이용할 때 항상 "감사합니다."라고 기사나 직원들에게 인사하는 그의 배려, 일하기 위해 살며, 이웃을 위해 도움이 되기 위해 살려는 삶의 태도, 식사 때 하나님께 기도하는 모습, 장남 김성진 교수의 말을 통해 알려진 자녀들과 함께 가정 예배를 드렸다는 생활신앙, 그리고 여러 교회가 개최한 성경강좌에 초청되어 가서 신앙과 삶을 간증하는 그의 모습 등은 백세시대를 지향하여 오늘을 살아가는 우리 세대들에게 삶에 대한 태도를 새롭게 가르쳐주고 있다. 그러한 그의 삶 자체가 기독교 신앙이 무엇이라는 것을 드러내 보여주고 있다.

2019년 신년 초 SBS 방송기자가 낭독하는 김형석 교수의 글 일부는 인생의 의미와 그의 삶의 사상을 들려준다:

> 인생이란 무엇인가. '나는 사랑한다. 그러므로 내가 있다.'는 명제가 가장 적절한 대답이다. 93세 되는 가을, 나는 자다가 깨어나 메모를 남기고 다시 잠들었다. '나에게는 두 별이 있었다. 진리를 향한 그리움과 겨레를 위하는 마음이었다. 그 짐은 무거웠으나, 사랑이 있었기에 행복했다.' '사랑이 있는 고생이 행복이다.' 그리고 '사회와 이웃을 위해 일을 사랑하며 일하는 것이 노동의 가치일 뿐 아니라, 인생의 가치이다.'([북적북적] 새해, 어떻게 살까 — 김형석 『백년을 살아보니』, 권애리 기자, 2019.01.06. 07:39, 출처: SBS 뉴스)

노학자의 후학인 필자에게 깊은 감명을 주는 이 명제들은 그의 독실한 기독교 신앙에서 나온 것으로 생각된다.

2017년 종교개혁 500주년을 기념하며, "지성적 신앙과 일상의 성화"란 주제로 경동교회 본당에서 열린 '평신도 포럼'에서 김형석은 97세의 고령다운 깊은 신앙적 통찰과 간증을 청중들에게 전달했다. 그는 생을 살면서 3번 예수를 깊이 체험했는데, 먼저 어릴 적 '임마누엘'의 하나님을, 그 다음 청년의 때 '내가 주를 택한 것이 아니요, 주께서 나를 택하신 것'이라는 사실을, 그리고 40세가 넘으면서 '예수 뜻대로 일하는 생의 사명감'을 체험했다고 했다.("한국 철학의 대부, '교회가 그리스도를 상실했다.' 일갈," 《기독일보》, 조은식 기자, 입력 2017.02.09 12:04 | 수정 2017.02.09., 12:04, 경동교회에서 열린 종교개혁 500주년 기념 '평신도 포럼'에서 연세대 김형석 명예교수 대담)

그는 예수와 동행한 그의 삶을 다음과 같이 피력한다:

　　지난 생애를 돌아보면 내 처음 신앙은 '주님께서 나와 함께 하신다'는 거였다. 내가 어딜 가고 무엇을 하든 주님이 언제나 나와 동행하신다는 믿음이 있었다. 그러다 '내가 주님을 택한 게 아니고 주께서 나를 택하셨다'는 걸 비로소 깨달았다. 이걸 알고 참 많이 울었던 기억이 난다. 그리고 지금, 내가 붙드는 신앙은 '주님의 일을 내게 맡기셨다'는 사실이다. 이 땅에 하나님의 나라를 이루라는 주님의 명령, 그것이 바로 나와 우리 모두의 사명일 것이다.("사람이 안식일을 위해 있는 것이 아니라…,"《크리스천 투데이》, 김진영 기자, 2017.02.09. 15:38; 철학자 김형식 교수의 신앙과 그가 생각하는 기독교 진리)

김형석은 나사렛 예수를 다음과 같이 인격적으로 고백한다:

　　솔직히 말하면 나는 예수를 잊거나 떠난 때가 있었어도 예수는 언제나 내 곁에 있었어도 야훼 신앙은 야곱의 일생을 지켜준 것과 같은 것이었다. 대개의 경우 예수는 내 옆 가까이에서 나와 함께 머무른다. 그러나 때로는 내 뒤에서 떨어져 내가 다시 찾아주기를 기다리는 때도 있었다. 그렇다고 해서 나와 예수가 완전히 외면한 적은 없었다. 아니 있을 수가 없었다. 그런 점에서 예수는 나의 길이요, 진리요, 생명이기도 했다. 그는 나의 모든 것이었으며 나 자신이기도 했다.(김형석, 『예수: 성경 행간에 숨어 있던 그를 만나다』, 이와우, 2015, 4-5쪽)

　　필자의 견해에 의하면, 한 세기를 살아온 노학자 김형석의 기독교 신앙의 이해는 순수한 기독교를 왜곡 없이 바르게 파악하고 있다. 필자는 그의 기독교 신앙이 철학자의 사변에 근거하지 않고, 기독교 신앙의 대상인 예수 그리스도와 날마다 동행하는 인격적 삶의 체험에 근거하고 있는 것을 보면서 깊은 감동을 받았다. 필자는 그의 기독교 신앙을 다음 7가지 관점에서 조명해 본다.

2. 신앙은 철학과 윤리와는 다른 섭리의 영역

2016년 수상집 『백년을 살아보니』를 내고 가진 기자와 인터뷰에서 김형석은 철학과 신학의 보완을 말하면서 양자의 차이를 분명히 제시한다:

> 철학은 인간에 대해 알려주지만, 인간이 처한 문제는 해결을 못해 줍니다. 그러면 종교가 해결을 해주느냐? 아닙니다. 나는 그 답을 예수에게서 찾았어요. 안병욱 선생과 내가 경험을 통해 내린 결론은 인격의 핵심은 성실이라는 겁니다. 성실하게 살면서 가장 높은 경지에 이른 사람은 공자예요. 공자는 성실한 윤리학자였어요. 하지만 공자는 영원성, 내세의 문제, 인생의 참다운 자유와 행복에 대한 문제 해결은 못 내렸어요. 그것은 종교의 영역입니다. 그런데 신앙을 가지려면 성실성에 경건성이 더해져야 합니다. 성실한 사람은 악마가 건드리지 못합니다. 유혹을 받는 것은 성실하지 못하기 때문이지요. 그렇다면 경건이란 무엇이냐? 호수가 잔잔해야 달그림자와 별그림자를 볼 수 있어요. 그 잔잔함이 바로 경건이지요. 철학자 가운데 가장 성실한 사람은 칸트였어요. 칸트는 신을 받아들이진 못했지만, 신이 있는 사회를 희망했습니다. 내 친구 김태길 선생은 말년에 딸을 슬프게 잃었어요. 그런데 철학자이자 윤리학자인 그분의 슬픔을 철학과 윤리가 해결을 못해 줍니다. 그분도 결국 신앙으로 돌아왔지요. 그때 그는 성실이 아닌 경건을 받아들인 겁니다. 더 높고 영원한 것을 말이지요.([김지수의 인터스텔라] "'100년을 살아보니'...97세 현자와의 대화," 기사입력 2016.08.27, 《조선비즈》, 기사출처 http://naver.me/FAt6hxb2/chosunbiz.com)

김형석은 철학과 종교를 구별하면서 철학은 질문하지만 해답을 제시해 주지 못하고, 윤리는 성실로서 영원에 도달하지 못하나, 신앙은 대답을 제시한다고 본다.

무신 철학자 니체가 운명을 주장한 데 대해 김형석은 하나님의 섭리를 믿는다고 피력한다:

> 같은 듯 다른 그 경계선에 있지요. 내가 『운명도 허무도 아니라는 이야기』라는 책에도 썼듯이 철학자는 결국엔 두 부류예요. 운명론자 아니면 허무주의자입니다. 니체는 운명론자였어요. 태양이 서산에 지는 것처럼 운명에 맡기라는 거지요. 나는 운명도 허무도 아닌 섭리를 받아 들였어요. 섭리란 내가 모르는 제3자가 나를 이끄는 것을 느끼는 겁니다.([김지수의 인터스텔라] "'100년을 살아보니'…97세 현자와의 대화")

영국의 철학자 버트런드 러셀이 『나는 왜 기독교인이 아닌가』라는 책에서 종교가 비합리적이고, 지적으로 부정직하며, 나약한 선택이라고 한 주장에 대하여 김형석은 지성의 성실성이 신앙으로 인도한다고 대답한다:

> 서울대학교 박종홍 교수는 대한민국 1세대 철학자로 여전히 가장 존경받는 지성인입니다. 그분은 지성 성, 이룰 성, 거룩할 성의 3단계를 이야기하며, 이 길이 철학에서 종교에 이르는 길이라고 했지요. 내가 살아온 나날을 훑어봐도 내 선택이 아니라 섭리가 있었다는 것을 나는 압니다. 철학자가 도달한 신앙은 목사나 신부들의 신앙과는 다릅니다. 몇 십 년을 학문적으로 두드린 후에 내린 결론이지요(웃음).([김지수의 인터스텔라] "'100년을 살아보니'…97세 현자와의 대화")

불교학자 이기영이 석가가 예수보다 마음이 넓다고 말한 데 대하

여 김형석은 예수는 사랑과 정의를 동시에 말했다고 천명한다:

　신앙을 가진 사람은 겸손하고, 겸손한 사람이 경건해질 때 받아들이는 것이 사랑입니다. 동국대학교 교수였던 불교학자 이기영 박사는 천주교도였다가 불교신자가 됐어요. 이유를 물었더니, '석가의 마음이 예수보다 넓더라'고 하더군요(웃음). 예수는 헤롯왕을 일컬어 여우같은 놈이라고 욕도 했다면서요. 석가와 예수의 차이는 한 가지예요. 석가는 현실세계의 정치, 경제, 질병, 가난으로 고생하는 사람에게 공감했으나 그들의 삶에 깊이 동참하지 않았어요. 예수는 로마시대에 살면서 버림받은 사람에게 들어가 정의와 사랑을 함께 실천했지요. 석가는 사랑만 있었지 정의는 없었어요. 예수는 우리를 사랑했기에 십자가를 질 수밖에 없었던 겁니다. 그래서 진정한 크리스천은 사회를 떠날 수가 없어요.([김지수의 인터스텔라] "'100년을 살아보니'...97세 현자와의 대화")

이러한 김형석의 지적은 바른 지적이다. 세상은 자비만으로 되는 것이 아니다. 자비만으로는 세상의 질서는 확립되지 않는다. 옳고 그름, 정의와 불의, 참과 거짓에 대한 정의로운 구분이 있어야 하며, 악의 세력에 대한 정의로운 심판이 있어야 진정한 평화와 사랑의 사회가 올 수 있는 것인데, 예수는 인류가 지은 하나님에 대한 불복종의 죄업(罪業)에 대한 하나님의 정의로운 심판을 대신 짊어진 사랑으로 십자가를 지심으로 하나님의 공의와 사랑을 나타내신 것이다.

김형석은 천국이 있다고 믿느냐라는 질문에 대하여, 기복 신앙을 너머선 선하신 하나님이 계시니까 천국은 있을 것으로 믿는다고 대답한다:

누구도 모릅니다. 천국은 중요하지 않아요. 삶의 의미와 가치를 아름답게 남길 수 있느냐까지만 우리 문제입니다. 나머지는 종교인들의 문제지요. 내가 다니는 감리교회의 조창환 목사가 미국에 있다가 한국에 와서 목사 시험 볼 때 떨어질 뻔했다고 해요. 교리 시험에서 '천당과 지옥을 믿느냐?'는 문제가 있었는데, '성격과 형태는 모르지만 천국은 있을 겁니다. 하지만 사랑이 많으신 하나님이 지옥은 만들지 않았을 것 같습니다'라고 했다가 떨어졌대요. 나중에야 조 목사의 겸손함을 보고 다시 붙여줬다고 하더군요. 천국, 지옥, 연옥은 쉽게 얘기할 수 없어요. 지나치게 거론하는 것은 비종교적이지요. 다만 우리 사회는 모든 종교가 너무 샤머니즘적인 기복 신앙이라는 데 있어요. 기독교가 그것을 극복하려고 하지만 쉽지 않아요. 가령 목사가 고통 받는 교인을 위로할 때 '하나님의 뜻이다'라고 단정하는 건 기독교가 아니에요. 그게 팔자소관이나 운명론과 무엇이 다릅니까? 그건 섭리가 아니지요. 복 받기 위해 종교를 갖는 것은 아닙니다. 모두 자기 그릇만큼의 신앙을 가질 뿐이지요. 내 아내가 살았을 때, 딸들은 '엄마는 졸기만 하면서 왜 교회를 가?'하고 물었어요. 아내는 '난 설교 시간에 졸아도 사랑하는 건 남을 위해 주는 거라는 건 알아!'라고 답했어요. 현답이지요.([김지수의 인터스텔라] "'100년을 살아보니'...97세 현자와의 대화")

천국을 단지 기복 신앙의 대상으로 믿는 것이 아니라, 우리의 삶의 의미와 가치가 완성되는 것으로 천국을 신앙하는 김형석의 태도는 지성적 신앙인이 믿는 천국에 대한 보다 가치관적 신앙이라고 말할 수 있다.

3. 예수가 가르친 참 종교: 기복 종교 아닌 축복 종교

김형석에 의하면 예수가 가르치신 하나님 나라의 복음은 이방종교, 특히 불교, 무속 종교가 추구하는 기복 신앙이 아니다. 기복 신앙이란 수고나 노력 없이 복 받는 것만을 목적으로 하는 것이다. 이러한 기복 신앙은 미신과 다름없다. 기복 신앙이란 물질을 제공함으로써 더 많은 복을 받겠다는 신앙이다. 김형석은 한 청년이 부모를 따라서 불교 신자였다가 친구의 권고로 교회에 나가게 되었으나, 교회도 마찬가지여서 기독교도 등지게 되었다는 이야기를 피력하고 있다:

> 기독교는 불교와는 다른 종교일 것으로 생각했습니다. 그러나 거기서 발견한 것도 마찬가지였습니다. 청장년층은 살아서 복을 받겠다는 믿음이었고, 노년들은 죽어서 천당에 가는 복을 받겠다는 것이었습니다. 마침내 저는 교회를 또 등지게 되었습니다.(김형석, 『당신은 누구이고, 나는 누구입니까』, 철학과현실사, 1993, 242쪽)

김형석은 기독교도 종교니까 "적지 않게 기복적 요소를 지니고 있는 듯이 보이나" 기복과 축복을 구분하면서 예수의 산상수훈을 중심으로 기독교 신앙의 진정한 모습을 제시하고자 한다.

사람들이 기독교를 기복 종교로 만들고 있으나, 기독교는 기복 종교가 아니라 축복의 종교다:

> 어떤 사람은 자신도 모르는 사이에 기독교를 기복 종교로 만들고 있다. 상당한 교양을 갖춘 사람들도 복 받기 위해 교회에 나간다고 말한다. 또 아들 딸들에게 교회에 나가야 복을 받는다는 말을 자주 하고 있다. 그러나 기독교는 기복 종교이기보다는 오히려 축복의 종교라고 봄이 좋을 것 같다. 같은 복을 받되 복을 위해서가 아니라 복이 주어지는 종교라고나 할까. 하느님의 축복을 받아 누리는 신앙이라는 뜻이다.(『당신은 누구이고, 나는 누구입니까』, 243쪽)

김형석은 기복(祈福)에는 운명적, 행운적 요소가 있으나, 예수의 가르침에는 행운적 요소가 없다고 본다:

　예수의 교훈 속에는 우리가 흔히 생각하는 행운으로서의 복이 개념이 없다. 대부분의 기복 종교는 행운을 전제로 한다. 심하면 노력과 수고가 없는 복을 바라고, 때로는 적은 노력에서 큰 복의 대가를 원한다.(『당신은 누구이고, 나는 누구입니까』, 243쪽)

김형석은 동양의 풍수설이나 동화도 기복의 요소를 전해 준다고 예를 든다:

　동양 사람들은 예로부터 그런 생각을 많이 해왔다. 복은 행운의 결과로 주어진다는 생각이다. 풍수설도 그 한몫을 담당해 왔으며, 우리가 어렸을 때부터 들어온 동화의 내용도 그렇다. 흥부는 제비의 다리를 치료해 준다. 그 대가로 얻은 것이 주렁주렁 달리는 금박이다. 지극히 작은 노력에서 엄청나게 큰 복을 기대하는 이야기다. 그리고 우리가 원하는 신앙적 기복도 이와 비슷한 경우가 많다.(『당신은 누구이고, 나는 누구입니까』, 244쪽)

풍수단맥설에 의하면, 개인이나 국가의 운명은 풍수에 의하여 정해진다는 것이다. 특정 공간의 훼손이 가문이나 국가의 맥을 절단한다거나, 맥을 끊은 특정 건물 철거가 가문이나 민족정기를 회복한다는 것이다. 풍수설이나 미신은 환경이나 상황을 극복하는 인간의 합리적 노력과 도덕적 의지를 인정하지 않는다는 것이다. 이는 신구약 성경의 가르침에 맞지 않다.

이에 대하여 김형석은 예수의 산상수훈에는 기복적 요소가 없다고

피력한다:

> 그런데 예수의 가르침에는 그런 행운적 요소가 없다. 복 같은 것은 일체 용납하지 않았다. 해야 할 일을 다 하고, 주어진 의무를 감당한 사람에게 하느님께서 축복해 주신다는 것이 예수의 교훈이었다.(『당신은 누구이고, 나는 누구입니까』, 244쪽)

김형석은 달란트 비유를 들면서 예수의 가르침은 기복이나 행운을 가르치는 종교가 아니라고 본다:

> 예수는 다른 곳에서 노력하는 사람은 더 많은 것을 얻고, 게으른 사람은 있는 것까지도 빼앗긴다는 말씀을 했다. 게으름과 의무를 회피하는 것은, 복은 말할 것도 없거니와 징계와 벌을 받는다고 가르친다. 하물며 정당한 노력이 없이 행복을 기다린다면, 그것은 기독교가 아니고 크게 잘못된 신앙이 되는 것이다. 우리는 기독교를 행운을 가르치는 종교로 착각해서는 안 된다.(『당신은 누구이고, 나는 누구입니까』, 244쪽)

김형석은 예수가 가르치는 축복을 네 가지로 특징 지운다.
첫째, 윤리적 및 도덕적 책임과 의무가 따르는 축복이다.
예수는 무조건적 축복이 아니라 조건적 축복을 가르치신다. 예수는 윤리 및 도덕적 책임과 의무를 다하는 자의 축복을 말하고 있다:

> 예수의 교훈은 어디까지나 조건이 붙는 축복이다. 그 조건은 윤리 및 도덕적 책임과 의무이다. 개인이나 사회생활을 하면서 도덕과 윤리적 책임을 하느님의 뜻과 질서 밑에서 다하는 사람은 종교적인 신앙의 축복까지도 받게 된다는 뜻이다. 마음을 청결하게 한다든가, 평화를 위해 노력한다는 것

은 어디까지나 인간으로서의 도리이며 사회생활의 도덕적 의무이다. 그 일을 위해서 기도와 믿음으로 애쓰고 노력하는 사람은 하느님을 믿고 발견하는 축복과 역사와 사회 속에서 하느님의 아들이 되는 축복을 받게 된다는 교훈이다.(『당신은 누구이고, 나는 누구입니까』, 244쪽)

김형석은 예수의 산상수훈의 축복론에는 두 가지 조건이 있다고 해석한다. 그것은 도덕적 의무와 책임, 그리고 기도와 믿음의 노력을 더하는 일이다:

여기에는 두 가지 조건이 따른다. 도덕적 의무를 감당하는 일과 기노와 믿음의 노력을 더하는 일이다. 그렇게 되면 그 결과는 놀라운 종교적 축복에 이르게 된다는 말씀이다.(『당신은 누구이고, 나는 누구입니까』, 245쪽)

둘째, 경건하게 삶을 믿음으로 이끌고 가는 노력과 수고에 대한 축복이다.

믿음의 노력은 개인에게 국한되지 않고 사회와 이웃, 민족과 국가에 대한 축복으로 이어진다. 김형석은 다음과 같이 해석한다:

또 예수의 교훈은 경건하게 삶을 믿음으로 이끌어 가는 적은 사람의 노력과 수고가 사회역사적인 축복으로 보답된다는 뜻이다. 물론 그것은 올바른 크리스천들의 희생적인 노력과 경건한 믿음의 기도가 크리스천들에 국한되는 것이 아니라, 그 사회와 이웃은 물론 때로는 민족과 국가에까지 축복을 내리게 된다는 말씀이다.(『당신은 누구이고, 나는 누구입니까』, 245쪽)

셋째, 값있는 고난에 동참하는 사람이 누리는 기쁨과 영광을 누리는 축복이다.

김형석에 의하면 예수는 고통을 멀리하고 즐거움이라는 공리성을 추구하는 기복이 아니라, 값있는 고통과 무거운 짐을 선택함으로써 주어지는 진정한 행복과 영광을 가르쳤다:

인간은 누구나 행복을 위해서는 고통을 멀리해야 하고 복은 곧 즐거움이 라는 공리성을 동반하고 있다. 그러나 예수께서는 값있는 고통과 인생의 무 거운 짐을 선택하고, 또 결단을 내릴 수 있어야 진정한 행복과 영광에 참여 할 수 있다는 높은 뜻을 말해 주었다.(『당신은 누구이고, 나는 누구입니까』, 246 쪽)

김형석은 구약의 지도자들도 고난의 삶을 살았고 예수도 십자가를 통해서 고난의 의미를 보여주었으므로 신자들도 고난과 고통에 참여 함은 당연하다고 본다:

구약의 지도자들은 남다른 고난의 역사를 살았고, 그리스도께서 고난의 의미를 몸소 십자가를 통해 보여주셨다면 우리도 이웃과 역사의 동료들을 위해 고통과 고난에 동참함은 당연한 일인 것이다.(『당신은 누구이고, 나는 누구 입니까』, 246쪽)

넷째, 현재의 희생과 자기부정이 하늘나라의 무궁한 영광의 축복을 약속한다.

우리가 현재 속에서 하나님의 뜻과 부르심에 동참하게 될 때 하나 님은 우리에게 영원한 복을 주신다:

예수께서는 현재의 희생적 노력과 자기부정의 과감한 실천이 하늘나라 에서의 무궁한 영광의 축복으로 변한다는 약속을 베풀고 있다.(『당신은 누

구이고, 나는 누구입니까』, 247쪽)

현재 우리가 하나님의 뜻과 부르심을 동참하게 될 때 하나님은 우리의 노력과 생명과 인격을 영원한 것으로 포상해 주신다. 진정한 복이란 받는 것이 아니라 베푸는 것이며 주는 것이라는 것이 예수의 복음이 우리들에게 가르치는 핵심이다. 그 이유는 기독교인은 운명이나 미신을 믿지 않고 하나님의 역사 주관을 믿기 때문이다. 하나님이 복의 원천이기 때문이다.

4. 일상에서의 기도: 예수 정신의 실천

김형석은 일상에서의 기도를 권한다. 그가 아침마다 하는 길지 않은 기도 제목엔 '평화통일'이 빠지지 않으나, 자신과 가족의 건강 기도는 안 한다고 한다. 이기적인 것 같아서다. "교회는 애국심만큼 사회로부터 사랑받고, 교회주의로 흐르는 만큼 외면받는다."는 게 그의 지론이다. 한국 기독교가 개인적 행복보다는 민족과 사회를 위한 행복을 추구하고, 이를 위한 일꾼을 많이 배출할 때 사회로부터 인정을 받는다:

좋은 교회는 민족과 사회를 위한 일꾼을 많이 키우는 교회입니다. 예수님도 수천 명씩 모이는 사람들을 흩으셨어요. 이 마음 가지고 삶 속으로 들어가라고요. 공부하고 기도하는 기독교인들이 교회엔 짧게 머물고 가정과 직장에서 많은 일을 할 때 한국 기독교는 사랑받고 발전할 것입니다.("크리스천들이여, 책 읽고 공부하며 믿읍시다.," 김한수 종교전문기자, 《조선일보》, 2016.04.15, A21)

경동교회에서 열린 종교개혁 500주년 기념 '평신도 포럼'(2017년 2월 8일)에서 김형석은 "개신교가 이미 오래전(500년 전 종교개혁 시) 방향은 바로잡았는데, 대형교회가 생기면서 '교회'(교리, 교권 〉인간) 중심으로 다시 돌아가려는 것 아니냐"고 말하고, "교회가 작을 때는 교회에 신경 쓰는 시간과 노력이 많지 않은데, 교회가 커지면서 그 안에서만 살게 됐다."고 했다. 하나님 나라는 잃어버리고, 교회에만 빠진 것 같다는 것이다. 그는 "4복음서에 보면 예수께서 교회를 걱정 하신다거나, '큰 교회를 만들어라'는 말씀은 단 한마디도 하지 않으신 다."고 말하고, "오히려 이 민족을 하나님 나라로 바꾸는 데 모든 것 을 투입하라 하신다."면서 한국 교회가 이 사명을 잃어버릴까 염려했 다.("한국 철학의 대부, '교회가 그리스도를 상실했다.' 일갈", 《기독일보》)

교회는 그 자체를 위하여 있는 것이 아니라 타인을 위하여 존재 (being for the others)하는 그리스도의 몸(the corpus of Christ)으로 서 사회를 향해 녹아지고 비추면서 없어지는 소금과 빛으로서 비로소 그 존재가치를 지닌다. 김형석 지론에 의하면 교회는 사회의 선한 질 서를 존중하고 그것을 신장하는 동력이 되어야 한다. 제사가 우상숭 배라고 해서 조상에 대한 그리움과 존경까지 죄악시하면 안 된다:

> 제사보다 더 좋은 전통과 높은 뜻을 줄 수 있기 때문에 기독교 신앙의 의 미가 있는 것이다. 교리적 선교보다는 인륜적인 진리가 귀하다. 그리고 무엇 보다도 소중한 것은 내가 믿는 종교적 신앙 때문에 모든 사람이 믿고 따르 는 사회의 선한 질서를 배척하거나 무시해서는 안 된다는 것이다. 선한 질서 는 인간적 이성과 양심의 공동체적인 산물이기 때문에 어떤 종교적 신앙보 다도 귀한 것이다.(김형석, 『남아 있는 시간을 위하여』, 김영사, 2018, 138쪽)

이러한 그의 지론은 오늘날 교회주의로 나아가는 경향이 있는 한국 교회가 경청해야 할 중요한 진리라고 본다. 교회는 사회의 건전한 에토스(ethos)를 만드는 기초와 보루가 되어야 한다. 그럼으로써 교회는 세상의 소금과 빛이 될 수 있기 때문이다.

김형석에 의하면 교회는 사회 속에 정의와 화평의 질서가 이루어지는 데 거름이 되어야 한다:

> 바로 그것이 예수의 정신이었고, 기독교의 존재 이유인 것이다. 특히 우리의 신앙과 같지 않으면 안 된다는 신앙적 근본주의, 교리적 보수주의에 속해 있는 지도자들과 교단 또는 공동체의 자성을 요청한다.(『남아 있는 시간을 위하여』, 138-139쪽)

독실한 신자나 목회자나 신학자들은 스스로 세속인들보다 의롭다는 '교만의 유혹'에서 벗어나야 한다고 그는 지적하고 있다. 그는 교회가 거리낌 없이 성도라는 개념을 쉽게 도입하는 것에 문제를 제기한다:

> 목사나 장로는 교회의 직책이지 그 직책 때문에 성도가 되는 것은 아니다. 성도가 되었다거나 될 수 있다면 얼마나 감사하겠는가. … 그러나 나같이 세상적인 삶에 많은 시간과 관심을 쏟고 사는 처지라면 내가 성도가 될 수 있다는 자신은 죽을 때까지 가져보지 못할 것이다.(『남아 있는 시간을 위하여』, 134쪽)

> 그런데도 교회는 어떻게 거리낌 없이 성도라는 개념을 쉽게 도입할 수 있었을까. … 교회에 나오기 때문에 세속인과는 달리 신앙인답게 살아야 한다는 권고일지 모른다. … 그러나 세상 사람들이 우리끼리 서로 성도라고 부

르는 것을 본다면 거리감이나 거부감 같은 무엇을 느끼지는 않을까. … 생각하면 부끄럽고 창피스러운 일이다.… 왜 그렇게 되었을까. 종교적 신앙을 가진 사람들의 우월감이 자만심으로 번진 것이 아닐까. … 신앙 안에는 교만심이나 자만심은 머물 곳이 없다. … 프란체스코는 예수에게서 배우고 따라야 할 미덕 중 첫째가 되는 것은 무엇이냐는 질문을 받고 '온유와 겸손'이라고 대답했다. … 그는 교만은 가장 위험한 악마의 유혹이라고 믿고 있었다. … 교만은 독선을 낳고 독선은 이웃에 대한 배타와 멸시를 초래한다. 그것이 바로 악(악마)의 유혹인 것이다. 우리 모두가 그렇게 될 가능성을 안고 있다.(『남아 있는 시간을 위하여』, 135-136쪽)

김형석은 기독교의 정신이 우리의 삶 가운데 녹아들어가야 한다고, 가치관 형성으로서의 기독교 신앙의 역할을 제시하고 있다:

한국 기독교에는 기독교 초창기의 본질적인 요소와 더불어 상당히 많은 서구적인 상황이 기독교의 실체적인 것으로 둔갑해 있다. 그것을 우리 것으로 바꾸기 위해 한때는 교회 음악에 판소리를 접목시켜 보기도 했고, 예배양식에도 몇 가지 변화를 주기도 했다. 그러나 한국인으로 태어나 살면서 우리가 모두 겪고 있는 인간적인 문제를 예수 그리스도를 통해 해결지을 수 있다는 신앙의 근본문제에는 접근하지 못했다. 기독교 정신을 효도 사상으로 끌어들일 것이 아니라 우리에게 알맞은 효의 정신은 어떤 것인가를 찾아야 한다. 막연히 선비정신은 귀하다는 생각에 사로잡히기보다는 선비정신이 기독교와 접목되어 민족정신과 정서에 어떻게 나타나야 하는가를 찾아야 한다. 그리하여 신부의 옷을 입지 않은 평신도의 신앙과 정신이 우리 젊은이들에게 계승될 수 있어야 하며, 목회자의 설교보다도 교수나 법관의 신앙정신이 새 세대의 가치관으로 받아들여질 수 있어야 한다. 물론 신부나 목사가 그 일을 해줄 수 있으면 더욱 좋다. 그러나 우리는 다산 정약용과 같은 분을 통해 그런 삶의 양식과 내용을 배우기도 해야 한다.(김형석, 『어떻게 믿을 것인가』, 이와우, 2016, 20쪽)

김형석은 기독교적 형식을 강조하기보다는 우리의 민속문화 속에서 기독교 정신에 적합한 것(옳음을 추구하는 정신, 조상을 존경하는 효성, 나라를 사랑하는 애국심, 한국의 고유한 멋과 정서와 풍습 등)을 찾아내어서 그것을 기독교적으로 생활화해야 한다고 기독교 토착화의 방향을 잘 제시해 주고 있다. 오늘날 기독교 신자들에게 '책 읽고 공부하며 믿읍시다'라고 권면하는 노학자 김형석의 지혜로운 신앙의 통찰은 오늘날을 사는 모든 신자들에게 훌륭한 신앙의 길을 제시하는 금언(金言)이다. 그는 피력한다:

신앙은 그리스도와 더불어 사는 일이다. 주님을 대신해서 사랑을 베푸는 생활이다. 그리스도 안에서의 사랑의 공존성이다.(김형석, 『선하고 아름다운 삶을 위하여: 김형석 교수의 신앙과 인생』, 두란노, 2018, 49쪽)

그가 종교화된 기독교보다는 예수의 인격과 가르침을 중요시하며, 이웃을 향하여 덕을 세우는 가치의 삶을 강조하는 점에서 김형석의 삶과 가르침은 오늘날 나사렛 예수의 삶과 가르침을 현재화하고 있다. 그런 의미에서 그의 삶 속에 나사렛 예수는 현재하고 계신다고 말할 수 있다.

5. 선하고 아름다운 삶: 교리 아닌 예수 말씀을 인생관과 가치관으로 실천하는 삶

김형석은 자신의 신앙생활과 체험을 주로 담아 2004년 펴낸 『나의 인생, 나의 신앙』을 토대로 하여, 2018년 설 명절을 앞두고 『선하고 아름다운 삶을 위하여』를 출간했다. 이 저서에서 그는 우리 사회와 역사를 위해 기독교가 어떤 책임을 감당해야 할 것인지를 보충했다고 한다.

그는 저서의 핵심 내용을 나타내는 세 문장을 표제 문장으로 제시한다:

> 나의 신앙과 인생은 하나님의 은총의 선물이었습니다. 그 은총의 열매는 사랑과 감사입니다. 신앙은 그리스도와 더불어 사는 일이며 주님을 대신하여 사랑을 베푸는 생활입니다.(『선하고 아름다운 삶을 위하여』, 8-11쪽)

김형석은 머리글을 대신하여 2018년 1월 "예수와 더불어 선하고 아름답게 살자"라는 제목으로 글을 쓰면서 중학생이 되면서부터 지금까지 85년 동안 해온 자신의 신앙생활의 과정을 3단계로 요약한다.

첫 번째 단계는 교회생활의 단계다. 20세가 될 때까지 그는 교회생활에 충실했다. 교회가 '신앙의 모체'이자 '신앙생활의 가정'이었다고 고백하고 있다:

> 20세가 될 때까지는 교회가 내 신앙의 모체였습니다. 교회가 신앙생활의 가정 같았습니다.(『선하고 아름다운 삶을 위하여』, 8쪽)

두 번째 단계는 대학생활의 단계다. 대학생활을 시작하면서부터 그는 교회라는 가정적 울타리를 벗어나 국민과 지성인으로서 신앙을 탐구했다. 예수의 가르침이 인생의 진리일 수 있는가 질문했다. 기독교 사상가와 저명한 신학자들의 정신을 통해 신앙을 굳혀갔고, 이는 교회가 요청하는 교리적 신앙과 더불어 진리로서의 복음을 터득하고 싶었기 때문이었다고 그는 피력한다:

인간이란 어떤 존재인가를 알아야 했고, 기독교가 그 문제에 해답을 줄 수 있을 때 나의 인생관과 가치관으로서의 신앙을 받아들일 수 있었습니다. (『선하고 아름다운 삶을 위하여』, 9쪽)

세 번째 단계는 사회생활의 단계다. 그는 연세대 교수직을 퇴임하고 30여 년 사회생활을 하면서는 교회와 현실 사회의 장벽과 거리가 아직도 엄연히 존재하고 있음을 발견한다. 그는 한국 기독교가 교회 자체를 위해 있지 않고 교회를 통해 하나님 나라를 건설하는 데 있음을 망각한 것에 대해 반성한다:

교회는 물론 대표적인 기독교 공동체이지만, 민족과 국가를 하나님 나라로 바꾸는 소금과 빛의 책임을 다하지 못한다면 사회로부터 버림을 받게 된다는 것이 주님의 권고이면서 우리에게 맡겨주신 사명입니다. … 교회는 우리끼리 즐기고 만족하는 신앙의 안식처가 아닙니다. 주님의 일꾼을 사회와 국가로 배출하는 사명을 소홀히 해서는 안 됩니다.(『선하고 아름다운 삶을 위하여』, 10쪽)

이는 특히 2011년 이래 '한기총' 지도자들이 불미스러운 권력 다툼과 파행적 운영을 하자, 이에 분개한 교단들이 나가서 2012년 '한교연'이 생겨나게 된 한국 보수교회연합기관(『샬롬나비, 보수교회 연합기관의 3구도 분열 논평서』, 2018년 2월 1일, 샬롬을 꿈꾸는 나비행동)과 그 지도자들은 겸허히 경청해야할 원로의 충고다:

가장 중요한 것은 사람의 아들로 오신 예수와 더불어 선하고 아름다운 삶과 사회를 건설하는 것입니다. 그런 마음 밭이 형성되지 않고서는 하나님 나라가 이 땅에 건설되지 못할 것으로 생각되었습니다. 하늘나라는 노력 없

이 이뤄지는 것이 아니기 때문입니다.(『선하고 아름다운 삶을 위하여』, 10-11쪽)

김형석은 이 저서에서 윤리적 삶이 동반되지 않는 '바리새인적 신앙'을 철저히 경계하고 있다. "윤리의 상황성은 교리의 본질성과는 괴리 관계에 놓이는 경우가 많다. 교리가 인도주의를 병들게 하거나 거부할 때는 기독교가 진리가 되지 못하며, 지성인들의 부정적 비판을 받게 된다."

김형석은 2017년 출판된 그의 저서 『인생의 길, 믿음이 있어 행복했습니다』에서 인간의 본능은 선을 향한 것이 아니라 권력의지와 지배욕의 실현에 의하여 지배되고 이성적 노력은 이를 막지 못한다고, 역사적 비극주의를 피력한다:

인간은 선으로의 가능성보다 악으로 향하는 본능을 안고 사는 존재인 듯 싶다. 역사도 그렇다. 전쟁과 같은 거대한 소용돌이 속에서 한 개인과 양심적 노력에 어떤 가능성이 허락되겠는가. 6·25 전쟁도 그랬다. 크게 보면 아무런 가치와 의미도 없는 전쟁을 일으켰다. 문제는 정권과 지배욕의 발로다. 다른 모든 구호는 비극과 비참을 정당화하려는 구호일 뿐이다. 그 대가로 수없이 많은 착한 사람이 희생의 제물이 되었다. 죄악 중에서도 용서받을 수 없는 죄악이다.(김형석, 「한 신부의 죽음을 보면서」, 『인생의 길, 믿음이 있어 행복했습니다』, 이와우, 2017, 18쪽)

김형석은 제2차 세계대전 시 독일군 포로수용소에서 탈출하다 붙잡혀 처형에 직면한, 가족(아내와 세 자녀)을 가진 어느 동료 대신에 자신의 목숨을 바친 폴란드 신부의 이야기를 한다. 신부는 처형될 동

료를 위하여 자신이 희생될 것을 자원하면서 피력한다:

이제 이 사람이 처형되면 그것은 다섯 사람의 행복을 죽음으로 몰아넣는 것과 마찬가지일 것입니다. 이 사람은 네 명의 가족을 위해 살 권리가 있습니다. 처형해서는 안 됩니다. 다행히 나는 신부라서 나 한 사람으로 끝나면 됩니다. 그러나 저 형제는 네 사람과 함께 살아야 합니다. 내가 대신할 테니 더는 문제 삼지 마십시오.(「한 신부의 죽음을 보면서」, 『인생의 길, 믿음이 있어 행복했습니다』, 13쪽)

신부는 탈출을 시도한 동료를 자기가 서 있는 자리로 밀어냈다. 그렇게 신부는 처형되었고, 탈출을 시도했던 그는 동료들과 함께 노동 현장에서 끌려 나갔다. 늦게 일을 끝내고 돌아온 동료들은 고단했지만, 신부가 없는 방에 들어가고 싶지 않았다. 누구도 입을 열지 않았다. 말없이 들어와 자리에 누운 채로 침묵의 시간이 흘렀다. 신부 옆자리였던 그는 말없이 흐느껴 울었다. 그러다 밤이 깊어졌다. 제일 나이 많은 동료가 말했다:

아무리 힘들고 어려워도 용기를 갖고 살아나가자. 아직 세상이 이렇게 착하고 아름다운데 왜 희망을 버리겠는가?(「한 신부의 죽음을 보면서」, 『인생의 길, 믿음이 있어 행복했습니다』, 14쪽)

김형석은 기독교 신앙의 진정한 가치란 우리 사회의 선을 위하여 예수님의 가르침을 실천하는 것이라고 피력한다:

이처럼 앞으로 행하는 역사와 사회적 범죄를 막을 방법과 선으로 향하는 원동력은 과연 존재하는가? 그러한 긍정과 희망의 메시지를 제시해 줄 사람은 누구인가. 우리는 그 해답을 주어야 한다. 그것이 바로 기독교 정신이다. 그리스도의 복음으로서의 진리이며 사랑의 실천인 것이다. 우리는 그 이상의 가르침을 찾을 수 없기 때문에 예수의 말씀을 따르는 것이다. 폴란드의 한 신부도 그 뒤를 따랐다. 그것이 더 많은 이웃의 인간다운 삶을 위해 내가 사랑의 씨앗이 되는 길이다.(「한 신부의 죽음을 보면서」, 『인생의 길, 믿음이 있어 행복했습니다』, 18쪽)

6. 성격과 운명을 넘어서는 기독교 신앙

김형석은 2017년 출판된 그의 저서 『인생의 길, 믿음이 있어 행복했습니다』에서 "기독교 신앙은 성격과 운명을 넘어서야 한다."고 기독교 신앙의 특성을 피력하고 있다. 그는 기독교 신앙은 그리스의 운명관과 다르다고 말한다.(「신앙은 성격과 운명을 넘어서야 한다」, 『인생의 길, 믿음이 있어 행복했습니다』, 20쪽) 자연신관을 받아들인 그리스의 운명관은 그리스의 비극 작품 『오이디푸스 왕』에 나타나 있다. 한 왕이 아들을 얻었는데, 점쟁이가 말하기를 그 아들은 아버지를 죽이고 어머니와 부부가 되는 운명을 타고났다고 예언한다. 왕은 운명에서 벗어나기 위해 아들을 죽일 수는 없고 인적이 없는 산중에 내다 버렸다. 아이는 때마침 산길을 지나던 길손에 의해 발견되어 데려다 키워진다. 어른으로 성장한 아들은 우연히 길에서 만난 왕을 죽이고, 왕국에 들어가 왕후와 결혼하게 되어 왕이 된다. 새 왕이 아무리 선정을 베풀어도 흉년과 천재가 일어나 국민은 도탄에 빠진다. 왕이 점쟁이에게 가서 그 이유를 물으니 "이 나라에 아버지를 죽이고 어머니와 함께 사는 아들이 있어 불륜의 대가로 천재가 그치지 않는다."는 것이었다. 젊은 왕은 그 불륜을 저지른 자가 누구인가 색출하라고 하지만 찾을 수 없었다. 왕은 점쟁이를 찾아가 그 불륜을 저지른 사람이 누구인가 고하지 않으면 죽인다고 위협하자 그는 할 수 없이 "당신이 왕국에 들어오다가 죽인 사람이 친아버지이며, 지금의 왕후가 친어머니입니다."라고 알려준다. 그 사실을 안 왕후는 자결하고, 젊은 왕은 죄를 뉘우치고 사막으로 정처 없이 떠났다가 자살한다. 이러한 비극적인 운명론은 독일의 철학자 니체가 받아들였다. 자연신관을 받아들인 중국, 업보사상을 근간으로 하는 인도도 운명론을 받아들였다. 이에 반해서 히브리인들은 절대자인 하나님의 섭리를 믿었다.

과학적 사고와 철학적 사유를 믿는 근현대인들은 운명이 있다면 인간 내부에 있으며, 그것은 성격으로서 인간의 타고난 운명적 조건이라고 하였다.(「신앙은 성격과 운명을 넘어서야 한다」, 『인생의 길, 믿음이 있어 행복했습니다』, 21쪽) 김형석은 성격이 비슷한 사람이라 할지라도 그 인생이 반드시 같은 것은 아니라고 말한다. "성격의 불변성은 인정하더라도 삶과 인생의 본분과 내용은 완전히 달라질 수도 있다."(「신앙은 성격과 운명을 넘어서야 한다」, 『인생의 길, 믿음이 있어 행복했습니다』, 22쪽)고 말한다. 그는 루터의 예를 든다. 어느 루터 전기 역사가는 루터가 종교개혁에 성공하게 된 것은 선조 때부터 물려받은 고집불통의 성격 때문이라고 했다. 그의 조부와 모친 모두가 주장과 신념은 물론 어떤 경우에도 양보나 타협을 전혀 모르는 고집쟁이였다는 것이다. 루터의 성격이 조상을 따라 불굴의 의지를 지녔기 때문에 그 엄청난 난관을 극복할 수 있었다는 것이다.

이에 대하여 김형석은 "성격은 바뀌거나 변하지 않지만, 그 성격이라는 그릇 속에 어떤 삶이 의미와 내용을 담는가에 따라 그의 인간적 삶에 변화가 온다."(「신앙은 성격과 운명을 넘어서야 한다」, 『인생의 길, 믿음이 있어 행복했습니다』, 24쪽)고 피력한다. "성격과 삶의 내용이 합쳐서 개성이 태어난다." "귀중한 것은 그릇과 같은 성격이 아니고 그릇과 삶이 합쳐서 생긴 개성이다. 이 개성은 모두가 같지 않으며 정신과 삶의 자신이다." 어렸을 때는 성격이 큰 비중을 차지하나, 성년이 되면 그 사람의 개성을 문제 삼게 된다. 그는 성경에서 베드로와 바울을 예로 들면서 성격과 개성이 다름에도 불구하고 그리스도를 만난 후 하나님 나라를 위하여 사는 주체적 동일성을 이루었다고 본다. 김형석은 성령의 역할을 강조한다:

> 성령은 신의 뜻이 그리스도의 삶을 통해 우리에게 전달되는 은총의 사실이다. 인간이라면 누구나 지니고 있는 '무엇을 위해 어떻게 살아야 하는가'에 대한 해답을 주며, 그렇게 사는 사람에게 주어지는 영적 체험이다.(「신앙은 성격과 운명을 넘어서야 한다」, 『인생의 길, 믿음이 있어 행복했습니다』, 26쪽)

철학자 김형석이 성령의 역할을 강조하는 것은 그의 사유가 단지 사변적 신앙을 넘어서서 기독교 신앙의 핵심에 들어와 있음을 시사해 준다. 그는 철학 교수이지만, 기도의 역할도 강조한다:

> 내 가까운 친구인 한 철학 교수는 기도를 드리는 데 수십 년의 세월이 필요할 줄은 몰랐다고 고백했다. 그가 말하는 기도를 드리게 되었다는 것은 성령의 힘을 빌려 하느님께 호소할 수 있을 때 가능했던 것이었다. 그러면서 어떤 면에서 그리스도인이 된다는 것은 기도를 드릴 수 있게 된 것이라고 말했다. 기도는 인간이 초인간적인 타자로서의 실재와 공존하면서 은총을 체험하는 첫 단계이기 때문이다.(「신앙은 성격과 운명을 넘어서야 한다」, 『인생의 길, 믿음이 있어 행복했습니다』, 26쪽)

김형석은 운명론과 성격 결정론에 대하여 신앙적 해답을 제시한다:

　신앙인들은 자유와 운명을 넘어 섭리에 살게 되며 은총의 선택을 받아들
이는 새로운 탄생과 희망의 약속을 따르게 되는 것이다.(「신앙은 성격과 운명을
넘어서야 한다」, 『인생의 길, 믿음이 있어 행복했습니다』, 26쪽)

김형석은 이성의 질서를 넘어서는 은총의 질서를 인정하고 있다:

　신앙인들은 자연이 법칙을 따라야 하듯이, 정신적 질서를 소중히 지키면
서도 그보다 더 높은 정신 및 인간과 인격 전체의 차원에서 은총의 질서를
찾아 인간적인 것을 포함하면서도 초월하는 삶의 의미와 가치를 소유하게
된다.(「신앙은 성격과 운명을 넘어서야 한다」, 『인생의 길, 믿음이 있어 행복했습니다』,
26쪽)

이러한 김형석의 신앙론은 교회 예속(隷屬)적 인간에서 나온 것이
아니라, 역사적 예수를 인격적으로 만남으로부터 나온 것임을 알게
한다. 교회는 하나님 나라를 증거하는 신앙의 공동체이기는 하나 이
것이 거룩성을 상실하고 인간 중심의 조직체가 될 때 각종 권력(면죄
부 판매, 대형교회 세습, 각종 권력 비리, 스캔들 등) 추구로 인한 세속적
죄에 연루되기 때문이다.

7. 은총의 체험: 과학적 내지 윤리적 개념 아닌 은총의 선택 체험

김형석은 신앙의 영역을 무한의 강(江)가 저편으로 표현한다. 안내
자는 무한의 강 저편에는 영원이 있는데, 이 강은 건널 수도 없고, 또

한 번 건너가면 되돌아올 수도 없다고 말한다. 추구자는 강 저편에 '영원'을 확증할 무엇이 있느냐, 갈 수 있는 길과 방법이 있는가 질문한다. 안내자는 대답한다:

거기에는 하나님의 사랑이 있습니다. 강 이편에 있는 모든 것을 포기하고, 강 저편으로 가겠다고 결단을 내린다면 내가 안내해 드리지요. 추구자는 안내자에게 묻는다: 그러면 나를 찾아온 당신은 누구입니까? 안내자는 대답한다. 나는 예수 그리스도입니다.(김형석, 『백년을 살아보니』, 알피스페이스, 2018, 141쪽)

김형석은 "나를 그 하나님의 사랑이 있는 곳으로 안내해 주십시오."라고, 인생에 있어서 단 한 번이면서도 마지막인 진정한 의미의 종교적 선택과 결단을 내려야 한다고 피력한다.

김형석은 기독교 신앙을 갖는다는 것은 예수의 삶과 교훈을 받아들이는 엄숙한 선택이라고 말한다:

과거에는 자신을 믿고 스스로의 인생관과 가치관을 갖고 살았으나 이제부터는 예수의 교훈과 삶의 내용을 나의 가치관과 인생관으로 삼고 살겠다는 엄숙한 선택이다.(『백년을 살아보니』, 142쪽)

김형석은 기독교 신앙을 갖는 것은 은총의 체험을 통하여 이루어진다고 피력한다:

예수의 교훈이 내 인생의 진리가 되었기 때문에 그대로 믿고 따르는 동안에 어떤 은총의 체험을 통해 확고한 생의 신념을 갖게 된다는 것이다.(『백년을 살아보니』, 143쪽)

은총의 체험이란 자연적 질서를 설명하는 과학적 법칙과는 다르다. 그것은 정신적 가치로서 "윤리적 규범과 합치되면서도 초월하는 것이다."(『백년을 살아보니』, 143쪽) "그런데 신앙인들은 그 정신적 가치와 질서 속에 어떤 은총의 가치와 질서를 체험하는 때가 있다. 모든 종교 지도자들은 그런 체험을 통해 신앙의 높은 차원에 도달하게 된다. 흔히 말하는 은총의 선택이 그것이다. 성경에는 '너희가 나를 택한 것이 아니라 내가 너희를 택했다'는 표현을 쓰고 있다."(『백년을 살아보니』, 143-144쪽)

김형석은 40년 전인 60세경에 쓴 글 「나는 어떻게 신자가 되었는가」에서 그가 대학 시절에 일제의 학도병에 끌려가야 했던 시대적 위기 상황과 관련하여 신앙의 위기를 내적으로 경험하면서 기도와 성경을 읽는 가운데서 다음과 같이 은총의 선택으로 위로하시는 하나님을 체험했다고 증언하고 있다:

대학생활이 끝낼 무렵이 되었다. … 태평양 전쟁은 어려움을 배가시켰고 학도병 사건은 내 생명을 위협하는 막다른 골목으로 나를 끌고 갔다. … 나는 10년 전과 비슷한 위기에서 다시 한 번 내 모든 문제를 하나님께 맡기기로 했다. 친구들과의 교제, 사회적 접촉을 끊고 기도와 성경을 읽는 일로 몇 날을 보내기로 했다. 그러나 이상한 일이었다. 내가 심각하게 고민하고 애태웠던 문제는 극히 간단하게 해결과 위안을 갖고 다가왔다. 그때 내가 얻은 약속은 '너희가 나를 택한 것이 아니라 내가 너희를 택한 것이다'는 그리스도의 말씀이었다. 나는 마음의 평화를 얻었다. 이전과 마찬가지로 생활을 할 수 있었다. 모든 문제를 주님께 맡긴 이상 더 걱정할 필요가 없었다. 나는 14살 때 내 생명과 장래를 책임져주신 주께서 이번에도 내 문제를 원하시는 대로 해결해 주실 것을 의심치 않았다. 모든 문제는 나도 예기치 못했던 방향으로 전개되었다. 나는 일본 군국주의의 손에서 풀려날 수 있었고, 얼마 후에는 해방을 맞기에 이르렀다.(김형석, 『당신은 무엇을 믿는가』, 주우, 1981, 306쪽)

김형석은 1993년의 저서 『당신은 누구이고, 나는 누구입니까』에서 다음과 같이 이 저서를 쓰게 된 내적 체험으로 은총의 선택에 관하여 머리말에서 '저자의 말'로서 고백하고 있다:

나는 기독교, 좀 더 정확히 말하면 예수 그리스도와 더불어 일생을 살았다. 열네 살 되는 해에 신앙을 체험하기 시작했고, 그런 삶은 칠순이 넘은 지금까지도 계속되고 있다. 나는 철학을 전공하면서 평생을 대학의 교수로 보냈다. 종교와 신앙에 대한 비판과 회의는 언제나 내 마음을 떠나지 않았다. 그러나 나는 믿음을 등질 수 없었다. 신앙은 진리와 사명을 동반하고 있기 때문이다. '네가 나를 택한 것이 아니라, 내가 너를 택했다'는 말씀 그대로임을 깨닫고 있다. 사람들은 그것을 운명적인 것이라고 말한다. 그러나 나는 그것을 은총의 선택에서 오는 섭리로 믿고 있다. 나이가 들수록 그 사실을 더 깊이 인식하고 있다. 그래서 종교와 신앙에 관한 글들을 쓰게 되었고, 『당신은 누구이고, 나는 누구입니까』라는 글 모음을 내놓게 된 것이다. 나에게 있어서는 이 물음의 기도가 내 생애의 핵심이었다고 해도 좋을 것이다. 그 물음 속에는 삶의 가치와 진리, 인생의 의미와 목적, 영원에의 참여와 구원의 문제가 포함되어 있기 때문이다. 나는 우리 모두가 이러한 삶과 존재의 궁극적인 물음에 동참해 주기를 바란다.(김형석, 『당신은 누구이고, 나는 누구입니까』, 철학과현실사, 1993, '저자의 말')

김형석은 은총의 체험이란 운명도 허무도 아닌 섭리의 체험이라고 말한다. 그는 괴테는 파우스트의 주인공과 같이 회의주의자였고, 회의주의자는 결국 허무주의로 귀착된다고 본다. 그는 기독교 신앙에 입각한 인생관과 세계관이란 운명주의와 허무주의도 아닌 하나님의

섭리에 입각한 인생관과 세계관이라고 말한다:

> 구약과 신약의 역사를 보면 운명론도 허무주의도 아니다. 또 다른 차원의
> 인생관이 있다. 그것이 섭리의 길이다. … 섭리는 자연법칙 속에는 없다. 윤
> 리나 도덕적 질서 안에도 없다. 섭리의 주관자는 자연과 인간을 떠난 제3의
> 실재이다.(『백년을 살아보니』, 146쪽)

김형석은 이 섭리를 체험하게 하는 것은 성령의 역할이라고 해석
한다:

> 지금도 수많은 신앙인들이 같은 은총의 체험인 섭리 속에서 살아가고 있
> 다. 교회에서는 그것을 성령의 역할이라고 본다.(『백년을 살아보니』, 146-147쪽)

그는 같은 철학자인 박종홍, 김태길 교수가 생의 마지막에 신앙의
길을 간 것을 이야기해 주고 있다. 존경받는 원로 철학자 서울대 박
종홍 교수는 학자답게 성실히 사신 분이었으나, 교수 시절에는 철학
도는 성실하게 탐구하는 지성인이 되기를 바랐고 신앙을 갖는 것은
아니라고 믿고 있었다. 그러나 그가 말년에 암으로 임종(臨終)을 맞이
해야 하는 상황 속에서 신앙적 권고를 받았을 때 "너무 늦지 않았을
까?"라면서 마음의 문을 열었다.(『백년을 살아보니』, 148쪽) 그는 새문안교
회 강신명 목사의 도움을 받아 신앙으로 입문했다. 박종홍 교수의 장
례식의 실질적 책임을 맡았던 제자 김태길 교수는 필자의 스승이기도
한데, 그도 당시에 이미 신앙을 모색하고 있었고, 긴 세월이 지난 후
그리스도인으로 임종을 맞이하였다.

8. 교회주의나 교회왕국 아닌 하나님 나라

김형석은 2018년 2월 초《크리스천 투데이》기자와의 인터뷰에서 자신이 쓴 예수에 관한 책에 관하여 "교리에서 진리로 나아갔다."고 전한다. 그는 역사적 예수에 관하여 교리적 관점보다는 지성인의 객관적 관점에서 공감할 수 있는 예수를 제시하려 했다고 피력하고 있다:

> '예수'에 대한 책이야 서양에는 더 많고 우리나라도 많이 나왔습니다. 하지만 천주교나 개신교에서 보는 예수와, 사회와 역사가들이 보는 예수는 거리가 멉니다. 저도 이쪽저쪽 책을 다 읽어봤습니다. 예수가 어떤 분인가 할 때, 성경에는 일반인들이 받아들이기 어려운 부분들이 있습니다. 신앙이 없는 사람들, 예수를 완전히 객관적 인물로 보는 사람들은 시각이 완전히 다릅니다. 그래서 제가 대학생이라 생각하고, 예수가 어떤 분인가 하는 것을 객관적으로 사복음서만을 기준으로 살펴봤습니다. 예를 들어 제가 쓴 『예수』에는 예수님이 나사렛을 떠나가는 부분부터 나옵니다. 그 전 이야기는 일반 역사학자들이 받아들일 수 없고, 천주교에서는 너무 심하게 교리화하는 부분이라 뺐습니다. 성경을 많이 읽었으니, 현대인의 시각에서 '정말 예수가 어떤 분이신가'라는 안목으로 써봤습니다. 『예수』에 대한 반응을 저도 생각해 봤는데, 대학생이나 일반인들이 볼 때 예수님께서 가졌던 마음과 문제의식이 이런 거였구나 하는 공감대가 목사님들의 설교보다 이 책에서 더 와닿으니 관심이 있는 것 같습니다.("교리는 기독교 위해 있지만 진리는 인간을 위해,"《크리스천 투데이》, 이대웅 기자, 2018.02.14 18:50; '선하고 아름다운 삶을 위하여' 김형석 교수 上)

김형석은 역사적 예수는 우리를 교리에 얽매게 한 분이 아니라 진리로 인도하신 분으로 해석한다:

예수가 어떤 분이십니까. 진리와 인생에 대해 이야기했지, 교리에 대해 이야기하신 분이 아닙니다. 교리주의자가 아니거든요. 제일 뚜렷한 것이 '안식일이 사람을 위해 있는 것이지, 사람이 안식일을 위해 있는 것이 아니다'는 것입니다. 구약의 율법과 계명도 모든 사람을 위해 있는 것이지, 율법과 계명에 구속받는 게 아니지요. 율법과 계명이 신약에서 교리로 변했지요. 이 말은 교리란 인간 생활을 돕기 위해 있는 것이지, 인간이 교리에 따라가기 위해 구속(拘束)받는 것이 아니라는 말입니다. 천주교에서 모든 인간이 받아들여야 할 진리를 교리화시켰지요. 종교개혁으로 그걸 바꿨습니다. 그런데 우리 개신교에서 교리는 축소됐지만, 신학이 나와서 진리를 대신하고 있습니다. 어떤 목사님들은 다 아시는 이야기이지만, 또 어떤 목사님들은 전혀 모르는 이야기이지요.("교리는 기독교 위해 있지만 진리는 인간들 위해," 《크리스천 투데이》)

2017년의 글 「불교와 기독교의 대화」에서도 후배 목사들이 자기에게 찾아와서 법정 스님의 저서들은 많이 읽히며 베스트셀러에 오른 때가 많은데 목사나 신부들이 쓴 글들은 그렇지 못한가라고 질문한 데 대하여 다음과 같이 대답했다고 한다:

스님들은 인생에 관한 책을 쓰는데 신부나 목사들은 인생보다도 교리나 신학에 관한 글을 쓰니까 독자가 많지 않다.(「불교와 기독교의 대화」, 『인생의 길, 믿음이 있어 행복했습니다』, 36쪽)

그리고 그는 피력한다:

예수는 인생에 관한 진리를 가르쳤다. 계명이나 교리는 가르치지 않았다. 그러니 앞으로는 신부나 목사들이 교리보다는 진리를, 신학보다는 인간에 관한 기독교적 가르침을 줄 수 있어야 하며 그것이 예수의 뜻을 계승하는 길이 될 것이라는 이야기를 나눈 적이 있다.(「불교와 기독교의 대화」, 『인생의 길, 믿음이 있어 행복했습니다』, 36쪽)

김형석은 교회와 진리를 구분한다. 바르트, 니버, 틸리히를 예로 들면서, 교회는 교리로 얽매나 진리는 우리를 예수로 인도한다고 말한다:

> 20세기 가장 대표적인 신학자 세 사람이 있습니다. 칼 바르트, 라인홀드 니버, 폴 틸리히입니다. 저는 1962년 미국에서 이 세 분을 모두 봤습니다. 니버는 '성경을 읽는 사람은 역사에 참여하게 돼 있다'고 했습니다. 틸리히는 성경을 읽은 사람인데, 인간 사상의 근본 문제에 대해 이야기하니 저 같은 철학자가 받아들이게 됩니다. 하지만 바르트는 많이 읽을 필요가 없다고 봐요. 성경을 읽음으로써 교리는 극복되기 때문입니다. 진리란 무엇일까요. 교회 안에 있든 밖에 있든, 무신론자이든 다른 종교를 믿든, 예수님 주신 말씀을 내 인생관으로, 가치관으로 받아들이면 그것이 진리입니다. 하지만 교리로 받아들이면 교인이 되어 교회를 따라갑니다. 진리는 인간 전체를 위해 있고, 교리는 기독교를 위해 있습니다. 더 좁아지면 율법으로 가겠지요. 교회에서 이런 이야기는 거의 못 들었을 것입니다(웃음). 불교도는 어떤 사람입니까. 석가님의 교훈을 내 인생관과 가치관으로 받아들이고 그렇게 사는 것이 최선, 최고의 인생인 사람입니다. 우리도 예수님의 말씀이 인생관이자 가치관이 되어야 하는데, 교리로 자꾸 묶어놓으니 어려움이 많습니다.("교리는 기독교 위해 있지만 진리는 인간을 위해," 《크리스천 투데이》)

기독교나 교회가 바로 하나님이나 예수나 성령이나 진리가 아니다. 양자를 동일시하는 기독교의 변질이 중세 교황이 신격화된 교권왕국이었다. 그것은 면죄부 판매로 이어지고 이에 반대하여 개혁교회로서 개신교가 시작된 것이다. 김형석은 역사적 예수는 교회 왕국을 세우고자 아니하였고, 하나님 나라를 증거하셨고, 그 나라와 그 의를 추구하라고 가르치셨다고 강조한다. 역사적 예수는 종교적 교리를 가르치지 아니하시고, 하나님 나라의 진리를 가르치셨다. 그는 기독교가 성장해서 교회에서 끝나고 하나님 나라에는 아무 관심이 없는 교회주의를 경계한다.("아무 고생 없이 평안히 살았다? 신앙 뭔지 모를 것," 《크리스천 투데이》, 이대웅 기자, 2018.02.16 19:23; '선하고 아름다운 삶을 위하여' 김형석 교수 下)

김형석은 기독교 진리를 교리로 이해하려고 하기보다는 은총으로 수용하라고 말하면서 안창호나 조만식 등은 성직자보다는 기독교 운동가로서 주의 나라에 더 큰일을 하게 되었다고 말한다:

연세대 재직 시절 매년 부흥회를 열었습니다. 한 번은 한 감리교 감독님이 와서 '인간의 자유는 하나님도 어떻게 못한다. 그러니 예수님도 가룟 유다는 어떻게 못한 것'이라고 했습니다. 그런데 다음에 장로교 목사님이 와서 '모든 것은 하나님의 예정이다. 누구도 벗어나지 못한다'고 했습니다. 이것은 장로교와 감리교 이야기이지, 성경에는 그런 게 없거든요(웃음). 그러니 학생들이 제게 와서 어떤 게 옳으냐고 물어요. 뭐랬는고 하니, '나는 그런 문제 갖고 한 번도 고민해 본 적이 없다'고 했지요. 왜냐하면 제가 신앙을 갖고 보니, 예정과 자유의 문제가 아니고, '은총의 선택'이었기 때문입니다. 제가 느낀 건 그렇습니다. 거기에 자유도 예정도 있는 것 아니겠습니까. 교리와 진리 사이의 문제들도 그렇습니다. 하나 추가한다면, 제 신앙의 은인이 목사님 두 분인데, 그 두 분 모두 우리 지성사회에서 인간적으로 성공하질 못했습니다. 한 분은 북한에 가서 김일성 정권 밑에서 일했으니 완전히 교회를 등진 것이었고, 다른 한 분은 기독교 대학 총장으로 있다 임기를 채우지 못하고 배척당했습니다. 다 실패하셨지요. 그런데 제가 존경하는 두 분, 도산 안창호 선생님과 고당 조만식 장로님은 20대에 신앙생활을 시작해서 돌아가실 때까지 존경받는 크리스천이었고 모든 사람들이 따랐습니다. 무슨 차이가 있었을까요? 두 목사님은 신앙을 교리로 받아들인 사람이고, 뒤의 두 분은 그 신앙이 신앙관, 가치관, 인생관이 된 분들입니다. 극단적으로 말해 신앙을 진리로 받아들인 평신도들이, 교리에만 평생을 바친 성직자들보다 앞선 것이지요. 목사님들은 좋아하지 않을 이야기이지만, 그런 걸 어떡하겠습니까?("교리는 기독교 위해 있지만 진리는 인간을 위해,"《크리스천 투데이》)

김형석은 안창호나 조만식은 신앙을 교리가 아닌 진리로 받아들인 분으로서 교리로만 평생을 바친 성직자보다는 더 기독교의 보편적 진리와 가치를 위하여 설득력 있는 일을 했다고 본다. 교리를 넘어서는 진리로서의 예수에 대한 실천적 삶으로서의 그의 기독교 이해는 교리적 삶으로 편파성을 보이는 교리적 기독교 이해보다 기독교 복음이 지니는 공공성을 제시하는 데 설득력이 있다.

김형석은 30여 년간 성경공부 모임을 인도했고, 지난 24년간 그 내용을 녹음해서 원하는 이들에게 우송하고 있다. 그는 만 100세가 되는 2020년까지 이러한 봉사를 계속하고 싶은 것이 소원이라고 한다. 그는 다음과 같이 피력한다:

성경공부를 왜 합니까? 인생을 살아갈 교훈을 듣고 싶은 것입니다. 교육자는 교육할 때, 정치가는 정치를 어떻게 해야 하고, 사회사업을 돈벌이로 삼아선 안 되고 하는 … 가장 인간다운 도리와 예수님 말씀을 일치시켜 주고 싶습니다. 인간답지 못한 사람은 신앙을 못 가지더라고요.("교리는 기독교 위해 있지만 진리는 인간을 위해,"《크리스천 투데이》)

김형석은 교회의 사회적 사명을 강조한다:

교회는 우리끼리 즐기고 만족하는 신앙의 안식처가 아닙니다. 주님의 일
꾼을 사회와 국가로 배출하는 사명을 소홀히 해서는 안 됩니다. 사회가 교
회를 위해 있지 않고 교회가 사회를 위해 존재하는 것입니다.("교리는 기독교
위해 있지만 진리는 인간을 위해,"《크리스천 투데이》)

9. 맺음말

김형석 기독교 신앙 이해에서 독특한 것은 철학자인 그가 정통 기
독교 신앙의 차원에서 예수 그리스도를 이 세상의 구세주로 순수하게
그대로 받아들인다는 것이다. 그는 예수를 메시아요 하나님의 아들로
서 길과 진리요 생명으로 받아들이고 있다. 그러면서도 예수는 우리
들에게 교리를 가르쳐준 분이 아니라 인생의 길과 진리와 생명을 가
르쳐준 분이라는 것이다. 그리고 하나님을 가르쳐준 분이라는 것이
다. 그러한 가르침을 준 그분은 단지 종교적, 도덕적 성인의 차원을
넘어서는 우리의 구세자로서 하나님의 아들이었다는 것이다. 철학의
길을 걷다가 신학으로 온 필자에게도 그의 강연과 글은 너무나 귀하
게 여겨졌다. 그러므로 정통교회 신자, 신학자, 목회자가 그의 강연이
나 저서를 읽어도 전혀 거부 반응이 없다. 오히려 이들에게서 결여되
어 있는 교회를 넘어선 예수 그리스도의 의미, 인류의 역사와 문화와
지성에 미친 기독교 신앙의 보편적 의미를 교회주의의 담을 무너뜨리
면서 천명해 주고 있다. 기독교란 자기 자신이라는 교단의 담 속에
갇혀 있어서는 안 되며, 민족과 사회와 인류를 위하여 존재해야 한다

고 역설하고 있다. 그의 기독교 이해는 오늘날 기독교가 나아가야 할 방향을 참신하게 제시해 주고 있다.

김영한(金英漢)
서울대학교 철학과 학사, 독일 하이델베르크대학교 철학박사 및 신학박사, 현 기독교학술원장, 한국해석학회, 한국기독교철학회 회장 역임, 현 숭실대학교 명예교수, 주요 저서: 『하이데거에서 리꾀르까지』, 『바르트에서 몰트만까지』, 『젠더주의 도전과 기독교 신앙』 등

7. 김형석과 키르케고르의 『죽음에 이르는 병』

황종환

1. 김형석의 키르케고르 수용(受容)

김형석 교수님은 철학을 이해하기 쉽게 설명해 주신다. 선생님은 우리의 구체적 현실이 실제로 나아지기를 원하신다. 우리는 김형석과 키르케고르(Søren Aabye Kierkegaard) 두 분의 삶과 글에서 인간 영혼에 대한 깊은 사랑을 본다. 윤동주와 중학 동창인 김형석은 조치(上智)대학에서 철학을 공부하면서 키르케고르를 알게 되었다.(김형석, 「60년을 돌이켜보면서」, 『인간과 세계에 대한 철학적 이해』, 삼중당, 1981, 428쪽) 김형석은 쇼펜하우어, 니체, 키르케고르, 도스토예프스키 등을 탐독했는데, 주 관심은 키르케고르였다. 실존사상의 선구자 키르케고르는 기독교 세계에서 상실된 그리스도 진리의 회복에 진력했다. 김형석은 그리스도 신앙과 철학의 관계에 깊은 관심을 가졌다.

김형석에 의해 키르케고르의 원전 중 『죽음에 이르는 병』이 처음 한국어로 번역되었다.(키르케고르, 『죽음에 이르는 병』, 김형석 옮김, 경지사, 단기 4292); 표재명, 『사랑과 영혼의 철학자 키르케고르를 만나다』, 도서출판 치우, 2012, 76쪽) 20세기 초 독일에서 키르케고르 르네상스에 기여했던 고트세트(H. Gottsched)와 슈렘프(C. Schrempf)의 독일어 번역본을 대본으로 삼았다. 라우리(W. Lowrie)의 영어판과 히르쉬(E. Hirsch)의 독일어판도 참고했다.

김형석은 역자 후기에서 다음과 같이 해석한다. 키르케고르는 정신으로서 자아(自我)를 자각시키기에 모든 주의를 집중시켰다.(『죽음에 이르는 병』, 198쪽) 평생 소크라테스를 존경한 키르케고르는 역사상에 유일한 "너 자신을 알라"는 명제에 해답을 준 사람일지 모른다. 그는 소크라테스의 문제를 그리스도로 대답한 사람이었다. 그의 사상은 기독교와 더불어 영구할 것이다. 『불안의 개념』과 함께 『죽음에 이르는 병』은 변증법적이며 심리학적으로 기술되었다. 읽기보다 이해하기에 곤란하며, 이해하기보다 자기결정이 더욱 어려운 내용이다.

김형석과 키르케고르는 정신으로서 자아와 신 앞에서 자아의 영원성을 깊이 자각하며 선택하기를 원한다. 김형석은 『죽음에 이르는 병』을 강해하여 뜨거운 관심과 진지한 분위기를 이루었다. 그의 강의를 듣고 위로와 용기를 얻으며 새 삶의 길로 걸어간 사람은 헤아릴 수 없이 많다.(『사랑과 영혼의 철학자 키르케고르를 만나다』, 77쪽) 김형석의 『죽음에 이르는 병』은 자아의 소중함과 우리 현실을 이해하는 데 큰 기여를 했다. 한국전쟁이 끝나고 척박한 이 땅에서 『죽음에 이르는 병』은 삶의 절망과 함께 가능성을 찾게 했다.

김형석과 키르케고르에서 영혼의 활동으로서 자아와 정치적, 사회적 관심은 긴밀히 연관된다. 『죽음에 이르는 병』은 자아가 대중에 파묻혀 역사적 책임을 망각하는 현실을 지적한다. 이런 현실에서 영원한 존재와 관계에서 개인의 가능성을 찾는다. 마르크스와 엥겔스가 1848년 『공산당선언』을 발표했지만, 키르케고르는 1847년 『사랑의 역사』에서 이웃사랑을 통한 현실적이고 새로운 공동체를 원했다.(키르케고르, 『사랑의 역사』, 임춘갑 옮김, 도서출판 치우, 2011) 하느님의 인간에 대한 사랑은 불가항력(不可抗力)적이고 이 사랑에 근거하여 우리는 서로 사랑할 수 있다.

김형석은 한국의 그리스도교가 본래의 정신을 회복하길 원한다. 이는 당시 덴마크 교회의 그리스도 신앙 회복을 위한 키르케고르의 마지막 헌신과 일치한다. 우리는 절대가난을 극복하고 민주화를 이룩하는 과정에서 값비싼 대가를 치르고 있다. 높은 자살률, 도덕적 일탈, 가계부채와 함께 낮은 행복지수다. 스스로 완전히 절망할 수 없다는 우리의 모순적 현실은 오히려 인간 안에 영원한 존재의 사모(思慕)가 있음을 증명한다. 오늘의 현실에서도 『죽음에 이르는 병』은 인간 영혼의 새로운 각성을 하게 한다.

2. 『죽음에 이르는 병』의 자아와 실존적 절망

『죽음에 이르는 병』 1부에서 자아(self)는 정신 혹은 영혼(spirit)의 활동이다. 자아는 다른 사람과 관계에 앞서 자기 자신과 먼저 관계한다. 자기 자신과 관계가 자기의식(意識)이다. 자기의식은 영원(永遠)을 사모하는 마음에서 나온다. 자아는 순간과 영원, 유한과 무한, 필연과 자유의 모순적 결합으로 형성된다. 호흡도 들숨과 날숨이 함께하며 가능하다.

우리는 순간, 유한, 필연의 범주에 있지만 영원, 무한, 자유의 차원으로 나아가려고 한다. 반대로 순간, 유한, 필연의 제한을 생각하지 않고 영원, 무한, 자유의 차원으로만 나아가면, 비현실적 자아가 된다. 이런 자아는 감상(感傷)적 자기인식에서 거대한 계획을 세우지만, 구체적 실천이 없다. 자아가 순간, 유한, 필연에만 얽매이면 고유한 가능성을 찾지 못하고, 결국 운명론자가 된다.

『죽음에 이르는 병』 2부에서 자아는 임상심리학적 이해에서 나아가 그리스도 신앙에서 해석된다. 자아가 영원한 하느님과 관계하지 않으면 의식하든 무의식으로든 절망하게 된다. 실존적 절망의 체험은 개인의 결단만으로는 주어진 상황을 개선할 수 없다는 뜻이다. 영원한 존재로서 이 세상에 온 그리스도와의 관계는 신앙으로서 가능하다. 이 신앙은 철학적 관념만으론 전달될 수 없다. 영원한 존재와 관계의 단절이 죄(罪)이기에 죄의 반대는 덕(德)이 아니고 신앙이다. 죄는 특정의 행동 이전에 삶의 지속적 태도다.

자아는 타자와 관계에서만 형성될 수 있기에 키르케고르는 자기중심적 자아이해를 비판하며 극복하고자 한다. 그에게서 인간의 실존은 감각적 향락추구에서 보편적 윤리의 준수를 거쳐 그리스도 신앙에로 성숙한다. 그는 데카르트(R. Descartes)의 사유(思惟)를, 마르크스(K. Marx)의 경제적 관심을, 프로이트(S. Freud)의 감각적 향락을, 홉스(T. Hobbes)의 만인에 대한 만인의 투쟁을 삶의 궁극적 문제로 간주하지 않았다. 철학적 사변(思辨)의 한계를 비판하며 자아를 찾은 키르케고르가 초월적 존재와 관계를 독자들이 충분히 이해할 수 있도록 설명했을까?

『죽음에 이르는 병』에서 절망은 죽음에 이르는 병이다. 절망은 단지 심리적 상태가 아니라, 자아가 되지 않으려는 의지의 결과다. 자아를 형성하지 못하는 경우는 연약한 절망과 도전적 절망으로 구분된다. 연약한 절망은 영원한 존재와 관계하는 의지의 결여로 말미암아 자신의 운명에 굴복하여 자아가 되려고 하지 않는다. 특정한 대상과 관계에서 삶의 궁극적 의미를 찾는 생활은 연약한 절망이다. 연약한 절망은 영원한 존재와 관계를 맺지 못하고 자신의 절망에 더욱 빠지게 된다. 이 땅의 특정 대상에 함몰되어 자아를 상실하게 된다. 영원한 존재와 관계없는 연약한 절망은 숨겨진 교만일 수 있다.

도전적 절망은 누구의 도움도 받으려 하지 않고, 자신의 힘만으로 삶의 문제를 해결하려는 시도의 결과다. 영원한 존재와 관계에서 가능성을 받아들이지 않는다. 자신에게 주어진 독특한 고난 때문에 자신만이 지닌 필연적 약점에 분개하여 인생 자체에 분노한다. 도전적 절망은 자아에 대한 추상적 관념에서 기인한다. 자신의 구체적 현실을 고려하지 않고 절대적 독립을 주장하는 스토아주의에서 그 예를 본다. 이런 이념은 본성적으로 영원한 존재의 위로와 치료에 대한 진지함이 없다. 구체성이 없는 완전한 자기독립의 추구는 다스릴 땅이 없는 왕과 같다.

실제 생활에서 연약한 절망과 도전적 절망, 무의식적 절망과 의식적 절망은 섞여 있다. 협소한 마음은 절망을 극복하는 신앙을 선뜻 받아들이지 못하고, 영원한 존재를 오히려 질투한다. 질투는 불행한 자기주장이고, 영원한 존재를 찬양함은 행복한 자기상실이다.(키르케고르,『죽음에 이르는 병』, 임춘갑 옮김, 도서출판 치우, 2011, 183쪽) 신앙은 실존적 분노를 승화하는 자기주장을 가능하게 한다. 자아의 형성은 독단이나 맹목이 아니라, 고결한 성품과 직관적 매력으로 드러난다.

실존적 성숙에서 감각적 향락추구는 자아의식(意識)을 잠시의 쾌락과 바꾸며 살아간다. 즉각적 만족으로 살아가는 생활은 자아의식이 피상적이다. 키르케고르는 자아의식이 싹트는 윤리적 단계에서 의지(意志)를 강조한다. 그런데 인간의 본성은 자신의 의지만으론 보편적 규범을 지키는 윤리적 생활을 할 수 없다.(황종환, 『키르케고르와 도덕교육』, 글누리, 2017, 311쪽) 실존적 현실에서 선택은 '이것이냐 저것이냐' 사이의 갈등이 아니라 '영원한 존재와 다른 것' 사이의 신앙의 결단이다. 인간은 본능적으로 감각적 향락을 찾지만, 더 깊은 자아는 영원한 존재를 그리워한다.

소크라테스는 육체의 병이 육체를 잠식하듯이 영혼의 병이 영혼을 잠식할 수는 없다며, 영혼불멸을 증명한다.(『죽음에 이르는 병』, 39쪽 재인용; Platon, *Politeia*, 608d ff) 『죽음에 이르는 병』에서 영원한 존재와 관계 외에 다른 것에서 궁극적 만족을 얻고자 할 때 절망하게 된다. 사람은 자기다운 본성에서 벗어날 수 없다. 영원한 존재와 관계없이 자기 자신과 관계할 때 실존적 절망을 겪게 된다. 절망 가운데에서도 영원을 그리워하는 마음은 소멸시킬 수 없다. 절망하는 사람은 그 무엇을 성취하지 못해서라기보다는 그렇지 못한 자기 자신에 대해 절망하고 있다. 실상은 영원한 존재와 관계하지 못하는 자기 자신에 절망하고 있다.

『죽음에 이르는 병』에서 절망은 인간의 가장 보편적 현상이다. 실존적 절망은 단지 고통스러운 현상이 아니라 영원한 존재와 관계하지 않는 적극적 행위다. 영혼의 활동은 구체적 실천을 뜻한다. 영혼의 활동으로서 자아는 환경, 사건, 외부적 영향력 등에서 독립하여 자신만의 고유한 과업을 의식하게 된다.(Kierkegaard, *The Sickness unto Death*,

Trans. H. Hong and E. Hong, Princeton University Press, 1980, p.54; *Sygdommen til Doden*, by Anti-Climacus, ed. S. Kierkegaard, 1849) 이런 소명(召命)에 부응할 때 자아가 더욱 형성되어 간다. 영원한 존재와 관계는 자유로운 개성을 표현하며, 현실적으로 윤리적 삶을 가능하게 한다.

유한과 무한의 종합으로서 자아는 구체적 현실에서 표현된다. 유한을 의식하지 않는 무한의 추구는 공상(空想)적으로 된다. 반대로 유한성의 절망은 모험을 하지 않는다. 모험이 없는 삶은 많은 유익을 얻고자 하더라도 자아를 형성하지 못한다. '흙수저'의 필연성으로 태어났지만, 자유의 가능성으로 나아갈 수 있다. 이런 가능성은 자아의 변형(metamorphosis)을 통해 현실화된다. 이런 변형이 성취되지 않으면, 다른 것들을 얻더라도 스스로에게 절망한다.

3. 그리스도 신앙과 자아의 형성

키르케고르는 진리의 주체성(truth is subjectivity)을 강조한 사상가로 흔히 이해된다. 표재명은 마치 다이아몬드가 그 앞에 어리는 물체의 빛깔에 따라 영롱한 빛을 내듯이, 시인에게는 시인으로, 철학자에게는 철학자로, 신학자에게는 신학자로 나타난다고 키르케고르를 묘사한다.(표재명, 『키르케고르 연구』, 지성의 샘, 1995, 279쪽) 그는 자연이나 인간 자신 즉 내재(內在)적(immanent) 차원을 넘어서 자아의 근거를 찾는다.(Kierkegaard, *Concluding Unscientific Postscript*, Trans. D. Swenson and W. Lowrie, Princeton University Press for American-Scandinavian Foundation, 1941, p.506) 그는 자기 관계와 하느님 관계를 동일시하는 포이에르바하(L. Feuerbach)와 달리 자아의 형성을 영원한 존재와 신앙의 관계에서 찾는다.

아리스토텔레스가 시민의 활동에서 윤리적 자아를 찾았다면 키르케고르는 영원한 존재와 관계에서 자아를 찾는다. 그에게 영원, 무한, 자유의 존재는 하느님이다. 그리스도 신앙에서 죄(罪)는 하느님과 인간의 관계의 단절이다. 이런 단절은 의지의 결과이고, 죄의 반대인 신앙은 의지의 행위로 표현된다. 김형석과 키르케고르에게 삶은 문제의 해결에 앞서 자기를 찾아가는 새로운 체험이다.(김형석, 『영원과 사랑의 대화』, 김영사, 2017, 254쪽)

키르케고르는 건강하고 안정적 성품이었지만, 우수(melancholy, 憂愁)에 시달렸고 분열기질(schizothymia)이 있다는 연구도 있다.(Ib Ostenfeld, *Søren Kierkegaard's Psychology*, Trans. and ed. by Alastair McKinnon, Wilfrid Laurier University Press, 1978. p.xi) 그가 자신의 병적 증상을 고치는 데 단지 몰두했다면 놀라운 업적을 남길 수 있었을까? 그는 그리스도와 함께 말로 표현할 수 없는 기쁜 체험을 고백한다.(Kierkegaard, *The Journals*, II A 228. 1838 May 19: Kierkegaard records that he has experienced "an indescribable joy." Kierkegaard, H. and E. Hong(trans), *The Journals & Papers*, v. II, Indiana University Press, 1967) 영원한 존재와 관계없이 자아를 찾고자 하면 현실생활에서 절망하게 된다. 물론 실존적 절망은 오히려 자아를 찾는 긍정적 계기가 될 수도 있다.

영원히 진실한 존재로서 하느님과 개인은 어느 순간에도 믿음의 관계가 가능하다. 하느님에게는 온갖 가능성이 있기에 인간은 자신의 생각을 포기하며 믿음의 싸움을 반복한다. 어떤 예기치 않은 사건이 일어나더라도 가능의 하느님을 믿기에 절망하지 않는다. 하느님을 믿음은 성실한 의지로 표현된다. 영원을 사모하는 존재인 인간이 영원한 존재인 하느님과 믿음의 관계에서 자아를 가질 수 있다.

직접적, 감각적 향락을 추구하는 생활은 영원한 존재와 관계를 맺지 못하기에 자아가 형성되지 못한다. 본래의 자기를 찾지 않고, 본성과 다른 자기를 찾으며 시간을 보낸다. 이런 생활은 자아를 윤리적 성숙으로 드러나는 영혼의 활동에서 찾지 않고, 감각적 향락으로 착각하며 절망한다. 이 땅의 생활에서 특정한 대상과 관계에서 실망은 사실 영원한 존재와 관계를 맺지 못한 까닭이다. 이런 절망은 주위 환경과 향락으로부터 분리된 자아를 의식하게 한다.

4. 맺는 말

김형석과 키르케고르는 삶의 실제적 변화를 위해 일생 동안 헌신했다. 이런 의지적 행동은 고결(高潔)한 매력으로 드러날 수밖에 없다. 신앙으로 자아를 형성하는 과정은 단지 생각이 아니라 윤리적 성숙으로 현실생활에서 검증된다. 이해(理解)가 인간 사이의 관계라면, 하느님과 인간의 관계는 믿음이다. 하느님과 인간의 관계의 단절인 죄(罪)도 단지 이해가 아니라 의지의 결과다. 영원한 하느님은 은혜로서 인간과의 관계를 회복했다.

안티-클리마쿠스(Anti-Climacus)라는 가명으로 출판된 『죽음에 이르는 병』에서 자아의 형성은 도덕발달과 긴밀히 연관된다. 하느님과 관계없이 자기가 되려고 하지 않거나 자신의 힘만으로 자기가 되려고 하면 절망한다. 가명 출판의 까닭은 독자들이 저자를 따르지 말고, 각자 자신을 찾고 성숙하길 원해서였을 것이다.

김형석과 키르케고르는 인간 영혼에 대한 새로운 각성을 통해 조국을 사랑했다. 이들은 한국 사회와 덴마크 사회에서 관념(觀念)에만 집착하고 실천이 없는 현상을 극복하고자 했다. 자기중심적 사회현상의 극복은 오늘 우리에게도 타당하다. 우리는 오랫동안 간난(艱難)의 역사를 보내서인지 자아의 형성을 사회적, 정치적 지위와 쉽게 동일시한다. 영원한 하느님은 각자에게 신앙의 관계를 지속적으로 원한다.

황종환(黃鍾煥)

고려대학교 철학과 학사, 서울대학교 교육학박사, 독일 뮌헨대학교 철학박사, 한국키르케고르학회 회장 역임, 현 한남대학교 명예교수, 주요 저서와 논문: *Ökologische Gerechtigkeit*, 『키르케고르와 도덕교육』, 「키르케고르의 실존적 성숙과 인성교육」, 「표재명과 키르케고르에서 도덕발달로서 의사소통」 등

8. 송촌 김형석 선생의 철학과 휴머니즘
― 그의 생애와 저술을 중심으로

김성진

1. 송촌 선생의 지혜사랑과 인간사랑

송촌 김형석 선생의 활동 영역은 매우 다양하다. 그리고 놀라운 역동성이 확인된다. 요약하면 이렇다. 교수와 교사로서 평생 동안 (이북과 이남에서) 교단에 섰으며, 수많은 학술서와 수필집의 저자이며, 전국의 학교, 기업체, 공공기관, 교회, 교도소 등으로 초빙되어 각 계층 시민과 직장인을 위해 강연과 설교를 베풀어왔다. 미국과 캐나다의 교민단체와 한인교회로 다녀온 것도 벌써 여러 차례다. 지금도 여전히 바쁜 강연 일정을 채우면서, 또한 신문과 잡지에 투고할 글쓰기에도 몰두하는 하루하루를 지내신다. 또한 독실한 기독교 신앙인으로서 여전히 매주 일요일에는 '성경강독 모임'을 이끄신다. 그래서 필자는 자문한다. 그 이유는 무엇일까? 어떻게 이것이 가능한가?

송촌 선생의 인기는 매우 높다. 그의 강연과 글과 저서는 독자와 청중의 폭넓은 사랑을 받는다. 모두가 즐겨 읽고, 경청한다. 그런데 이런 대중의 관심과 인기가 언제 시작되었는지를 살펴보면 참 놀랍다. 6·25 동란의 기억이 아직 생생하던 1950년대 후반, 즉 30대 후반에 이미 그는 『철학개설』, 『철학입문』, 『현대를 위한 세계관』, 『우리는 무엇을 믿는가?』를 출간했고, 번역서로는 키르케고르의 『죽음에 이르는 병』과 칼 힐티의 『인생론』을, 그리고 철학적으로 인생을 논하는 수필집 『고독이라는 병』도 발표하면서 독자들의 관심을 모으기 시작했다. 엄청난 판매 부수를 올린 수필집 『영원과 사랑의 대화』의 초판 출간은 1961년이었다.

그 이후로는 전국 도처에서 강연과 방송과 설교와 원고 청탁을 받으며 바쁜 일정들을 소화해야 했지만, 그 와중에도 대학의 책임 강의와 학생 지도 또한 결코 소홀히 하지 않았고, 저술 활동 또한 멈추지 않았다.

백 세를 지낸 지금도 그의 인기는 여전히 현재진행형이다. 방송 출연, 강연 부탁, 원고 청탁이 계속 이어지는 이유도, 그의 책들이 높은 판매량을 유지하는 이유도 따지고 보면 그에 대한 독자와 청자들의 관심과 애정 때문이다.

그래서 다시 묻게 된다. 왜 그는 이토록 사랑받는가? 재미있어서? 지혜로워서? 배울 것이 많아서? 철학적이어서? 언변이 좋고 레토릭이 탁월해서? 물론 그럴 수도 있겠다. 그러나 송촌의 경우, 이런 차원의 설명은 이미 설득력을 잃은 지 오래다. 이제는 어떤 다른 접근이 필요하다. 필자는 일단 이런 진단을 내려본다. 그는 철학자면서 휴머니스트라고. 그리고 '휴머니즘 실천'은 실은 또 하나의 '사랑 실천'이라고. 바로 이것이 그가 다수의 '애독자'와 '애청자'를 가지게 되는 이유이고 '비결'일 것이라고.

그러면 이것이 현실적으로 어떻게 실현된다는 말일까? 무엇이 송촌의 '비결'일까? 먼저 한 가지를 전제하고 보자. 사랑받기 위해서는 내가 먼저 사랑하는 마음으로 다가가야 한다고. 관심받기 위해서는 내가 먼저 상대에게 관심을 가져야 할 것이라고. 그리고 또 한 가지, 그를 철학자이며 동시에 휴머니스트라고 보는 이유는 그의 '지혜사랑' 실천이 곧 그의 '인간사랑' 실천으로 나타나기 때문이다.

그래서 필자의 결론은 이렇다. 그 비결은 오히려 (사실 '비결'이 적절한 표현은 아니지만) 송촌이 먼저 그의 글쓰기와 강연에서 독자와 청중에게 애정과 존경심을 가지고 접근하며, 그들의 마음과 처지를 먼저 헤아리면서, 그러나 인간이라면 누구나 당연히 물어야 할 질문을 던지고, 그들 스스로 생각하고 판단할 여지를 남기면서, 사색과 공감의 대화로 끌어들이는 노력을 기울인 것이다. 이것이 바로 그의 '인간사랑' 또는 '휴머니즘 실천'의 본질적인 모습이며, 독자와 청중은 기꺼이 그에 반응한다.

송촌 선생의 생애 체험도 결국은 우리나라 현대사 그 자체이고, 우리 민족 모두가 겪어야 했던 20세기의 두 가지 비극적 사건이다. 하나는 일제에 의한 한반도 강점기의 탄압 통치였고, 다른 하나는 스탈린, 모택동, 김일성 등 공산주의 진영이 연합하여 일으킨 한반도 남북 분단과 6·25 동란이다. 두 가지 모두 20세기 우리 역사의 전반부를 통째로 삼켜버린 사건으로서 한민족과 한반도를 참혹한 전쟁터로 몰아넣었고, 평소에 사람들이 마음에 지녔을 휴머니즘의 꿈을 여지없이 파괴해 버린 바로 그 사건들 아닌가! 그래서 필자는 우리 민족사의 관점에서 이들 두 사건의 공통된 성격을 '휴머니즘 파괴'라고 부르겠다.

이런 역사적 환란과 고난의 사태를 겪고 난 후, 우리가 해결해야 할 과제는 그러면 무엇일까? 휴머니즘이 철저히 파괴된 상황에서 지성인들에게 부과된 임무는 무엇일까? 철학자이고 교육자이며 신앙인으로서 송촌이 자신의 사명으로 받아들인 과제는 무엇일까? 이 물음에 대해서도 이렇게 대답해 보자. 그것은 '휴머니즘을 되살리는 것'이라고. 그리고 당시에는 모두가 '휴머니즘 회복'에 목말라했었다고.

당시 우리 민족의 상황은 사상사적 관점에서 볼 때 역설적이고 이중적이다. 왜 그런가? 한편으로 생존을 위해서는 휴머니즘 파괴의 현실 고통을 어떻게든 견뎌내야 했지만, 또 한편으로 그 고통을 견뎌내기 위해서는 내면의 어떤 정신적 힘이 필요했기 때문이다. 결국 휴머니즘 파괴에 저항하기 위해서는 어떤 다른, 또는 새로운 휴머니즘 가치를 찾아야 한다는 결론이 자연스럽고 또 불가피했다. 그것은 일제 강점기 동안에도, 그리고 6·25 동란을 겪는 동안에도, 그 이후 분단된 조국의 현실을 살아가는 지금에도 여전히 버릴 수 없는 우리의 과제로 남아 있는 것이다. 우리 민족이 공유하고 있는 이 시대적 문제의식을 대중과 함께 나누면서 공통의 대화와 철학적 사색의 주제로 끌어올리는 일이야말로 철학자이고 교육자이며 신앙인인 송촌 선생이 실천에 옮긴 과제였으며, 대중을 위한 정신적 봉사활동의 의미 있는 목표가 아니었을까?! 그것이 어떤 과정을 거치면서 전개되었는지를 간략히 살펴보자.

2. 송촌 선생의 자기정체성과 자아 발견

　사람은 누구나 자기정체성 문제를 겪는다. 특히 소년기에, 또는 청년기에도 가장 진지한 물음 중 하나는, 예를 들면 "나는 장차 무엇이 될까?"이다. 그러나 노년기가 되면 질문의 방향과 성격은 달라지며, 이것은 사실 자연스러운 일이기도 하다. 노년기의 자기정체성 문제는 미래의 어떤 새로운 계획이나 전망보다는 오히려 자신의 생애 전체를 관조하는 쪽으로 그 비중이 옮겨질 수 있다. 또한 우리는 일종의 실존적 자기정체성에 관심을 가질 수도 있다. 이것은 그러니까 나이, 성별, 직업, 성격, 취향 등을 통해서 확인되는 정체성이 아니고, 내가 나 자신을 어떤 존재로 알고 있는지, 그리고 내가 어떤 존재로서 살아야 하는지를 묻는 것이다. 말하자면, 겉으로 나타나는 '나,' 남들이 보고 인정해 주는 '나'가 아니고, 내가 알고 있는 '나 자신'이 누구이고, 어떤 존재인지를 묻는 것이다.

　송촌 선생도 자신에게 묻는다. "나는 누구인가?"라고. 그 역시 때로는 궁금해진다. "다른 사람들은 나를 누구라고 보는지." 많은 사람들이 그를 철학 교수, 종교인, 그리고 수필가로 알고 있음을 그는 확인하고, 또 이런 관점을 그 자신도 일단 수긍하는 편이다. 그러나 이것만으로 자기의 정체성이 만족스럽게 설명된다는 느낌이 들지는 않는다. 뭔가 더 추가되어야 하지 않는가 하는 생각을 떨쳐버릴 수 없다는 것이다. 그래서 물음은 계속된다. 자신의 정체성에 대한 그의 물음은 자세히 보면 다음의 두 단계를 거치는 방식으로 제기된다.

　단계1: "그러면 철학자, 신앙인, 수필가 중 어느 것이 진짜 나일까?"

단계2: "이들 세 가지가 나의 정체성 전부일까? 그 밖에 또 다른 정체성은 없는 것일까?" "만약 또 다른 정체성이 있다면, 그것은 무엇일까?"

이런 물음을 마음에 숙고하면서, 송촌은 자신에 대해서 아래와 같이 결론을 내려본다.(「김형석 자전적 에세이」, 계간 『철학과현실』, 2016년 여름호)

그것은 자신의 정체성을 몇 가지로 요약한 것이다.

- 나는 완전한 철학자, 확실한 예술가, 종교적 지도자, 그 어느 것도 아니지만, "그러나 이상하게도 내 안에서는 그 셋이 조화를 이루고 있다. 그것들이 합해서 하나가 되어 있다."

- 철학자, 신앙인, 수필가 셋 중 "그 어느 것 하나도 버릴 수는 없다." 비록 셋 다 불완전했을지라도 "그것들이 합쳐서 내가 되었기 때문이다." "그 미완성의 셋이 합쳐서 된 것이 나 자신이다."

여기까지를 단계1 물음의 답이라고 한다면, 단계2 물음에 대한 답은 아래와 같다.

- "소중한 것은 철학자가 아니다. 문필가도 아니다. 종교인도 아니다. 가장 소중한 것은 인간 그 자체이다." 인간 정신은 "여러 가지 영역의 삶의 내용을 갖도록 되어 있다. 그렇다면 어떤 한 가지 역할로 살아갈 수도 있으나, 여러 가지 정신적 기능을 소유할 수도 있고, 또 어떤 때는 그래야 하기도 한다."

- "중요한 것은 인간이다. 그 인간됨을 위해서는 단조롭게 적게 소유할 수도 있으나, 여러 가지를 갖추어서 좋을 때도 있다. 그런 의미에서 나는 나여야 한다. 다른 사람과 같아질 수도 없고, 같아져서도 안 된다. 왜 나는 다르냐고 묻는 것이 잘못이다. 서로가 서로들 개성

이 뚜렷한 개체로서의 인간이어서 좋은 것이다."

자기정체성에 대한 송촌의 생각은 여기서 다시 한 번 휴머니스트로서의 면모를 보여준다. 그리고 이것은 상당히 내면화한 자기반성과 자아관찰의 결과다. 또한 이것은 상당한 정도로 자기긍정적이다. 더 자세히 설명한다면 이런 의미가 될 것이다. 즉 철학자나 문필가나 신앙인으로서의 자기는 부족한 점도 있을 것이고, 그래서 이 방면의 더 훌륭한 인사들이 얼마든지 찾아질 수 있지만, 그러나 한 인간으로서의 '자기'는 얼마든지 그 자체로서 인정받을 수 있다는 의미이고, 또한 자부심의 표현이다. 즉 바로 "그런 의미에서 나는 나여야 한다. 다른 사람과 같아질 수도 없고, 같아져서도 안 된다. 왜 나는 다르냐고 묻는 것이 잘못이다. 서로가 서로들 개성이 뚜렷한 개체로서의 인간이어서 좋은 것이다."

위의 말들을 정리해 보면, 송촌은 자기정체성의 두 차원을 구별하는 입장이다. 하나는 밖으로 나타나 보이는 정체성이며, 공통의 기준에 따라 다른 사람들과 함께 분류될 수도 있는 정체성이다. 예를 들면, 정치가, 상공인, 기술자, 교육자, 예술가 등이며, 송촌의 경우 일단 철학자, 신앙인, 수필가로 분류된다. 그러나 이렇게 확인되는 정체성은 한계가 있다. 어떤 직업 분야, 또는 직종의 명칭이나 직함 또는 사회적 기능만을 놓고 보면, 나만의 어떤 개성이나 남들과 다른 차이점은 드러나지 않는다. 이것은 단지 나의 대외적 정체성일 뿐이다. 그래서 이와는 별도로, 또 그에 못지않게, 인간으로서의 '나'를, 또는 '개성이 뚜렷한 개체로서의 인간'을 나의 또 다른 정체성으로서 찾고 확인하라는 것이다.

그러면 이러한 '나'는 도대체 누구일까? 이러한 '나'의 존재를 확인하고 찾으려면 어떻게 해야 하는 걸까? 이제부터 본격적으로 철학을 공부하고 철학자들의 가르침에 귀 기울여야 하는 것일까? "너 자신을 알라!"라는 그 유명한 명제도 바로 이것을 철학의 으뜸가는 과제로 지적해 보인 것이었을까?

여하튼 송촌은 내가 보는 나 자신, 그리고 내가 생각하고 내가 추구하는 나의 정체성이 확인될 수 있고 또 전제되어야 함을 지적한다. 그리고 바로 이 관점에서 보는 '나'를 그는 '인간으로서의 나'로 지적하며, 철학자나 문필가나 신앙인으로서의 '나'와 구별하려는 것이다. 이것이 바로 위에서 분류한 단계2 물음을 별도로 제기한 이유이기도 하다.

그런데 이것이 꼭 철학자들만의 관심사일까? 오히려 이것은 따지고 보면 누구에게나 해당되는 이야기 아닌가! 이 세상의 모든 인간들 각자는 전 인류 역사상 유일무이(唯一 無二)한 존재 아닌가! 송촌의 의도 역시 누구나 가지고 있는 자기의식 또는 자아관의 문제를 쉽고도 평범한 주제로서 독자에게 제시한 셈이다. 예를 들면, 다음과 같은 방식이 될 것이다.

첫째로, 누군가가 교사가 되었다면, 교사가 되기 전에 그런 뜻을 마음에 품었던 그 인간 자신의 존재를 우리는 전제할 수 있고, 또 그래야 마땅할 것이다. 둘째로, 누군가가 교사가 되었다면, 교사가 된 이후에도 그는 여전히 한 인간으로서, 그리고 한 개인으로서 그가 바라는 어떤 특정형의 '교사'가 되고 싶다는 생각을 하고 행동할 수도 있음을 인정하자는 것이다.

바로 이런 차원에서 본다면, '여기 한 인간으로서의 나'가 다시 시야에 들어올 것이라는 지적이다. 물론 여기서는 송촌이 자신의 이야기를 펼치기 위해서 하는 이야기다. 그는 자신의 경우를 염두에 두고, '인간으로서의 나'를 지적한다. 그리고 '나'의 이 측면, 또는 '나' 자신의 바로 이 '본질,' 즉 '인간으로서의 나'를 철학자나 문필가나 신앙인으로서의 나와 구별하고 또 대비시킨다. 뿐만 아니라, 한 걸음 더 나아가서, 그는 "소중한 것은 철학자가 아니다. 문필가도 아니다. 종교인도 아니다. 가장 소중한 것은 인간, 그 자체이다."라고 단언한다. 왜 그럴까? 그리고 "인간, 그 자체"의 소중함의 근거는 무엇일까?

3. 송촌 선생의 생애 체험과 실존적 휴머니즘

이제 우리는 "가장 소중한 것은 인간, 그 자체"라는 명제가 송촌 자신을 위해서는 어떤 의미를 가지는지, 그리고 그 배경에는 어떤 생애사적 체험이 자리 잡고 있는지를 확인해 보자. 그러고 나면 우리는 송촌의 '철학하기'가 상당 부분 그의 삶의 체험에서 우러나온 것임도 알게 될 것이다. 우리는 다시 그의 생애 초기에로 되돌아가면서 다음의 두 가지 관점에서 질문을 던져보자. 하나는 송촌이 성장기와 청년기 내내 겪어야 했던 '휴머니즘 파괴' 사태를 어떻게 견뎌낼 수 있었는지에 대해서이며, 또 하나는 '휴머니즘 회복'을 위해 그가 때로는 철학자로서, 때로는 신앙인으로서, 때로는 문필가로서 어떤 노력을 기울여왔는지에 대해서이다.

(1) 생존권 위기와 휴머니즘 제1의 조건
우선 우리가 염두에 두어야 할 역사적 사건 현장이 있다. 한반도의 20세기 역사만 뒤돌아보아도 젊은 송촌의 생애가 어땠을지 짐작이 가지만, 그러나 직접 경험해 보지 못한 사람은 잘 모를 수도 있다. 그는 일제강점기와 제2차 세계대전, 그리고 남북 분단과 6·25 동란을 몸소 겪어야 했다. 그 당시 삼엄한 경계망을 뚫고, 처자를 동반하여 탈북을 시도한 송촌의 경우가 그랬듯, 지금도 탈북자들이 감수해야만 하는 현실 상황이 있다. 사랑하는 가족은 물론 자신의 목숨마저 위협받는 그런 상황을 가까스로 벗어나 월남해 온 탈북자라면, 그 누구도 부정할 수 없는, 그리고 매우 염려스러운, 그러나 결코 회피할 수도 없는 전제조건이 있다. 그것은 말하자면 위기 상황에서 제일 먼저, 그리고 본능적으로 떠오르는 생각이며, 그래서 '휴머니즘 파괴' 사태에 직면해서도 가장 긴급한 행동 목표로서 제기되는 과제, 바로 그것이다. 즉 "사람이 우선 살고 봐야지!" "가장 소중한 것은 인간, 그 자체 아닌가!"

일제강점기에 유년기와 청년기를 살면서 겪었던 혹독한 현실 체험에도 불구하고, 그러나 송촌은 후에 이런 결론을 내린다. "공산주의 사회는 체험해 보지 못한 사람은 누구도 모른다. 일제강점기에는 조용히 농촌 등지에 머물러 살면 스스로와 가정은 유지할 수 있었다. 그러나 공산치하에서는 예외자는 있을 수 없다. 극단의 근본주의적 종교집단이 신앙을 강요하는 것과는 비교가 안 될 정도로 사상적 통제와 강압이 보통이 아니다. 그 일에 회의를 느끼거나 반대하는 사람은 살아갈 수가 없다. 주기적으로 전 국민을 끌어내다가는 정치교육을 시키면서 자기반성을 강요하는 것이다."(「김형석 자전적 에세이」, 계간 『철학과현실』, 2016년 여름호)

공산주의 혁명을 혹자는 인간해방으로 받아들일는지도 모른다. 그러나 송촌이 체험한 현실은 전혀 그 반대였다. 그가 체험한 것은 철저한 '휴머니즘 파괴'였을 뿐이다. 그래서 역설적으로 그가 재확인해야만 했던 것, 즉 가장 소중히 여겨져야 할 것은 '인간 그 자체'라는 것이었다.

(2) 『죽음에 이르는 병』, '단독자,' 그리고 『고독이라는 병』

휴머니즘의 가치관을 염두에 둔다면, 우리는 우선 실존주의자들의 그 친숙한 명제를 다시 기억에 떠올리게 된다. 예를 들면, 장-폴 사르트르에 의해서 널리 전파된 명제가 "실존주의는 휴머니즘이다."라는 표어다.(장 폴 사르트르, 『실존주의는 휴머니즘이다』, 빙곤 옮김, 문예출판사, 1981) 이 명제는 그러나 20세기에 와서 확산된 것이며, 특히 사르트르는 무신론적이며 반종교적 실존주의를 대변한다. 반면에 송촌은 현대 실존주의 철학과 휴머니즘적 경향 그 자체에 대해서 기본적으로 공감은 하면서도, 그러나 그 자신은 오히려 19세기 전반부를 살았던 덴마크의 철학자 키르케고르의 실존주의 사상에 집중한다. 뿐만 아니라, 키르케고르에 대한 송촌의 관심은 단지 학술적 연구 차원을 넘어서는 개인적 친화력과 사상적 친족성을 보인다. 그 몇 가지 사례를 보면 다음과 같다.

① 키르케고르의 사상에 대해서 한국의 철학자들이 관심을 가지고 연구를 시작한 것은 1920년대였지만, 국내 최초의 키르케고르 원전 번역은 1956년에 출간된 『죽음에 이르는 병』이며, 그 번역자가 송촌이다.(표재명, 『사랑과 영혼의 철학자 키르케고르를 만나다』, 도서출판 치우, 초판 1995/개정·증보판 2015, 76쪽) 이 번역본 후미에 송촌은 역자로서 간략한 해설문을 첨부하였는데, 여기에서 한 가지 흥미로운 점이 눈에 띈다. 저자

키르케고르를 가리켜서 송촌은 세 가지 호칭을 사용하였고, 그것이 바로 '철학자,' '신학자,' 그리고 '예술적 문필가'다.(키르케고르, 『죽음에 이르는 병』, 김형석 옮김, 경지사, 1956) 이것이 흥미로운 이유는, 훗날에 가서 송촌이 자신의 정체성에 대해서도 같은 세 가지 호칭을 적용하기 때문이다. 앞서 언급되었듯이, 사람들에게 일반적으로 알려진 송촌의 정체성, 또는 송촌의 대외적 활동이 사람들 마음에 알게 모르게 심어준 이미지가 바로 '철학자,' '신앙인,' 그리고 '문필가' 또는 '수필가' 등이 아니었는가!

송촌 선생과 키르케고르 사이의 사상적 친족성은 송촌의 저서 제목과 주제 선택에서도 확인된다. 송촌의 첫 수필집은 1960년에 출간된 『고독이라는 병』이다. 여기에 수록된 글들은 여러 가지 다양한 삶의 주제들을 다루는 다수의 수상록(隨想錄) 모음이지만, 읽다 보면 철학의 문외한인 일반인들도 어렵지 않게 철학적 사유로 인도되며, 또 그런 독서 체험에서 다양한 깨달음의 즐거움을 누린다. 일상적 삶의 주제를 다루면서도, 주제에 따라서 한편으로는 독자로 하여금 자기 자신과 대화의 장을 열어가도록 이끌며, 또 한편으로는 저자 자신의 내면세계와 개인적 생활체험을 부담감 없이 들여다보고 탐색하고 공감하는 기회도 제공한다. 그중 한 편의 제목은 책 제목과 동일하게 「고독이라는 병」이다.

여기서 우선 우리가 주목하게 되는 것이 있다. 이 제목을 구성하는 '고독(孤獨)'과 '병(病)' 두 개념이 한편으로는 키르케고르의 "죽음에 이르는 병(病)"을 연상시키지만, 또 한편으로 우리는 키르케고르의 '단독자(單獨者)' 개념을 떠올리지 않을 수 없다. 키르케고르의 '단독자'는 마치 운명과도 같이 서구 현대인이 빠져든 실존적 상황을 지적하고 서술하기 위해서 도입된 독특한 개념이며, 크게 두 차원의 의미 영역을 내포한다. 한편으로, 우리들 각자는 군중 속의 한 개인이지만, 그러나 개인이 자신의 정신적 주체성을 자각하면 할수록 군중의 대립자로서 실존할 수밖에 없는 '단독자'로서의 개인이다. 또 한편으로, 우리가 기독교 신앙인으로서, 또는 기독교적 신앙의 주체로서 살아갈 것을 선택한 이상, 우리들 각자는 자신의 삶의 모든 선택과 결정에 대한 책임을 지고 절대자인 하나님 앞에 홀로 설 수밖에 없는 단독자, 즉 실존적 신앙인으로서의 단독자가 될 것임을 의미한다.(표재명, 『키르케고르의 단독자 개념』, 서광사, 1992; 임춘갑의 번역본은 '단독자' 대신 '외톨이'로 번역한다. 쇠얀 키르케고르, 『죽음에 이르는 병 / 관점』, 임춘갑 옮김, 다산글방, 2007, 271쪽 이하. 키르케고르, 『사랑의 역사』, 임춘갑 옮김, 다산글방, 2005, 9쪽)

그래서 우리는 결국 여기에서 한 가지 흥미로운 결론을 내리게 된다. 19세기의 철학자 키르케고르에 대한 송촌의 연구는 단지 실존주의 연구를 위한 작업이 아니었다. 그것은 시간이 갈수록, 그리고 자연스럽게, 송촌 자신에 대한 연구, 또는 송촌의 실존적 자기탐구로 이어지면서 여러 가지 방식으로 다양하고도 풍부한 결실을 맺게 되었다는 것이다. 그리고 백 세를 맞이한 오늘날에도 여전히 송촌의 대외적 활동 방식은 철학자, 신앙인, 그리고 문필가 등 세 가지 역할에서 활발히 지속되고 있다. 그리고 이들 세 가지 역할이 그에게서는 항상 조화롭게 연결되고 융합되는 방식으로 수행된다. 이것은 그의 저서들의 제목과 표제만 보아도 얼마든지 확인이 가능하다. 위에 언급한 저서들 외에도 몇 가지 예를 더 든다면 다음과 같다.

② 그의 저술활동 초기에 널리 인기를 모았고 독자들의 사랑을 받

은 수필·수상집(隨筆·隨想集)의 제목은 『영원과 사랑의 대화』이다. 저자 송촌은 그 책에 담긴 수필, 수상들의 전체적 주제가 인생과 행복의 문제임을 책 서문에서 밝힌다. 그러나 이 주제 때문에 함께 다루지 않으면 안 될 주제가 있음을 지적한다. 그것은 한편으로는 사랑과 윤리의 문제이며, 또 한편으로는 고독과 영원의 종교적 주제로서 우리에게 다가올 것임을 이렇게 압축한다.

> 『영원과 사랑의 대화』라는 제목을 택한 것은 이 책의 전체적인 주제가 인생이라는 강(江)의 저편인 영원과, 이편의 끝없는 애모심과의 대화에서 이루어지고 있는 때문입니다. 영원을 사랑하는 사람은 항상 고독하게 마련입니다. 그렇다면 이 책도 고독한 사람의 또 하나의 벗이 될는지 모르겠습니다.(김형석, 『영원과 사랑의 대화』, 삼중당, 1961, 3쪽)

인간에게 영원함은 최고의 가치이면서 동시에 (적어도 직접적으로는) 실현 불가능한 가치다. 그러나 인간은 영원함이 무엇인지 잘 알며, 또 운명적으로 그것을 동경한다. 인간 존재 자체의 본질적인 한계를 알면 알수록, 영원에 대한 동경심은 더 높아지게 마련이다.

결코 이루지 못할 목표를, 그러나 그 목표를 스스로 포기할 수도 없는 인간은 고독에 빠지게 된다는 것이 송촌의 지적이다. 왜 그런가? 영원함은 따지고 보면 완전함의 또 다른 표현이다. 완전함은 최고의 가치, 그 어떤 결함도 더 이상 찾아낼 수 없는 최고 가치의 다른 이름에 불과하다. 필사적(必死的) 존재이며, 그래서 불완전한 존재인 인간은, 그러나 완전함에 대한 동경심이나 욕심을 버리지도 못하고 포기하지도 못한다. 왜냐하면 인간은 본질적으로 가치 지향적 존재이기 때문이며, 따라서 최고의 가치, 또는 완전함이나 영원한 존재를 무조건 부정해 버리는 허무주의를 택하거나, 유물론 사상으로 대체시켜 버리는 것이 진정한 해결책이 될 수도 없다.

결국 실존주의 철학의 과제를 자신의 것으로 받아들인 송촌에게 주어진 가능한 선택은 휴머니즘적 가치관과 기독교적 가치관을 연결시키는 것이었으며, 이것을 통해서 현대인에게 닥쳐온 실존철학적 문제의식에 대해서도 의미 있는 해결의 방향과 가능성을 지적해 보인 셈이다.

③ 그의 수필집의 또 다른 제목들, 예를 들면 『이싱의 피안』, 『보이지 않는 희망』 등에서도 송촌은 자신의 집필 동기와 저술 목표의 시대적 배경을 다음과 같이 지적한다. 우선 우리 현대인의 시대적 상황을 그는 이렇게 진단한다.

현대는 결코 종교와 무관하거나 영원에 대한 소극적인 시대가 아니다. 르네상스라는 아침에 달걀 껍질을 깨고 나온 병아리가 날이 저물고 어둠이 찾아들기 시작하건만 머물 곳을 찾지 못하는 심정과 같은 시대가 오늘인가 싶다. 과거의 껍질 속으로 되돌아갈 수도 없으나, 그렇다고 이성의 안식을 약속해 주는 고향이 있는 것도 아니다. 두 차례의 세계대전을 겪은 현대인들은 그 의미를 잘 이해하고 있다. 그리고 지혜로운 사상가들과 오늘을 대표하고 있는 실존주의자들은 벌써부터 이러한 정신적 상황을 예고해 주고 있었다. 많은 종교적 사상가와 신학자들이 강하게 이 시대에 도전하고 있는 것도 우연한 현실은 아니다.

그리고 그는 이와 같은 시대적 상황에서 자신의 저술활동의 목표와 의미는 무엇인지를 아래와 같이 요약한다.

독자들과 마찬가지로 필자도 이러한 정신적 분위기 속에서 여러 해를 지내 왔다. 나 자신을 어떤 영원한 것과의 동참에서 찾아보려고 노력했다. 그러는 동안에 기독교적인 과제를 중심으로 여러 차례 종교에 관한 강연회를 가지게 되었다. 현대에 처하고 있는 지성인의 정신적 과제를 종교적인 입장에서 정리하며 해결 지어 보고자 애써 보았던 것이다. 필자 자신이 철학적인 분야의 학문에 종사하고 있기 때문에 이 모든 내용들도 이성으로부터 출발하여 신앙적인 피안을 지향하고 있다. 철학적인 인간의 과제들이 종교적인 실재와의 참여에서 해결되기를 뜻해 보았다. 신앙은 참여의 진리인 때문이다. 이 참여는 자신의 양심과의 일치인 동시에 인격을 통한 이웃과의 사랑의 동참이며 나아가서는 절대자를 통한 영원에의 참여인 것이다. 이러한 문제를 찾고 그 해결을 얻을 수 있다면 그 이상 더 바랄 것이 무엇이겠는가.(김형석, 『이성의 피안』, 여원문화사, 1979, 머리말)

송촌이 보기에, 삶의 궁극적인 문제는 철학의 주제이면서 동시에 또한 종교가 다루어야 할 과제임을 인정하는 입장이다. 그러나 종교의 가르침을 인간이 수동적으로 복종해야만 하는 명령으로 받아들일 수는 없음을 그는 전제한다. 인간이 인간답게 자신의 위치를 견지하는 한, 인간은 철학하는 동물이며, 그래서 종교적 진리도 포함하는 모든 진리에 대해서 인간은 당연히 자신의 이성적 판단력과 자율적 자기결정권을 행사할 수 있어야 한다고 보기 때문이다.

4. 사랑이 있는 봉사

송촌의 철학적 관심사는 휴머니즘 파괴 사태를 겪는 인간에게 절실히 필요한 것, 즉 휴머니즘 회복의 과제이고, 이 과제를 삶의 현실에서, 그리고 이웃 사람들과의 만남에서 실천해야 한다는 사명, 즉 인간사랑 실천의 사명이다. 성서가 전하는 예수의 가르침도 '이웃사랑 실천'이며, 키르케고르의 기독교적 실존주의 또한 예수의 복음이 대변하는바 인간에 대한 하느님의 사랑과 구원의 뜻을 전제하고 또 철학적으로 대변하고자 한 것이었다. 그래서 필요한 것은, 어떻게 휴머니즘 가치를 우리의 삶의 현실 상황에서 적절하게 실천하고 행동에 옮길 수 있는지에 대한 진지한 숙고와 지혜로운 판단이고 선택이다. 이러한 사명감과 목표의식을 마음에 품고 강의와 강연과 설교와 집필 활동에 평생을 비쳐 헌신해 온 것이 그의 일생이고 일대기(一代記)다. 그가 즐겨 사용하는 표현을 따르면, "사랑이 있는 봉사"다. 그리고 '사랑'과 '봉사' 두 개념 모두 한편으로는 그가 생각하는 '휴머니즘,' 그리고 그가 마음으로부터 따르고 흠모와 존경심을 잃지 않았던 예수 그리스도의 생애와 가르침에 대한 그의 이해를 압축적으로 요약한 단어들이다.

결국 송촌의 휴머니즘은 그가 철학을 알기 이전에 이미 그의 삶과 존재 방식 안에 들어와 자리 잡은 것이다. 왜냐하면 그는 유아기와 청소년기로부터 시작해서 청년기와 장년기에 이르도록 지속적으로 '휴머니즘 파괴' 사태의 한가운데에서 고통과 고난의 삶을, 심지어는 생명의 위협까지도 견뎌내야 했으며, 따라서 그에 대한 저항력을, 어떤 정신적인 힘을 항상 그 어딘가에서 찾고, 그 누구로부터 도움 받아야만 했다. 바로 이런 삶의 현장 한가운데에서 그가 '휴머니즘 회복'으로의 정신적 힘과 저항력을 제공받을 수 있었던 것이 결국은 기독교 신앙이었고, 키르케고르의 실존주의 철학이었다는 결론이 가능하다. 그가 발표해 온 다수의 저서, 그 안에 모인 수없이 많은 길고 짧은 글들 모두는 바로 이것을 단계별로, 또 여러 가지 주제와 관점

에서 설명해 준다. 그에게서 삶과 철학과 신앙은 하나다. 하느님과
또 가족과 사랑을 나누듯, 그는 또한 학문적 동료와 선배와 후배 및
제자들과도 항상 사랑의 관계 속에 머물기 원할 것이다. 그것이 그에
게는 행복과 삶의 보람이기 때문이다.

김성진(金聖震)
고려대학교 철학과 학사, 독일 프라이부르크대학교 철학박사, 독일 프라
이부르크대학교 및 미국 콜로라도주립대학교 연구교수 역임, 서양고전
학회, 철학상담치료학회 회장 역임, 현 한림대학교 명예교수, 주요 저서:
『플라톤의 파르메니데스에서의 모순과 판단』, 『왜 철학상담인가?』(공저),
『고대 그리스 철학』(역서) 등

9. 송촌의 철학사상: 영원에의 의지

엄정식

1. 머리말

한 철학자의 사상은 주로 세 가지 요인에 의해서 결정된다고 말할 수 있다. 첫째는 자연적 환경이다. 자신이 태어나서 자란 곳이 황량한 들판인지, 험악한 산악 지대인지, 혹은 외딴 섬인지에 따라 체험의 내용과 인식이 달라지고, 사고방식의 형성에도 영향을 받을 것이기 때문이다. 둘째는 역사적 상황이다. 전쟁의 와중이나 혁명의 소용돌이에서 삶을 영위한 사람과 태평성대를 즐긴 사람의 인생관이나 세계관, 가치관에는 분명히 차이가 있을 것이다. 마지막으로 개인적 기질이다. 서로 비슷한 자연적 환경이나 역사적 상황을 경험했더라도 그것을 인식하고 대처하는 방식은 선천적으로 형성된 개인적 성향에 따라 다양하게 나타날 것이기 때문이다. 물론 이러한 요인만으로 어떤 사상의 형성이 모두 설명된다고 보기는 어려울 것이다. 이 세 가지 요소가 유기적인 관계를 형성하며 복합적으로 작용할 수도 있다. 그러나 이러한 요인들을 검토해 보면, 한 시대를 풍미하고 대변하는 주요 사상가들의 특성을 이해하는 데 어느 정도 도움이 될 수 있을 것이다.

한국 철학계의 원로이고, 이 시대의 대표적 지성이기도 한 연세대 철학과의 송촌(松村) 김형석(金亨錫) 명예교수는 1920년 생으로 이제 100세를 맞이하였다. 그는 한국 현대사의 주요 장면들을 실제로 겪고 목격한 인물로 한 세기에 걸쳐 분명히 영광과 성취의 삶을 살아왔지만, 다른 한편으로는 한국 현대사의 무거운 짐을 지고, 몹시 고단하고 고뇌에 찬 삶을 영위해 왔다고 볼 수도 있다. 일제강점기, 광복, 정부 수립, 6·25 동란, 그리고 4·19 혁명과 5·16을 계승한 민주화와 산업화 등 중요한 역사적 사실들을 중심으로 형성된 김 교수의 체험과 인식, 그리고 이에 대한 성찰은 그의 철학사상을 형성하는 중요한 요인으로 작용했음에 틀림없다.

러셀(B. Russell)은 그의 『서양철학사』 서문에서 "철학은 과학과 신학의 중간쯤에 위치한다."고 언명한 바 있다. 그러나 철학자의 기질과 성향에 따라 유사한 환경에 처해 있으면서도 어떤 철학자는 실증적 혹은 과학적 합리성을 선호하는 반면 어떤 철학자는 관념적 혹은 종교적 신앙심에 경도되는 경향이 있다. 물론 구체적으로 나타나는 형태는 매우 다양하지만, 『서양철학사』를 살펴보면 고대에서 중세를 거쳐 근대와 현대에 이르기까지 이러한 현상은 비교적 분명하다고 볼 수 있다. 한국 현대철학에서도 예외가 아닌 듯하다. 그중 한 예로 우리는 김형석 교수를 들 수 있다. 그의 철학사상에는 종교적 성향이 매우 강하게 담겨 있으며, 특히 기독교적 신앙의 중요성을 강조하는 경향이 짙다. 그의 한국 철학계에 대한 기여도 바로 이러한 관점에서 추적할 수 있을 것이다.

2. 사상적 배경

송촌 김형석 교수는 평안남도 대동군 출생으로서 대동강 서남쪽 만경대 근처에서 태어났다. 이곳은 오래전부터 노송이 많아서 마을 이름을 송산리라고 불렀다. 그의 아호가 '송촌(松村)'인 이유도 바로 여기에 있다고 한다. 그 마을 아래쪽에는 예배딩이 있고, 여기에 속한 소학교에서 김 교수는 초등학교를 다녔다. 대체로 기독교적 분위기 속에서 유년 시절을 보냈다고 볼 수 있는 것이다. 흥미 있는 것은 조국의 분단 상황에 결정적인 역할을 수행한 김일성(金日成)도 같은 시기에 이 고장에서 유년 시절을 보냈고, 양가가 직접적으로나 간접적으로 교류가 있었다는 점이다. 김 교수는 김일성이 15세까지는 교회도 다니고, 기독교 분위기에서 자랐다고 기억한다. 이러한 사실은 그가 후에 기독교에 더욱 밀착하고, 특히 반공적 태도를 강화하게 되는 데 있어서 간접적으로나마 영향을 끼쳤다고 해석할 여지가 있다.

김형석 교수는 소년 시절에도 기독교 계열의 평양숭실중학교에서 교육을 받으며 미국 선교사와 교장 선생의 언행에서 큰 영향을 받는다. 신사참배를 거부하여 폐교의 위기에 몰리게 되었으나, 교육을 포기할 수 없어서 마지못해 순응하는 정 모 선생의 모습에서 큰 감동을 받는 것이 특히 인상적이다. 1943년에는 가톨릭 수도단체인 독일계 예수회에서 운영하는 일본 조치(上智)대 철학과를 졸업하게 된다. 이 것이 중요한 의미를 지니는 것은 여기서 그가 일본 제국주의적 교육

이념의 주입으로부터 비교적 자유로웠을 뿐만 아니라, 서양의 문물과 철학사상을 거의 여과 없이 접촉하고 흡수할 수 있는 기회를 가질 수 있었기 때문이다. 예수회의 교육이념의 핵심이 '보편적' 가치와 이상을 지향하는 것에 집약되어 있기 때문이다. 무엇보다 여기서 그는 소년기에 싹튼 기독교적 세계관과 인생관, 가치관 등을 구체화하고 체계화할 수 있었을 것이다.

　김형석 교수는 태평양전쟁 말기에 간신히 학병 징집을 피하여 시골인 고향에서 광복을 맞게 된다. 그리고 해방 직후에 북한에서 '평안남도 대동군 인민위원회 위원' 직책을 맡기도 하고, 후에 면 위원으로 임명되었다가 군 위원으로 승진되기도 한다. 그러나 공산당 정책을 반대하고 쫓겨나느냐 마느냐를 두고 고민하다가 결국 사직하고 고향 송산리에 중학교를 설립해 교장 직을 수행하면서 농촌 교육에 진력한다. 이 학교를 겨우 1년 반 정도 운영하다가 결국 감시와 탄압을 피해 38선을 넘어 월남을 결행한다. 그의 기독교적 신앙은 이를 계기로 좀 더 성숙하고, 반공의식도 상대적으로 더욱 심화된다. 이 시기에 그는 공산주의 치하에서 이 정치집단이 어떻게 사상의 자유를 말살하고, 기독교를 얼마나 잔인하게 탄압하는지를 직접 체험할 수 있었기 때문이다. 김 교수에게 기독교가 문화의 한 유형이나 사상의 조류로서보다는 먼저 신앙의 형태로 다가왔듯이 공산주의나 마르크시즘도 정치적 이념이나 철학사상으로서보다는 먼저 기독교를 억압하고 교회를 무너뜨리는 억압적인 정치집단으로서 체험된 것이 아닌가 하는 심증을 갖게 한다.

　김형석 교수는 27세 되던 1947년 8월에 월남하여, 그해 10월부터 중앙중학교 교사로 7년간 근무하게 된다. 조국의 분단은 고착화되어

갈 뿐 아니라, 정국은 어지럽고 사상적으로도 매우 혼란스러웠을 시기에 그 당시 많은 지식인들과 마찬가지로 김 교수는 사상계나 정치계보다는 교육계에 투신한 것이다. 그것은 『탈무드』에 나오는 한 일화를 연상하게 해준다. 유태인은 어떤 경우든지 실패했을 때, 교육이 나빴기 때문이라고 믿는다고 한다. 그들에게 교육이라는 것은 신을 칭송하는 것을 의미하며, 신의 뜻에 따르는 것을 의미하기도 한다. 예루살렘이 로마군에 의해 멸망되었을 때, 그들은 그것이 로마군에 의해서 멸망된 것이 아니라 자기들의 교육이 나빴기 때문이라고 생각했다. 어느 고을에 고명한 랍비 한 사람이 찾아들었다. 책임자가 그를 안내하여 경비 상태를 보여주었다. 요새가 있는가 하면, 또한 어느 곳에는 목책이 둘러쳐져 있었다. 그러나 랍비는 "고을을 지키는 것은 병사가 아니라 학교"라는 점을 지적하였다. 만약 학교가 없어져 유태인의 교육이나 전통이 지켜지지 않는다면, 아무리 용감한 병사들을 내세워 지키려고 하더라도 지킬 것이 없게 되는 것이다. 우선 지킬 것을 튼튼하게 하는 것이 최선의 방어라는 것이다.

이와 같이 김형석 교수에게는 우선 교육자로서의 사명을 이행하는 것만이 긴 안목을 가지고 조국이 직면한 난국을 돌파하는 가장 확실한 방안이라는 인식이 있었는지도 모른다. 이것이 곧 그가 교사로서의 직책 혹은 스승으로서의 사명에 남다른 애정을 가지게 되고, 오늘날까지 다양한 방식으로 그 사명을 수행하고 있는 이유라고 말할 수 있을 것이다. 그는 또한 기술적 혹은 도구적 차원의 훈련이 아니라, 진정한 의미의 교육만이 자신의 종교적 신념, 좀 더 구체적으로는 기독교적 신앙을 실천할 수 있는 가장 구체적이고도 효과적인 방법이라고 확신했을 수도 있다. 그에게 종교야말로 정치보다 더 깊고 철학이나 예술보다 더 오래된 것이며, 어떠한 무장 세력보다도 더 강한 것이기 때문이다. 이제 이러한 점들을 김 교수가 편집을 주관한 '현대 사상강좌' 5권인 『회의와 종교』(동양출판사, 1960)를 중심으로 해서 살펴보자.

3. 종교철학과 신관

김형석 교수에 의하면, 참된 종교적 신앙이란 삶의 원천인 동시에 모든 가치의 근원이 된다. 그는 『회의와 종교』의 「머리말」에서 이렇게 말한다. "때로는 우리들의 삶이 거친 시대적 조류에 휩쓸려 들어가는 경우도 있다. 그리고 우리들 자신이 그 흐름 속에서 허덕여야 하는 것도 한두 번이 아니다. 그러나 그 탁류가 다 흘러간 뒤, 완전히 떠내려간 물거품이나 나뭇잎이나 초목들이 있어도 여전히 대지에 뿌리를 박고 튼튼히 서 있는 갈대나 나무들이 있다." 김 교수에게 참된 종교적 신앙이란 바로 이런 것이다. "정치적인 문제, 사회의 여러 가지 조류가 휩쓸고 있어도, 그 깊은 뿌리를 영원의 신념 속에 두고 있기 때문에 언제나 진리에 살며, 항상 변함이 없는 희망에 머무는 것이 참된 신앙생활"인 것이다. 그는 이어 이렇게 주장한다. "우리들의 현실을 겉으로 관찰한다면 정치문제가 시급하고 경제문제가 중요한 듯이 보인다. 그러나 그 배후를 더듬어 본다면 표면적인 현실이란 언제나 떠돌아다니는 나뭇잎에 지나지 못한다. 그러나 이러한 윤리, 인생관의 원천이 되는 것은 또 무엇일까. 그것이 다름 아닌 종교적 세계관인 것이다. 그러므로 건전한 모랄이 없이는 생활현실의 참된 건설이 불가능하며, 완전한 종교적 세계관이 확립됨이 없다면 영원에의 신념이 동반하는 인생관은 형성되지를 못한다."(『회의와 종교』, 「머리말」 1쪽) 이와 같이 그는 인간의 본질을 종교성에서 찾고, 인간의 조건을 '영원에의 의지'로 규정한다. 바람직한 삶은 영원을 의식하고, 그것을 지향하는 종교인의 삶인 것이다. 이것이 또한 그가 그동안 경제적, 정치적 및 사회적 문제에 예민하게 반응하지 않은 이유라고 할 수도 있다.

김형석 교수에 의하면, 이런 점에서 "종교는 보다 깊은 현실이며, 인간이 인간이기에 가지는 최종의 문제를 해결지어 줄 수 있는 유일한 가르침"이 되어야 한다. 모든 생물들이 땅 위에서 자라, 제각기 생명현상을 이루듯이 "온갖 인간과 사상이 그들의 종교적 신념에서 자라 스스로의 열매를 맺기" 때문이다. 그리고 "우리들 한 사람 한 사람의 인생관과 생의 의의도 마침내는 우리의 종교적 신념에 가장 깊은 터전을 두고 있는 것이 사실"이다.(『회의와 종교』, 「머리말」 1쪽) 물론 종교를 온전하게 믿기는 어렵다. 그런데 한 가지 분명한 것은 종교에도 이상과 현실이 있다는 점이다. 이상에는 신화와 관념적 측면이 있지만, 현실에는 정치와 관습적 측면도 있다. 종교적 이상과 종교적 현실은 다른 인간사의 경우와 마찬가지로 엄연한 격차가 있는 것이다. 그것을 어떻게 받아들이는지에 따라 마르크스가 지적한 바와 같이 종교는 아편이 될 수도 있고, 성 아우구스티누스의 경우와 같이 보약이 될 수도 있다. 그러나 종교적 신앙의 본질이 우선 무엇인지를 제대로 알지 않으면, 이 선택의 기로 앞에서 우리는 방황하지 않을 수 없다.

김형석 교수는 또한 종교의 강건함을 역설하기도 한다. 종교는 철학이나 예술보다 먼저 있었을 뿐만 아니라, 어떠한 배척과 억압 아래서도 없어지지 않는다. 김 교수에 의하면, 니체가 "신은 죽었다."고 공언하던 19세기 후반기의 유물론자들이나 과학적 실증주의자들, 그리고 여전히 기승을 부리는 마르크스주의자들의 공격 아래서도 종교는 굳건히 버텨왔다. 무엇보다 예수는 한때 지상 권력의 최고를 상징하던 로마를 당당히 물리쳤다는 사실을 김 교수는 강조한다. "나사렛의 목수 예수는 몇 개의 로마라도 정복할 수가 있었고, 로마의 제왕권을 엄연히 보여주고 있었던 십자가가 오늘은 신의 사랑과 구원을 상징하는 표지로 인류의 영광을 자랑삼게 된 것이 우리들의 역사임을 어찌하랴."(『회의와 종교』, 「머리말」 1쪽) 물론 종교가 일방적으로 국가에 바람직한 영향을 미친다고 보기는 어렵고, 기독교라고 해서 예외라고 할 수는 없기 때문에 이러한 역사관과 역사인식에 관해서는 어느 정도 논란의 여지가 있겠지만, 이것은 김 교수의 종교관에 근거한 필연적 귀결이라고 할 수도 있다.

　김형석 교수에 의하면, 종교는 결코 소멸하지 않는다. 종교가 만약 없어진다면, "인간이 모든 영원과 진실을 포기해 버리는 때이든가 그런 것을 생각하고 기대할 수 없을 만큼 인간들의 의의와 가치가 몰락해 버린 경우일 것이다. 보다 단적으로 표현한다면, 인간이 동물인 경우 그들은 종교를 찾지 않을 것이며, 영원과 진실을 단념해 버린 회의와 절망에 만족할 수 있을 때 우리는 종교를 찾지 않게 될 것이다."(『회의와 종교』, 「머리말」 2쪽) 그럼에도 불구하고, 오늘날 종교의 본질이 많이 변질되고 종교에 대한 관심이 퇴색되고 있다는 목소리도 적지 않다. 그러나 김 교수에 의하면, 현대가 결코 종교에 무관심한 시대는 아니다. "많은 자연주의자들이 현실, 실증, 공리, 실용, 신앙 없는 과학을 주장하는 시기라고 해도 종교가 버림받는 시대는 아니다. 오히려 관념적인 종교의식에 붙잡혀 신앙 없는 종교성에 잠기기보다는 생명과 진리를 위한 영원에의 확신만이 빛나는 진리의 종교임을 잊어서는 안 된다." 그는 화이트헤드(A. Whitehead)의 말을 빌려, 현대는 "철학자보다도 종교적 예언자"를 기다리는 시대라고 단언한다. (『회의와 종교』, 「머리말」 3쪽) 그러나 종교가 오늘날 상대적으로 많이 쇠락하고 변질되고 있는 것도 사실이며, 종교적 예언자보다는 과학적 탐구와 합리적 분석에 근거한 미래학에 더 큰 관심을 기울이는 것도 부정하기 어렵다.

김형석 교수의 종교관에 입각한 철학사상은 그의 신관을 조명할 때 더욱 선명하게 나타난다. 그의 신관은 우선 몽테뉴(Michel de Montainge)가 회의적으로 조명하던 스토아 철학석인 신이 아니라, 파스칼(B. Pascal)이 천명한 바오로의 신이며, 니체(F. Nietzsche)가 죽었다고 선언했던 문명사적인 신이 아니라, 키르케고르(Søren Kierkegaard)가 애타게 찾았던 아브라함의 신이기도 한 것이다. 이제 이러한 점을 동시대에 활동했던 그들의 신관을 대비하여 검토함에 있어서 김 교수의 논문 「신은 죽었는가」를 중심으로 좀 더 자세히 살펴보자. 먼저 몽테뉴와 파스칼을 비교해 보자.

근대 수필의 창시자로 알려진 몽테뉴가 스스로 밝혔듯이 그의 『수상록(Les Essai)』은 자기가 죽은 뒤에 가족이나 친구들에게 남길 추억을 위해서 자화상을 그려보겠다는 의도로 쓴 글 모음이다. 그렇다면 하필 왜 그에게 '자화상'을 남길 필요가 있었던가. 그가 살았던 시기에는 르네상스의 영향을 받아 새로운 지식이 급속하게 확산되고 있었다. 그러나 그러한 지식이 어느 정도나 믿을 수 있는 것인지 그는 확신할 수 없었다. 그렇다고 해서 막연한 회의주의자가 되거나 구태의연한 중세적 신앙의 형태에 의존할 수도 없었다. 장편 수필집인 『레이몽 스봉(Raimond Sebond)에 대한 변명』에서 그는 당대에 중세적 신학을 가장 신랄하게 비판하여, 이 책이 금서 목록에 들어 있던 것으로도 유명하다. 또한 그는 고대 회의주의자인 피론을 추종하여 심지어 감각적 경험에 근거한 지식 체계 그 자체를 전면적으로 불신했던 것이다.

몽테뉴가 비교적 확실하게 알 수 있다고 생각한 것은 자기 자신에 관한 것뿐이었다. 자기의 용모나 출신, 신상뿐만 아니라 자기가 지니고 있는 온갖 경험과 해박한 지식, 확고한 신념의 내용, 그것이 옳든 그르든 상관없이 그는 그러한 내용에 대해서 생각하고 쓸 수 있을 뿐이었다. 그가 말하는 '자화상'은 그러한 초상의 객관적 서술을 의미하는 것이었다. 그 서술의 저변에는 일관된 자기성찰의 질문, 즉 "나는 무엇을 안단 말인가?(Que sais-je?)"라는 질문이 하나 있다. 이 질문을 통해서 그는 자아의 진실과 인간의 운명, 그리고 존재의 필연에 근접하고 있다. 그러나 그는 결코 어떤 결론에 도달하지는 않는다. 어떤 유형의 전제나 가식, 혹은 자기최면의 의도가 없다면 어떻게 확신에 가득 찬 무오류적 결론을 얻어낼 수 있단 말인가.

자화상은 자기 스스로 그린 자신의 초상을 말한다. 내가 제대로 아는 것이 무엇인지를 집요하게 묻게 되면, 이른바 '영원하고 불변하는 진리'는 증발해 버리고 사유의 거울에 비추어진 자신의 초상만 남아 있게 마련이다. 그 초상 안에 자기가 이해한 신화와 철학과 역사와 사회와 과학이, 말하자면 존재의 세계가 모두 녹아들어 있는 것이다. 그러나 파스칼은 이에 대해 그의 『팡세(Pansées)』에서 "자기를 그려야 한다는 것은 어리석은 시도"라고 비판하였다. 신에 대한 갈망이 결국 자기 자신에 머물러서는 안 된다는 점을 지적했다고 볼 수도 있다. 여기서 몽테뉴와 파스칼은 자아와 신의 문제를 놓고 신념과 인식의 차원에서 서로 충돌했다고 해석할 수 있다. 파스칼은 인간을 세 종류로 구분한 적이 있다. 신과 무관하게 사는 사람, 신을 탐구하는 사람, 신을 믿고 있는 사람이다. 그리고 그에 의하면, 전자는 어리석은 사람, 중간자는 불행한 사람, 후자는 행복한 사람이라고 말한다. 파스칼의 입장에서 볼 때 몽테뉴는 신과 무관하게 사는 사람으로서 결국 어리석은 사람의 부류에 속한다고 볼 수 있을 것이다. 그러나 몽테뉴가 과연 그것을 받아들일지는 확신하기 어렵다. 여하튼 그렇다면 파스칼이 말하는 '행복한 사람'은 어떤 유형의 인간인가.

인간은 "생각하는 갈대"임을 설파한 파스칼은 무엇보다 인간이 허약하면서도 강한 역설적인 존재임을 부각시킨다. 그는 또한 인간이 '무와 무한 사이의 중간자'로서 우선 겸손해질 것을 요구하고 있다. 인간의 위대함은 갈대로서의 연약함을 인식하고, 그 비참함을 극복할 수 없음을 자각하는 데서 오는 것이다. 그런데 우리는 회의론이나 독단론으로 도피하려는 경향이 있다. 진리에 대한 판단을 중지하고 불확실성 속에서 살아가거나, 주어진 지식을 맹신하고 거기에 집착하는 태도를 취한다는 것이다. 그러나 파스칼에 의하면, 우리의 본능은 항상 확실성을 추구하기 때문에 회의론을 거부하며, 이성은 맹신에 의문을 품기 때문에 독단론에 머물러 있을 수가 없다. 그러므로 결국 인간은 신을 인식할 때 비로소 절망과 교만이라는 갈등에서 벗어나며, 위로와 희망을 발견할 뿐 아니라, 구원과 행복을 얻게 된다.

김형석 교수도 언급하듯이 "파스칼은 인생의 최후와 가는 곳이 어딘지 모르면서, 우주의 신비가 무엇인지 손도 대지 못하면서, 무한의 세계존재가 어떻게 될 것인지도 모르면서 가볍게 교만해지는 인간을 누가 친구로 삼을 수 있겠는가고 말하고 있다. 그것은 생의 진실한 태도가 못 되는 때문이다." 그러한 인간이 되려면 무엇보다 신의 존재를 알아야 한다. 그런데 파스칼에 의하면, "예수 그리스도 없이 신을 아는 것은 불가능할 뿐만 아니라 무익하다. 그들은 신에게서 멀어지지 않고 가까이 갔지만 자기 자신을 낮추지 않고 오히려 더 ⋯."(『팡세』, 383쪽) 교만해졌기 때문이다. 그는 이어, "자신의 비참을 모르고 신을 아는 것은 오만을 낳는다. 신을 모르고 자신의 비참을 아는 것은 절망을 낳는다. 예수 그리스도를 아는 것은 그 중간이다. 그 안에서 신과 우리의 비참을 동시에 만나기 때문이다."(『팡세』, 383쪽)

이것이 김 교수가 말하는 진정한 신이며, 신에게 다가가는 가장 바람직한 방법이기도 한 것이다. 그는 이렇게 강조한다. "기독교에 들어가는 문은 잠겨 있다. 그 문은 예수라는 열쇠만을 가지고는 열고 들어갈 수 없다. 예수가 그리스도라는 열쇠가 아니면 문은 열리지 않는다."(김형석, 『예수』, 이와우, 2017, 137-138쪽) 그가 몽테뉴보다는 파스칼을 선호하는 이유는 물론, 수많은 종교 중에서 기독교를 택하는 이유도 바로 여기에 있다. 그리고 그것은 유신론적 실존주의의 창시자인 키르케고르가 계승한 신관이며, 김 교수가 말하는 '영원'의 다른 이름이며, 신앙의 요체이기도 한 것이다.

키르케고르를 사로잡은 문제는 널리 알려진 바와 같이 삶의 의미와 실존에 관한 것이었다. 이러한 문제에 직면하게 한 사건이 하나 있었는데, 레기네 올센과의 약혼, 그리고 불과 1년 후의 갑작스런 파혼이었다. 이 무렵 그는 부친의 소년 시절에 관한 비밀을 알게 되어 '엄청난 지진'을 체험한 다음 원죄 의식에 눈을 뜨게 되었다고 한다. 그는 우선 순결한 마음을 간직하기 위하여 청순한 그녀와 결별함으로써 이 죄의식에 대한 대가를 지불하고자 하였다. 아브라함이 외아들이삭을 신께 바치고 온갖 수난을 감수했듯이, 그는 생명보다 더 소중한 이 여인을 포기함으로써 실존의 불합리성을 실감하기에 이른다. 이와 같이 그에게 파혼은 심미적 방황의 결과도 아니고 윤리적 지탄의 대상도 될 수 없는 것이었다. 그것은 오히려 사제가 서품을 받듯 종교적 의식의 하나였고, 이른바 '결단의 변증법'을 증명하는 구체적인 사례였으며, 동시에 그것은 지나치게 정치 지향적이고 권위주의적인 덴마크 국교회와의 선전포고 같은 것이었다.

오랜 사색과 고뇌의 방황 끝에 키르케고르가 얻은 결론은 삶이 불안과 불합리, 그리고 비애와 무의미로 점철되어 있다는 것이었다. 이와 같이 그는 자기가 제기한 문제에 대해서 합리적인 해결이 없다는 회의적이고도 비관적인 결론에 도달했지만, 그러나 거기에 머물러 있지는 않았다. 삶이란 합리적 설명의 과제가 아니라 실존적 결단의 문제인데, 그의 표현을 빌리면 "앞을 바라보면서 살아가는 것이 삶인데 반하여 이해라는 것은 뒤를 돌아볼 때에야 비로소 가능한 것이기 때문"이다.(『철학적 단편 후서』) 이러한 문제의 해결을 위해 그는 '객관적 합리성'이 아니라, '내면적 주체성'을 주시하라고 역설한다. 그가 이해하기에 합리주의와 객관주의 사상은 결국 인간을 실험실의 박제된 표본처럼 만들었기 때문이다.

더구나 키르케고르에게 그러한 사상은 기독교를 제도화하고 체계화하여 국가와 융합시킬 뿐만 아니라, 학문적 연구의 과제로 전환하여 신앙과는 아무 상관도 없이 한낱 교리와 사상의 묶음으로 전락시키고 마는 것이었다. 기독교의 본질을 죄의식과 신앙과 구원으로 이해한 그에게 합리주의에 오염된 기성 교회가 타락한 무리들의 집단으로 비추어진 것은 오히려 당연한 현상이었을 것이다. 또한 그는 이러한 과정을 거쳐서 각자는 한 사람의 기독교인이 아니라, 교회나 국가의 한 구성원으로 흡수되고 말기 때문이다. 김형석 교수가 우치무라 간조(內村鑑三)나 그의 제자였던 김교신처럼 무교회주의자를 자처하지는 않더라도 제도로서의 교회나 의식의 존중보다 신앙과 영성의 중요성을 강조하는 이유도 여기에 있을 것이다.

키르케고르에게는 무엇보다 구원이 핵심적인 문제이다. 여기서 '구원'이란 교회나 종교의식을 통해서가 아니라 각자가 "자기의 원시성"에 눈뜨고, "마치 없었던 것처럼 1,800년을 뛰어넘어" 예수와 함께 사는 데 있으며, 이것은 "감히 자기 자신이 될 것," 즉 "감히 신 앞에서 오직 홀로 서는 단독자가 될 것"을 전제로 하는 것이었다. 이것이 곧 연대기적인 물리적 시간을 초월하여 영원 혹은 순간을 체험하는 구체적인 방식이기도 한 것이다. 사실 우리는 이러한 신관과 철학사상을 한국 철학계에 소개하는 데 있어서 주도적 역할을 수행한 인물이 바로 김형석 교수였을 뿐만 아니라, 그 자신이 가장 충실한 키르케고르의 추종자 중에 한 사람이었다고 해석해도 큰 무리는 없을 것이다. 그는 이렇게 주장한다. "그렇다. 니체가 생각하는 신은 죽었을지 모른다. 아니 존재하지도 않았다는 것이 더 정당할 것이다. 그렇다. 신은 아직도 살아 계신다. 아니 삶과 죽음을 초월해 계시는 분이 바로 키르케고르의 신인 것이다."(김형석, 「신은 죽었는가」, 『회의와 종교』, 동양출판사, 1960, 83쪽)

널리 알려져 있는 바와 같이 '신의 죽음'이라는 주제는 니체의 『즐거운 지혜』와 『차라투스트라는 이렇게 말했다』 속에 개진되어 있다. 이 책들은 열광적이고 예언적인 문체로 쓰여 있어서 그가 사용한 우화들이 정확히 어떤 뜻인지 이해하기는 결코 쉽지 않다. 『즐거운 지혜』에서는 '소크라테스적인' 접근 방식을 합리적이고 감상적이며 심리적인, 그리고 지나치게 도덕적인 것으로 배척하고, 그 자리를 충동적이고 역동적이며 순간적인 생동감으로 대체할 것을 니체는 요구한다. 그렇게 함으로써만 박제된 '존재'나 추상적인 '가치'들이 구체적인 삶 속에서 되살아나고, 보편적 진리나 법칙들을 추구하던 학문들이 마침내 '즐거운 지혜'가 된다. 그 결과 삶이 생기를 얻을 뿐만 아니라, 그러한 학문들의 정점에 있던 신도 죽음을 맞이할 수밖에 없게 된다는 것이다.

한편, 니체에게 '차라투스트라'는 새로운 시대의 선포자이다. 그의 가르침은 '초인'과 '영겁회귀'로 요약된다. 사소한 도덕을 묵살하고 '운명을 사랑(amor fati)'하여 자신 속에 숨겨져 있는 모든 생명의 힘을 이용함으로써 우리는 초인이 되어야 한다. 우리의 삶은 궁극적으로 어떤 목표를 가지고 있지 않고, 영원히 반복될 뿐이기 때문이다. 여기서 삶은 육체적인 의미로 개인적인 것이 아니라, 영혼의 윤회를 매개하는 통로로서 매 순간 생명력이 모이는 중심일 뿐이기 때문이다. 이것이 곧 허무주의를 의미하는 것은 아니다. 그는 신과 선의 자리에 삶의 극대화와 충동을 대체하기 때문이다. 절망과 허무주의를 극복하기 위해서 그에게 반드시 기독교적 신의 존재나 기독교적 신앙인의 '행복'이 필요한 것은 아니다. 그는 "너희들은 다만 행복하라! 나는 진리와 함께 홀로 괴로워하리라!"고 외치지 않았던가.

그러나 한 가지 분명한 것은 니체가 신의 죽음을 선포한 것이 키르케고르가 신앙의 대상으로 삼은 신의 선성과 초월성의 소멸을 의미하는 것은 아니라는 점이다. 그 당시 지식인들, 특히 휴머니스트들은 이상적인 인간상의 구현에 대한 신념과 의지에 열광적으로 심취해 있었고, 무엇보다 인간의 합리성을 신봉하는 계몽주의에 의해서 이것이 실현되리라는 낙관주의를 가지고 있었다. 그러므로 그들의 신앙은 신의 은총과 구원에 대한 신앙이라기보다는 인간의 합리성과 내면성에 내재해 있는, 그러나 결코 실현되지 않는 가치 혹은 그 잠재성에 대한 '신앙'이었다. 그러나 그 후에 '인간에 의해서 인간에게' 저질러진 비참한 상황 때문에 더 이상 그러한 신앙을 지니는 것은 불가능하고 무의미한 일이 되었다. 니체가 선언한 것은 이러한 시대적 상황에 대한 절규였다고 이해하는 것이 더 적절할 것이다.

김형석 교수에 의하면, 여기서 키르케고르의 '신'이라는 것은 단순히 니체의 '신'이 아닐 뿐만 아니라, 그를 계승한 신칸트학파 생철학자들의 내재주의적 신도 아니고, 스피노자에 의해서 새롭게 탄생한 범신론적 신, 그리고 여기에서 영향을 받은 독일 관념론자들의 신도 아니다. 말하자면, 신이 단순히 이상화된 자아의 한 형태라든가, 자연 우주 그 자체 혹은 절대정신 같은 것이 아니라는 것이다. 그렇다고 해서 포이에르바하처럼 종교를 인간학적 혹은 심리학적인 정서로 이해하여 신이 인간을 만든 것이 아니라 필요에 의해서 인간이 신을 만들었다는 입장을 취해서도 안 된다.

김 교수에 의하면, 이러한 신관은 넓은 의미의 이른바 '실증적인 종교관'에 기초한 것으로서 "모든 종교는 미신이기 때문에 그것을 이성적인 내용으로 바꾸어버리며 사회를 위한 봉사와 교육적인 협조로 돌려야 한다는 것이 그들의 입장"이기 때문이다. 그리고 니체가 죽었다고 선언한 신도 바로 이 '무신론적 신'에 지나지 않는 것이다. 김 교수는 이러한 입장들을 다음과 같이 요약한다. "범신론자들이 신이라는 이름 밑에 우주를 믿어왔다면, 내재주의자들은 신이라는 이름

밑에 자아를 믿고 있다는 해답이 정당할 것이다. 그들이 종교를 어떻게 아름다운 말로 꾸며대든지, 또 그들이 신에게 어떠한 형용사를 붙이고 있든지, 그들은 신이 아니라 인간을, 인간들 중에서도 자아의 깊은 심정에 신을 만들며 숨겨두고 있음에는 틀림없다." 그는 이어 이렇게 말한다. "신은 죽었다고 단언했던 니체는 '만일 신이 있다면 내가 신이 되어야 할 것이 아닌가'고 말한 선언은 확실히 예언과 같은 결론을 이끌어준 느낌이 없지 않다. 우주로서의 신은 죽었고 자아로서의 신은 다시 살아난 때문이다."(『회의와 종교』, 95쪽)

그러나 이 모든 신관은 김형석 교수에 의하면 종교인의 신앙을 위한 신관은 아니다. 그것은 철학자의 신관이며, 과학자의 신관, 심지어 무신론자들의 신관일 뿐이지, 신앙인의 신관은 아니다. 김형석 교수가 수용하는 신관은 철학자며 신앙인이기도 한 키르케고르의 신관이며, 무엇보다 그것은 파스칼이 지적한 신, 즉 "아브라함의 하나님, 이삭의 하나님, 야곱의 하나님이기는 하나 철학자의 하나님, 학자의 하나님은 아니다."라는 말에 가장 잘 표현되어 있다. 여기서 우리는 그의 신관이 기독교적인 것으로 국한될 뿐만 아니라, 신과의 관계도 주관적일 수밖에 없음을 엿볼 수 있다. "참으로 신을 믿고 있는 사람은 '신을 논하는 길'이 없는데, 그것은 마치 고아들은 부모의 본질을 열심히 연구하며, 또 연구할 수밖에는 방도가 없기" 때문이다.

김형석 교수는 신앙이 객관적 이론의 대상이 될 수 없음을 「신은 죽었는가」에서 다음과 같은 비유로 설명한다. "부모의 슬하에서 자라고 있는 어린애들은 절대로 부모를 이론의 대상으로 삼지 않는다. 오히려 그것은 두려운 불경심을 가져오겠기 때문이다. … 마찬가지로 한 번도 신을 믿어본 일이 없이 신을 논하는 사람들이 지금까지 모든 사상가들이었던 것이다." 김 교수에게 이와 같이 신앙을 위한 신은 이론의 문제가 아니다. 학설과 이론에 붙잡힐 필요도 없다. "부친의 본질을 평생 동안 연구하는 고아가 되기보다는 하루를 아버지의 슬하에서 사는 아들의 체험이 귀한 것이다. 그리고 이와 같이 생활과 체험에서 얻은 신념은 반대하는 면의 이론을 두려워하지 않는다. 아버지 앞에 있는 어린이는 부친의 존재를 논할 필요가 없기 때문이다."(『회의와 종교』, 199쪽) 여기에서도 우리는 김 교수의 입장에서 키르케고르적인 유신론적 실존주의의 흔적을 찾아볼 수 있다.

4. 남겨진 과제

지금까지 우리는 김형석 교수의 한 세기에 걸친 인생의 행로와 사상의 형성을 간단히 살펴보았다. 김 교수는 이러한 생활과 체험을 일제의 식민 통치와 분단의 현실, 산업화와 민주화의 과정을 살아오는 동안 세월의 격랑 속에서 더욱 굳건하게 다져온 셈이다. 이 과정에서 그는 키르케고르 못지않게 수없이 많은 '엄청난 지진'을 경험했을 것이다. 그리고 여기서 다져진 신념이 다시 그러한 자신의 생활과 신념에 중첩적으로 종교적 신념과 철학적 의미를 부여해 왔다고 볼 수도 있다. 그리고 그 신념의 중심에는 몽테뉴가 아니라 파스칼의 종교적 신념, 그리고 니체가 아니라 키르케고르의 신관과 기독교적 사상이 자리 잡고 있다. 더구나 이러한 신념은 물리적 '시간'을 넘어 정신적 '영원'에 집착하는 그의 행복한, 그리고 의미 있는 삶에서 중추적 역할을 해왔음에 틀림없다.

김형석 교수에게 이른바 '영원에의 의지'는 인간의 조건이며 종교의 본질인 동시에 가장 바람직한 삶의 원동력이기도 한 것이다. 그러나 여기서 '영원'이란 단순히 시간에 대비되는 혹은 그것을 넘어서는 개념이 아님을 상기할 필요가 있다. 그것은 심지어 '영원자'인 신 그 자체를 지칭할 수도 있으며, 따라서 '의지'도 신을 향한 갈망 혹은 '사랑'의 의미로 해석해야 할 것이다. 이와 같이 김 교수가 천착하는 두 핵심적인 개념, '영원'과 '사랑'도 기독교적 '신앙인'의 신을 전제로 하지 않으면 이해될 수 없는 개념들인 것이다. 그는 인간이 교만해지는 길에 두 가지가 있다는 키르케고르의 입장을 인용하며 영원에 관해 이렇게 말한다. "그들에게 영원을 주든가 영원에의 향수심을 빼앗아 버리든가 하는 일이다. 전자가 가능하다면 인간은 벌써 인간이 아닐 것이며, 후자가 가능하다면 인간은 인간선 이하로 떨어질 수밖에는 없다. 그러나 영원 같은 것은 없다고 고집부리는 인간, 영원은 불필요하다고 단념할 수 있을 것같이 믿는 인간은 별문제다. 그는 스스로의 주장이 만인에게 통하지 않는 것을 이상히 여기는 일생 때문에 불행을 가져올 뿐이다."(『회의와 종교』, 100쪽)

김형석 교수는 '영원'이란 개념을 즐겨 사용하지만, 사실 그것을 정확하게 이해하기는 결코 쉬운 일이 아니다. 그것이 지칭하는 것이 구체적으로 무엇인지 이해할 수 없기 때문이 아니라, 그것을 의도적으로 비유와 상징의 어휘로 사용하기 때문이다. 그러한 의미로 김 교수의 철학사상은 논증적이고, 직설적이며, 실증적이라기보다는 문학적이고, 종교적이며, 교훈적이다. 한마디로 그것은 '종교적 삶'으로 우리를 인도하는 가장 효과적인 방법이기 때문이다. 예수 자신도 그 방법을 즐겨 사용했다고 지적하며, 그 의도는 비유로서의 설화 그 자체가 아니라, 그 내용과 뜻을 깨달아 실천에 옮길 수 있는 사람이 되라는 뜻이었다고 설명한다. 그리고 그것은 "지금도 이루어지고 있는 종교적 현실이며, 모든 종교가 있는 곳에는 언제나 나타나는 현상"이라고 부연한다.(『예수』, 88쪽)

김형석 교수는 한편 현대인의 진리관에 다소 변화가 생겼음을 인정한다. 그 특징 중에 하나는 사실을 사실대로 알고 믿어야 한다는 것이다. 그러나 김 교수에 의하면, 물리적 자연의 사실만이 사실인 것은 아니다. 정신의 사실도 사실이며, 신자들의 은총의 사실도 그들에게는 사실인 것이다. 이러한 맥락에서 김 교수는 "신은 죽었다고 호언하는 니체보다는 살아 계신 신이 절대라고 고백하는 키르케고르의 사상이 모든 점에서 더 사실에 가깝지 않은가 한다."라고 지적한다. 그럼에도 불구하고, 현대문명은 정신의 사실보다 오히려 물리의 사실 쪽으로 인간을 더욱 끈질기게 몰아가는 경향이 있음을 우리는 부정하기 어렵다. 우리는 은총이나 구원의 사실 못지않게 유전자와 AI의 사실에 더 큰 관심을 기울이며, 가령 어떤 종교적 경전의 가르침이기 때문이 아니라, 오히려 자기 갈등에서 헤어나려는 심리학적 이유 때문에 원수를 사랑하려는 경향이 있다는 것이다.

김형석 교수도 지적하는 바와 같이 정신의 사실과 물질의 사실은 분명히 같은 것은 아니다. 이에 근거한 종교적 세계관과 과학적 세계관도 서로 다를 수밖에 없으며, 그렇기 때문에 대부분의 경우 서로의 입장에 관심을 쏟지 않는 경향이 있다. 가령 점성술사나 신앙치료사는 과학자와 별로 논쟁을 벌이지 않는다. 그러나 저명한 물리학자인 파인만(Richard Feynman)이 주장하듯이 "우리는 사람들이 좀 더 조리 있는 세계관을 갖도록 노력할 필요가 있다. 일관된 세계관을 갖지 않는 것은 두뇌의 낭비이고 사고의 혼란을 가져오기" 때문이다. 가령 점성술사는 논쟁에 이기기 위해서라도 천문학을, 그리고 신앙치료사는 의학에 관해 어느 정도 알아둘 필요가 있을 것이다. 이렇게 함으로써 종교적 세계관과 과학적 세계관이 완전히 일치하게 되지는 못하더라도 갈등을 최소화하고 서로 양립이 가능한 세계관을 더 많이 창출할 수는 있을 것이다.

세계관 간의 갈등을 최소화하기 위해서는 과학에서처럼 불확실성과 의심을 어느 정도 허용하는 것이 매우 중요하다. 파인만이 그의 『발견하는 즐거움』(리처드 파인만, 『발견하는 즐거움』, 승영조 옮김, 승산, 2013)에서 지적하는 것처럼 "항상 의심의 여지를 남겨두지 않으면 진보도 없고 배움도 없다. 인간은 아무것도 제대로 알 수는 없다. 다만 그렇게 믿을 뿐이며, 모르는 채로도 얼마든지 살아갈 수 있지만" 말이다. 그는 "의심하는 자유"야말로 과학의 발전에 절대적으로 필요하다고 지적하며, "이 자유는 모든 문제에 대한 해답을 가졌던 과거의 조직적 권위 곧 교회와 투쟁을 해서 얻은 것이고, 갈릴레오는 투쟁의 상징이었고, 가장 핵심적인 인물"이었다고 주장한다.(『발견하는 즐거움』, 146쪽) 여하튼 어느 정도 설득력이 있는 세계관을 가지고 과학기술시대를 제대로 살아가려면 과학자들이 흔히 활용하는 '실험적 방법'에 관심을 가져볼 필요도 있을 것이다.

과학적 탐구의 방법을 인간의 문제에 보편적으로 적용하면, 한 가지 중요한 함축은 우리가 준수하는 원리나 원칙, 혹은 교리나 신조 같은 것이 모두 일종의 '가설'에 불과한 것으로 나타나기 마련이다. 따라서 그것들은 절대 불변의 진리가 아니라, 듀이(John Dewey)가 그의 『확실성의 추구(The Quest for Certainty)』에서 지적했듯이 "실천적으로 신봉했을 때에 일어나는 결과를 따라서 검사하고 확인하며,

또는 뜯어고쳐야 할 지성적 도구"일 뿐일 수도 있기 때문이다. 물론 삶의 현장을 실험실로 꾸미고, 모든 신념을 실험적 방법으로 시험해 보는 것은 가능하지도 않고, 또 반드시 바람직한 것도 아닐 것이다. 그러나 어떤 신념이든지 너무 확신에 차서 무비판적으로 적용하려 할 때 잠시 호흡을 가다듬고, 그것이 과연 그토록 완벽한 진리인지, 더구나 그것을 구체적인 상황에서 적용하고자 할 때 예상한 결과를 기대할 수 있을지를 가늠해 보는 것도 역시 바람직한 것이 아닐까.

5. 맺는 말

오늘날 우리의 실존적 상황은 과거와 급격하게 결별하는 새로운 시대적 환경에 직면하고 있음을 부정하기 어렵다. 핵전쟁의 위협 앞에 돌파구를 찾지 못하고 있는 조국의 분단 상황은 이제 한 치 앞을 내다보기가 어려워진 채 여전히 지속되고 있고, 신의 전능에 필적하는 무분별한 과학기술의 남용은 환경오염과 생태계의 파괴 등으로 심각한 자연의 역습 앞에 무방비의 상태로 노출되어 있다. 그 결과 현대인은 '신의 죽음'보다는 오히려 '인간의 죽음'에 더 큰 관심이 있는 것도 사실이다. 가령 니체를 계승한 '탈근대주의(post-modernism)'는 인간을 사상적으로 죽이고 있지만, 첨단과학의 산물인 '탈인간주의(post-humanism)'는 인간을 기술적으로 죽이고 있다. 이제 우리는 곧 "인간은 죽었다."고 외쳐야 될지도 모른다. 따라서 '영원'의 의미도 많이 변질되어 가고 있음을 인정해야 한다. 그리고 이 모든 것은 키르케고르가 애써 부정하고자 했던 합리주의, 그중에서도 비판적 합리주의로 압축되는 과학정신의 산물이기도 하다. 이러한 합리주의를 철저하고도 일관성 있게 추구하면 궁극적으로는 자기비판의 영역에 도달하여 실천적 함의를 갖게 될 수도 있을 것이다.

이제 우리는 송촌 김형석 교수가 삶을 영위했던 지난 100년의 세월보다 훨씬 더 혹독한 혼돈과 격랑의 시대를 살아가야 할지도 모른다. 그러한 상황에 의연하게 대처하기 위해서라도 김 교수가 우리 세대에게 제시한 이정표의 의미가 진정으로 무엇인지 깊이 성찰하지 않으면 안 될 것이다. 그 이정표를 인간의 본질적 조건이기도 한 '영원에의 의지'라고 우리는 규정할 수 있다. 그것은 서양철학사 전반을 관통하는 체계적 합리주의와 초월적 신앙주의 혹은 직관적 신비주의의 대결에서 후자를 선호하는 입장의 표현이기도 하다. 그러나 그 의지의 표현이 반드시 획일적일 필요는 없으며, 따라서 그것을 표출하는 방식도 얼마든지 다양할 수 있다. 가령 무한을 직접적으로 추구하는 것이 아니라, 유한한 과정을 통해서 점진적으로 진입하듯이 순간의 의미를 최적화하고 극대화함으로써 우리는 영원의 성역에 조금씩 그리고 천천히 다가갈 수도 있는 것이다. 그 어떠한 경우든 그것은 자연적 환경과 역사적 상황, 그리고 개인적 기질의 반영일 수밖에 없다는 점도 염두에 두어야 할 것이다.

엄정식(嚴廷植)
미국 미시간주립대학교 철학박사, 한국철학회 회장 역임, 현 계간 『철학과현실』 편집인, 서강대학교 명예교수, 주요 저서: 『분석과 신비』, 『확실성의 추구』, 『자아의 자유』, 『비트겐슈타인의 사상』 등

김형석 교수의 삶과 철학
영원과 사랑

1판 1쇄 인쇄   2019년   7월 10일
1판 1쇄 발행   2019년   7월 15일

엮은이   송촌문화모임
발행인   전 춘 호
발행처   철학과현실사
출판등록   1987년 12월 15일 제300-1987-36호
서울시 종로구 동숭동 1-45, T 579-5908 / F 572-2830
ISBN 978-89-7775-824-7 03800   값 15,000원